Jessa Hastings est une passionnée de puzzle, qui a une fâcheuse tendance à se poser trop de questions. Elle aime *Friends* plus que vous, mais n'a probablement pas les aptitudes sociales ni l'endurance pour vous le prouver. Elle estime que le petit déjeuner surpasse tous les autres repas, à part peut-être le rôti du dimanche. Elle vit avec son mari et leurs deux enfants (ainsi que leur chat et leur chien) à Marina del Rey, en Californie, et elle a toujours adoré les histoires. *Magnolia Parks* est son premier roman, mais également le premier tome de la série éponyme. Vous trouverez davantage d'informations à propos de Jessa sur : www.magnoliaparksuniverse.com

De la même autrice :

Magnolia Parks :
1. *Magnolia Parks*
2. *Daisy Haites*
3. *Magnolia Parks : The Long Way Home*

CE LIVRE EST ÉGALEMENT DISPONIBLE
AU FORMAT NUMÉRIQUE

www.editions-hauteville.fr

Jessa Hastings

Magnolia Parks

Magnolia Parks – 1

Traduit de l'anglais (États-Unis) par Odile Carton

Hauteville

Hauteville est un label des éditions Bragelonne

Titre original : *Magnolia Parks*

Directeur : Antoine Béon
Directrice de la publication : Claire Renault Deslandes
Directrice éditoriale : Julia Leloup
Directeur artistique : Fabrice Borio

ISBN : 978-2-38122-735-1

Bragelonne – Hauteville
60-62, rue d'Hauteville – 75010 Paris
E-mail : info@editions-hauteville.fr
Site Internet : www.editions-hauteville.fr

À celle que j'étais en 2018,
qui a voulu jeter l'éponge et devenir professeure d'histoire,
parce que le rejet créatif peut réellement vous briser le cœur.

Et aussi à cette version de toi
qui a failli abandonner ce à quoi la vie te destinait,
parce que la création implique tant de sacrifices.

Pourtant, nous y voici…
Comme dit Glennon :
nous sommes capables de tout,
même du plus dur.

Combien de personnes aimons-nous vraiment,
dans une vie ?

De combien de personnes pouvez-vous dire que leur cœur vous appartient ? Il y a toutes sortes d'amours dans ce monde, et la plupart sont beaux. Certains sont anciens, d'autres empreints de dignité ou de courage. D'autres encore sont indignes et faibles – ce que vous devenez par association. Certains sont un murmure dans la nuit noire, certains sont exaspérants. Certains sont impossibles à ignorer : ils se consument lentement à l'intérieur de vous, sans jamais s'éteindre complètement, mais vous avez trop peur pour vous risquer à ranimer cette flamme. Et puis il y a cet amour que vous feignez de ne pas ressentir, même si c'est bien le cas, même si vous le savez au plus profond de vous, même s'il occupe vos pensées dès le matin, même s'il est comme une allumette craquée dans l'obscurité de votre cœur – parce que aimer quelqu'un aussi fort est douloureux, leste vos poches de pierres et vos yeux de mélancolie, mais que si le temps vous a enseigné au moins une leçon, c'est que cela n'a aucune importance.

Vous l'aimerez, en dépit de tout, jusqu'à la fin de vos jours.

1

Magnolia

— J'aime bien, ça…

Il vient se placer derrière moi et tire légèrement sur ma robe.

Jean noir Thrasher de chez Amiri (ultra déchiré aux genoux, évidemment), Vans noires et tee-shirt Givenchy noir et blanc.

Je contemple mon reflet dans le miroir de sa chambre, penche la tête, plisse les yeux et feins d'être la seule fille à m'être trouvée dans cette pièce récemment. Je vérifie que la chaîne sur laquelle je porte sa bague disparaît sous mon vêtement, contre ma peau, pour que personne d'autre que moi, et probablement lui plus tard, ne puisse la voir, puis lisse le col Claudine de ma robe en satin jacquard à fleurs rouge, bleu et blanc.

— Miu Miu, dis-je en croisant son regard dans la glace.

J'adore ses yeux.

— J'ai couché avec un mannequin Miu Miu, la semaine dernière, lâche-t-il, d'un air détaché.

Je hais ses yeux. Je lui lance un bref regard furieux, déglutis tandis que je reprends contenance et me compose un sourire indifférent.

— Je m'en fous.

Nos regards se croisent, et nous restons ainsi un moment. Pendant un instant, ce n'est pas seulement ses yeux que je déteste, mais sa personne tout entière – parce qu'il me connaît mieux que quiconque, parce qu'il est capable de me percer à jour quoi que je dise, parce qu'il a été avec d'autres femmes que moi. Il hausse les épaules avec nonchalance.

Par « il », je veux dire BJ Ballentine, mon premier… tout, en fait. Amour, amant, chagrin d'amour. Il est le stéréotype même de l'apollon, avec ses cheveux bruns et ses yeux verts, le plus beau mec de Londres, paraît-il – opinion que, vraisemblablement, je partage. Dans ses bons jours. Mais pourquoi est-ce que je vous explique tout ça ? Vous savez déjà qui il est.

— Je sais que tu t'en fous.

Distraitement, il fait courir sa langue sur ses dents. Une habitude quand il est contrarié, et je vois bien qu'il l'est, mais une fraction de seconde seulement, car aussitôt son expression s'adoucit, comme toujours avec moi.

— Tu avais un copain à ce moment-là, Parks…

Il cherche à capter mon regard, mais je ne le lui permets pas, car j'aime lui faire croire que mon attention ne lui est pas acquise.

— Bien sûr.

Je cligne des yeux avant de répéter :

— Je m'en fous.

— D'accord, soupire-t-il, faussement las. Tu as ressorti le bouclier, hein ? marmonne-t-il.

C'est ce que se disent les garçons entre eux lorsqu'ils voient que je me referme sur moi-même, protégeant farouchement l'accès à mes sentiments à quiconque essaierait de les déchiffrer.

Il me lance un autre regard me signifiant qu'il sait que je mens, et nos cœurs interprètent une impasse mexicaine à travers nos yeux.

« Tu me manques », lui avouent mes paupières en morse.

« Je t'aime toujours », me répond le demi-sourire qu'esquisse sa bouche parfaite.

Parfaite, bien que presque un peu trop charnue, comme si, bizarrement, des abeilles trouvaient toujours le moyen de l'y piquer. Il fut un temps où mon cœur jouait les funambules sur ces lèvres.

— Quand, d'ailleurs ? demandé-je en pirouettant sur mes talons pour lui faire face, attrapant sans sa permission ses poignets, pour relever les manches à empiècements colorés de sa veste en jean noir, également de chez Amiri.

Je le sens qui m'observe. Quand je lève la tête vers lui, et comme chaque fois que nos yeux se rencontrent, je ressens une brûlure au fond de moi. Un poisson remis à l'eau. Un soulagement douloureux.

— Quoi ? s'enquiert BJ.

Je tire sur les pans de sa veste, essayant de décider si je la préfère boutonnée ou non. Je la boutonne. Il tourne la tête, cherchant toujours mon regard, et comme je m'obstine à éviter le sien, il me saisit le menton entre le pouce et l'index et le soulève.

La distance entre nous est dérisoire. Pourtant, inexplicablement, c'est comme si une forêt nous séparait. Nos erreurs passées forment des pins si hauts qu'il nous est impossible de voir au-delà, des rivières de non-dits si larges que nous ne pouvons les traverser. Nous sommes à des kilomètres de l'endroit où nous pensions arriver, peut-être même carrément sortis de la carte. Pendant un bref instant, je me sens seule et perdue, jusqu'à ce que je me rappelle que je suis seule et perdue avec lui.

— Je me demandais quand, c'est tout. (Je cligne rapidement des yeux. Ça m'aide à garder les souvenirs à distance. Je déboutonne sa veste.) Étant donné que tu as passé presque toute la semaine dernière avec moi, je suis curieuse de savoir quand tu as trouvé le temps de forniquer avec une fille livide aux yeux trop écartés.

Du haut de son mètre quatre-vingt-neuf, il m'adresse un sourire narquois. Décidément, il est grand, BJ Ballentine.

— Quoi ? (Je hausse innocemment les épaules.) Pâleur macabre et yeux exorbités : indubitablement l'esthétique de Fabio Zambernardi.

Le sourire de BJ s'efface.

— Tu avais un petit ami, Parks, me répète-t-il.

J'ignore sa remarque, complètement hors sujet.

Je tire de nouveau sur les pans de sa veste et la reboutonne.

— Mais j'ai été avec toi presque tout le temps, donc je ne comprends pas… littéralement quand…

— Veux-tu que je partage mon agenda avec toi ?

— Ton agenda sexuel ? rétorqué-je sèchement, tout en me demandant si, dans un cas comme dans l'autre, je ne devrais pas accepter.

Ce serait probablement pratique pour décider quels jours de la semaine me laver les cheveux, et savoir où il est de façon générale, ce que j'adorerais, mais n'admettrais sous aucun prétexte. Je me contente donc de lui décocher un regard appuyé.

— Je n'ai pas d'agenda sexuel.

Autre regard appuyé.

— En tout cas, tu n'as certainement pas d'agenda professionnel…

— J'ai un boulot, soupire-t-il en levant les yeux au ciel.

— Enlever ta chemise pour ton fan-club d'Instagram, c'est un boulot ?

Il se gratte la nuque avec un sourire penaud.

— J'essaie juste de payer mes factures. (Il hausse les épaules malicieusement.) Nous ne sommes pas tous assis sur un magot de 800 000 dollars, Parks.

— Pas faux, pas faux, concédé-je. Rappelle-moi, à quoi ressemble cette petite île au large de Grenade dont ta famille est propriétaire… ?

Il humecte sa lèvre inférieure et sourit.

— Il fallait que tu dises « petite »…

— Plus petite que la mienne, rétorqué-je, et il éclate de rire.

Il me regarde de haut en bas, ses yeux balayant mon corps comme ses mains le faisaient autrefois, prend une profonde inspiration, puis expire, et je peux sentir dans la chaleur de son souffle tout l'amour qu'il a pour moi. Il regarde derrière mon dos, dans le miroir, se passe une main dans les cheveux.

—Où en étions-nous, avec les boutons ?

Je les défais encore une fois, et il baisse les yeux vers moi, un sourire frémissant au coin des lèvres.

—Toujours en train d'essayer de me déshabiller...

Je lève les yeux au ciel, mais sens mes joues rosir.

—Dans tes rêves !

Je cueille mon sac à main Jacquemus Le Chiquito Nœud en nubuck bleu ciel, posé la veille sur une étagère.

—Effectivement, j'en rêve, reconnaît-il avant de scruter ma silhouette. Y a-t-il des boutons que tu as besoin que je défasse pour toi ?

Je le repousse d'une tape en riant.

—Va te faire foutre.

—Allez. (Il glisse un bras autour de mon cou et m'entraîne vers la porte.) Nous allons être en retard.

—Alors, Parks, me lance BJ avec un petit sourire, yeux plissés, quelle est ta bête noire, cette semaine ?

—Cette semaine ? répété-je en fronçant les sourcils.

Nous sommes attablés avec le Pack Complet, nos plus proches amis. Malgré tout, il arrive que le monde disparaisse autour de nous, et que lui et moi n'ayons plus d'yeux que pour l'autre.

—Eh bien... Je connais ta bête noire de tous les temps.

J'arque les sourcils.

—Ah oui ? (Il hoche la tête tandis que je tambourine des doigts sur la table.) Éclaire donc ma lanterne.

Nous sommes au *Dorchester*, et, la prochaine fois que vous y allez, je vous recommande vivement la bouteille de Dom Pérignon rosé 1995.

Mais ce n'est pas ce que boit BJ. Il boit un Negroni. Toujours un Negroni. À moins que la nuit ne dégénère, auquel cas il préfère la Don Julio 1942.

— Ta bête noire numéro un de tous les temps… c'est quand d'autres filles me tournent autour. Évidemment.

Je m'esclaffe et secoue vigoureusement la tête.

— Non. Tu es… complètement à côté de la plaque.

Même si c'est indubitablement, absolument, à cent pour cent exact.

Il lève les yeux au ciel, ignorant mon mensonge.

— Donc cette semaine… Vas-y…

— Les filles qui revendiquent de ne porter aucun maquillage sur Instagram…

— Oh, renchérit ma meilleure amie, Paili Blythe. Moi aussi, ça m'insupporte ! (Elle coince une mèche de ses cheveux blond platine derrière son oreille et plisse son petit nez en bouton.) Elles veulent quoi ? Une médaille ?

Je la gratifie d'un geste signifiant « Merci beaucoup » avant de poursuivre.

— Je ne comprends vraiment pas comment on peut se vanter d'être volontairement négligée.

— Elles pourraient mettre de l'anticerne au moins ! commente Paili. Un joli blush crème.

— Oh, que dis-tu, Charlotte !? Tu n'es pas maquillée aujourd'hui ? demandé-je en m'adressant à une personne imaginaire. Oui, je sais… À vrai dire, c'est affreusement évident quand on a la chance d'être doté d'yeux.

BJ se passe la langue le long de ses molaires du fond, puis émet un reniflement sonore en secouant la tête.

— Tout le monde ne ressemble pas à une biche de dessin animé dès le réveil, Parks…

— Je… Que… C'est censé être un compliment ?

— Absolument.

— Allons, intervient Henry Ballentine, mon plus vieil ami sur Terre.

Du point de vue physique, il ressemble fort à son aîné, avec ses cheveux bruns et son sourire capable à lui seul de vous faire tomber enceinte, mais il a les yeux bleus et porte occasionnellement des lunettes, dont aucun de nous ne saurait dire s'il en a besoin. Il avance le buste et se joint à notre conversation.

— On sait tous que Bambi a été le premier fantasme sexuel de BJ.

— Hum, Bambi est un garçon ! objecte Christian Hemmes, son accent mancunien plus prononcé, comme chaque fois qu'il est amusé.

Christian et moi sommes sortis ensemble à un moment. En quelque sorte. Nous ne le dirions pas ainsi aujourd'hui, mais c'est pourtant bien le cas, je crois. Un désastre. Pour moi, pour lui (surtout pour lui), pour BJ (surtout, surtout pour BJ)... Un désastre pour tout le monde, en fait.

Mais qu'est-ce qu'il est beau, Christian ! Cheveux blonds, yeux noisette, bouche pulpeuse. Presque angélique – en apparence seulement. Dans les actes, il est terrifiant. J'essaie de ne pas penser à ce que son frère et lui font... Ils croient que je ne suis pas au courant. Mais je sais. Je sais tout ce qu'il y a à savoir sur les mecs de mon petit groupe.

Henry et BJ affichent tous deux un air déconcerté face à la révélation de Christian.

J'adresse à celui-ci un regard désinvolte, puis je me tourne de nouveau vers BJ.

— Donc, si je suis une biche, toi, tu es quoi ?

— Un loup, me rétorque-t-il du tac au tac.

Je lève les yeux au ciel.

— Du genre solitaire ?

Il secoue la tête, son regard se teintant d'une douceur qui n'a absolument pas sa place dans la situation où nous sommes, entourés de gens que nous connaissons presque trop bien, dans une salle remplie d'inconnus.

— Du genre qui trouve une biche dans la forêt incapable d'atteindre la dernière étagère de son armoire à pharmacie, de changer l'huile de son moteur ou de...

— Elle m'a tout l'air d'une biche très évoluée, chuchote Henry à son frère.

— Eh bien, il s'agit incontestablement d'une biche compliquée, lui répond BJ avec un sourire éblouissant.

Je fronce les sourcils.

— Sans le loup, la biche n'aurait probablement pas pu boutonner cette robe. (BJ hoche la tête dans ma direction.) Elle ne se serait pas nourrie depuis 2004... Donc, par bonté d'âme, le loup reste dans les parages.

— Il me semble que les loups mangent les biches, fait remarquer Henry, pragmatique.

BJ lève les yeux au ciel, mais je crains que Henry n'ait raison.

À l'autre extrémité de la table, Perry Lorcan – cheveux bruns lissés en arrière, grands yeux marron, sourire éclatant, pommettes saillantes, et parfaitement splendide – secoue la tête.

— Henry confond. Bambi est *mon* premier fantasme sexuel. Celui de BJ, c'était Ariel... (Il désigne son torse.) Le soutien-gorge en coquillages... C'est un obsédé des nichons.

Malgré moi, je baisse brièvement les yeux vers mes seins et, quand je les lève de nouveau, je surprends le regard de BJ sur moi. Il m'adresse un clin d'œil discret et un petit sourire malicieux.

Je fais de mon mieux pour ne pas m'embraser sur-le-champ.

— Donc... (BJ se penche vers moi et, du doigt, balaie un cil imaginaire sur ma joue... encore un prétexte pour me toucher, franchement.) Nous savons tous deux quelle est ta vraie bête noire de tous les temps. (Je m'efforce de ne pas lui sourire.) Mais parle-nous de la fausse.

— Tu la connais aussi.

— Ah oui ? (Il marque une pause, songeur.) Des roses et des renoncules dans le même bouquet ?

Je hoche une fois la tête.

— Atroce. Une faute de goût inacceptable.

Il éclate d'un rire chaud et grave. J'adore quand il rit à mes blagues. Je voudrais que l'on puisse partager cette complicité pour toujours, mais c'est impossible, parce qu'il a tout foutu en l'air, ce qui ne m'empêche pas de devoir me retenir de l'embrasser. À l'autre extrémité de la table, Jonah Hemmes, le frère aîné de Christian, étire les bras au-dessus de sa tête. Tout en noir, comme d'habitude. Veste en jean noire, tee-shirt noir, jean noir, Converse noires. Pourtant, à l'intérieur, c'est quelqu'un de lumineux – si l'on oublie ses activités « professionnelles » plus qu'obscures. Il a les cheveux châtains, plus foncés que ceux de Christian et les mêmes yeux noisette que son frère. Physiquement, il est tout en angles : mâchoire carrée, nez pointu, langue aiguisée (sauf avec moi, parce que je suis sa préférée).

Jo me désigne du menton.

— Elle est encore en train de parler des Monty Python ?

BJ secoue la tête à l'intention de son meilleur ami, tandis que je redresse le nez, complètement indignée.

— Les Monty Python sont une balafre qui défigure le cinéma anglais, point final.

— Alors je sais ce que nous regarderons ce soir, dit BJ avec un clin d'œil.

— Ouais, rétorqué-je en lui lançant un regard assassin. Moi aussi. Nous avons laissé Jack Bauer en bien mauvaise posture, hier soir.

Jonah balaie ma remarque d'un revers de main, tout en se penchant pour saisir mon verre.

— Le pauvre gars se retrouve toujours dans des situations improbables… C'est un peu le concept de *24 heures chrono*.

Il goûte mon cocktail, puis grimace de dégoût. Trop sucré.

Henry donne un coup d'épaule à son frère.

— Hier soir ? répète-t-il à voix basse – ils pensent que je ne les entends pas. Combien de nuits, cette semaine, alors ?

— Toutes. En quoi ça te regarde ?

Henry hausse un sourcil.

— Elle vit plutôt bien sa rupture…

BJ contracte les mâchoires, sur la défensive.

— Oui.

Henry lui jette un regard entendu.

— Peut-être parce que tu as passé toutes les nuits chez elle cette semaine ?

— J'ai aussi passé toutes les nuits chez elle la semaine dernière, alors qu'ils étaient encore ensemble…, objecte BJ sur un ton plein de défi.

— Pas toutes les nuits, interviens-je. Trois sur sept, seulement.

Ils se tournent tous deux vers moi, l'air un peu surpris, comme s'ils avaient oublié qu'ils étaient en train de parler de moi alors que je suis littéralement en face d'eux.

— Quatre, chuchote BJ de façon que je sois la seule à l'entendre, et nos visages sont si près que la tête me tourne et que mon souffle s'écorche sur un éclat de mon cœur brisé.

Quatre ? Pas étonnant que Brooks Calloway m'ait larguée.

J'ignore pourquoi cette prise de conscience me transperce soudain la poitrine, mais c'est bien ce que je ressens. Comme une flèche.

À cause de ces quatre nuits ?

Il est le seul homme dont j'aie regretté la perte, la seule conquête que j'aie jamais aimée.

Avant même de m'apercevoir de ce que je suis en train de faire, je m'appuie sur la table pour reculer ma chaise, prise d'un léger vertige – j'ai le tournis et la panique me saisit –, mais ce n'est pas une crise d'angoisse, parce que ce n'est pas mon genre. Les crises d'angoisse, c'est pour les gens qui n'ont pas le contrôle de leur propre vie. Or, je maîtrise parfaitement chaque aspect de mon existence, surtout le côté sentimental. La douleur que me cause la fin de notre relation va et vient par vagues. Elle pointe son nez à de drôles de moments, dans des endroits inattendus.

Comme, par exemple, trois ans après notre séparation, au *Dorchester*, alors qu'il est assis juste à côté de moi dans la veste Amiri que je lui ai choisie il y a une heure, complètement débraillé, comme mon cerveau chaque fois qu'il se trouve dans les parages.

Oh ! Vous pensiez que je parlais du petit ami d'il y a une semaine ?

Quelle idée absurde… Et bien optimiste quant à ma capacité à abandonner le navire en perdition auquel mon cœur est enchaîné.

— La fille, là, c'est Magnolia Parks, non ?

— Où est son copain ?

— C'est BJ Ballentine avec elle, non ?

— Ils sont de nouveau ensemble ?

— Ils ne sont jamais *pas* ensemble.

— Mais elle n'avait pas un mec ?

— J'aime bien sa robe.

— Je déteste ses fringues.

— Ils couchent de nouveau ensemble ?

Tels sont les quelques commentaires qui me parviennent alors que je me faufile vers les toilettes, priant pour ne pas m'évanouir avant d'y arriver.

L'histoire des quatre nuits – qui n'est pas la raison de ma rupture avec Brooks Calloway, d'ailleurs. Brooks n'est pas au courant. Ou peut-être que si, après tout, étant donné que tout le monde semble en savoir davantage sur moi que ce que je crois. Mais Brooks s'en fout, il n'en a jamais rien eu à faire de ma relation avec BJ. Selon un accord tacite des plus prosaïques et secrets, Calloway et moi avions une relation qui nous bénéficiait à tous les deux.

J'étais son ticket d'entrée dans un monde auquel la vie ne l'avait pas exactement destiné, et lui ma dernière ligne de défense. Une excellente diversion, mais une piètre ruse pour expliquer pourquoi BJ et moi ne sommes pas ce que nous sommes réellement. Une façade derrière laquelle me retrancher et une feinte à laquelle recourir quand être « juste potes » cesse momentanément de combler le vide que mon amour pour mon « meilleur ami » a laissé en moi.

J'examine mon reflet dans le miroir des toilettes, repousse mes cheveux sombres derrière mes oreilles, tirant machinalement sur mes créoles en or ornées de perles de chez Mizuki. Je mouille une serviette en papier et la presse sur mes joues, plus bronzées que d'habitude après les quelques jours que BJ et moi avons passés à Pentle Bay. Mon cerveau tourne à plein régime, s'efforçant d'assimiler le fait que, la semaine dernière, BJ n'a passé que trois nuits sans moi et qu'il a quand même réussi à caser un mannequin Miu Miu. Où se sont-ils rencontrés ? Est-ce que j'étais là ? Et où l'ont-ils fait ? Dans un hôtel ? Chez lui ? Quel chez-lui ? Pas chez ses parents, sa mère l'aurait tué. A-t-il changé les draps ? À l'idée d'avoir dormi dans les draps encore chauds des ébats de BJ avec une autre, j'ai les larmes aux yeux, phénomène que je ne comprends pas mais qui m'est assez familier désormais, vu que ça m'arrive tout le temps.

C'est ça, son truc à lui. Se taper d'autres femmes.

Nous ne couchons pas ensemble, au fait, contrairement à ce que vous avez pu lire en ligne. Ne croyez pas tout ce qui est écrit sur Internet. Voici la seule chose qui soit vraie : il fut un temps où BJ était l'amour de ma vie.

Il ne l'est plus, et, pour l'instant, c'est tout ce que vous avez besoin de savoir.

— Tout va bien ?

Paili apparaît derrière moi dans le miroir.

— Mmm ? (Je fais volte-face.) Oui. Super.

Elle fronce les sourcils, n'y croyant pas une seconde.

— Ce serait normal que tu sois contrariée, tu sais, tente-t-elle.

— Je sais. (Je hausse les épaules avec désinvolture.) Ma rupture est encore récente, à vrai dire... Il faut un peu de temps pour s'habituer...

— Je faisais allusion au mannequin de Miu Miu.

Je fronce les sourcils à mon tour.

— Comment es-tu au courant pour le mannequin de Miu Miu ?

Elle m'adresse un sourire désolé.

— Perry…

— Et lui, comment est-il au courant ?

— Qui qu'elle soit, je suis sûre qu'elle ne serait même pas digne de vous tenir la chandelle…, élude Paili, cherchant désespérément à faire diversion.

Je me détourne et me plonge de nouveau dans l'observation de mon reflet.

— Évidemment, approuvé-je avec une petite moue. J'ai quasiment des diamants à la place des yeux.

Paili réprime un sourire.

— De toute façon, je m'en fous, dis-je en secouant la tête.

Encore une fois, je vois bien qu'elle ne me croit pas. Merde.

Je sors un tube de rouge à lèvres de ma minaudière Alexander McQueen en cuir ornée d'un petit crâne. C'est la teinte corail parfaite pour accentuer mon hâle et mettre en valeur mes iris clairs.

Il aime mes yeux quand je l'y autorise, BJ Ballentine.

— Cette expression date du XVIIe siècle, tu savais ? De l'époque où les apprentis débutant auprès de maîtres artisans ne servaient qu'à leur tenir la chandelle pour les éclairer pendant qu'ils travaillaient.

Ma meilleure amie m'adresse un regard entendu. Son expression s'adoucit. Elle semble triste pour moi, ce que je déteste en général, mais elle compte parmi les rares personnes chez qui je le tolère.

Elle me prend par la main et m'entraîne hors des toilettes. À peine sorties, nous tombons justement sur BJ.

— Salut, me lance-t-il avec un grand sourire étrange.

— Heu, salut ?

Il croise les bras, me bloquant le passage, l'air de rien.

— Qu'est-ce que tu fais ?

Mon regard passe de lui à Paili, perplexe.

— Je retourne à notre table ?

— Non. (Il secoue la tête comme si c'était une idée idiote.) Non, retournons aux toilettes.

Et il commence à me pousser pour me faire reculer.

— Qu'est-ce que tu… ? s'insurge Paili. Oh ! (Elle se tait en apercevant quelque chose que je ne vois pas.) Ouais. Toilettes.

— As-tu… remarqué… le nouveau… sèche-mains Dyson Airblade qu'ils ont installé ? me demande BJ avant d'émettre un sifflement admiratif. (Paili hoche la tête avec enthousiasme, au diapason.) Waouh !

— Oui, réponds-je en secouant la tête comme si j'avais affaire à un fou. Je l'ai vu. À l'instant, à vrai dire. Sans compter que tu as le même chez toi.

— Ouais. Un peu bizarre, du coup, non ? Je devrais peut-être le faire désinstaller, tu ne crois pas ?

— Eh bien, puisque tu en parles, franchement, oui, si tu n'y vois pas d'inconvénient. Il est assez bruyant, et Jonah a une vessie minuscule : il se lève quatre fois par nuit et je l'entends à travers les murs. Personnellement, je préfère ces petites serviettes jetables en papier qui ressemble à du tissu… Mais on ne pourrait pas parler de ça assis ? Parce que, tant qu'on y est, il y a d'autres choses que j'aimerais bien changer…

C'est à cet instant que j'aperçois mon ex, dont je me suis séparée il y a à peine une semaine, main dans la main avec une fille que je n'ai jamais vue, à quelques tables de la nôtre.

— Putain, c'est quoi, ce bordel ? m'exclamé-je, beaucoup trop fort.

Avant de m'en rendre compte, je suis déjà en train de me frayer un chemin vers lui, tel un petit papillon de nuit maso fonçant comme un débile vers une flamme. Brooks Calloway lève vers moi ses grands yeux bruns stupides et mornes, ronds comme des billes sous le coup de la surprise.

— Qu'est-ce que tu fais là ? lancé-je, les mains sur les hanches.

— Hum. (Son regard passe de moi à la fille qui l'accompagne.) Je dîne ?

J'adresse un bref regard à la nana.

— Bonsoir, vraiment navrée, je suis Magnolia… (Puis je me tourne de nouveau vers Brooks.) Qu'est-ce qui te prend, putain ? demandé-je. T'es venu avec une autre fille ?

Notre rupture n'a même pas encore été annoncée dans les rubriques « société », et il sort déjà avec d'autres femmes ?

— Parfaitement, répond-il en se redressant.

— Mais putain ! (Je me retiens de justesse de taper du pied en signe de protestation.) C'est complètement déplacé !

Il aperçoit alors BJ, qui se tient juste derrière moi. Après l'avoir considéré d'un air pensif, il me décoche un regard appuyé.

— Vraiment ? (Il plisse les yeux.) Bonsoir, BJ.

Celui-ci lui fait un signe de tête, accompagné d'un sourire crispé. Il ne l'a jamais vraiment porté dans son cœur.

— Calloway.

— Hum, toussoté-je en reculant d'un pas, incrédule. Excuse-moi, mais… les gens nous croient encore ensemble. Et toi, tu dînes en public avec une autre fille.

— Exact. Mais toi tu es au restau avec un autre homme, non ?

— Avec plusieurs hommes, clarifié-je.

— Ah, oui, beaucoup mieux, c'est vrai.

Il hoche la tête comme s'il était convaincu, mais sa remarque fleure le sarcasme.

— Je suis avec des amis.

— Avec Ballentine, surtout, rétorque-t-il sur un ton qui me laisse penser qu'il n'était finalement pas si satisfait de notre arrangement. (Il se racle la gorge.) Bref. Je vous présente Hailey…

— Il se fait faire des manucures, tu sais, la mets-je en garde.

Hailey lui jette un regard hésitant.

— Des manucures pour hommes, précise Calloway.

— C'est pareil…

— Absolument pas ! s'exclame-t-il, offusqué.

Je secoue la tête.

— Limage, polissage…

— Et un vernis transparent à la fin, complète Brooks avec un haussement d'épaules innocent.

— Pour quoi faire ? demandé-je, affichant une moue dubitative.

— J'ai les ongles cassants.

— Ooh ! roucoulé-je ironiquement. Sexy.

— Hailey et moi sortons ensemble depuis plus de trois mois.

Je le regarde fixement sans rien dire pendant un instant, puis je lâche :

— Nous n'avons été ensemble que cinq mois.

Calloway hoche gaiement la tête.

— Non mais sérieux…, marmonne BJ, les sourcils froncés.

Alors Calloway bondit sur ses pieds, comme s'il avait attendu ce moment depuis le début.

— Et donc, ce soir, tu es quoi ? Son chien de garde ou son mec ?

BJ s'avance d'un pas pour se placer légèrement devant moi et lui adresse un sourire carnassier.

— Je suis ce qu'elle a besoin que je sois.

— Oh ! (Brooks hausse un sourcil.) Alors tu es sa pute.

BJ recule la tête, surpris.

— Tu veux qu'on règle ça dehors ?

Il s'avance encore, telle une vague furieuse roulant vers Brooks. De manière générale, mieux vaut ne pas se trouver du mauvais côté lors d'une bagarre avec BJ, encore moins si j'en suis la cause. « Il n'a pas les idées claires, quand il est question de toi », m'a un jour dit Jonah. Je pose une main sur son torse, essayant de le repousser gentiment, mais il crie par-dessus mon épaule :

— Allez, viens... Pauvre merde !

— Oh, là, là...

Je secoue la tête en les observant tous les deux, puis je balaie la salle du regard, vois les gens dégainer leurs téléphones.

Honnêtement, j'ignore ce que Calloway manigance... Mais s'il essaie de le pousser à bout, c'est réussi.

— Viens me le dire en face ! hurle-t-il à BJ, et quelque chose dans sa posture me rappelle le lion peureux du *Magicien d'Oz*.

Il est un peu chochotte, ce vieux Brooks, et même s'il ne brandit pas littéralement les poings en disant : « Haut les mains ! En garde, en garde ! », c'est à peu près l'effet qu'il produit. Face à lui, Baxter James Ballentine pourrait incarner un joueur de rugby ou l'un des Avengers. La raison pour laquelle Brooks s'efforce de provoquer une altercation avec lui me dépasse et, quelle qu'elle soit, m'inquiète. Tout comme la perspective que BJ frappe quelqu'un pour moi. Encore. J'imagine déjà les gros titres demain matin. Encore. Et ce qu'ils raconteront sur nous, sur moi – le moins qu'on puisse dire, c'est que les médias ne sont pas toujours tendres avec moi.

— Je te l'ai dit en face, tête de gland ! crie BJ.

Des flashs d'appareils photo illuminent brièvement la scène, tandis que des serveurs nerveux rôdent non loin de nous.

— C'est marrant que tu parles de gland... j'en connais une qui aimait particulièrement le mien. Devine qui ? lance Calloway, l'air content de lui.

Je sens ma mâchoire se décrocher. Je plisse les yeux et pointe un doigt menaçant vers lui.

— Je te conseille de t'arrêter là...

Un éclat brille dans les pupilles de BJ – du genre qui ne présage rien de bon. Je le sais parce que, soudain, toute notre bande de potes nous entoure.

J'imagine déjà les gros titres : « Ballentine menotté au *Dorchester* », « Parks les rend tous fous ! », « Magnolia Parks aime les glands (!) » (ça, ce sera le *Sun*). Brooks n'apparaît jamais dans la presse, à part quand c'est en rapport avec moi. Peut-être est-ce pour cela qu'il provoque cette scène ? Il aimait tellement lire son nom dans les journaux. Du regard, BJ le défie de poursuivre.

Le temps semble s'être figé. Pendant une fraction de seconde, j'ose espérer que Calloway aura l'intelligence de se rétracter...

— Elle.

L'index de Brooks est tendu vers moi.

— Ceci est factuellement faux ! annoncé-je d'une voix forte à l'intention de la salle, parce qu'il me semble que c'est l'information la plus importante à clarifier. Parfaitement inexact. C'est... Il est... Eh bien, je suis navrée de devoir le dire, mais, honnêtement, il est plutôt décevant.

J'adresse à la nouvelle fille un regard d'excuse.

— Je l'ai déjà vu, me confie-t-elle.

— Bien entendu. Toutes mes condoléances.

— Eh !

Brooks fronce les sourcils.

Je l'ignore et me tourne vers BJ, qui a toujours les mâchoires contractées, poings serrés, prêt à pourfendre le premier scélérat qui oserait bafouer mon honneur, vingt-quatre heures sur vingt-quatre, sept jours sur sept.

— Allons-nous-en, lui dis-je, mais il ne bouge pas.

BJ transperce toujours Calloway du regard. Je prends alors son visage dans mes mains pour le tourner vers moi, ignorant les flashs des téléphones qui se déclenchent autour de nous, et pendant un instant je me fous complètement que le *Daily Mail* publie un article sur nous, puisque, de toute façon, ce sont des conneries. Comme tout le reste. Ils disparaissent de mon champ de vision. Je ne vois plus que lui.

Mes yeux cherchent les siens.

Ils les trouvent, et son expression s'adoucit aussitôt.

— Ramène-moi à la maison, BJ, lui dis-je avec un regard implorant. Jack a une bombe à désamorcer.

Il prend ma main dans la sienne, en embrasse le dos.

— Que David Palmer aille se faire foutre. Bauer président.

2

BJ

Mon père va péter un câble. Il soutient que sa réputation est ce qu'un homme a de plus précieux. C'est le genre de chose qu'il peut se permettre de dire, vu que la sienne est irréprochable. J'ignore l'état de la mienne, ces temps-ci, mais je suis à peu près sûr qu'elle ne le ferait pas sauter de joie.

— Tu t'es encore battu, BJ ? dirait-il.

Je ne répondrais rien, me contenterais de lever les yeux au ciel.

— Dans combien d'embrouilles vas-tu devoir encore te fourrer pour comprendre qu'il est trop tard ? Tu as perdu Magnolia depuis longtemps.

Voilà le type de discours qu'il me tiendra demain matin.

Probablement dans un message vocal, car je ne compte pas passer la nuit chez eux.

J'ignore comment il sait que j'ai perdu Magnolia – non pas que l'inverse soit vrai, du reste –, mais c'est la vérité. Il l'ignore, mais il a raison. Il part juste du principe qu'il sait tout, ce qui, d'ailleurs, me fait chier au plus haut point… parce qu'il a raison. Cela dit, j'ai l'habitude. Et aussi qu'il m'envoie ces longs messages audio dégoulinant de conseils que je n'ai absolument pas demandés, il sait que c'est une perte de temps, ce qui ne l'empêche pas de continuer. Je crois qu'il regrette que je ne sois pas différent. Quelqu'un de bien, ou je ne sais quelle connerie. Parks n'est pas d'accord, elle affirme que mes parents m'adorent – et c'est vrai –, mais cela ne change rien au fait que mon père souhaiterait que je sois un homme meilleur.

Je veux dire… putain, même moi, j'aimerais être un mec bien.

Ce message qu'il va me laisser, ce sera la même rengaine qu'il me sert après chaque baston à laquelle je me retrouve mêlé à cause d'elle. Cela dit, je me bats toujours pour elle. Pas seulement parce que c'est elle, et que je l'aime, mais parce qu'elle est ma famille. Comme les autres. C'est un des effets du pensionnat : vous vous y créez votre propre famille, et quels que soient mes sentiments à son égard, elle en fait partie.

Et puis, franchement, vous savez quoi ? De toutes les raisons qui m'ont poussé à me battre ces dernières années, le connard d'ex de Parks annonçant publiquement au *Dorchester* qu'elle adorait sa queue m'a paru aussi bonne qu'une autre.

Techniquement, je ne me suis même pas battu avec lui.

LMC et *Loose Lips* s'en foutent pas mal : ils traiteront l'affaire comme si c'était le cas.

Parks a dit qu'elle appellerait Richard Dennen demain matin, histoire de freiner une éventuelle publication de *Tatler*.

La voiture se gare devant chez elle sur Holland Park.

« Une modeste maison individuelle de dix chambres sur Holland Park… Elle possède bien une piscine, mais à l'intérieur, pas dans le jardin, ce qui est dommage, mais nous faisons avec », a-t-elle un jour expliqué solennellement à une vendeuse qui n'avait absolument rien demandé. Nous franchissons la lourde porte noire à double battant contre laquelle je l'ai embrassée des milliers de fois. L'effet que cette baraque a sur moi… J'ai aimé Parks dans ses moindres recoins, l'ai déshabillée dans toutes les pièces. Putain, chaque fois que j'y mets un pied, je deviens complètement sentimental. La nostalgie s'ajoute aux stéroïdes et à une tonne d'ocytocine dès que je me tiens dans ce vestibule, assailli par assez de souvenirs pour tenir toute une vie, à la regarder descendre les marches de cet escalier en marbre, le cœur dans la gorge, mes mains fourmillant de l'envie de tenir les siennes…

Aimer quelqu'un comme je l'aime vous bousille un peu. Tout foutre en l'air comme je l'ai fait aussi.

Elle referme la porte d'entrée le plus discrètement possible, l'index sur les lèvres, me signifiant de ne pas faire de bruit.

— Pourquoi on ne doit pas faire de bruit ? chuchoté-je, ma bouche plus près de son oreille que nécessaire, mais c'est complètement volontaire.

— Parce que si nous réveillons Marsaili, elle me passera encore un savon pour t'avoir ramené à la maison…

— Ah…

Je hoche la tête, comme si ça ne me faisait pas l'effet d'un coup de poing dans le ventre que l'adulte la plus importante dans la vie de Parks me considère comme une ordure. Une petite personne terrifiante, cette Marsaili MacCailin. La nounou de son enfance, sa femme de chambre, sa tutrice – tout ce à quoi vous pouvez penser, elle l'a été ou l'est encore pour Parks. Elle est là depuis toujours. Pour ce que j'en sais, elle aurait aussi bien pu être celle qui a sorti Magnolia de l'utérus de sa mère. Elle apparaît sur toutes les photos de famille, elle est la figure parentale que ses parents n'ont jamais vraiment été. Rousse, un mètre cinquante-cinq, joli visage mais toujours renfrogné – en ma présence, en tout cas. Autrefois, Mars était ma plus grande fan, mais maintenant elle allume probablement un putain de bâton de fumigation chaque fois que je sors d'une pièce.

— Et aussi parce que, si ma mère te voit, elle tentera sans doute de te sauter dessus ou un truc du genre…

Magnolia lève les yeux au ciel, et mes lèvres s'étirent en un sourire narquois. Principalement parce qu'elle plaisante, mais aussi un peu parce qu'elle exagère à peine.

Pas exactement une mère ordinaire, cette Arrie Parks. La styliste d'accessoires de mode.

Super extravertie, très *chill*, elle trouvait toujours attendrissant de me surprendre la main sous la jupe de sa fille. Loin de s'énerver ou de s'inquiéter la fois où elle nous a trouvés en possession de substances illicites alors que nous n'étions qu'adolescents, elle s'est mise à se joindre à nous de temps en temps. Sa qualité majeure, en ce qui me concerne, est qu'elle est restée ma groupie numéro un, malgré mes transgressions.

— Et ton père, il est où ?

Je jette un coup d'œil aux alentours. J'aime la sensation de me trouver seul avec elle dans cette maison.

J'ai l'impression que nous sommes redevenus des gamins rentrant en douce après avoir fait le mur.

— Atlanta. (Elle hausse les épaules.) Il revient demain matin.

Son père – je veux dire, vous savez qui est son père. Harley Parks ? Le producteur ? Treize Grammy au cours des vingt dernières années et genre trente-cinq nominations. Ce type est une putain de légende. Et plutôt terrifiant.

Vous savez ce que ça fait de sortir avec la fille d'un grand mec noir costaud qui a 50 Cent dans ses contacts favoris ? Gros flip, les amis, croyez-moi.

J'ai passé le dix-septième anniversaire de Magnolia à transpirer comme un damné parce que son père avait demandé à Kendrick Lamar et Travis Scott de me tenir à l'œil. Parks essayait de me tripoter chaque fois qu'elle en avait l'occasion – elle boit une goutte et devient très tactile, cette petite –, du coup je me suis retrouvé à devoir la chasser d'un revers de main, et elle a fini par me faire la gueule, ce qui les a bien fait marrer – une soirée vraiment à chier.

Franchement, je suis bien content que son père ne soit pas là – si Parks et moi faisions encore ce genre de choses, je la prendrais sur son lit en guise de gros doigt d'honneur, mais, vu que ce n'est plus le cas, je me contenterai de m'endormir dans son lit à elle, comme presque chaque nuit, de toute façon.

Je suppose que ça reste quand même un peu un doigt d'honneur.

Une fois dans sa chambre, j'enlève mon tee-shirt et me dirige direct vers la salle de bains. Elle a une manie bizarre avec la propreté et les draps. Impossible de se mettre au lit avec elle sans s'être douché.

C'est vraiment une règle merdique quand vous êtes bourré, croyez-moi. Insupportable, putain. Nous avons dû avoir au moins un milliard de disputes à ce sujet, et je n'en suis jamais ressorti gagnant.

Elle entre dans la salle de bains pendant que je suis sous la douche, attrape sa brosse à dents et pivote sur ses petits pieds nus pour me regarder. Juste mon torse, car le reste est dissimulé derrière ce mur carrelé de merde dont je voudrais chaque jour qu'il n'existe pas, et je devine ce que vous pensez : c'est quoi ce bordel ? Trop chelou. Je sais.

Mais je suis amoureux d'elle. Et c'est la seule manière dont elle me laisse l'approcher, alors rien à foutre, je sombrerai avec le navire.

— Tu veux me rejoindre ? lui proposé-je, histoire de la provoquer un peu.

— BJ…, gronde-t-elle.

Elle lève brièvement les yeux au ciel, feignant la contrariété, mais le rouge lui monte aux joues. Elle se détourne vers le miroir, examine son visage qui est parfait, comme d'habitude.

— Et moi, j'aurai le droit de te regarder prendre ta douche, au moins ?

Elle fronce les sourcils.

— Certainement pas.

J'incline la tête.

— Un peu hypocrite.

Elle adore quand je penche la tête comme ça. Elle avale sa salive avec difficulté. J'ai horreur de cette situation. De ce que nous sommes devenus. Je déteste ne pas pouvoir lui sauter dessus, l'embrasser et l'entraîner sous le jet. Je hais cette case dans laquelle elle m'a enfermé, ce mur qu'elle dresse entre nous. Notre relation n'est plus qu'un os rongé jusqu'à la moelle, mais c'est tout ce qu'il nous reste. Et c'est quand même le meilleur moment de ma journée.

— Passe-moi une serviette, lui dis-je en sortant de la douche.

Elle s'empresse de se mettre une main sur les yeux, mais je vois bien qu'elle lutte pour ne pas sourire.

— Oh, mon Dieu !

— Je sais, soupiré-je fièrement juste pour l'agacer.

— BJ ! s'écrie-t-elle, les joues de la couleur qu'elles prenaient juste avant que nous... vous savez.

Ne voyant rien, elle frappe dans le vide, essayant de m'atteindre, tout en me tendant une serviette.

— Fais gaffe où tu mets les mains, Parks.

Les yeux toujours fermés, elle me pousse hors de la pièce, ses doigts glissant le long de mon corps. Nous savons tous les deux qu'elle l'a fait exprès, même si elle jurerait sous la torture que c'était un accident. Dans une autre vie, je laisserais tomber la serviette, la saisirais par la taille, l'embrasserais à pleine bouche et l'entraînerais jusqu'à son lit, mais, dans cette vie-ci, elle me claque la porte au nez.

J'enfile un pantalon de jogging qu'elle m'a acheté cette semaine et que j'ai pris dans le tiroir dont elle vous dirait qu'il n'est pas vraiment « le mien », mais c'est bien mon putain de tiroir, nous le savons tous les deux, et je me glisse entre les draps. Je m'installe à sa place. Comme ça, feignant d'être énervée en sortant de la douche, elle me poussera de mon côté, ce qui l'obligera à me toucher – je suis un vrai junkie quand il s'agit de sentir ses mains sur mon corps.

Dix minutes plus tard, elle apparaît dans une nuisette rose pâle de chez La Perla. Je le sais, parce que c'est moi qui la lui ai offerte. Elle n'est pas spécialement sexy. Pas de dentelle ni de froufrous. Elle m'étriperait si je lui achetais de la lingerie affriolante. Ce que j'ai fait pour la Saint-Valentin de cette année, cela dit. Ça valait le coup d'essayer, étant donné que c'est aussi le jour de mon anniversaire. J'ai dit à Parks que ce cadeau était autant pour moi que pour elle, et qu'elle pouvait au moins me faire cette belle faveur. Elle me l'a jeté au visage. Mais elle a porté l'ensemble le lendemain, figurez-vous. Elle ne m'en a rien dit, mais, pendant notre déjeuner, le 15 février le plus froid que Londres ait connu en dix ans, elle portait un haut transparent.

Tout se déroule comme prévu.

Un éclat de colère brille dans ses yeux... Elle marche vers le lit d'un pas vif et me pousse de toutes ses forces – c'est-à-dire que je ne sens presque rien. Je ris, ce qui la rend folle, et elle me pousse encore plus fort. J'en profite pour l'attirer sur moi, et, pendant quelques instants, elle feint de lutter, une chorégraphie bien rodée au cours de laquelle, sans en avoir l'air, nous essayons seulement de nous toucher comme nous le faisions autrefois. Cela dure quatre, cinq... six secondes avant qu'elle écarquille les yeux au souvenir de la manière dont je l'ai trahie, il y a trois ans. Elle se laisse alors rouler sur le matelas, la lèvre inférieure lourde de tristesse, ce qui est tellement injuste quand l'embrasser vous est interdit.

— Ça va ?

Je lui jette un coup d'œil.

Elle me rend mon regard, et je me triture le cerveau pour tenter de trouver un moyen de la réconforter, mais c'est impossible. Il me faudrait une putain de machine à remonter le temps.

Ses yeux dansent sur moi – elle pose le doigt sur le tatouage de mon pouce. Une petite ficelle formant un joli nœud, semblable au pendentif d'un collier que je lui avais acheté chez Tiffany pour fêter nos un mois – ça ne se fait pas vraiment, je sais, mais quelle importance quand vous avez quinze ans et que vous avez trouvé la fille de vos rêves ? En tout cas, elle l'avait adoré.

Malheureusement, elle l'a perdu au bout de deux ans, et ils n'en vendaient plus. Premier tatouage que je me suis fait faire pour elle.

Cela dit, tous mes tatouages lui sont dédiés... sauf...

— C'est nouveau, ça.

Elle effleure un petit dessin qu'on m'a fait il y a deux jours sur le torse. Une baleine. À cause de Jonah. Il a trouvé ça très malin. Je m'en fiche – il est à peine plus gros qu'une pièce de deux pence.

Je grimace.

— J'ai perdu un pari contre Jo.

Elle me jette un regard désapprobateur et émet une espèce de grognement.

— Quoi ?

— Rien. (Elle pointe le nez en l'air.) Je trouve ça un peu irréfléchi, c'est tout. Il s'agit de ton corps, quand même.

Elle hausse les épaules, mais je sais bien qu'elle ronge son frein.

— Tu n'as pas trouvé que les vingt-deux autres étaient irréfléchis...

— C'est parce qu'ils sont en lien avec m...

Elle s'interrompt à temps et m'adresse un bref sourire crispé.

Tous mes tatouages sont des allusions à notre relation, des symboles renvoyant à des anecdotes, des moments, des conneries que nous sommes les seuls à comprendre. J'aime avoir ses marques sur mon corps. Il fut un temps où elle m'en laissait d'une autre sorte, mais celui-ci est révolu.

Elle pince les lèvres, se reprend.

— C'est parce que les vingt-deux autres concernent quelqu'un qui se préoccupe de ton corps.

Je lève les yeux au ciel. Pas seulement à cause d'elle, mais aussi de moi-même, de nous, de ce que nous sommes en train de faire de nos putains de vies.

— Alors tu m'expliques pourquoi ça me démange autant depuis trois ans ?

— BJ… (Elle se tourne vers moi, incrédule.) Je ne connais littéralement personne qui ait autant de relations sexuelles que toi. Si ça te démange encore, il faut consulter.

Là-dessus j'éclate de rire, et elle m'imite, même si ça n'a rien de drôle parce qu'en vérité elle déteste mon comportement, donc moi aussi, mais c'est comme ça : elle sort avec plein de mecs et moi je baise des tas de filles, et voilà où nous en sommes, alors il vaut mieux en rire, franchement.

La porte de sa chambre s'ouvre à la volée. Sa sœur apparaît dans l'encadrement.

— Tiens, tiens. Voyez-vous ça ! Le couple le plus dysfonctionnel de Londres.

Bridget Parks nous contemple, un grand sourire aux lèvres, bras croisés. Elle a deux ans de moins que Magnolia, les yeux bruns, les cheveux bouclés. Elle est plus jolie qu'elle ne le croit, mais elle s'en fout de toute manière. Bridget est aussi la meilleure amie de ma plus jeune sœur.

— Fridget. (Parks se redresse et lui adresse un signe de tête.) Comment vas-tu, après une autre soirée captivante plongée dans tes bouquins ?

— J'adore le fait que, dans ta bouche, être éduqué devient quelque chose de négatif, rétorque Bridget d'un ton sarcastique.

— J'ai fait des études, se défend Magnolia.

— Tu as une licence d'arts, se moque Bridget. On sait tous que c'est juste un moyen pour les gens de la haute de dire « pas la moindre idée de ce que je veux faire de ma vie » et que tu as versé une somme considérable à l'Imperial College pour que ça te soit confirmé sur un morceau de papier.

— Ouais, mais bon, déjà, elle a été acceptée à l'Imperial College…, interviens-je.

Bridget lève les yeux au ciel.

— Comme si l'argent de papa n'y était pour rien…

— Les universités ont besoin de se développer, et donc de financements. (Parks hausse les épaules, aucunement ébranlée par l'accusation de sa sœur.) C'est le cycle naturel.

Bridget la regarde bizarrement.

— Ah oui ?

Je ricane.

— Dis-moi, Bridget, qu'est-ce que ça fait de n'avoir rien d'autre dans sa vie que la fac, les dissertations et les révisions ? (Parks se tourne vers moi.) Tu ne trouves pas ça triste, toi ?

Je souffle bruyamment.

— Ne me mêle pas à cette discussion.

— Bref. En tout cas…, commence Bridget. Je vois que vous êtes de nouveau… (Elle désigne le lit de Magnolia.) Est-ce que c'est le moment où l'on a « la » conversation ?

— Tu es aussi qualifiée qu'une patate pour avoir cette conversation, Fridget…

— J'ai une vie sexuelle, grogne celle-ci.

— Avec qui ?

— Des gens.

— *Des* gens ? (Magnolia arque exagérément les sourcils, manifestant son scepticisme.) Au pluriel ? Vraiment ? (Elle me donne une tape.) Tu y crois, toi ?

— Elle est bien bonne, celle-là… Pluriel ! rétorque Bridget. La seule personne avec qui tu aies couché, c'est lui.

Les joues de Parks s'embrasent.

— Si on parle de pénétration, peut-être, mais…

— Oh, putain…, maugréé-je.

Les deux sœurs dans toute leur splendeur. Elles sont comme ça depuis qu'on est gosses.

Et Bridget est la personne que Parks aime le plus au monde – avec moi, probablement.

— BJ. (Bridget esquisse un petit mouvement du menton vers moi.) Torse nu, encore. (Elle enchaîne avec un clignement de paupière d'une gênance absolue.) Merci.

— C'était un clin d'œil, ça ? demande Magnolia qui sait très bien que oui. Ou tu as un problème avec tes lentilles ?

— Eh, BJ ! lance Bridget, ignorant sa remarque. Tu voudrais bien nous rendre service et faire jouir cette fille un bon coup, histoire qu'elle soit un peu moins chiante ?

— Crois-moi, Bridget, j'essaie, réponds-je avec un grand sourire.

Magnolia me frappe de son long bras mince, et je vois bien que ça lui fait plus mal qu'à moi. Bridget lève les yeux au ciel et repart en fermant la porte derrière elle. Je regarde Parks et elle me rend mon regard, et il se passe la même chose que tous les soirs. Nous nous dévisageons. Mes yeux sont presque aussi ronds que les siens. Nous restons ainsi, figés, assaillis par le souvenir des personnes que nous étions, tandis que les images de toutes les choses que nous avons faites dans cette chambre se détachent des murs et dansent autour de nous, comme les fantômes d'une autre époque.

Quelqu'un vous a déjà regardé droit dans les yeux en vous renvoyant toutes les blessures que vous lui avez infligées ? Putain, c'est intense. Mais vous savez quoi ? Elle aussi, elle m'a fait souffrir.

Elle tape deux fois dans ses mains. Les lumières s'éteignent, et elle continue de me fixer pendant quelques secondes. Je l'aime, dans le noir. Je veux dire, merde… Je l'aime à en crever quel que soit l'éclairage, et dans l'obscurité aussi.

Elle s'allonge, disparaît sous la couette, puis ressort juste la tête. Nous contemplons tous deux le plafond. Sa respiration est calme. Elle a différentes manières d'être calme, vous savez ? Un calme pensif, un calme fatigué, un calme serein…

Celui-ci est pesant, légèrement chargé de contrariété. Mais elle est toujours un peu en colère contre moi, de toute façon, je crois.

Et c'est normal, à vrai dire. Je comprends. Je me déteste pour ce que j'ai fait, vingt-quatre heures sur vingt-quatre, sept jours sur sept. Rien à voir avec ces conneries qu'on vous sert, genre : « Les remords vont et viennent, telles des vagues » – je me hais, *constamment*. Je m'efforce simplement de le refouler.

Magnolia est très douée pour refouler. Même sa respiration calme.

Alors je lui pose « notre » question.

— Il fait quel temps chez toi, Parks ?

Elle tourne la tête vers moi, et je vois sa bouche s'étirer en un sourire.

— Doux. (Elle se tortille vers moi.) Il fait quel temps chez toi, BJ ?

Je roule sur le flanc pour lui faire face.

— Ciel dégagé.

3

Magnolia

Je me réveille avant BJ presque tous les matins, c'est comme ça depuis que nous sommes petits.

Eh oui, nous nous connaissons depuis tout ce temps. Depuis qu'on est gosses. Henry et moi étions ensemble en dernière année de maternelle à Dwerryhouse Prep, puis en primaire, jusqu'à ce que nous entrions à Varley en sixième.

Je n'ai pas beaucoup de souvenirs de BJ avant le secondaire. Il existait, c'est tout.

Un été, je devais avoir sept ans, nos familles sont parties ensemble en vacances à Capri, à bord d'un magnifique yacht. Nous étions à quai, et les parents buvaient un verre dans un petit bar sur la plage pendant que nous, les enfants, jouions sur le sable. Je suis tombée d'une jetée et me suis horriblement coupée sur des coquilles d'huîtres. Du sang partout. C'est l'un de mes seuls souvenirs vraiment nets de BJ datant d'avant le secondaire : lui plongeant et me remontant à la surface. Ses cheveux étaient plus clairs, à l'époque. « Je te tiens », m'a-t-il murmuré en nageant vers le rivage. Cette chute m'a valu quelque chose comme vingt-deux points de suture.

Il m'a accompagnée à l'hôpital. Je n'ai pas compris pourquoi. Bien des années plus tard, il m'a dit qu'il m'aimait déjà alors, mais je n'ai pas prêté grande attention à cette révélation sur le moment, car BJ n'était pour moi que le grand frère de Henry et j'étais raide dingue de Christian. Probablement un sujet resté sensible pour nous tous aujourd'hui, tout compte fait.

Enfin bref. Henry, Paili, Christian et moi étions tous dans la même classe, nous formions une petite bande. Nous ne traînions jamais avec leurs frères. À l'époque, la différence d'âge semblait trop importante. BJ et moi nous sommes embrassés quand j'avais treize ans. Au jeu de la bouteille, lors d'une fête chez les Hemmes. Le baiser avait été agréable, mais il n'en demeurait pas moins le grand frère de mon meilleur ami.

Pourtant, plus les années de secondaire passaient, plus il devint difficile d'ignorer Baxter James Ballentine. À quinze ans, c'était un des garçons les plus populaires du lycée, pas pour ses résultats scolaires, qui n'avaient rien de brillant, mais pour ses prouesses dans l'équipe de rugby de l'école, les First Fifteen Rugby (qui lui valurent d'être convoité par les Harlequins et les Ulster une fois son bac en poche ; malheureusement, une mauvaise déchirure de l'ischio-jambier au cours d'un entraînement l'a obligé à abandonner ce sport). Lycéen, il participait à des compétitions régionales de natation, jouait au hockey, également comme milieu de terrain, mais ce n'est pas pour ça non plus que tout le monde savait qui il était. Tout le monde savait qui il était grâce à sa tignasse hirsute châtain clair qui suintait le sex-appeal adolescent, et ce sourire en coin si irrésistible que même les profs lui auraient jeté leur petite culotte si elles n'avaient pas risqué de perdre leur boulot.

Vous savez, quand vous êtes au lycée et que les trois attributs les plus sexy d'un mec sont ses cheveux en bataille genre « je sors du lit », ses épaules musclées, et son don pour le skate ?

BJ offrait la panoplie complète.

Et puis il avait ce regard qu'on ne croise normalement que dans une chambre à coucher et qui semblait vous déshabiller sur place. Je sais que ça vous paraît inapproprié, mais c'est parce qu'il ne vous l'a jamais adressé : si c'était le cas, vous comprendriez et vous passeriez votre existence à attendre qu'il vous reluque de nouveau comme ça.

À Varley, vous ne pouviez pas ne pas savoir qui était BJ Ballentine.

À Londres non plus.

C'était la semaine suivant la rentrée scolaire – pour les grandes vacances, les Ballentine nous avaient tous emmenés aux Canaries quelques semaines, parce que, d'après Lily, après trois enfants, un ou six de plus, qu'est-ce que ça change ? J'avais quatorze ans, et c'est l'été au cours duquel j'ai cessé de craquer pour Christian et commencé à m'intéresser à BJ, me demandant s'il m'aimait bien aussi. Mais, à l'époque, il était BJ Ballentine, et je me disais que je prenais probablement mes rêves pour des réalités.

Donc, quelques jours après la rentrée, je discutais dans les couloirs du lycée avec Paili quand il s'est dirigé droit sur moi, s'est appuyé d'une main sur mon casier, de telle sorte que je me suis retrouvée coincée – le *move* classique de bad boy dans tous les films d'ados par excellence. Sauf qu'il n'avait rien d'un bad boy. Il aimait peut-être se considérer comme tel, mais il était tout le contraire : pas une fois il n'a oublié l'anniversaire de sa mère, à qui il apportait des fleurs tous les week-ends où il rentrait chez lui. Son film préféré de tous les temps est *Mary Poppins*, dont l'héroïne a été son premier amour – moi, je ne suis que le second.

Déjà, à l'époque, ses épaules étaient tellement larges qu'à leur simple vue on pensait « mec balèze ». Mais c'était juste une façade. Quand son grand-père est mort, il a commencé à emmener sa grand-mère en balade une fois par semaine. Il le fait toujours, d'ailleurs.

En plus de Henry, la fratrie compte trois sœurs, dont deux plus jeunes, avec qui BJ a toujours été très protecteur. Ni Allison ni Madeline n'ont eu de copain pendant toute leur scolarité, aucun garçon ne voulant risquer de se mettre les frères Ballentine à dos.

Donc, devant les casiers, il s'est passé une main dans les cheveux, a baissé les yeux vers moi – avec cette curieuse assurance toute neuve, comme s'il s'était réveillé ce matin-là et rendu compte qu'il était le garçon le plus canon du monde.

— Salut, Parks ! a-t-il lancé avec un petit hochement de tête de mec détaché.

— Salut ! ai-je répondu en plongeant mes yeux dans les siens parce que c'est ce que les magazines pour filles vous disent de faire.

— Je veux sortir avec toi, m'a-t-il annoncé.

— Oh ! (C'est tout ce que j'ai bredouillé, avant de cligner plusieurs fois des yeux.) Pourquoi ?

Il a éclaté de rire, toujours parfaitement cool et calme, et je crois que si nous avions tous pu jeter un coup d'œil derrière les rideaux du ciel à cet instant, nous aurions vu les vieilles Parques tissant les fils de nos destins ensemble, de cette façon pure, lumineuse, inexorable, inextricable. J'ai dit « tisser », pas « nouer ». Parce que j'ignore si nous serons un jour dissociables. Pas facilement, en tout cas.

— T'es d'accord ? a-t-il demandé encore. Ce week-end ?

J'ai pincé les lèvres.

— Non.

Paili m'a regardée comme si j'avais perdu la tête, et le visage de BJ s'est décomposé.

— Mes grands-parents fêtent leur anniversaire de mariage au *Four Seasons*, ce week-end. Je ne peux pas ne pas y aller, Marsaili m'a dit qu'elle me confisquerait mon téléphone…

— Oh, merde. (Il a ri.) Moi aussi, je suis censé y aller. Avec mes parents.

— Oh !

Je suis devenue toute rose.

— Alors on pourra y aller ensemble ?

J'ai hoché imperceptiblement la tête, mais il m'a semblé pertinent de préciser :

— Ça risque d'être assez assommant…

Il m'a souri, et ses yeux ont pétillé, ce qui laissait présager des ennuis.

— Je me charge de rendre la soirée plus fun.

Il a tenu parole, au fait. Il l'a rendue bien plus amusante. Il rend tout plus amusant.

Nous sommes allés ensemble à la réception, ce qui a ravi nos parents. Un rêve devenu réalité, l'union de nos deux familles parfaites. C'était « écrit dans les étoiles », le « destin », « imaginez le mariage » et tout le tralala ! Une pression curieusement intense pour deux jeunes adolescents sortant ensemble pour la première fois – et n'ayant aucun lien avec la famille royale saoudienne. J'ai clairement entendu ma mère prononcer à plusieurs reprises le mot « fiancés », mais je ne m'en suis pas formalisée, revivant en boucle la seconde où, descendant l'escalier en marbre, je l'ai vu lever les yeux vers moi.

Il a dégluti. Ses yeux ont parcouru mon corps de la même manière qu'ils le font aujourd'hui, même si c'est pire maintenant, car il m'a déjà vue nue.

— Ouah, s'est-il extasié.

Ensuite, il a juste souri timidement et baissé les yeux.

Ce soir-là, à Trinity Square, pendant que l'assemblée attablée écoutait religieusement mon oncle Tim prononcer un discours aviné en l'honneur de mes grands-parents (« À Linus et Annora, bes abis et peaux-barents, un bodèle et une insbiration pour la vie »), j'ai trouvé mignon que BJ me caresse la main sous la nappe, jusqu'à ce que je m'aperçoive qu'il était en fait occupé à empiler lentement du pain sur mes genoux. J'ai été prise d'un fou rire irrépressible, et j'ai pensé qu'il était la personne la plus incroyable du monde. J'ai eu l'impression de découvrir un secret qui n'appartenait qu'à moi. Je me souviens qu'ils ont joué *I'll Be Seeing You* de Billie Holiday, et que mon grand-père s'est levé pour inviter ma grand-mère à danser. Au bout d'une minute, BJ m'a offert sa main. Je me suis mise debout, et un million de rondelles de pain ont dégringolé de mes cuisses. Alors il s'est mis à rire, m'a saisi la main et m'a attirée contre lui – j'aime quand il m'attire contre lui –, dansant comme tous les fils de familles argentées savent danser, ayant grandi en allant de galas en mariages princiers. Ce soir-là, il a fait valser mon cœur hors de ma poitrine.

En général, lorsque je me réveille tôt, je lui dis que c'est pour prendre le temps de méditer sur les beautés de l'existence, mais, en réalité, je me contente de le regarder. J'imagine qu'on peut considérer qu'il fait lui-même partie des beautés de l'existence. Les choses douloureuses peuvent rester belles, vous savez.

Ce matin, il dort la tête rejetée en arrière, le cou tendu, la mâchoire saillante… Je refoule l'envie de lui faire toutes les choses que je lui ferais si nous faisions encore des « choses ». Ses paupières frémissent, puis s'ouvrent, et il m'observe pendant quelques secondes.

— À quoi tu penses ?

— À Billie.

Il frotte son œil fatigué et m'adresse un petit sourire.

— Je l'aime.

Les mots flottent un moment entre nous. Nous savons tous les deux ce qu'ils cachent vraiment.

— Moi aussi.

BJ enfile rapidement le pantalon de jogging en jersey de coton bleu marine orné d'un galon gros-grain de chez Thom Browne – différent de celui dans lequel il a dormi. N'allez pas en tirer de conclusions farfelues, ce n'est pas comme s'il avait des tas de fringues ici… juste un tiroir. Ou deux. Ou trois. D'ailleurs, ce ne sont même pas vraiment « ses » tiroirs. Pour des raisons de praticité, je l'autorise à y conserver quelques affaires. Pantalons de jogging, tee-shirts, sous-vêtements et autres effets personnels, ainsi que *Ombré Leather* de Tom Ford, dont je n'asperge absolument pas mon oreiller les nuits qu'il ne passe pas avec moi. Il me semble également important de souligner que je range mon étiqueteuse dans ces tiroirs, donc, sincèrement, ils sont à peine à lui. Bref. Il enfile un tee-shirt, moi une robe de chambre, et nous dévalons l'escalier pour aller prendre notre petit déjeuner.

Ma famille est réunie autour de la table de la salle à manger.

— BJ.

Mon père lève les yeux de son bol de baies d'açai et lui adresse un léger signe de tête.

— BJ ! s'exclame ma mère avec un sourire rayonnant, comme si ça ne faisait pas une semaine qu'elle le voyait au petit déjeuner.

— BJ, lâche Marsaili sur un ton bien différent.

Les secondes chances, ce n'est pas vraiment son truc, à notre Mars.

Je prends place, vexée.

— Et moi ? Je suis transparente ?

Ma sœur ricane.

— Bien au contraire. Tu es un peu trop visible. Qu'est-ce que tu portes ? T'es en sous-vêtements ?

— Non, Bridget, ce serait tout à fait inapproprié.

Bridget agite une main vers moi.

— Et donc, ces fringues, c'est… ?

— … plutôt agréable à regarder, franchement, Bridget…, intervient BJ, et je me rengorge de plaisir, mais Mars a l'air furax.

Mon père jette un coup d'œil à BJ, feignant d'être contrarié par son commentaire.

Autrefois, face à ce genre de réaction, BJ était dans ses petits souliers, mais maintenant rien n'ébranle plus ce salaud arrogant, et il se contente de décocher un grand sourire à mon père. Harley l'apprécie. Il lui arrive de prétendre le contraire – je suppose que, d'une certaine façon, il tient à tenir le rôle du père qui n'apprécie pas l'homme avec qui couche sa fille, mais, techniquement, nous ne couchons plus ensemble. Même si nous dormons ensemble. Et puis il est à peine un père pour moi, même si officiellement, c'est ce qu'il est.

— Harley. (Je lui souris sèchement.) Ton voyage s'est bien passé ?

— Magnolia, me salue-t-il avant de soupirer. Combien de fois t'ai-je demandé de m'appeler « papa » ?

— Et combien de fois t'ai-je demandé de te comporter comme tel ? Et pourtant...

Je lui adresse un sourire éblouissant, tandis que BJ me balance un coup de pied sous la table, accompagné d'une grimace m'intimant de me taire.

— Magnolia.

Marsaili me lance un regard d'avertissement.

Sur sa chaise, mon père croise et décroise les jambes, agacé.

— Oui, mon voyage s'est bien passé.

— Tu as travaillé avec qui ?

Mon père tend le bras pour attraper la moitié d'un fruit de la passion.

— Chance.

— Chance qui ? s'enquiert Bridget, complètement à la masse.

— Chance le facteur. (Je lève les yeux au ciel.) Le rappeur, espèce de débile !

— Surveille ton langage, gronde Mars en me faisant les gros yeux.

Elle est l'unique adulte responsable que je connaisse.

Marsaili est écossaise, petite, et a un jour battu Jonah au bras de fer. Elle est férocement protectrice et agressivement maternelle, ce qui s'est révélé utile au fil des années, étant donné que ma sœur et moi avons systématiquement manqué de la moindre autorité parentale. Côté maternel et paternel. Deux zéros pointés, si je devais les noter. Ce que je me surprends souvent à faire.

Ma mère avait une fâcheuse tendance à disparaître avec Fergie (l'ancienne membre de la famille royale, pas la chanteuse des Black Eyed Peas) pour un week-end entre filles qui durait finalement une semaine. Quant à mon père, il a probablement raté plusieurs événements clés de ma vie parce qu'il se trouvait justement avec les Black Eyed Peas.

Bushka entre dans la salle à manger en traînant les pieds et pose brutalement une assiette de bortsch devant moi, éclaboussant copieusement la nappe.

— Euh, excuse-moi ? (Je la regarde comme si elle avait perdu la tête.) Ceci est une robe de chambre en satin et vraies plumes qui a coûté au moins 2 000 livres.

Bushka. Ma grand-mère. Immigrée russe. Elle doit avoir cinquante mille ans et son régime alimentaire est constitué exclusivement de vodka et de légumes au vinaigre. Ma mère l'a invitée pour un court séjour quand elle a épousé mon père, et Bushka a refusé de repartir – je me demande toujours pourquoi.

Mon oncle Alexeï la traite avec bien plus d'égards que ma mère ne l'a jamais fait. Lui et sa famille ont une chambre qui l'attend dans leur appartement d'Ostozhenka, dans un immeuble magnifique du Noble Row, avec vue sur le Kremlin et la cathédrale du Christ-Sauveur. Malgré tout, elle insiste pour rester avec nous. Comme elle refuse d'être envoyée en maison de retraite (ou en centre de désintoxication), Marsaili se voit obligée de l'emmener tous les jours à des activités spéciales troisième âge afin qu'elle ne traîne pas à la maison quand mon père y travaille, sinon elle essaie de s'incruster dans ses séances d'écriture. Elle jure à qui veut l'entendre qu'elle a même participé à la création d'une des chansons les plus connues de One Direction.

— Bon pour toi.

Elle désigne l'assiette d'un geste tout en s'asseyant à mes côtés.

— C'est dégoûtant pour moi et ça représente clairement un risque pour ma santé.

Elle fronce les sourcils.

— Tu honte d'être Russie ?

— Je n'ai pas honte d'être russe. (Je lui donne une petite tape apaisante sur le bras.) Je ne suis pas russe. Tu es russe. Moi, je suis de Kensington.

Je jette un coup d'œil à ma mère pour qu'elle vienne à ma rescousse, mais elle est distraite – occupée à lorgner BJ. Je ne peux pas lui en vouloir. BJ et cette maudite bouche qu'il a, toute pulpeuse ce matin comme si on l'avait embrassée toute la nuit, même si, en fait, rien à voir, elle est comme ça, c'est tout. Je mords férocement dans une fraise.

Il le remarque, ravale un sourire.

— Tout va bien, Parks ?

Je l'ignore.

— C'est héritage.

Bushka rapproche dangereusement l'assiette de moi.

— Des betteraves froides et du bouillon de viande, notre héritage ? intervient Bridget.

Mon père esquisse une grimace sans lever les yeux de son téléphone.

Bushka hoche vivement la tête.

— Plus ingrédient spécial, précise-t-elle avec un clin d'œil.

— De la vodka, annonce Marsaili. Au cas où qui que ce soit aurait le moindre doute. Allons, faisons disparaître ça.

— Oh, cool. (BJ saisit l'assiette, la renifle.) Comme une sorte de Bloody Mary russe ?

Il en avale une cuillerée, puis adresse à Bushka un sourire encourageant et lève les pouces. Quand elle détourne les yeux, apaisée, il réprime silencieusement un haut-le-cœur. (« Le bœuf », chuchote-t-il d'une voix rauque.)

— Donc… (Marsaili se racle la gorge.) Vous êtes dans les journaux de ce matin, tous les deux…

— Ooh ! roucoulé-je. Je suis jolie sur les photos ?

Bridget lève les yeux au ciel.

— Parce que c'est ça, le plus important, bien sûr…

— Divine, mon chou, me rassure ma mère. Ton décolleté était phénoménal. Tu ne devrais porter que des hauts avec les épaules dénudées, cette semaine.

Je claque des doigts à son intention pour lui signifier : « noté ».

— Trop maigre. Mange bortsch, exige Bushka.

— « Magnolia Parks-BJ Ballentine, le couple le plus instable de tout Londres, a provoqué un petit scandale, hier soir au *Dorchester*, après être tombé sur un des nombreux anciens amants de Parks, dont le nom n'est pas connu… »

— Nombreux, c'est-à-dire ? demande mon père, toujours sans lever le nez de son téléphone.

— Plusieurs, répond Bridget assez inutilement.

— L'article dit vraiment « pas connu » ? m'exclamé-je en arrachant le journal. (Je jubile.) Brooks va en crever de rage.

Ignorant ma remarque, Mars me reprend le journal et poursuit sa lecture.

— « Ballentine, jaloux, semblait disposé à en venir aux mains, mais la situation a été contrôlée avant que l'altercation n'aille plus loin. »

BJ hausse les épaules.

— Pas mal.

— « Disposé à en venir aux mains », répété-je, songeuse.

— Et puis il y a plusieurs photos qui suggèrent que vous êtes ensemble…

— Ils *sont* ensemble, intervient Bridget.

Je lève les yeux au ciel, et BJ lui lance un bagel.

— Lien traumatique ! s'écrie ma sœur, comme si elle souffrait d'un genre de syndrome de La Tourette.

— Je te demande pardon ? s'étrangle mon père.

— C'est une piste que nous n'avons pas explorée au cours de nos innombrables tentatives pour expliquer leur relation, jacasse-t-elle, tandis que je la dévisage, les yeux écarquillés. Les liens traumatiques !

— D'accord, mais qu'est-ce qui aurait traumatisé ces deux-là ? s'exclame mon père.

BJ et moi échangeons un regard qui ne dure qu'une fraction de seconde.

Ma sœur est malheureusement décidée à faire entendre combien elle juge notre relation malsaine. Bridget croit tout savoir parce qu'elle est en troisième année de psychologie à Cambridge. Cela dit, en vérité, elle se ridiculise complètement – même avec ma modeste licence d'arts, je sais que, au pire, nous sommes incompatibles.

— Vous deux, coupe ma mère. Vendredi, c'est la soirée de lancement de mon nouveau parfum chez *Harrods*. Vous serez là, bien entendu ?

— Et par « vous deux », tu veux dire : un (je me désigne, puis pointe le doigt vers BJ), deux ? Pas le numéro deux auquel tout le monde pense, dans cette pièce.

Bridget m'ignore.

— Je suis en train de t'appeler « numéro deux », Fridget. Comme un vulgaire caca.

Bridget lève les yeux vers le plafond, feignant une lassitude infinie.

— Si tu es obligée de l'expliquer, Magnolia, c'est que ta blague est nulle.

— Nous serons là, promet BJ.

— Et je m'assurerai que le service de sécurité ne la laissera pas entrer, dis-je en montrant ma sœur qui me jette une pomme. Et voilà, je vais avoir un bleu ! protesté-je en faisant la moue.

— C'est parce que tu es sous-alimentée, rétorque-t-elle.

Bushka pousse l'assiette devant moi.

— Bortsch.

4

BJ

Je pousse la porte de *Hide*, sur Piccadilly, et j'entends les gars acclamer bruyamment mon entrée.

L'heure du petit déjeuner est un peu passée, aucune idée du jour qu'on est.

Les paparazzis sont dehors. Ils adorent nous surprendre tous ensemble.

Les « Quatre Mousquetaires milliardaires » – c'est ainsi qu'ils nous surnomment. Mais la blague est un peu naze, vu qu'aucun de nous n'est milliardaire. Peut-être si l'on cumulait nos fonds fiduciaires…

— Eh ! s'exclame mon frère.

— L'homme, le mythe…, commence Christian.

Jonah me donne une grande claque dans le dos quand je prends place à côté de lui.

— J'arrive pas à croire qu'elle t'ait laissé sortir, mon pote. (Je lève les yeux au ciel.) Tu portes un bracelet électronique ?

Il vérifie.

Je fais signe à la serveuse. Mignonne. Cheveux courts, petit nez.

— Excusez-moi. (Je lui souris.) Est-ce que nous pourrions commander à boire ?

— Cafés ?

Mon sourire s'élargit à cette idée stupide, je secoue la tête.

— Non, mon chou, intervient Jo, hilare. On veut du lourd.

Je désigne les deux frères Hemmes.

— Deux Bloody Mary. (Je montre Hen.) Un Screwdriver. (Puis je pointe le doigt vers mon torse.) Et un Greyhound.

— C'est parti.

Elle m'adresse un sourire m'indiquant que je pourrais carrément l'avoir dans mon lit plus tard si j'en avais envie.

Jonah le surprend et me décoche un coup d'œil discret.

— Alors, lance Jo en jetant un regard circulaire à la tablée. Je tiens à être clair. Notre bon vieux BJB n'a pas dormi une seule fois dans son lit en deux semaines.

Je secoue la tête.

— Faux.

— Sans Parks, précise Jo.

Ça se pourrait bien. Mais personne n'a besoin de l'entendre.

Mon frère se passe les mains dans les cheveux.

— Intéressant, intéressant… parce que Allie m'a dit que Bridget lui avait confié que vous vous étiez presque embrassés, l'autre soir.

Je lève les yeux au ciel. Parks et moi, nous nous presque-embrassons tout le temps.

— Et, renchérit Henry, maman m'a raconté ce matin que Magnolia et toi aviez passé deux nuits chez eux il y a deux semaines.

Je souffle par le nez. Ces débiles tiennent un journal de bord ou quoi ?

— Maman a également remarqué que Magnolia n'avait pas dormi dans sa chambre, mais dans la tienne.

— OK. (J'agite une main dédaigneuse.) Donc, la conclusion de tout ça, c'est que toi, Henry, maman, Al, Bridget et Jo avez tous bien trop de temps à perdre.

Je remarque que Christian n'a pas décroché un mot. Il se contente de m'observer, avec une expression assez indéchiffrable. Cela dit, ça n'a rien de surprenant venant de lui, il est plutôt du genre insondable. Surtout quand il est question de Parks.

La serveuse nous apporte nos cocktails et me glisse son numéro, que j'empoche, par habitude.

— Tu comptes l'appeler ? me demande Christian alors qu'elle s'éloigne.

Je me gratte le nez.

— Non. (Je me tourne pour lui lancer un coup d'œil. Plutôt canon.) Peut-être.

Je fais exprès de ne pas le regarder. Je ne tiens pas à voir la tête qu'il fait – son air désapprobateur. C'est quoi, son problème ? Il est loin d'être un modèle de vertu, putain – pas avec ce que fait sa famille. Et, je veux dire, ils sont *tous* protecteurs vis-à-vis de Parks. Il aurait suffi que j'aboie une fois pour qu'ils arrachent la tête à cette petite merde de Calloway. Mais, pour Christian, c'est différent. Il se montre protecteur vis-à-vis de Parks du fait de leur… je-ne-sais-quoi.

Nous nous sommes battus une fois à cause de ça. Il y a trois ans environ. Nous étions censés partir en week-end entre mecs à Prague, mais Christian s'est défilé à la dernière minute, sous prétexte d'un truc de boulot ou une connerie du style – les frères Hemmes possèdent plusieurs clubs. Enfin bref. Finalement, notre vol a été annulé, alors nous sommes sortis ce soir-là.

C'était peu après notre rupture, à Parks et moi. Tout frais. Genre moins de trois mois.

Nous sommes allés au *Box*, dans Soho – Hen, Jo et moi –, et je vous jure que, à la seconde où nous sommes entrés, mon cœur a dégringolé cinquante étages.

Elle était dans le coin le plus sombre de la boîte, en train de se faire rouler des pelles et peloter par un connard. J'ai eu l'impression de littéralement prendre feu. Je ne pouvais pas y croire.

J'ai foncé droit sur eux, tiré le mec en arrière – pur réflexe – et je l'ai projeté contre un mur. Je ne me suis pas tout de suite rendu compte qu'il s'agissait de Christian. À partir de là, mes souvenirs ne sont pas très nets. Je me rappelle l'expression triste de Parks – ou peut-être un peu honteuse ? Moi, je la regardais comme si elle m'avait trahi, et même si ce n'était pas le cas, elle l'avait quand même fait. Je me souviens de ce que j'ai ressenti – genre : *Putain ! C'est ce que tu lui as fait, mais en cent fois pire.*

Ensuite, mon cerveau a embrayé la sixième. Christian a menti au sujet du week-end pour voir… Parks ? Il m'a menti à moi ? Pour être avec elle ? *Ma* elle ? J'ai aussitôt repensé à leur baiser – clairement, ce n'était pas le premier, bordel.

Mes tripes sont passées de l'état de loques à celui de bouillie.

Je me suis tourné vers Christian, qui venait à peine de se relever, et j'ai chargé. Je l'ai attrapé par le col de son tee-shirt, l'ai traîné à travers la foule, renversant des gens et des cocktails. J'ai entendu des cris, des bruits de verre brisé – rien à foutre, j'étais incapable de m'arrêter. Je l'ai plaqué violemment contre un mur, l'ai regardé dans les yeux – j'aurais voulu qu'il soit soûl, ou défoncé, ou n'importe quoi, mais il était parfaitement sobre, alors je lui ai balancé mon poing dans la mâchoire.

Ça a craqué méchamment, mais pas assez fort pour couvrir le cri de Parks.

Je me suis retourné pour la regarder – Jonah la retenait.

— BJ…, a commencé Christian, mais j'étais incapable de l'écouter, alors je l'ai frappé de nouveau.

Il ne s'est pas défendu, ce qui était bizarre, vu que, question baston, c'est le meilleur d'entre nous. Il s'est contenté de regarder Jonah, attendant qu'il intervienne, mais celui-ci a simplement secoué la tête et poussé Parks vers mon frère.

Je l'ai projeté encore une fois contre le mur.

— Stop ! a crié Christian en me repoussant avant de se redresser et de carrer les épaules.

Mais j'ai bien vu qu'il ne voulait pas se battre avec moi.

— Pardon ? a dit Jonah en s'approchant de son cadet.

Christian lui a adressé un regard fatigué et blessé.

— Tu vas le laisser me casser la gueule, Jo ?

— Non. (Jonah a soutenu longuement son regard.) Je vais l'y aider.

Moi et Jo ? Comme cul et chemise. Des frères.

Ma mère était un peu nerveuse à l'idée que Hen et moi traînions avec les Hemmes, parce que, même si personne n'en parle vraiment, les gens savent ce que trafique leur famille, vous voyez ? Je veux dire, vous prenez le thé avec leur mère, et au bout de trente secondes Rebecca Barnes vous offre de quoi faire s'envoler tous vos soucis. C'est pour ça qu'elle est bonne dans son domaine.

Jonah et moi sommes potes depuis le primaire. Nous pratiquions les mêmes sports, etc. Mais, en cinquième, en rentrant d'un entraînement un samedi… on a trouvé sa sœur noyée dans la piscine.

On avait douze ans. Elle, quatre. On a plongé, on l'a remontée. J'ai essayé de la réanimer. Jonah a appelé de l'aide. Elle était toute bleue. Partie bien avant qu'on arrive.

Les garçons sont restés chez nous pendant un mois. Bridget avait raison au sujet des liens traumatiques.

Donc, Parks, au *Box*… hurlant à Jonah et moi de laisser Christian tranquille, de lui foutre la paix – pour être honnête, ça n'a fait qu'empirer les choses, pour moi, de l'entendre se préoccuper d'un autre mec.

— Hemmes ! a beuglé un videur du club derrière nous, avant de secouer la tête. Dehors.

Jonah a saisi Christian par le col pour l'écarter du mur, puis l'a poussé vers la sortie, le bousculant suffisamment fort pour qu'il trébuche et s'écroule sur le trottoir.

Ensuite, je ne sais pas ce qui s'est passé, je me suis retrouvé à donner des coups de pied dans le ventre d'un de mes meilleurs amis.

— C'est elle, ton « truc de boulot » ? lui ai-je hurlé.

Parks sanglotait quelque part derrière nous, mais j'étais incapable de me concentrer suffisamment pour l'entendre.

Jonah se tenait en retrait et nous regardait, nous laissant régler notre histoire.

— BJ, a croassé Christian en essuyant le sang qui coulait sur son visage. Tu ne…

— Quoi ? Tu piges pas ? ai-je grondé. C'est Parks. Elle est à moi. (Je l'ai soulevé du sol avant de le lâcher, et il est retombé lourdement.) Elle sera toujours à moi.

— Non ! a-t-elle craché avant de se libérer de l'étreinte de Henry pour m'attraper le bras et me faire pivoter, plantant son regard dans le mien. Va te faire foutre !

J'ai lancé un coup d'œil à Henry, derrière elle.

— Ramène-la chez elle.

Je ne pouvais même pas la regarder dans les yeux, les miens étaient pleins de larmes, et elle, elle me hurlait dessus…

— Tu ne peux pas me forcer. Viens, Christian. Allons-y…

Elle avait l'air effrayée. Aujourd'hui, quand je pense que nous lui avons fait peur, ça me retourne l'estomac.

— Il ne part pas avec toi, Parks, lui a dit Jonah.

— Si.

Elle a reniflé, s'est penchée pour aider Christian à se relever, mais Jonah l'a poussé pour l'écarter d'elle.

— Emmène-la tout de suite ! ai-je de nouveau crié à Henry, tout en lui décochant un regard d'avertissement.

— Vas-y, Magnolia, lui a dit Christian. (La façon dont il l'a regardée m'a rendu dingue.) Je t'appelle demain matin.

Jonah a lâché un grognement sourd, mais Christian lui a jeté un regard qui l'a fait reculer.

— Je t'appelle demain matin, a insisté Christian.

Henry a saisi Parks par le coude et l'a entraînée vers une voiture.

— Je te déteste ! m'a-t-elle lancé d'une voix étranglée, à peine capable de croiser mon regard.

Je ne crois pas qu'elle m'ait jamais détesté auparavant, même quand j'ai fait ce que j'ai fait. J'ai serré les mâchoires, et ensuite j'ai donné un coup de poing dans le ventre de Christian. Je l'ai cogné jusqu'à ce qu'il vomisse dans une ruelle derrière la boîte où il avait embrassé ma nana, et je l'ai laissé là. J'ai l'impression que mes côtes se tordent dans ma poitrine quand je repense à toute cette merde. Le visage démoli de Christian, mes phalanges bousillées, toutes les questions auxquelles il me fallait des réponses pour pouvoir de nouveau respirer. Avaient-ils couché ensemble ? L'avait-il vue nue ? Où l'avait-il touchée ?

Je n'en ai toujours aucune idée aujourd'hui.

— Alors, BJ… (Jonah me flanque une tape sur l'épaule.) Sérieusement. Tu couches de nouveau avec Magnolia ?

Je repousse sa question d'un revers de main.

— Non, mec.

— Jo, ricane Christian, à la seconde où Magnolia Parks l'acceptera de nouveau dans son lit, t'inquiète pas qu'il le criera sur tous les toits.

Je lui adresse un sourire blasé.

— J'ai accès à son lit depuis que j'ai quinze ans.

— Ouais… (Mon frère me lance un regard.) Mais il le crierait effectivement sur tous les toits si elle l'acceptait de nouveau en elle…

— Fais gaffe à ce que tu dis.

Je pointe le doigt vers lui. Mais il n'a probablement pas tort. Jonah se marre. Pas Christian, qui essaie néanmoins de sourire. Raté.

— Qu'est-ce que vous avez de prévu aujourd'hui, les gars ? demande Jonah.

— Fac, soupire Henry.

— Je dîne avec Bébé Haites, ce soir, répond Christian en bâillant.

— Eh ! (Je le gratifie d'un large sourire. Sincèrement content, pour lui et pour moi.) Je l'aime bien, elle.

Il se tourne vers moi et me jette un regard à la fois amusé et contrarié.

— Ouais, et elle t'aime bien aussi, figure-toi.

— Oh, putain, les mecs… Ne recommencez pas…

Jonah s'adosse à son fauteuil et pousse un bâillement.

— Et toi, mon grand ?

Je soulève mon tee-shirt, montrant mon ventre avant d'y appliquer quelques claques.

— Muscu ? Quel genre d'exercices tu fais, en ce moment ?

— À part soulever des mannequins de chez Miu Miu…, ironise Christian.

Mon frère se penche en avant, curieux.

— Eh, comment tu as fait ça ?

Je lève les yeux au ciel.

— Je suis sérieux, me presse-t-il.

— Va te faire foutre !

Je finis mon verre d'un trait.

— Dans les chiottes ? chuchote Jonah.

Je m'esclaffe.

— Ma voiture.

5

Magnolia

Fin d'après-midi. Cocktail organisé en l'honneur du lancement du nouveau parfum de ma mère – *Velours Séduction*. Écœurant, je sais. Ça fait un peu trop d'informations sur la vie sexuelle de mes parents – je croyais qu'ils avaient rendu leur tablier immédiatement après avoir conçu Bridget, mais bon. En tout cas, je suis bien contente qu'elle sorte un parfum. Primo, ça rapporte un max ; deusio, les parfums sont importants.

Rien ne s'imprime autant dans votre mémoire que les odeurs.

Les vieux livres. Ma sœur.

Le thé au lait sucré. Marsaili.

Les cigares Hoyo de Monterrey. Mon père.

Les cigarettes mentholées. Bushka.

Chanel No 5 et huile de rose musquée. Ma mère.

Cardamome et cuir. Un certain Baxter James Ballentine.

Musc et fleur d'oranger ? Le pire jour de ma vie.

Le cocktail se déroule dans la salle de réception *The Lecture Room & Library* du restaurant *Sketch*, à Londres. J'arrive seule, ce que je déteste et adore à la fois. Je déteste, parce que je suis alors exposée à toutes sortes d'interactions sociales gênantes et de conversations mondaines insipides. J'adore, parce que je suis certaine d'attirer tous les regards. Ce qui ne manque pas de se produire. Je porte une robe de soirée Marchesa, au décolleté plongeant et aux multiples couches de tulle vert mousse ornées de perles, et je vous mets au défi de ne pas poser les yeux sur moi.

Le décolleté est trop échancré pour que je mette le collier que je porte toujours en secret. J'ai donc dû l'enlever. Sans lui, mon cœur me semble en équilibre précaire.

J'attrape une coupe de champagne sur le plateau que me tend un serveur et je la vide d'un trait – c'est le seul moyen de survivre à ce genre de mondanités. Puis je flâne dans la salle à la recherche de gens que j'apprécie – il doit y en avoir six sur cette planète, ou cinq, selon le comportement de BJ.

J'étais censée arriver avec Paili et Perry, les deux P, mais la circulation londonienne en a décidé autrement.

J'esquive un garçon avec qui je suis sortie il y a un certain temps – Breaker, de son petit nom, américain, rejeton d'une famille fraîchement enrichie grâce à l'élevage de vaches laitières aux États-Unis. Nous sommes sortis ensemble trois mois environ, pas plus. Il était ouvertement infidèle, et m'utilisait clairement pour accéder à la haute société, mais je m'en foutais parce que du coup BJ pouvait dormir dans mon lit quand ça me chantait, ce qui est en fait mon seul critère en matière de relation, ces temps-ci.

Je déambule, toujours en quête d'un visage familier, et soudain je me retrouve nez à nez avec Hamish Ballentine.

— Magnolia, dit-il en se penchant pour m'embrasser sur la joue. Tu es ravissante, ma chérie.

Je presse sa main dans la mienne – j'aime cet homme plus que mon propre père.

— L'article que tu as signé pour cette rubrique « voyage » était charmant, mon ange. Sur ce petit spa dans les Dolomites… J'ai bien l'intention d'y emmener Lily.

— Oh ! (J'applaudis joyeusement.) Elle va adorer. Prévenez-moi quand vous aurez vos dates. Je les appellerai pour m'assurer qu'ils vous chouchoutent.

Il m'adresse un petit clin d'œil reconnaissant.

— Et où est mon fils ? demande-t-il en jetant un regard circulaire autour de lui.

Contrairement à ce que croient ses parents, BJ et moi ne passons pas tout notre temps ensemble. Nous avons chacun nos vies. Enfin, j'ai un travail. Il a un… truc. Notre apollon a un contrat avec une grosse agence, des sponsors, et il poste des conneries sur Internet toute la journée.

Il n'aime pas dire qu'il est mannequin, et moi j'ai du mal à le considérer comme un influenceur, parce que c'est extrêmement gênant et que, soyons honnêtes, ce n'est pas exactement une carrière durable – mais il n'est pas… pas un influenceur, si ?

Il avait un shooting aujourd'hui – du sérieux, pas une de ces séances où il pose torse nu sur une voie ferrée à côté d'un clébard quelconque pour exciter ses followers. Je crois que c'était pour la ligne de prêt-à-porter de luxe Fear of God.

Et moi ? demandez-vous. Oh, j'ai bossé dur pendant deux heures au bureau, avant de filer chez George Northwood me faire coiffer.

— Il est censé me retrouver ici, expliqué-je à son père.

— Vous n'êtes toujours pas ensemble ?

— Toujours pas, Hamish.

— Bien sûr, bien sûr. (Il lève les yeux au ciel, visiblement pas convaincu.) Mais toujours amoureux ?

Je saisis ma jupe et feins de le fusiller du regard.

— Bien essayé, lui lancé-je par-dessus mon épaule tout en m'éloignant pour me réfugier auprès d'August Waterhouse.

Une des étoiles montantes de la scène musicale londonienne. Il a produit cinq des meilleurs tubes de l'année dernière en Angleterre.

Il est un poil plus âgé que moi, Gus. Trente ans, peut-être ? Perry en pince pour lui depuis longtemps, ce que vaut bien cet homme doux et sage.

— Gus, dis-je avec un sourire. Quelle agréable surprise de te voir ici ! J'ignorais que tu viendrais.

— Ton père ne m'a pas laissé le choix.

D'un geste, il désigne Harley, debout dans un coin de la salle en compagnie de Marsaili, l'air aussi peu ravi d'être là l'un que l'autre.

Je m'esclaffe.

— Il pourrait au moins feindre l'enthousiasme. Maman a bien fait semblant d'aimer la chanson pourrie qu'il a produite pour Dua Lipa l'année dernière.

— Eh ! (Gus me lance un regard vexé.) J'ai coécrit les paroles…

Je me racle la gorge, gênée.

— J'aurais dû me douter que tu serais là, Magnolia. Si Tommy avait su, il serait peut-être sorti de chez lui pour au moins quelques secondes.

Bien que flattée à l'idée que ma présence soit une raison suffisante pour que Tom England mette le nez dehors, je me surprends à froncer légèrement les sourcils. Ça m'a échappé. C'est tellement triste…

Tom est le meilleur ami de Gus. Son frère est mort brutalement il y a quelques mois d'une rupture d'anévrisme.

— Enfin… (Gus hausse les épaules, pensif.) Il paraît que les journaux ne parlent que de ta séparation ?

J'agite une main.

— Toujours.

Il a un petit rire.

— Tu prends ça merveilleusement bien.

— Ce n'est pas vraiment difficile si tu t'appliques à ne sortir qu'avec des cons.

Il s'esclaffe de nouveau.

— Je tâcherai de m'en souvenir.

— Gus ! s'exclame mon père en lui collant une claque dans le dos. Heureux que tu aies pu venir. Magnolia…

Il se penche et m'embrasse sur la joue. Je le laisse faire.

— Harley, lui dis-je avec un léger signe de tête accompagné d'un bref sourire.

Il roule des yeux à l'intention de Gus, puis ils échangent un regard lourd de sens : pas commode, la petite. Ayant repéré un rappeur au succès prometteur avec qui il aimerait travailler, Gus nous prie de l'excuser.

— Ma chérie, écoute… (Mon père croise les bras sur sa poitrine – nous ne savons jamais quelle attitude adopter en tête à tête.) Je suis censé participer à une retraite d'écriture. Aux États-Unis, quelque part dans la campagne…

— Ça a l'air génial, l'endroit rêvé si tu projettes de te faire assassiner, le coupé-je en hochant le menton.

— Pour être honnête, ça ne m'enchante absolument pas. J'essaie de les convaincre de venir plutôt ici, mais ils veulent un lieu tranquille où personne ne les dérangera. Des idées ?

D'abord, même si ça me fait mal de l'admettre, je suis super contente qu'il me demande mon opinion professionnelle sur quelque chose. Chercher l'approbation paternelle est terriblement cliché, je le sais bien, mais il me l'accorde tellement rarement que, quand cela arrive, je suis électrisée.

— Mmm… Heckfield Place, dans le Hampshire ?

Il secoue la tête.

— J'en ai entendu parler. Donc c'est trop connu.

Je fais la moue.

— Tu sais quoi ? Il y a quelques semaines, un petit domaine a ouvert ses portes à Toms Holidays…

Face à son expression perplexe, je précise :

— Près des Towans, tu vois ?

— Oh !

Il acquiesce, intrigué.

— L'endroit s'appelle *Farnham House*. Je n'y suis pas encore allée, mais c'est prévu. Ça a l'air fabuleux. Ils ont débauché un des sous-chefs du *Gavroche*. Spa incroyable. Sur l'eau, super beau. Mais personne ne connaît encore, c'est tout récent…

De nouveau, il se penche et m'embrasse sur la joue, ce qui m'agace moins, cette fois.

—Ça me paraît parfait, ma chérie. Merci.

—Qui est l'artiste ? lui lancé-je alors qu'il s'éloigne.

Il tourne la tête vers moi.

—Quoi ?

—L'artiste. Celui avec qui tu bosses.

—Oh ! (Il hoche la tête.) Hum… Comment s'appelle-t-il, déjà ? Ce type…

Je le regarde, confuse.

—Tu sais. (Il agite vaguement les mains devant son visage.) Avec le… et le…

—Post Malone ? proposé-je.

—C'est ça, acquiesce-t-il avant de filer.

Perry et Paili arrivent enfin. Respectivement : veste de smoking sur mesure en velours de coton orange brûlé et galon de satin, pantalon de smoking d'Eggsy en laine et mohair noir, les deux de chez Kingsman ; robe du soir courte plissée à volants en taffetas bleu roi à galon de velours Molly Goddard.

—C'était Gus Waterhouse ? me demande Perry en le suivant des yeux. Je l'adore ! Tu crois qu'il m'aime bien ? Ça va, ma tenue ? Tu crois que je devrais aller lui parler ?

Je compte les questions sur mes doigts.

—Oui, c'était bien lui. Oui, je sais. Je crois que non – enfin pas encore ! Euh… Oui, tu es magnifique. Et oui, absolument, tu devrais lui parler.

Je lui prends sa coupe de champagne des mains et la vide d'un trait.

Paili me regarde gaiement.

—Tu es parfaite. Et cette robe, putain, trop belle !

Bien sûr, c'est la meilleure amie qui parle. Néanmoins, le compliment me ravit.

— Où est la star du moment ? s'enquiert Paili. Devrions-nous aller présenter nos respects ?

J'agite la main dédaigneusement.

— La dernière fois que je l'ai vue, elle était en compagnie de la vicomtesse de Hinchingbrooke, et elles essayaient de faire un selfie avec un paon. Beaucoup de plumes – ni l'une ni l'autre très douée pour le dressage d'oiseau.

— Quel est le rapport entre un paon et *Velours Séduction*, franchement ? demande Perry, très justement.

Je fais la moue.

— Je n'ai jamais eu aussi peu envie de connaître la réponse à une question.

— Alors… (Paili balaie la salle du regard.) Où est ton mec ?

— Je n'en sais rien, soupiré-je. Il a dit qu'on se retrouverait ici. (Je marque une pause.) Mais de qui parles-tu, en fait ?

Ils lèvent tous les deux les yeux au ciel.

— Vous avez passé beaucoup de temps ensemble, dernièrement, explicite Paili en haussant les sourcils.

— Pas plus que d'habitude.

C'est la vérité. Exception faite des quelques mois qui ont suivi notre rupture, le désastre avec Christian et le passage à tabac de Christian, nous n'avons jamais vraiment… pas… passé tout notre temps ensemble.

— Effectivement, concède-t-elle. Mais tu n'as plus de faux petit copain à brandir sous son nez chaque fois que tu te souviens que tu es amoureuse de lui.

Je lui jette un regard torve. Un faux petit copain ? Moi, amoureuse de lui ? Absurde. En quelque sorte.

— En parlant de l'enfant prodige…

Du menton, Perry désigne la porte. Et il fait son entrée. En smoking : veste sur mesure en velours lie-de-vin, pantalon en laine vierge noire et chemise à plastron en popeline de coton blanche et boutons de manchette, le tout signé Giorgio Armani, mis à part le petit nœud papillon Tom Ford.

Henry, Christian et Jonah le suivent de près, puis, une milliseconde parfaitement calculée après, une femme fait son apparition arborant une robe du soir Alaïa en velours, lie-de-vin également. Je ne saurais dire ce qui me contrarie le plus – que BJ l'ait amenée au cocktail de ma mère ou le fait inquiétant qu'ils aient assorti leurs tenues. Taura Sax. Elle est malheureusement, absolument magnifique. D'une beauté différente de la mienne, ce qui est peut-être le pire.

Si ma peau est brune, mes cheveux foncés et mes yeux clairs, Taura Sax a le teint olive, des cheveux blonds, des taches de rousseur et les yeux noisette. Je crois que sa mère est originaire de Singapour. Physiquement, nous n'avons absolument rien en commun.

Bien sûr, peut-être qu'à ce stade on peut se permettre d'avancer que les femmes qui plaisent à BJ sont simplement celles qui sont prêtes à coucher avec lui. Mais Taura Sax est le seul doublon de son tableau de chasse dont il nie l'existence.

Taura Sax est également celle avec qui il m'a trompée, au fait. C'est en tout cas ce que j'ai conclu. La deuxième pire nuit de ma vie remonte à la surface de ma conscience – l'odeur de la fleur d'oranger. Mais il y avait autre chose… quoi ? *Réfléchis, Magnolia, réfléchis.* Je fuis ces souvenirs comme si mon cerveau était en feu.

Il ne faut pas que j'y pense. Pas maintenant. Ma poitrine se contracte tandis que mon cœur manque un battement, étouffé par des émotions que je ne peux exprimer devant lui parce qu'il ne doit pas savoir qu'il me fait encore cet effet. M'apercevant que j'ai la bouche grande ouverte, je m'empresse de la refermer.

Je ne veux pas que les gens devinent qu'il m'a prise au dépourvu, que le fait qu'il l'amène, elle, n'a pas été planifié, que je ne l'ai pas approuvé en amont, que ce n'est pas vraiment ce que j'attendais de lui, que jamais je n'aurais espéré qu'il se comporte différemment et que, juste une fois dans sa stupide existence, il n'essaie pas de nous pousser du haut d'une falaise.

Mais les autres lisent ma douleur sur mon visage, je le sais. Perry fait la grimace, Paili se rembrunit, comme chaque fois qu'elle nous regarde, BJ et moi. Elle déglutit, visiblement inquiète, me touche le bras.

— Ça va ?

— Quoi ? (Je cligne des yeux comme une débile.) Moi ? Non. Ouais ! Ça va… Je trouve ça juste… déplacé. De l'amener ici. Tu ne crois pas ? La fille avec qui il m'a brisé le cœur ?

— Nous n'en savons rien, tempère doucement Paili.

Perry lui jette un coup d'œil.

— Si. On le sait.

Personne ne sait vraiment, en vérité. La raison de notre rupture. Nos amis sont au courant, maintenant. Avec le temps, les P ont fini par l'apprendre, puis les garçons et ma sœur, mais c'est tout.

J'ignore pourquoi.

Je crois que j'avais peur de l'image que cela renverrait de moi, qu'il soit prêt à foutre en l'air tout ce que nous avions pour une pauvre nuit avec Taura Sax. Je lance un regard sombre vers BJ, et nos yeux se trouvent immédiatement, comme toujours lorsque nous sommes dans la même pièce.

Son visage s'illumine, sa bouche s'étire en un demi-sourire, et il marche vers nous.

— Salut.

Il se penche pour m'embrasser sur la joue. Je recule discrètement, et nos regards se croisent de nouveau. Dans le sien, je lis la confusion, la douleur et l'agacement.

Perry se racle la gorge, gêné, et pointe du doigt l'autre extrémité de la salle.

— Ça te dit, un selfie avec un paon ?

Et il embarque Paili.

BJ les suit un moment des yeux avant de se tourner de nouveau vers moi, la mâchoire contractée sous l'effet de l'appréhension.

— Y a un problème ?

— Tu as fait quoi, cet après-midi, après ton shooting ? demandé-je d'un ton faussement enjoué – c'est un piège, et il le sait.

— Euh… (Petit rire.) Rien de spécial, j'ai juste traîné un peu…

— Avec ?

Il passe sa langue sur sa lèvre inférieure, se préparant à l'impact. Il ne dit rien.

— Taura Sax, réponds-je à sa place.

Je sens son parfum, Tom Ford, dont l'intensité m'indique qu'il vient de s'en mettre. Mauvais signe. Il semble également douché de frais, comme s'il s'était intégralement récuré, mais pas avec son gel Malin + Goetz Rum habituel, quelque chose d'autre – et vous devez penser, voyons, rien de plus normal : il a simplement pris une douche avant d'assister à un cocktail. Mais non. Pour nous, ce genre d'événement est trop banal et fréquent pour valoir de tels préparatifs. BJ ne se douche que le matin, à moins de dormir dans mon lit ou d'y être obligé pour une quelconque raison. Or, il s'est douché récemment, à 17 heures, un vendredi. Je sais ce que cela signifie.

Il me lance un regard.

— Oui, avec Taura.

Je hausse les sourcils.

— Et il t'a semblé approprié de te pointer au cocktail de ma mère accompagné de Taura Sax, en dépit de notre histoire ?

Il soupire avec lassitude. Nous connaissons ce chemin pour l'avoir emprunté des milliers de fois. Un sentier obscur, bordé d'ombres, dont l'un des deux émerge toujours avec un bras cassé, un os fracturé ou le cœur brisé.

— Parks. Ce n'est pas avec elle que…
— Donc tu n'as pas couché avec elle ?
— Si, marmonne-t-il entre ses dents.
— Quand ?
— Parks !
— Aujourd'hui ?
Il détourne les yeux. Je continue de le regarder fixement, me sentant plus trahie que je ne le voudrais – que je ne le devrais. Il m'a broyée, piétinée. C'est une vieille rengaine sur laquelle nous dansons régulièrement. Presque un rituel. Nous arracher le cœur, le poser, ouvert, sur l'autel de l'autre.
— Parks…, commence-t-il.
Je secoue la tête avec dédain.
— Non, je sais, je comprends, j'avais un petit ami… (Je me tais un instant avant de le fusiller du regard.) Attends, non, je n'en avais pas.
Il a l'air désolé à présent.
— Parks…
— Mais j'en aurai un, le coupé-je.
Encore une fois, je le vois serrer les dents. Inquiet, contrarié.
— Magnolia…
— Magnolia ? (Je l'interromps de nouveau. Il ne m'appelle presque jamais par mon prénom.) C'est moi qui vais me faire engueuler ?
Il me saisit par les bras, essayant de me retenir.
— Parks, tu te comportes de manière ridicule.
Je me libère d'une secousse et le fusille du regard.
— Ne pose pas ces mains sur moi.
Autour de nous, le monde semble avoir cessé de tourner, mais pas dans le bon sens du terme. Tous les regards sont braqués sur nous. Les verres ne tintent plus, les serveurs ne servent plus, personne ne respire… Dans un coin, Perry est au bord de la syncope. Ce truc que nous avons, BJ et moi, ces moments où tout ce qui nous entoure s'évanouit, je sais que ça paraît

romantique – écrit dans les étoiles, deux personnes tellement connectées qu'elles sont comme seules au monde –, mais, quand il s'agit de se disputer en public, pour les gens comme nous, cela signifie faire la une le lendemain.

Pendant une fraction de seconde, je suis gênée par tous ces regards. Qu'ont-ils entendu ?

Je tourne les talons et m'éloigne, et aussitôt la salle reprend vie.

Je me dirige droit vers le bar, saisis une autre coupe de champagne et la vide d'un trait, puis j'en cueille une autre avec l'intention de la boire plus lentement.

— Discussion productive ? demande Henry.

Je vide la coupe que je comptais faire durer.

— Fantastique.

00:39

Parks

Il fait quel temps chez toi, Parks ?

Orageux très trts ogrageu

Tu es en train de picoler ?

Ou

I

T'es où ?

Je vais bine

Bien

Je ne t'ai pas demandé si tu allais bien, je t'ai demandé où tu es.

Réponds.

Décroche ton téléphone.

Je suis chez moi ♥♥♥

J'ai tapé ♥ par erreur

Toujours orageux, va te faire foutre !

6

Magnolia

Le lendemain, je me réveille dans un état pitoyable. Je roule sur le flanc du côté de ma table de nuit, priant le Très-Haut pour que mon moi soûl (le mot est faible) ait eu la bonne idée d'y laisser un verre d'eau pour mon moi sobre (le mot est exagéré).

Oui ! Qu'elle soit bénie…

Je n'ai aucune idée de la façon dont je suis rentrée chez moi. J'aimerais que BJ m'ait ramenée, mais je sais que ce n'est pas le cas puisqu'il n'est pas dans mon lit. Cela faisait longtemps que je ne m'étais pas réveillée sans lui. Clairement, nous dormons ensemble trop souvent, si me réveiller seule me perturbe.

Mais je n'ai jamais vraiment aimé qu'il ne soit pas là – nous avons été ensemble trop longtemps, nous sommes aimés de façon trop fusionnelle pour que je ne me sente pas mal en son absence. Quant à lui, il est incapable de rester seul, donc, s'il n'est pas avec moi, il est avec quelqu'un d'autre, mais cette idée est bien trop douloureuse à cette heure matinale.

Je ne peux m'empêcher de me demander s'il a ramené Taura chez lui. Probablement. Car tel est notre mode opératoire : passer tout notre temps ensemble, jusqu'à ce que nous nous sentions trop proches, que nous ayons trop peur… Alors il enchaîne les filles, et moi, je me trouve rapidement un nouveau mec. Il le déteste, moi aussi, la plupart du temps, ce qui nous permet ensuite un retour à la normale.

Une normalité toute relative, j'en ai bien conscience. Disons « normal » pour deux cœurs brisés qui ne parviennent à recoller leurs morceaux qu'avec ceux de l'autre.

La porte de ma chambre s'ouvre à la volée. Marsaili fait irruption dans la pièce, chargée d'un plateau où elle a disposé mon petit déjeuner et une théière. Elle fait exprès de le déposer très bruyamment sur ma table de chevet, sûrement en l'honneur de ma gueule de bois. Je lui lance un regard furieux, auquel elle répond par un sourire amusé.

— J'en connais une qui doit avoir une belle migraine.

Je repousse mes cheveux derrière mes épaules et me verse du thé dans une tasse comme une personne ordinaire. Je préfère quand c'est Louisa qui m'apporte le petit déjeuner : c'est elle qui me sert.

— Oui, eh bien… (Je lui jette un regard pénétrant.) Nous ne pouvons pas tous rester à bouder dans un coin pendant le cocktail organisé en l'honneur du nouveau parfum de notre employeur, si ?

Elle roule des yeux avant de m'adresser un regard entendu.

— *Velours Séduction*, vraiment ?

Je lève une main pour la faire taire.

— Je t'en supplie, arrête.

Marsaili a un petit frisson de dégoût involontaire. C'est alors que la porte de ma chambre s'ouvre de nouveau à la volée. Entre BJ avec une pochette cadeau Chanel.

Il est tout en noir et blanc, avec une chemise à l'imprimé « carte du Zodiaque » de chez Valentino, jean noir slim délavé et déchiré Purple Brand, et les Vans Old Skool noir et marshmallow.

— Écoute, Parks. On est… (BJ s'interrompt en voyant Marsaili. Il lui décoche un sourire éblouissant.) Mars.

— BJ. (Elle lève les yeux au ciel.) Tu n'as pas dormi ici ?

Nouveau sourire radieux.

— Je me suis dit que j'allais te donner une nuit de congé. Il serait regrettable que ces sourcils froncés laissent des rides…

Je lui lance un regard exaspéré. Marsaili lève encore une fois les yeux au ciel, si haut que ça ne m'étonnerait pas qu'elle se soit déchiré un muscle oculomoteur, puis s'en va d'un pas nonchalant.

— Je crois qu'elle commence à m'apprécier, commente-t-il en la regardant partir.

— Absolument pas, rétorque Mars sans se retourner.

— Bon... C'était sympa, hier soir...

— Hier soir et durant la journée ? demandé-je en arquant les sourcils. Quel emploi du temps de ministre !

— Ce n'est pas ce que je voulais dire, soupire BJ en se passant les doigts dans les cheveux.

C'est bizarre, quand même. Il couche avec tellement de filles. Tellement... Et il en parle quand ça lui chante, surtout s'il sent que ça me mettra en colère ; quand c'est moi qui aborde le sujet, ça le dérange.

— Je déteste me disputer avec toi, Parks.

— Alors abstiens-toi.

Je hausse les épaules, me demandant quand exactement il compte me tendre cette foutue pochette cadeau.

— Je ne peux pas m'en empêcher, murmure-t-il, et mes yeux se posent sur sa bouche.

BJ se racle la gorge, et je m'empresse de planter mon regard dans le sien, les joues légèrement empourprées.

— Tu es vraiment une emmerdeuse, poursuit-il, les joues un peu roses, lui aussi.

Je me demande si nous allons nous embrasser. Je me demande toujours si nous allons nous embrasser. Nous ne le faisons jamais. Cela vaut mieux. Nos yeux se tiennent à la place de nos mains.

« Je t'aime », me dit-il d'un battement de paupières.

« Prouve-le », lui réponds-je d'un soupir.

Je suis bien contente de porter mon pyjama en satin bordé de dentelle Noelle Martine, une collaboration signée Morgan

Lane + LoveShackFancy : il est très court et laisse voir mon ventre particulièrement ferme ces derniers temps. J'espère qu'il m'imagine sans mes vêtements. Bingo, je crois, car il plaque une paume sur ses lèvres et déglutit.

— OK, Parks, reprend-il prudemment. Sur une échelle de un à dix, tu es vénère combien ?

— Dix ! Onze ! Et maintenant, donne-moi ce sac Chanel.

Il rit et le jette sur le lit.

— C'est lequel ? demandé-je.

Je l'attrape et regarde à l'intérieur, surexcitée.

Il sourit et m'observe, probablement trop familièrement et trop ostensiblement pour un simple ex, mais je n'ai pas l'intention de le lui reprocher.

— Celui que tu voulais.

— Cuir d'agneau rose, métal doré et pierres précieuses ?

Il hoche la tête et s'assied sur mon lit avant de se laisser tomber sur le dos.

Serrant mon nouveau sac à main contre ma poitrine, je m'allonge à côté de lui.

— Merci.

BJ hoche de nouveau la tête, suivant du regard les contours de la corniche du plafond, comme chaque fois que ses pensées et sa bouche ont du mal à se mettre d'accord.

— Je suis désolé, finit-il par dire en me lançant un coup d'œil. Pour Taura. Je sais qu'elle te rend triste.

Je m'écarte et déglutis, légèrement nerveuse. J'ignore pourquoi.

— Tu ne t'excuses jamais pour ce genre de chose.

L'air un peu ému, il tourne de nouveau les yeux vers le plafond.

— Ouais, mais... je n'aime pas te rendre triste.

Je l'imite, laisse mon regard se perdre au-dessus de nous.

— Je n'aime pas te rendre triste non plus.

J'aimerais tellement qu'on arrête de se faire ça. Pourquoi n'y arrivons-nous pas ?

Je me tourne vers lui.
— Tu m'emmènes faire du shopping ?
Il sourit et hoche la tête.
— OK, mais tu me laisses te regarder prendre ta douche.
— Marché conclu.
Il se redresse d'un coup, n'en croyant pas ses oreilles.
— Vraiment ?
— Bien sûr que non ! chantonné-je en m'enfuyant.
— Alors je reprends le sac !

7

Magnolia

Vous vous demandez – je le sais, tout le monde se le demande – pourquoi nous ne nous remettons pas ensemble.

Mis à part son infidélité, vous le croyez parfait. Vous *nous* croyez parfaits, et vous croyez que rien, passé, présent ni futur, ne peut être suffisamment important ou grave pour justifier que nous restions séparés. Je comprends, moi aussi, je pensais ça.

Il y a eu un moment, deux mois après ce qui s'est passé avec Christian, où BJ et moi avons commencé à dériver lentement vers ce que nous étions avant. Ça s'est fait tout seul, inconsciemment. C'était simplement plus facile d'être avec lui que sans, ce qui n'est peut-être pas une bonne chose – je ne sais plus. Je ne suis pas objective quand il s'agit de nous. Dès qu'il est question de lui, la logique de mon cœur devient aussi floue que les lignes que nous feignons de ne pas franchir. J'étais toujours bouleversée, toujours triste, et il n'avait pas regagné ma confiance, mais je pense que, à un moment, je me suis rendu compte que mon amour pour lui était plus fort que la blessure qu'il m'avait infligée, et il m'a semblé ridicule d'aimer quelqu'un comme je l'aimais et de tout balancer par la fenêtre parce qu'il m'avait trahie une fois.

Attention, je ne minimise pas ce qu'il a fait. Pas plus que je ne me cherche des excuses. Encore aujourd'hui, en parler me donne envie de vomir. Bien sûr que ça avait de l'importance, seulement l'énormité de mon amour en avait davantage.

Marsaili, elle, ne le lui a jamais pardonné. Je ne l'avais jamais vue se comporter comme ça avec personne. Quand il a commencé à revenir à la maison, elle s'est mise à le guetter, tapie dans les coins, les yeux acérés comme des poignards, attendant l'occasion de siffler des commentaires sarcastiques, de le torpiller, de l'enfermer dans un cercle de sel ou de le pousser sous un bus. Quand il partait, elle me préparait une tasse de thé ultrasucré dans la cuisine et me disait que ce qu'il avait fait ne pouvait être défait, qu'il n'était plus digne de confiance, que s'il m'avait trompée une fois, il me tromperait encore, et que si vraiment il m'aimait autant qu'il le prétendait, il ne l'aurait jamais fait. Je fondais en larmes systématiquement, lui expliquant que c'était un accident, ce à quoi elle me rétorquait qu'on n'a pas accidentellement des rapports sexuels avec quelqu'un, que ça n'arrive tout simplement pas, qu'il faut le vouloir. Une idée à laquelle j'avais toujours du mal à m'habituer.

C'était plus facile pour moi de revenir à la première théorie : il avait « dérapé », en quelque sorte, et s'était retrouvé sans le vouloir à coucher avec quelqu'un d'autre. L'acte n'avait aucunement été prémédité, c'était comme une chute, comme quand on trébuche et qu'on tombe – on tombe sans avoir donné son accord, ce n'est pas une décision qu'on prend – et puis on heurte le sol.

C'est la version dont j'avais besoin pour qu'on se remette ensemble, mais Marsaili m'a aidée à voir qu'une infidélité n'arrive pas par hasard.

L'infidélité a lieu parce que certaines personnes sont inconsidérées, insensibles et négligentes avec le cœur et les émotions des autres. Avoir une relation avec elles est dangereux. Donc, si tu les aimes, eh bien, tu ne devrais pas. Il n'y a rien de pire que ce qu'il m'a fait ressentir, et il n'y a aucune garantie qu'il ne recommencera pas, parce que la parole d'un individu volage ne vaut rien.

Donc BJ et moi n'avons pas recommencé non plus. C'est ce qui nous a plongés dans cet entre-deux bizarre, ces quelques mois durant lesquels nous nous sommes clairement dirigés vers la reprise de notre relation, avant que je ne donne un grand coup de volant pour me barrer vite fait dans la direction opposée et me mette à sortir avec d'autres garçons pour couvrir les miettes de mon cœur laissées dans mon sillage.

Je crois que, l'espace d'un instant, ça l'a tué. Peut-être même littéralement, une fois.

Nous étions à peu près comme maintenant. Je venais juste de commencer à sortir avec quelqu'un – Reid Fairbairn, un Australien dont le père est dans l'exploitation minière. Il était nouveau dans notre petit monde, plutôt canon, comme la plupart de ses compatriotes. Cela n'a pas duré longtemps – deux mois, tout au plus. Je n'avais pas besoin que ça dure, il a rempli sa fonction. BJ l'a extrêmement mal pris au début, mais il a suffi d'un peu de temps et d'un long week-end à Amsterdam pour qu'il redevienne normal.

Nous avions passé la soirée de la veille avec mes amis au *Egg*, et Reid avait raconté une blague plutôt drôle à laquelle j'avais sincèrement ri – une des rares fois où je me suis vraiment amusée avec la personne avec qui je sortais officiellement à l'époque.

Bref. Le lendemain soir, je ne me rappelle plus où était Reid, mais je suis sortie dîner avec Henry et Christian à *Gauthier Soho*, et Jonah nous y a rejoints ensuite pour boire un verre.

— Ah non, vous n'allez pas remettre ça, a-t-il dit en agitant le pouce entre Christian et moi, assis l'un à côté de l'autre.

— Elle a un mec, a objecté Christian d'un ton las.

— Elle a un *faux* mec, a rétorqué Jonah, l'air sceptique.

— N'importe quoi ! ai-je protesté, outrée.

Henry a haussé un sourcil me signifiant que, de toute façon, ils étaient tous au courant, et j'ai tendu le bras vers son assiette pour goûter son dessert pour la cinquième fois.

— Où est BJ ? a demandé Henry à Jonah.

— Je ne l'ai pas vu depuis hier soir.

Tous m'ont jeté des regards nerveux.

— Les gars ! (J'ai levé les yeux au ciel.) Je sais qu'il se tape tout Londres ! Pas la peine de marcher sur des œufs avec moi. En plus… (J'ai brandi mon bouclier devant moi.) J'ai un petit ami.

— Donc, ça va ? m'a prudemment demandé Henry.

— Aussi bien que si j'apprenais que tu te tapais tout Londres.

J'ai battu des cils avec une indifférence feinte.

— Eh bien, a-t-il dit avec un petit soupir de satisfaction, c'est le cas.

— Alors super. (Je lui ai souri de toutes mes dents de grosse menteuse.) Vraiment, je trouve ça cool. Tout. Génial. Tant mieux. Je suis heureuse pour lui, même.

— Bien sûr, a commenté Jo, narquois.

J'ai ajouté quelques mégawatts à mon sourire pour le faire taire, et il a secoué la tête, réprimant un léger rire tout en me servant du vin.

L'ingrédient magique, dans notre petit cercle, qui nous permet de continuer de fonctionner en dépit de tout ce que nous avons vécu et ce que nous nous sommes infligés mutuellement : le déni. (Et l'alcool.)

À ce moment précis, mon portable a sonné.

— Quand on parle du loup…, a glissé Christian en désignant mon téléphone du menton.

— Salut.

J'ai essayé de ne pas sourire trop largement en répondant.

— Parks ?

Il avait une drôle de voix.

— BJ ?

J'ai collé l'appareil à mon oreille, couvrant l'autre de ma main libre.

— Parks ? a-t-il crié.

Ensuite, j'ai entendu un long reniflement sonore.

— BJ, où es-tu ? ai-je demandé rapidement. (Près de moi, les garçons se sont tus, aussitôt en alerte.) Tu as une voix bizarre...

— Je crois que je suis... (Je l'ai entendu prendre des inspirations profondes.) Mon cœur déconne.

Une voix a alors résonné derrière lui. Féminine. Je ne savais plus à qui il s'adressait, à elle ou à moi.

— Passe-moi le téléphone, a dit la fille d'un ton pressant.

De nouveau, je lui ai demandé très clairement :

— Où es-tu ?

— Donne-le-moi ! a-t-elle insisté.

Il y a eu comme des bruits de lutte à l'autre bout de la ligne.

— Non ! a-t-il grogné.

Je ne le reconnaissais pas, et c'est là que mon cœur s'est serré, parce que j'ai su. J'ai su ce qui s'était passé. J'en étais certaine, même si ça n'avait aucun sens. Mais je l'avais suffisamment observé chez d'autres lors de soirées, je connaissais les signes. La façon dont la drogue peut vous changer. Je les ai entendus de nouveau batailler, se disputer. BJ bredouillait. La fille était paniquée.

— BJ ?

Moi, alarmée et anxieuse. Les yeux des garçons braqués sur moi, le front barré d'un pli soucieux.

— BJ ?!

— Allô ? a dit la fille, hors d'haleine.

— Où êtes-vous ?

— Magnolia, c'est..., a-t-elle commencé, mais je l'ai interrompue.

— Je me fiche de qui tu es. (Je faisais mon possible pour garder une voix calme. Je me suis levée. Les garçons m'ont imitée.) Dis-moi juste où vous êtes.

Jonah m'a arraché le téléphone des mains.

— Vous êtes où, putain ? a-t-il aboyé tout en se dirigeant vers la porte du restaurant avant même d'avoir obtenu une réponse. Tu l'empêches de prendre quoi que ce soit d'autre, compris ? a-t-il ajouté d'un ton qui m'a fait peur. J'arrive.

Il a jeté une liasse de billets au maître d'hôtel et s'est rué vers sa voiture, garée juste devant l'établissement.

Il a ouvert la portière passager de son Escalade et m'a poussée sur le siège, refermant derrière moi.

— Mais, putain, il se passe quoi ? ai-je demandé d'une voix que j'aurais voulu plus forte.

Jonah a lancé un regard sombre à Henry et Christian, assis sur la banquette arrière.

— Merde !

Christian a secoué la tête, nerveux.

Ils l'étaient tous. Je ne les avais jamais vus ainsi, et ça m'a fait complètement paniquer.

— C'est déjà arrivé ? ai-je demandé à Jonah.

— Une fois, m'a-t-il répondu en regardant droit devant lui.

— Quand ?

Je me suis tournée vers Henry, qui m'a contemplée sans un mot, les yeux brillants d'inquiétude. Clairement, les quatre s'étaient juré de ne jamais m'en parler.

— Quand ? ai-je répété d'une voix coupante, à l'intention de Christian, cette fois.

Il a pincé les lèvres, hésitant manifestement à trahir son ami.

— À Amsterdam, a-t-il fini par avouer.

— Putain, mec !

Jonah lui a jeté un regard noir dans le rétroviseur.

Je ne me suis jamais complètement remise de ce jour-là. Depuis, je ne fais plus confiance aux ciels d'azur parce que le ciel était si bleu, ce matin-là. Tandis que Jonah zigzaguait entre les voitures sur Piccadilly Circus, je me rappelle avoir pensé que la pureté du ciel était un mensonge, qu'il m'avait trompée en me donnant une fausse sensation de sécurité, l'assurance illusoire que la journée serait belle, alors qu'elle était en train de devenir la pire de mon existence.

J'ai eu l'impression de rouler vers ma fin. Je me préparais à découvrir l'amour de ma vie mort. Je me rappelle m'être agrippée si fort aux accoudoirs de la voiture de Jo que mes ongles en ont déchiré le cuir. Je me rappelle Henry tendant la main pour la poser sur mon bras. Je me rappelle Jonah, à un feu rouge, se tournant vers moi et essuyant des larmes sur mon visage que je ne m'étais même pas aperçue que je versais.

Et je me rappelle, viscéralement, la sensation que ma poitrine avait été ouverte avec une scie et mon cœur exposé à la vue de tous.

La voiture a pilé dans un crissement de freins, et Jonah en a jailli avant de monter quatre à quatre les marches menant au vestibule du *Courthouse Hotel*, alors que nous lui emboîtions le pas. Il a fait claquer sa paume sur le comptoir de la réception pour attirer l'attention de l'employée.

— Ballentine, a-t-il aboyé. Le numéro de la chambre au nom de Ballentine.

— Monsieur… (La femme l'a regardé avec inquiétude.) Nous ne pouvons pas donner…

— Il fait une overdose, a-t-il lâché sans broncher.

Elle a cligné des paupières plusieurs fois, puis a hoché rapidement la tête avant de taper quelque chose sur son clavier.

— Trois cent cinq.

Elle l'avait à peine prononcé que Jonah a tourné les talons et foncé vers les escaliers plutôt que l'ascenseur.

— Faut-il appeler une ambulance ? ai-je demandé sans m'adresser à personne en particulier, tandis que nous nous lancions derrière lui.

Christian, qui se méfie profondément de tous les représentants de la loi, comme chaque membre de la famille Hemmes, a secoué la tête. J'ai regardé Henry, qui a acquiescé discrètement et sorti son téléphone de sa poche.

Arrivé au troisième étage, Jonah a remonté le couloir à toute vitesse, puis s'est jeté sur la porte 305. Au second coup d'épaule, le verrou a cédé et Jonah, déséquilibré, s'est écrasé au sol. Je l'ai enjambé, ignorant la fille en dessous de dentelle noire penchée sur lui, l'air éperdu, et me suis précipitée jusqu'au lit où BJ était affalé contre les oreillers, livide, la sueur perlant sur son front et son torse nu.

Je me suis maladroitement mise à califourchon sur lui.

— BJ ?

— Magnolia ? a-t-il bredouillé en levant les yeux vers moi, les pupilles complètement dilatées, incapable de fixer son regard sur moi.

Il m'a quand même adressé un petit sourire.

— Qu'est-ce que tu as fait ? lui ai-je demandé dans un murmure en lui caressant la joue.

— Je…

J'entendais Henry parler au téléphone derrière moi.

— Qu'est-ce que tu as pris ?

Mon ton était pressant, mais je n'ai pas pu m'empêcher de lui passer une main dans les cheveux. Il s'est contenté de cligner des yeux.

— Qu'est-ce qu'il a pris ?

Au bord des larmes, je me suis tournée vers la fille, la regardant pour la première fois. Je me suis alors aperçue que je la connaissais, c'était plus ou moins une amie. Lila Blane. Une nana qu'on croisait à toutes les soirées de Cheltenham.

Elle me regardait d'un air coupable, paniqué et confus.

— Je… Je ne sais pas. (Elle s'est caché le visage dans les mains.) Je crois juste de la cocaïne.

— Il est glacé ! me suis-je écriée sans m'adresser à personne en particulier, la main sur son front.

— Mais il enchaîne les rails depuis hier soir, a-t-elle ajouté, affolée.

— Et il a bu ? a demandé Jonah en brandissant une bouteille de champagne.

Il y en avait une bonne dizaine d'éparpillées sur le sol de la chambre d'hôtel. La fille a acquiescé de la tête. Christian m'a poussée pour tirer BJ du lit, appelant son frère. Jonah s'est précipité pour l'aider à traîner BJ jusqu'à la salle de bains, moi dans leur sillage, me sentant inutile. Ils l'ont assis dans la douche et ont fait couler de l'eau tiède. Il a ouvert les yeux d'un coup, et son regard s'est posé sur Christian et moi.

— Vous êtes ensemble ? a-t-il rugi furieusement, à peine compréhensible.

— Non.

J'ai secoué la tête, le cœur brisé.

— Alors pourquoi il est là ?! a encore hurlé BJ.

J'ai lancé aux deux frères un regard interrogateur, blessé et hésitant. Jonah a secoué la tête.

— Il est parano, c'est tout. Ça le rend plus agressif.

J'ai rejoint BJ dans la douche. Il était incapable de garder les yeux ouverts, et sa tête ne cessait de se renverser en arrière.

— BJ ! (Je l'ai giflé.) BJ !

— Parks, a-t-il chuchoté d'une voix tremblante. Je t'aime.

J'ai hoché la tête en pleurant.

— Je sais. Je t'aime aussi.

Il s'est mis à frissonner, et, bouche bée, je me suis tournée vers Jonah, complètement paniquée.

— Il est en train de mourir ?

J'ai dégluti, terrorisée, sans le quitter du regard.

— Non. (Jonah a secoué rapidement la tête tout en se plaquant une paume sur la bouche, nerveux.) Henry ?

Henry nous a rejoints au petit trot, le téléphone contre l'oreille.

— Ils arrivent quand, les secours ? a demandé Jonah sans se retourner.

— D'une seconde à l'autre.

BJ a commencé à trembler plus fort.

— Emmène-la à côté, a commandé Jonah en me désignant du menton tout en éteignant la douche.

Henry m'a tirée de là juste au moment où BJ a vomi et commencé à convulser.

Christian a couru chercher un coussin pour le placer sous sa nuque, pendant que Henry s'efforçait de m'isoler du monde contre son torse, une main sur mes yeux.

Ensuite les urgentistes sont arrivés, nous criant de nous écarter, poussant une civière. Étrange comme votre cerveau fait face au traumatisme. À ce moment-là, pour moi, tout est devenu silencieux. Silencieux et comme ralenti. Billie Holiday chantait quelque part dans un coin de mon esprit tandis qu'ils soulevaient son corps inerte et le déposaient sur le brancard. Je me rappelle Lila Blane assise sur le lit, serrant ses genoux entre ses bras, en larmes, s'efforçant d'expliquer aux urgentistes ce qui s'était passé. Je me rappelle avoir vu Jonah sortir de la douche, trempé et couvert de vomi, les mains dans les cheveux, les yeux baissés vers BJ, figé par le chagrin. Je me rappelle Christian à genoux dans la salle de bains, pris de haut-le-cœur comme s'il allait vomir, lui aussi. Je me rappelle m'être demandé si c'était la dernière fois que je le verrais. Lui, ses yeux pleins d'étoiles et ses cheveux dans lesquels j'aimais tant enrouler mes doigts. Le plus beau mec, où qu'il aille, le grand amour de ma vie… Combien de véritables amours a-t-on dans une vie ? Je me rappelle m'être posé cette question. Combien de personnes me regarderont comme lui, pas seulement comme si j'étais le soleil, mais comme si j'étais le putain d'univers tout entier. Je me rappelle l'avoir détesté de nous faire ça. Je me rappelle l'avoir détesté de mourir avant que nous n'ayons eu le temps d'être de nouveau ensemble, parce que j'ai toujours cru que ça arriverait. Je croyais qu'un jour nous arrangerions tout ce merdier et que je lui pardonnerais ce qu'il avait fait, que nous vieillirions ensemble et finirions par acheter cette maison à Tobermory. Au lieu de ça, il était en train de crever d'une overdose parce que j'avais eu l'air d'être heureuse la veille au soir avec un autre homme dont je n'avais absolument rien à foutre. Je me rappelle avoir senti la colère pulser dans tout mon corps, et puis je me rappelle, comme si je recevais un coup de poing dans l'estomac, combien je l'aimais. De tout mon être. Si l'on m'ouvrait le cœur en deux, c'est lui qu'on y trouverait. Combien j'avais eu besoin de lui, avais encore besoin de lui et, même si j'essayais d'y échapper, aurais toujours besoin de lui. Et je me rappelle la peur glacée qui m'a saisie à l'idée de ce que serait ma vie sans lui.

Ensuite, ils l'ont emmené dans l'ambulance à l'hôpital. Au bout de deux heures, un médecin est venu nous dire que son état était stable, mais qu'il était en hypoglycémie. Christian a laissé tomber sa tête sur l'épaule de son frère et poussé un profond soupir de soulagement. Une larme a coulé d'un œil de Jonah, qu'il a aussitôt essuyée avant que quelqu'un ne la voie – mais je l'ai vue. Nos regards se sont croisés et sont restés un long moment accrochés l'un à l'autre, parce que, même si le monde entier ressentirait la disparition de BJ, Jonah et moi étions ceux qui en souffriraient le plus. Les Hemmes ont attendu les parents de BJ dans la salle d'attente, et Henry m'a pris la main pour m'entraîner vers la salle de réveil.

— Allez, viens.

Il a essayé de sourire, mais ce n'était pas très réussi. Une fois devant la porte, je me suis immobilisée et j'ai levé les yeux vers lui.

— Jonah a dit que c'était déjà arrivé une fois ?

Hen a secoué la tête.

— Pas comme ça.

— Comment, alors ?

J'ai croisé les bras, cherchant à avoir l'impression de contrôler quelque chose, vu qu'il était devenu limpide que, quand il s'agissait de mon amour pour BJ, je ne maîtrisais absolument rien.

— Il a juste un peu abusé, une fois.

— Quand ?

— Il y a quelques mois.

— Ça fait combien de temps qu'il prend de la coke ?

Hen a froncé les sourcils avant de pousser un soupir.

— On en prend tous, de temps en temps.

— Pas moi. (Il m'a lancé un regard.) Combien de temps ? ai-je répété en me frottant l'œil pour cacher mes larmes.

Hen s'est raclé la gorge, a fait la moue.

— Depuis Amsterdam.

J'ai hoché la tête.

— Régulièrement ?

Il a penché la tête, pensif.

— À l'occasion, pour le plaisir.

Du doigt, j'ai désigné la porte de la salle de réveil.

— Ça, ce n'était pas pour le plaisir.

— Effectivement, a-t-il concédé doucement.

Nous avons ouvert la porte. BJ dormait dans le lit. Il y avait un fauteuil dans un coin, et Henry s'y est laissé tomber, épuisé. BJ était encore un peu pâle, ses lèvres entrouvertes, son torse se soulevant et s'abaissant à un rythme qui était la bande-son de ma jeunesse, et que je n'avais jamais été aussi reconnaissante d'entendre. J'ai marché précautionneusement jusqu'à son chevet, comme s'il risquait de se briser si je me déplaçais trop rapidement, et j'ai tendu la main pour lui toucher les cheveux.

— La famille uniquement.

Une jeune infirmière, jolie, brune, est apparue sur le seuil. Je me suis tournée vers elle avec l'impression d'avoir reçu une gifle.

— Je sais qui il est. Et vous n'êtes pas de sa famille.

Henry s'est levé, sourcils froncés.

— Si vous savez qui il est, vous savez aussi qui *elle* est. Elle *est* sa famille.

Le regard de l'infirmière est passé de lui à moi, puis elle a hoché la tête et est partie. Je suis montée sur le lit et me suis blottie contre BJ, comme si ni le temps, ni les petits amis, ni les overdoses ne nous séparaient.

On pourrait croire qu'un choc pareil vous transforme une personne sur-le-champ, mais les changements qui se sont produits étaient invisibles. J'ai ressenti la même chose que chaque fois que je le tiens et l'enlace. Son corps entier restait une montagne familière que j'avais escaladée et conquise tant de fois dans nos vies, lesquelles, jusqu'à ce jour-là, semblaient si vastes, pour soudain paraître tellement fragiles. Mes yeux revenaient sans cesse à ses poignets et aux aiguilles des intraveineuses. Je me rappelle avoir niché mon visage dans son cou, l'avoir respiré – ignorant délibérément les suçons que des bouches qui n'étaient pas la mienne y avaient laissés. Il avait le nez irrité par tous les rails qu'il avait inhalés, et j'ai eu un coup au cœur en me demandant comment je pouvais le connaître si bien et pourtant ignorer cet aspect de sa vie.

Dix heures plus tard environ, il a repris conscience. Ses parents étaient assis près du lit sur lequel j'étais toujours allongée. Je ne l'avais pas quitté une seule seconde. Je l'ai senti remuer contre moi, ses paupières frémissant comme les ailes d'un papillon avant de s'ouvrir. Je me suis reculée pour l'observer. Il m'a regardée tristement en clignant plusieurs fois des yeux.

— Parks.

Un sourire s'est lentement dessiné sur ses lèvres. Mon cœur s'est mis à battre la chamade. Sa voix… L'entendre m'a fait le même effet qu'un matin de Noël, mon anniversaire et la Saint-Valentin réunis. Comme rentrer à la maison après un long voyage. Je l'aimais.

— Il va s'en remettre ? ai-je demandé au docteur.

— Oui, tout ira bien.

Le soulagement m'a submergée aussi vite qu'a volé la gifle que je me suis surprise à lui coller. Tout le monde a réprimé un cri avant de se figer. Ses parents, Henry, Jonah et le médecin. Les yeux écarquillés, BJ, encore groggy, a eu l'air complètement désorienté.

— Si tu me refais ça…, ai-je commencé, la voix tremblante. Refais-moi ça encore une fois… (J'ai secoué la tête.) Je ne te le pardonnerai jamais.

— OK.

Il avait les larmes aux yeux, je crois.

— Promets-le-moi.

— Je te le promets.

Alors je suis descendue de son lit et suis sortie de sa chambre.

Personne ne le sait, au fait. Nous n'en avons jamais parlé, ne l'avons raconté à personne, même pas à Paili ou Perry. La seule qui est au courant, c'est ma sœur, parce que quand je suis rentrée de l'hôpital en pleurant, ce jour-là, elle a refusé de me laisser seule – j'avais disparu pendant deux jours. Je ne m'en étais même pas rendu compte. Je ne m'étais pas aperçue que les heures passaient, encore moins les jours. J'étais au bord d'un précipice, terrifiée à l'idée de perdre l'amour de ma vie, et le temps s'était suspendu. Allie le lui aurait raconté, de toute façon.

Reid n'a rien remarqué – ou, en tout cas, il n'en a rien dit. Il savait, je crois. Les mecs avec qui je suis sortie le savaient tous. Ce qu'ils étaient pour moi. Ou, plus précisément, ce qu'ils n'étaient pas.

Je n'ai pas parlé à BJ pendant une semaine. Il n'a pas arrêté de m'envoyer des SMS et des messages, de m'appeler – tout. Mais je ne pouvais pas.

J'étais détruite. Brisée de l'intérieur, je me vidais de mon sang.

Voilà ce que ça m'a fait qu'il manque de mourir.

Je l'ai donc ignoré aussi longtemps que j'ai pu.

C'était un samedi, dix jours plus tard, et nos amis allaient voir une rediffusion de *Ça* à Leicester Square – pas vraiment notre truc, mais BJ étant secrètement privé de toute consommation de substances, cela ne laissait pas beaucoup de choix question sorties. Quand je suis entrée dans le hall, tous les regards des garçons se sont aussitôt posés sur moi, comme si je portais un gilet explosif. Je revois BJ, les yeux écarquillés, déglutissant nerveusement tandis que je me dirigeais vers lui. Et puis c'est arrivé, sans même que je m'en rende compte : j'ai pris son visage dans mes mains et j'ai pressé mes lèvres contre les siennes. Elles avaient un goût de pop-corn. Il n'a jamais pu attendre le début du film pour commencer à grignoter.

Ce baiser n'avait rien de sexy ni de langoureux. C'était la marque de l'amour désespéré, assoiffé, indéfinissable que nous éprouvions et éprouvons toujours l'un pour l'autre, et dont nous sommes incapables de nous défaire. Je me suis reculée légèrement. Nos nez à seulement quelques centimètres l'un de l'autre, nous nous sommes dévisagés en clignant des yeux, impassibles, tandis que nos cœurs tambourinaient dans nos poitrines, sous les regards de nos amis, complètement déroutés. Puis je l'ai contourné, j'ai passé le bras sous celui de Henry, et nous sommes entrés dans la salle.

Aucun de nous n'a jamais parlé de ce baiser. Paili et Perry n'ont jamais posé de questions. Heureusement, car comment aurais-je pu l'expliquer ? J'avais déjà refoulé cette nuit-là dans le recoin de mon cœur où vivent les pires moments de ma vie.

Trois souvenirs y sont remisés. Je ne les revisite jamais. Ils m'ont tous façonnée, à leur manière. Tous impliquent BJ.

Notre relation est une bombe à retardement pour moi, vous le comprenez, maintenant ? Qu'il me fera du mal ? Toujours ? Je ne serai jamais en sécurité avec lui, même si je sais pourtant que je suis toujours en sécurité auprès de lui.

Peu importe, donc, si je l'aime – ce qui n'est pas le cas. Mais disons que, si je l'aimais, ça n'a aucune importance, même maintenant. Parce que l'aimer, cela reviendrait à lancer les clés de mon cœur à un voiturier qui n'aurait pas son permis de conduire. Il me précipiterait au bas d'une falaise.

8

BJ

Les soirées à Park Lane sont légendaires. Il y en a où l'on invite Parks et Paili, d'autres non. Ce soir, c'est non.

Jo et moi vivons dans un appart de malade. Park Lane, quatre chambres. Parks l'aime bien, mais parfois, ça me fait bizarre de l'y amener. Probablement à cause de ces soirées. Christian était fermement décidé à se mettre minable, ce soir – je crois que ça a un rapport avec une nana, mais je n'ai pas osé demander.

Jonah, désireux de lui faire plaisir, a proposé notre appart, vu que Henry refusait que ça se passe chez eux, ne voulant pas déranger leur petite voisine de palier, Blythe. Je comprends, moi aussi ça m'embêterait. Blythe a été infirmière pendant la Seconde Guerre mondiale, et ses histoires sont dingues. Elle est une légende oubliée aux yeux toujours si pétillants, alors plus de teufs à Ennismore pendant un moment.

Depuis le début de la soirée, je discute à l'étage avec une Française. Aucune idée de comment elle a atterri ici – mais, de toute façon, j'en ai un peu rien à foutre. Je sais, c'est pas terrible de dire ça, mais les filles sont un peu toutes pareilles – en tout cas, celles qu'on baise. Vous les regardez dans les yeux, les écoutez, leur touchez le visage, et elles sont à vous.

— Tu aimes les étoiles ?

Je demande ça à toutes les nanas qui sont encore debout dans mon salon, mais que je préférerais avoir allongées dans ma chambre. Elles répondent toutes « oui », parce que je crois que personne ne m'a jamais dit « non », à part Parks.

France dit « oui ».

J'apprécie les femmes qui ne cherchent pas à mettre de l'émotion dans le sexe et le traitent plus comme une transaction, n'essayant pas d'en faire quelque chose que ce n'est pas. Je veux dire, on s'est rencontrés en boîte. Tu te tortillais sur un tabouret de bar. Tu as déjà embrassé mon pote. Nous ne sommes pas dans un conte de fées. Je ne suis pas le mec que tu présenteras à ta mère, je suis l'histoire la plus torride que tu raconteras à tes copines quand vous échangerez des anecdotes coquines.

Elle est tout en noir, France. Parks ne porte jamais de noir.

Je l'emmène en bas, dans ma chambre, subtil stratagème pour feindre l'absence de préméditation. Elle regardera dans le télescope, je me glisserai derrière elle, tout près, pointerai une étoile que ni l'un ni l'autre ne verra, car il est pratiquement impossible de distinguer quoi que ce soit à travers le brouillard de pollution qui recouvre Londres, particulièrement cette nuit.

— Ouah ! s'extasie-t-elle, avec un accent plus prononcé que je ne l'avais remarqué, en me regardant moi, pas le télescope.

Je m'assieds sur mon lit et l'observe. J'attends. Ses yeux lâchent les miens, descendent vers mon corps, remontent.

— Je peux utiliser ta salle de bains ? demande-t-elle, et je hoche la tête en désignant la porte.

Plutôt canon, la meuf. Teint de porcelaine, cheveux bruns légèrement ondulés coupés au carré, yeux marron. Elle ne ressemble pas à Parks. Personne ne ressemble à Parks. Tel est l'insoluble problème de mon existence post-Magnolia Parks. Elle est unique. La seule dont je supporte les conneries, la seule qui peut me maltraiter et qui ne me perdra jamais, la seule à tenir fermement mon cœur entre ses mains.

Je m'allonge sur le dos, me demande ce que fait Parks, ce soir. Peut-être qu'elle est sortie avec les P – Paili et Perry. Je n'aime pas qu'elle sorte sans moi, mais, vu que je m'apprête à coucher avec quelqu'un qui n'est pas elle, je suis mal placé pour émettre des objections.

France apparaît dans l'encadrement de la porte, s'y appuie.

— Tu as une petite amie ?

Son accent est plutôt craquant. La plupart des filles avec qui je couche me connaissent. Elles savent que c'est la question à ne pas poser. Je suppose qu'ils ne lisent pas *Tatler* en France…

Je plisse les yeux.

— Non.

Elle m'adresse un regard dubitatif.

— Ça m'est égal, si c'est le cas…

— Je n'en ai pas.

— Donc ce Foreo est à toi ?

Elle fait rouler entre ses paumes l'espèce de petite brosse rose dont Parks se sert pour se nettoyer le visage.

Je prends note mentalement d'en racheter un à Parks. Je regarde le truc rose, pas la fille.

— Non.

France incline la tête.

— Alors à qui est-il ?

Je lève les yeux vers elle. Je ne suis pas vraiment fan des bavardages pré-rapports, surtout quand ils concernent Magnolia.

— À ma meilleure amie.

Je me lève, lui ôte le Foreo des mains et le range dans un tiroir.

France désigne le lavabo.

— *Est-ce que c'est sa jolie brosse à dents rose aussi ?**

Je hoche la tête.

— Oui.

Elle tend les doigts pour la saisir.

— Je peux l'utiliser ? *J'ai une haleine dégueulasse…**

Elle la prend, et je repousse sa main vers le bas.

— Non.

France cligne des yeux, un peu surprise, un peu contrariée.

— *Non ?**

Je secoue le menton.

— Elle est un peu maniaque quand il s'agit des autres, les contacts et les germes.

… Et les filles avec qui je couche.

France lève les yeux au ciel.

— *Elle a l'air géniale…**

— Elle l'est.

— *Désolée, tu veux que je m'en aille ?** (Elle éclate d'un petit rire froid.) Tu préférerais peut-être être ici avec elle ?

Je la regarde longuement, la jauge.

— En fait, ouais. Mais elle ne veut pas de moi comme ça, donc…

— *Pourquoi ?**

— Parce que. (Je me passe les mains dans les cheveux et lui souris.) Je suis un putain de désastre ambulant.

Elle ricane.

— Eh ben, j'en ai de la chance !

— Tu n'as pas idée.

Je l'attrape par la taille.

La suite, vous la connaissez. Je ne vais pas vous faire un dessin et vous épargnerai les détails scabreux. Il suffit de dire qu'il y a eu des corps nus, des caresses et des orgasmes. Et que je ne pense pas une seule fois à la fille que je pénètre. Complètement tordu, je sais. Il y a un souvenir de Parks que je n'arrive pas à me sortir de la tête et auquel je retourne toujours mentalement. Elle et moi sur le lac de Côme sur le solarium matelassé d'un Riva Aquarama 1971. Au grand jour. Ça ne lui ressemblait tellement pas d'être aussi insouciante et de ne pas s'inquiéter qu'on nous voie ensemble et nous reconnaisse. Elle portait ce bikini lilas – j'adore quand elle met cette couleur –, le soleil dans

* Les mots et phrases en italique suivis d'un astérisque sont en français dans le texte. (*NdT*)

ses yeux leur donnait une teinte menthe glacée. Je repense à ce moment chaque fois que je couche avec une autre. Je ne sais pas pourquoi. Ça me consume à petit feu.

Après nos ébats, France attrape son sac à main, en sort un petit sachet. Elle verse un peu de cocaïne sur mon torse nu, trace un rail à l'aide de sa carte bleue, puis l'inhale.

— Tu veux ?

Je secoue la tête.

— Meilleure amie ?

Je ris doucement.

— Elle me tuerait.

10:09

Lily Ballentine

Bonjour, ma puce. Pourrais-tu dire à mon fils de m'appeler, s'il te plaît ?

Il ne répond pas.

Je ne suis pas avec lui :)

Oh !

Quelle cruche !

Oups ! Il est juste là, en fait.

Oublie mon message.

Je me suis remise à boire pendant la journée.

Lily, ne t'en fais pas.

Ce n'est plus mon petit ami.

Mais ça pourrait… 🖤🖤🖤🖤

Non. 🖤

💔

Je t'aime, ma chérie.

9

Magnolia

— Qu'est-ce que tu as fait, hier soir ? s'enquiert ma sœur tout en parcourant le menu du *Belvedere*.

Ce n'est pas mon restaurant préféré, mais il présente l'avantage de se trouver juste en face de chez moi, de l'autre côté de la rue.

— Je suis allée boire un verre avec les P. *Privee. 109. Callooh Callay*…

J'agite les mains. Elle voit le tableau.

— Qu'est-ce qui t'arrive ? Tu viens d'avoir une rupture d'anévrisme ? demande-t-elle pourtant, pince-sans-rire.

Je lève les yeux au ciel.

Bridget et moi sommes très différentes. Avec des parents comme les nôtres, deux voies s'ouvraient à nous. J'en ai suivi une, elle l'autre. J'incarne d'une façon on ne peut plus évidente la fille du producteur de musique au succès fracassant et de l'ancienne top-modèle reconvertie en styliste d'accessoires haut de gamme.

Bridget est, d'une façon on ne peut plus évidente… bizarre.

Là, par exemple. Elle voulait sortir habillée d'un vulgaire jean et d'un tee-shirt blanc de marque indéterminée. J'ai presque dû la plaquer au sol pour lui faire enfiler mon cardigan Gucci en laine à motif jacquard rouge, blanc et noir, et fourrer ses petits pieds qui n'ont jamais vu une pédicure de leur vie dans les sandales à frange cloutée que je lui ai achetées la semaine dernière chez *Marni* – estimant que c'était le genre de chaussures que porterait quelqu'un qui boit du lait d'amande et se nourrit presque exclusivement de sarrasin. Elle n'a aucun goût pour les choses matérielles, se fiche de ce que les autres pensent d'elle et ne s'intéresse absolument pas aux garçons. Je sais qu'elle n'est pas lesbienne – je le lui demande régulièrement au cas où, car je veux qu'elle sache qu'elle peut se confier à moi. Elle n'aime pas les soirées, ne s'intéresse absolument pas aux potins et se moque éperdument de n'être jamais mentionnée sur les réseaux sociaux. Bizarre, je vous dis. En revanche, elle est brillante. Et elle sait écouter. Elle est terriblement observatrice, manque totalement de compassion et est très souvent chiante à mourir. Mais, en même temps, elle est adorable et loyale, et, de nous deux, on pourrait croire qu'elle est l'aînée. Mais non, c'est bien elle la plus jeune.

— Alors, comme ça, juste les P et toi ? poursuit-elle. Pas de BJ ?

Je secoue la tête.

— Les garçons avaient leur propre soirée.

— Et tu n'étais pas invitée ?

Je secoue de nouveau la tête, le nez en l'air.

— Et ça ne te pose pas de problème ?

— Mmm-mmm.

Je joins soigneusement les mains sur mon menu, le nez encore plus résolument pointé en l'air.

Ma sœur insiste, curieuse.

— Il t'a invitée et tu as décliné, ou il ne t'a pas invitée ?

Je tripote distraitement le bracelet Mini Flower By The Yard d'Alison Lou que BJ m'a offert la semaine dernière.

— La seconde option.

Bridget est horrifiée.

— Mais pourquoi ?

Je lui lance un regard appuyé. Nous savons toutes les deux pourquoi.

— Les filles n'osent pas y toucher quand je suis dans les parages.

Je hausse les épaules pour dissimuler un frisson.

— Parce que toi, tu y touches ?

— Bridget…

— Vous deux ! grogne-t-elle. Vous allez me faire crever, un de ces jours.

— Une lueur d'espoir ! chantonné-je.

Ces soirées à Park Lane… Je ne sais pas. J'ai toujours peur de ce qui s'y passe quand je n'y suis pas. Quand j'y assiste, BJ et moi nous forçons à rester trente bonnes minutes avec les autres avant de battre en retraite dans sa chambre pour regarder un documentaire du National Geographic. Quand je n'y suis pas, j'ignore avec qui il se réfugie dans sa chambre. Je soupçonne que ce qui s'est produit avec Taura Sax la nuit fatidique a eu lieu au cours d'une de ces fameuses soirées. Chaque fois que j'y pense, mon cœur se serre.

— Eh, ce ne serait pas Daisy Haites…

Du menton, Bridget désigne la porte.

Daisy Haites. Haites, comme dans Julian. Oui, ce Julian. Le chef de gang qui, sans qu'on sache comment, réussit encore à apparaître dans *GQ* et à faire l'objet d'articles élogieux dans *VICE*. L'autre meilleur ami de Jonah. Daisy est sa sœur. Elle a quelques années de moins que moi et est d'une beauté presque terrifiante : cheveux brun foncé, yeux noisette pétillants et la peau légèrement plus mate que la plupart des filles blanches.

Elle est vive, impulsive, et pourrait parfaitement avoir un flingue sur elle, donc je me montre toujours très amicale avec elle.

— Ouais.

Je la regarde, attendant de voir qui l'accompagne… Christian Hemmes.

— Mon Dieu ! (Tout excitée, je donne une tape sur le bras de Bridget.) Est-ce qu'ils sont ensemble ? On dirait qu'ils sont ensemble ! Il m'a assuré que non.

Robe noire à fleurs aux couleurs automnales, tee-shirt au logo brodé Fendi et bottines militaires Prada à pochette que je convoite depuis un certain temps. Malheureusement, ce serait pour moi un écart esthétique un peu trop radical.

Daisy n'a pas fréquenté notre lycée – je crois qu'elle était à Elizabeth Morrow... Un externat ici, à Londres. Elle est un peu plus jeune que nous, mais nos vies sociales se croisent souvent. Mêmes soirées, mêmes boîtes, mêmes mecs – apparemment ?

Si vraiment il y a quelque chose entre eux, Christian ne m'en a encore rien dit.

— Christian ! crié-je en leur faisant signe de nous rejoindre.

Il lève les yeux, paraît heureux de me voir, et je me demande pendant un bref instant si c'est pour ça qu'il est venu ici. Mais je me trompe sûrement. Il m'adresse un de ces hochements de tête de mec cool, et ils se dirigent vers nous. Daisy Haites ne semble pas particulièrement ravie de me voir, et quelque chose me dit qu'elle le lui a fait savoir.

— Parks. (Il se penche et m'embrasse sur la joue.) Bridget.

Il lui ébouriffe les cheveux.

Bridget était au courant pour Christian et moi, à l'époque où il y a eu un « Christian et moi ». Henry, Paili et elle étaient les seuls à savoir, ce qui n'a néanmoins pas suffi pour empêcher que s'ouvrent les portes de l'enfer.

— Daisy...

Je me redresse et la serre dans mes bras, mais elle ne me rend pas mon étreinte. Elle reste debout là, raide comme la justice.

— Salut.

Elle me décoche un sourire crispé. C'est tout. Juste « salut ».

— Asseyez-vous, asseyez-vous, leur dis-je en indiquant les deux sièges libres.

Son regard passe de moi à Bridget.

— Oh, nous ne voulons pas déranger.

— Mais pas du tout. (J'agite une main.) Bridget n'a aucune conversation. S'il vous plaît… Je vous en supplie.

Bridget lève les yeux au ciel, Christian réprime un petit rire en prenant place.

À contrecœur, Daisy l'imite.

— Tu connais ma sœur ? demandé-je en désignant Bridget.

— Nous nous sommes croisées plusieurs fois… (Daisy hoche la tête.) Salut.

Bridget hoche la tête à son intention, puis s'installe un silence affreusement embarrassant, durant lequel Christian et moi nous regardons fixement de part et d'autre de la table – un échange de regards qui semble chargé de non-dits. Pourquoi ?

— Comment se passent les cours ? demandé-je à Daisy d'une voix chaleureuse.

Elle hausse les épaules.

— Bien.

Je persévère.

— Ça te plaît ?

Nouveau haussement d'épaules, accompagné d'une moue, cette fois.

— Ouais.

Je ne lâcherai pas l'affaire.

— Quelle est ta matière préférée ?

— Les procédures funéraires.

Je déglutis.

— Cool.

J'essaie de sourire. Christian semble s'amuser. Bridget est fascinée.

— C'est… c'est ce que tu aimerais faire plus tard ? demandé-je prudemment.

Elle me regarde comme si j'étais stupide.

— Non.

— Comment va ton frère ?

Elle me toise d'un sale œil.

— Bien.

— Et tes parents ? enchaîné-je sans réfléchir.

— Morts.

… Comme moi après cette conversation, j'imagine. Je transpire. Littéralement. Je pince les lèvres.

— Cool, conclus-je nerveusement en hochant la tête.

Bridget émet un drôle de petit cri aigu. Christian écarquille les yeux, ravi. Je m'agite.

— OK, OK. (Je lève une main, feignant la contrariété.) Ralentis un peu. Pas la peine de nous noyer sous les informations.

Christian glousse, mais Daisy reste de glace. La bouche de Bridget forme un O parfait. Elle n'en croit pas ses yeux. Moi non plus, honnêtement. Je suis une pure merveille, un véritable délice enrobé de Gucci et saupoudré d'enthousiasme et de bonne volonté, mais je me heurte à un putain de mur.

Je laisse échapper un éclat de rire.

— Je suis tellement contente que vous vous soyez joints à nous, les amis.

— Je n'en avais aucune envie…, commence-t-elle en se levant d'un bond. Il m'a forcée.

Je jette un coup d'œil à Christian.

— Il t'a *forcée* ?

— À plus, lâche Daisy avant de s'éloigner.

Je la suis des yeux, sourcils froncés, puis regarde Christian.

— C'est quoi, son problème ?

Il hausse les épaules.

— Aucune idée.

Puis il se lève et part en courant la rattraper.

Bridget se tourne vers moi.

— Elle est au courant, pour vous deux.

15:17

Christian H

C'était un peu bizarre…

Tu trouves ?

Sérieusement ??

Les mondanités, ce n'est pas son truc.

Il y a des gardiens de prison à Guantánamo qui sont plus aimables qu'elle.

Ha, ha !

Vous sortez ensemble ?

Nan.

Mais tu l'aimes bien ?

Pas comme ça.

Tu m'en vois ravie.

Franchement, je la trouve un peu teigneuse…

❤

10

Magnolia

Le Pack Complet au *Seven Park Place.* C'est un de mes restaurants préférés, malgré le papier peint de mauvais goût. Ce soir, je porte un pull Gucci avec intarsia en laine, une minijupe en tweed à boutons de chez Miu Miu et des escarpins à talons compensés Marmont à franges et logo doré de chez Gucci.

Je me maquille au goût de BJ, c'est-à-dire pratiquement sans rien (à sa connaissance). Un léger blush sur les joues et le vernis à lèvres très naturel de chez Yves Saint Laurent. Il n'en a pas conscience, mais il m'aime comme ça parce qu'on a l'impression que je viens juste de faire l'amour.

Nous sommes à notre table ronde habituelle, BJ à ma droite. Jean Shotgun déchiré noir Amiri, tee-shirt Zegna gris Fear of God, veste bomber en laine noire Teddy Varsity signé Yves Saint Laurent et Converse montantes noires. Son bras est posé sur le dossier de ma chaise. Pas autour de mes épaules. Il ne me touche pas. C'est comme ça la plupart du temps : nous nous touchons sans nous toucher, surtout en public. Ça a été dur de passer d'un amour adolescent débridé et brûlant à ce que nous sommes aujourd'hui, à savoir… je n'en sais foutre rien, en fait.

Mais il m'a manqué, et je suis heureuse que son bras soit sur mon dossier. Légèrement tournée vers lui, je sais que, si je me laissais aller en arrière – ce que je ne ferai pas, mais je l'imagine –, je me retrouverais blottie contre lui.

Le dîner se passe bien, la conversation est fluide. Mais, tout à coup, une chanson retentit.

Vous savez, quand vous reconnaissez une musique sans pouvoir la situer dans vos souvenirs ? Votre regard se perd alors au loin, remontant les années jusqu'à la retrouver. Christian et moi le faisons exactement au même moment, ce que ne manque pas de remarquer BJ – quand il est question de Christian et moi, rien ne lui échappe.

C'était un accident. Lui et moi. Je n'ai jamais voulu que ça arrive.

Après avoir rompu avec BJ, j'étais une épave, une voiture retournée au bord d'une route… Pas de celles qui vous font ralentir pour regarder… Un vrai carnage, du genre qui vous pousse plutôt à écraser l'accélérateur en mettant la main sur les yeux des enfants.

Pas seulement à cause de ce qu'il avait fait. À cause de son absence, et de la façon dont toute ma vie s'était construite autour de lui, telles des côtes autour d'un cœur.

Tout mon univers semblait bancal, et la fin de notre histoire a provoqué le genre de crise attendue dans un groupe d'amis comme le nôtre. Il a eu les garçons, j'ai eu les P. Mais ça a été dur, parce que ces mecs étaient autant mes amis que les siens, je les aimais depuis aussi longtemps que lui. Plus, d'ailleurs, d'une certaine façon.

À partir du moment où il m'a été impossible de me trouver en sa présence, je les ai tous perdus, pas seulement BJ.

Et donc, deux mois et demi et des brouettes après notre rupture, un matin où je prenais mon petit déjeuner toute seule à *Papillon*, Christian m'a vue par la fenêtre, s'est assis à ma table et a commandé à manger. Ensuite, nous avons tout naturellement passé la journée ensemble.

Quand il m'a déposée chez moi ce soir-là, il s'est produit quelque chose d'on ne peut plus bizarre : je me suis aperçue que je n'avais pas été triste un seul instant en sa compagnie.

C'était incroyable, vraiment. Depuis la rupture, j'étais en miettes, vingt-quatre heures sur vingt-quatre, sept jours sur sept. Mais, durant cette journée avec Christian Hemmes, je m'étais sentie à peu près humaine. Comme si quelqu'un m'avait fait descendre du convoyeur de ma rupture.

Je lui ai donc envoyé un message le lendemain, et nous nous sommes revus. Et le jour suivant, et celui d'après encore.

J'ignore à quel moment nous sommes passés d'amis à un peu plus. Un jour, pris sous une averse sur Regent Street, nous nous sommes réfugiés dans une cabine téléphonique. J'étais morte de froid, mes cheveux trempés me collaient au visage. Il a ri tout en les écartant, et sa paume sur ma joue a été le prétexte que l'un de nous avait attendu, car sa main a glissé jusqu'à ma nuque et il m'a attirée contre lui – nos regards se sont croisés avant que nos lèvres se touchent, un « On le fait ? » tacite –, et puis il m'a embrassée.

Je me suis aussitôt sentie coupable, mais c'était si bon. Un baiser agréable. De ceux que vous ressentez dans tout votre corps. J'ai adoré ça, et j'aimais beaucoup Christian, et je savais que je n'aurais pas dû, que cela tuerait BJ s'il l'apprenait, et je ne l'en ai apprécié qu'encore plus.

Christian culpabilisait beaucoup, ça a été assez évident dès le début.

Plus nous passions de temps ensemble, plus nous devions faire d'efforts, car le tabou grandissait. Lui, moi et BJ, le fantôme qui nous suivait partout.

De temps à autre, il essayait de justifier nos actions – nous ne faisions rien de mal, j'avais craqué pour Christian d'abord. BJ était venu me cueillir juste sous son nez. BJ m'avait trompée. Christian et moi étions amis avant que BJ et moi le soyons – mais, parfois, ses justifications ne suffisaient plus à l'apaiser, et il voulait tout arrêter. La culpabilité le rongeait, il n'arrivait pas à croire qu'il sortait avec moi – moi entre toutes. Si BJ l'apprenait, il le tuerait. Alors Christian me disait qu'il était désolé, mais qu'il fallait qu'on arrête, que nous ne pouvions plus nous voir en cachette. Il m'a tenu ce discours tellement de fois... Il rompait pratiquement une fois par semaine. Moi, je ne disais rien. Je me contentais de m'installer devant un épisode d'*Outlander*, et il revenait en général avant le générique de fin.

BJ et les garçons ont tout découvert au bout d'un mois environ – l'horrible soir où BJ et Jonah l'ont tabassé, et où Henry m'a traînée de force hors du club avant de me ramener chez moi. Dans la voiture, je lui ai révélé la vraie raison pour laquelle BJ et moi nous étions séparés.

Après ça, Henry nous a couverts. La clandestinité de notre relation était stressante, mais rendait aussi nos rencontres plus intenses. Et puis Christian est si beau, tellement fort et stoïque. Il m'intriguait. Je savourais tant le fait de ne plus être seule. J'aimais passer tout mon temps avec quelqu'un, remplir le vide sous mes côtes avec sa présence réconfortante.

Mais nous avons quand même rompu quelques mois plus tard.

Ç'avait été des moments tendres, amusants, et je l'aimais beaucoup, peut-être même que je l'aimais tout court, mais j'étais encore complètement amoureuse de BJ.

Christian le savait, je le savais, et occuper la place d'un autre ne lui suffisait pas. Il me l'a dit, puis il a rompu.

Je retrouve la chanson dans mes souvenirs au moment même où un petit sourire se dessine sur les lèvres de Christian sans qu'il cherche à le dissimuler. Je le vois, BJ nous voit, et son expression s'assombrit.

— Qu'est-ce qui vous fait sourire comme ça, tous les deux ?

Son regard passe de Christian à moi.

Autour de la table, tout le monde se tortille, gêné. Je hausse les épaules.

— Rien.

— Rien, mec, t'inquiète.

Christian agite nonchalamment une main.

Les sourcils froncés, BJ nous observe en silence.

— Rien ? finit-il par répéter.

Les P échangent des regards nerveux.

— Ouais.

Je hausse à nouveau les épaules avec désinvolture et lui adresse un sourire enjoué, feignant de ne pas être le moins du monde effrayée. BJ me regarde fixement pendant plusieurs secondes interminables, puis retire son bras de mon dossier.

Il se tourne alors vers Christian, les yeux pleins de rancœur.

— Ce sourire ne disait pas « rien » du tout, mec…

— BJ…

Je pose une main sur son bras.

BJ baisse les yeux vers moi.

— C'était quoi, ce sourire, putain ?

Penser à Christian et moi ensemble le rend dingue quand il a un coup dans le nez – et là il en a plusieurs.

— Quand nous étions ensemble, nous sommes allés en Gwynedd, au nord du Pays de Galles. Il pleuvait des cordes. Nous avons embourbé la voiture. Le seul refuge à des kilomètres à la ronde était un bar à frites. Nous sommes entrés. Ils passaient cette chanson… c'est tout.

Voilà ce qu'a fini par répondre Christian, mais il y a deux problèmes.

Le premier, c'est qu'il s'en est tenu aux faits, sans fioritures, or nous savons tous que le plus intéressant, dans ce genre d'histoire, ce sont les détails.

Cette nuit-là, nous avons dormi à l'arrière de sa Mercedes-Benz Classe G, et cela reste jusqu'à ce jour une des nuits les plus sexy de ma vie, même si nous n'avons rien fait. D'ailleurs, nous n'avons jamais couché ensemble. Ce qui est assez révélateur, je suppose. Nous avons failli, plein de fois. Mais de cette nuit-là, je ne saurais pas dire quel moment j'avais préféré, nos deux corps se frôlant alors que nous dansions dans ce boui-boui, ou nous deux, congelés sur la banquette arrière de sa voiture, nos souffles couvrant de buée les vitres jusqu'à l'arrivée de la dépanneuse. Inutile de préciser que Christian s'est montré plein de ressources pour nous réchauffer.

L'autre problème, c'est que Christian ne m'a pas lâchée des yeux pendant qu'il parlait. Ce qui n'a pas non plus échappé à BJ. Il transperce le frère de son meilleur ami d'un regard assassin. Car, croyez-moi, ce soir, Christian et BJ ne sont plus potes eux-mêmes.

— BJ… (La main toujours sur son bras, je le secoue pour qu'il me regarde.) Ça fait tellement longtemps…

— Ah ouais ? Et toi ? Tu as passé l'éponge sur ce que j'ai fait il y a « tellement longtemps » ?

— Ce n'est pas la même chose.

Les poings sur la table, il recule sa chaise et se lève en nous regardant tour à tour, Christian et moi.

— OK, vous savez quoi ? Niquez-vous ! (Ses yeux plongent dans les miens.) C'est ce que je vais faire, moi en tout cas.

Et il s'éloigne tranquillement vers le bar.

Mes paumes sont sur mes joues, sous le coup à la fois de l'angoisse et de la honte. Paili pose sa main sur la mienne.

— Ça va ? chuchote-t-elle, mais je ne réponds pas.

Je compte les shots qu'il avale cul sec. Un, deux, trois, quatre.

Quatre. Merde. Je connais la suite.

Il ne met pas plus de vingt secondes à choisir une fille. Cheveux super longs (probablement des extensions) blond platine, ultralisses. Rouge à lèvres foncé. Yeux bruns. Robe moulante. Il se penche vers elle, ivre et irrésistible, et je le vois dans ses yeux : elle est partante. Évidemment. Comment pourrait-il en être autrement ? Ils boivent un autre shot ensemble.

Bouleversée, je tourne mon regard vers Christian.

— Tu fais quoi, après ? lui demandé-je pour rire.

Il me fixe une fraction de seconde de plus que nécessaire.

— Va te faire foutre ! lance-t-il, furieux. (Je ne m'attendais pas à cette réaction. Je recule la tête, surprise.) Non mais vraiment, va te faire foutre !

Là-dessus, il attrape son verre, le vide d'un trait, se lève, sort son téléphone et s'en va. Jonah pousse un soupir, se passe les doigts dans les cheveux.

Henry me jette un coup d'œil.

— Bien joué.

Je fronce les sourcils, déconcertée. Perry se tamponne le visage avec une serviette.

— Putain, le *Daily Mail* va s'en donner à cœur joie demain, avec cette petite scène.

Paili lui décoche un coup de coude.

Je me tourne de nouveau vers BJ, au bar – il exécute son petit numéro, toujours le même. D'abord, il pointe les yeux de la fille. « Ce sont des vrais ? », doit-il demander. Même si ce sont les yeux les plus quelconques que vous pourriez imaginer, il y plonge le regard d'une façon qui vous fait croire qu'il est sincère. Ensuite, il secoue la tête, incrédule. « Comment des yeux peuvent-ils être aussi beaux ? »

« Tu as eu un appareil dentaire ? » Il doit désigner sa bouche du menton. Mais c'est une ruse pour qu'elle regarde la sienne, parce que, une fois que vous avez regardé la bouche de BJ, c'est mort.

C'est le moment qu'il choisira pour se mordiller la lèvre inférieure tout en vous souriant, et là, vous êtes cuite. Vous vous enverrez en l'air avec lui à l'arrière d'une voiture ou dans une cabine de toilettes. Vous n'arriverez pas jusque chez vous. Vous ne pourrez pas attendre aussi longtemps. Malgré toute la détermination du monde, vous n'y résisterez pas. Personne n'y résiste.

Là, il en est à se mordiller la lèvre. J'ai l'impression que quelqu'un a aspiré tout l'air de mes poumons. Ma cage thoracique menace de s'affaisser. Rien de nouveau sous le soleil. Il baise à droite, à gauche. C'est son truc. Et c'est exactement pour ça que nous ne sommes plus ensemble. Il l'a déjà fait, il l'a fait des milliers de fois – devant moi –, et ça fait toujours aussi mal. D'ordinaire, j'ai l'impression de mourir un peu, mais, ce soir, c'est différent.

Ce soir, le fait qu'il réagisse ainsi, qu'il se comporte de cette manière, me fait peur. Comme s'il était loin ? À la dérive ? À moins que ce ne soit moi ? Normalement, ça n'a aucune importance, nous avons le même port d'attache. J'ignore sur quelles côtes, mais nous nous y retrouvons toujours. Mais il me manque, et mes yeux sont humides, et avant que je ne me rende compte de ce que je fais, je marche vers le bar, et je suis debout devant lui.

Il me jette un regard, les yeux troubles, vraiment bourré, à ce stade.

— Parks.

— Qu'est-ce que tu fais ?

— Tu le sais parfaitement, répond-il d'une voix pâteuse.

— BJ… (Je secoue la tête.) Arrête.

— C'est bon, Parks. (Il hausse les épaules.) Moi et… (Il s'interrompt, touche le bras de la fille.) Et…

— Ivy, dit celle-ci.

— Ivy. (Il hoche la tête trop lourdement.) Allons juste boire quelques verres de plus et foutre le camp.

Je secoue à nouveau la tête.

— Tu n'as pas besoin de quelques verres de plus.

— Parce que tu sais ce dont j'ai besoin, toi ?

Il me regarde un peu méchamment.

Je repousse une mèche de son visage, et je me sens transparente, comme s'il pouvait juste lire en moi.

— Oui, réponds-je doucement.

Son expression change un peu.

— Bien. (Je me redresse, arrange le col de son tee-shirt.) Est-ce que tu veux rentrer avec elle… (j'ignore la fille) ou avec moi ?

Ses yeux sautent de l'une à l'autre, puis il pointe le menton vers moi.

— Allez, viens.

Je le tire par le bras, et il se met debout, un peu dans les vapes. Je jette un coup d'œil vers notre table et, d'un signe, indique à nos amis que nous partons. J'entraîne BJ dehors, puis dans la citadine.

— À la maison, s'il vous plaît, Simon, dis-je à mon chauffeur.

— Bien, mademoiselle.

BJ s'affaisse au fond de la banquette, le regard perdu au-delà de la vitre. Je reste assise au milieu pour être plus proche de lui, pas parce qu'il a besoin de moi, mais parce que j'en ai envie. Il se tourne vers moi, les yeux fatigués, irrités par toutes ces choses qu'il ne dirait jamais à voix haute s'il était sobre.

— Il te regarde encore comme s'il avait envie de toi.

Je secoue la tête.

— Non.

En fait, honnêtement, je n'en suis pas sûre. BJ n'y croit pas non plus.

— Moi, je n'ai pas envie de lui, clarifié-je.

BJ se tourne de nouveau vers la vitre, ressassant ses pensées alcoolisées pendant une minute ou deux.

— Ça me tuait quand vous étiez ensemble, dit-il à la vitre.

Je me glisse plus près de lui, pose la tête sur son épaule.

— Je suis désolée.

Il prend ma main dans la sienne, la porte à sa bouche et l'embrasse spontanément, puis la garde là.

J'aimerais qu'il la garde pour toujours.

09:42

Paili

Ça va ?

Tout s'est arrangé.

Je crois.

Je pense que tout s'est arrangé.

On a eu un peu l'impression hier soir que bj & toi… vous étiez ensemble ?

C'est aussi ce que j'ai ressenti…

!!!!!!!!!😵‍💫😵‍💫😵‍💫😵‍💫😵‍💫😵‍💫☠️☠️☠️☠️☠️

👻👻👻👻👻

Arrête…

Merde alors. Tu crois ?

Vraiment ?

Ha, ha, ha !

Je ne sais pas. Peut-être.

Peut-être pas. Aucune idée.

😐

13:02

Jonah

Mec. Y s'est passé quoi hier, putain ?

Rien.

Je suis rentré avec Parks.

Après qu'elle t'a saboté ton coup.

Elle m'a clairement saboté mon coup.

Mec, ça faisait carrément couple !!!!

Ha !

Peut-être.

On verra.

Tu la connais. Elle flippe facilement.

Et si t'essayais de lui parler ?

Et de pas baiser n'importe quelle meuf, cette semaine ?

OK, merci pour le conseil, maman.

11

BJ

Je ne sais vraiment pas ce qu'il s'est passé entre Parks et moi, mais ça a eu tout l'air de quelque chose. J'ai dragué bien trop de filles sous son nez ces dernières années sans qu'elle intervienne… même si j'aurais voulu, rêvé, qu'elle le fasse.

Nous sommes tous les deux sacrément butés.

Je ne me souviens pas grand-chose de la nuit dernière. Mais je me rappelle lui avoir tenu la main à l'arrière de la voiture. Un peu bizarre venant de nous, pour être honnête. Il m'arrive de lui prendre la main le temps de nous frayer un chemin dans une foule. Ou de la garder dans la mienne un peu plus longtemps que nécessaire. Mais nous sommes plus du genre à nous toucher sans nous toucher. Nous profitons d'une chemise à boutonner, de fermetures Éclair dans le dos, de boutons de manchette, d'un fermoir de collier récalcitrant…

Mais là, c'était différent. Sans équivoque. Elle m'a déshabillé dans sa salle de bains, m'a ôté ma veste, a fait passer mon tee-shirt par-dessus ma tête. Elle a dégluti nerveusement, posé ses paumes sur mon torse et m'a regardé pendant quelques secondes. J'aurais dû l'embrasser. Je ne sais pas pourquoi je ne l'ai pas fait. Je ne voulais pas qu'elle se dérobe, ni la mettre en colère. Nous nous sommes endormis, elle dans mes bras. Je dors tout le temps dans son lit, mais je ne la tiens jamais contre moi. Ce matin, je l'ai embrassée sur la joue en partant pour un shooting, et il m'a semblé que ce baiser avait une signification particulière.

Tout m'a semblé avoir une signification particulière.

Du coup, quand je l'ai appelée tout à l'heure pour lui proposer de sortir avec les gars et moi ce soir, son refus m'a déconcerté.

— Oh !

— C'est juste que… je suis assez fatiguée, a-t-elle dit.

Elle mentait. Nous avons dormi comme des bébés, putain. En plus, elle ne sait pas mentir. Elle doit flipper ou je ne sais quoi.

— Pas de problème.

J'ai haussé les épaules, même si elle ne pouvait pas me voir.

— On se voit plus tard ? a-t-elle ajouté d'une voix un peu nerveuse.

— Ouais, peut-être.

— OK.

— Ouais, ai-je conclu, alors que ce que je voulais vraiment lui dire, c'est « Je t'aime » et « Tu me tues ».

Et j'ai raccroché.

Ce soir, je sors dans l'unique but de me mettre minable. C'est mon mode opératoire, ce n'est plus un mystère pour personne. Les potes sont déjà là quand j'arrive au *Raffles*. Je crois que, quoi qu'il soit en train de se passer avec Parks, ça doit être écrit sur ma figure, car Jonah m'a à peine jeté un regard qu'il marmonne : « Oh, oh ! »

— La chasse est ouverte ? me demande Henry.

Je l'ignore.

Ensuite, j'enchaîne les verres.

Vous savez, ces quelques moments qui vous marquent à vie, comme votre premier baiser et le jour où vous comprenez que vos parents ne sont que des gens ordinaires, ou la première fois que vous entendez *The Scientist* de Coldplay, que vous tombez et vous bousillez complètement le genou, ou votre première visite à l'hôpital, toutes ces conneries… Eh bien, pour moi, ma rencontre avec Parks compte parmi ces événements charnières.

Elle devait avoir quatre ans. Elle est venue chez nous passer l'après-midi avec Henry, je jouais au ballon dans le jardin. Je ne sais pas comment elle s'est retrouvée dehors, mais elle était là et me regardait. Elle était minuscule. Longues jambes frêles, cheveux en bataille. Ils étaient plus clairs, à l'époque. Des cheveux de gosse.

— Tu es un peu doué, m'a-t-elle lancé, à quelques mètres de moi.

— Merci.

Je lui ai adressé un grand sourire, ravi d'avoir une spectatrice. J'ai fait quelques dribbles et jeux de jambes que je trouvais cool pour lui montrer à quel point j'assurais.

— Je serais probablement meilleure, si je le voulais, a-t-elle déclaré.

Et, écoutez, j'ai des sœurs. Pas moyen que je dise à cette fille qu'elle ne pourrait jamais me surpasser, car même alors, du haut de mes sept ans, je savais que c'était vrai. Elle était déjà meilleure que moi. Dans tous les sens du terme, dans tous les domaines...

— Oui, sans doute, ai-je concédé en attrapant mon ballon avant de marcher vers elle. Je suis BJ.

— Je suis Magnolia Katherine Juliet Parks. (Elle a marqué une pause.) Henry est mon ami.

— Henry est mon frère.

Elle m'a regardé, vraiment regardé.

— J'aime bien ton visage.

Parks ne se rappelle pas m'avoir dit ça. Mais moi, oui. Ça m'a donné un cap à vie.

J'ai plané toute la journée. Je pense que je n'ai cessé de chercher à revivre cette sensation depuis. Parfois, j'aimerais pouvoir remonter le temps et dire à mon petit moi de prendre ses jambes à son cou, bordel, lui dire : « Cette fille va te foutre en l'air, tu ne pourras plus penser qu'à elle, tout le temps, elle fera cuire des petits gâteaux, te broiera le cœur et en saupoudrera ses biscuits, elle te fera souffrir, tu la feras souffrir, et jamais, au grand putain de jamais, tu ne t'en remettras. » Mais je ne peux pas.

Et, même si je le pouvais, quels moments je changerais ? Ceux où elle était vraiment à moi ? Jamais.

Mais ces putains de pas de danse que nous faisons… Je la blesse, elle se venge, je couche avec une nana, elle sort avec un mec – un numéro bien huilé, depuis le temps. C'est mon tour. Imaginez que je le passe… Imaginez si je n'avais pas déjà choisi laquelle des filles attroupées autour de notre table vais-je ramener chez moi.

Imaginez que j'appelle simplement Parks… que je lui dise : « Je suis amoureux de toi, essayons… essayons de trouver une solution. » J'aimerais être ce mec. Mais non. Je suis le type assis à une table du *Raffles* jonchée de bouteilles et entouré de nanas que je n'ai jamais vues avant. La plupart ne sont pas de Londres, il me semble. Il y en a une qui me mate depuis la seconde où je me suis pointé. Teint pâle, cheveux châtains, grands yeux bleus. Elle a passé la dernière heure à se rapprocher discrètement de nous, et moi à picoler, parce que c'est ce genre de soirée. Une fois qu'elle se trouve à côté de moi, j'entends qu'elle est originaire du Surrey. Elle se penche plus que nécessaire pour me parler, mais c'est juste histoire que ses intentions soient claires. Jolie fille, vraiment. Plutôt guindée.

Du coup, je suis carrément surpris lorsque Surrey se lève et entreprend de m'offrir une lap dance devant tout le monde.

Ce n'est pas la première fois que ça m'arrive, je ne suis pas exactement un moine. Seulement, je ne m'y attendais pas de la part d'une fille qui sent le Fizz Wiz à la fraise.

Jo me lance un regard désabusé depuis sa place. Le cul à deux centimètres de mon visage, elle l'agite, m'embrasse dans le cou… me roule une pelle… J'ai les yeux fermés, je m'en tape un peu d'être dans un club et qu'on puisse me voir. Ce ne sera pas la première fois… Soudain, quelqu'un me frappe.

J'ouvre les yeux. Jonah. Jonah me donne un grand coup sur l'épaule. Je tourne la tête et vois derrière Surrey une tache rose et floue, et je comprends que Parks s'est finalement décidée à venir.

Bouche bée, livide, elle a les yeux braqués sur moi.

— Merde, dis-je.

Je pousse la fille pour la dégager, c'est le signal qu'attendait Magnolia pour bouger.

Elle pivote sur ses talons et se fraie un chemin dans la foule, mais je parviens à lui saisir le bras et la tire vers moi.

Je secoue la tête.

— Parks…

Elle me repousse. Son mascara a coulé.

— Ne me touche pas.

— Tu as dit que tu ne viendrais pas…

— Oh ! Mais bien sûr ! s'écrie-t-elle. Excuse-moi ! Je t'en prie, poursuis donc…

— Parks.

Je soupire, tends les mains vers elle.

Elle approche son visage du mien, me regarde droit dans les yeux, me frappe le torse.

— Tu me dégoûtes !

12

Magnolia

C'était un samedi soir, tard, il y a trois ans environ. Il revenait d'une soirée. J'étais malade. C'est pour ça que nous n'y étions pas allés ensemble. Jo et lui avaient déjà prévu de sortir, il a dit qu'il pouvait ne pas y aller, mais ça ne me dérangeait pas. J'étais extrêmement fatiguée et je ne voulais pas qu'il attrape mes microbes.

Il est entré dans ma chambre, a refermé la porte et s'est mis à faire les cent pas. Cela faisait cinq ans qu'on était ensemble, et je ne l'avais jamais vu comme ça. Il avait presque l'air défoncé, mais pas de façon amusante. Frénétique.

— Parks…, a-t-il commencé. (Il respirait bizarrement. Je l'entendais.) Parks.

Il marchait en cercles.

— Qu'est-ce que tu fous ? ai-je demandé.

Il a secoué la tête.

— J'ai fait quelque chose.

— Qu'est-ce qu'il y a ? (Je me suis levée pour le rejoindre.) Est-ce que ça va ?

— Ce n'est pas ce que je veux dire… (Il s'est passé une main dans les cheveux.) J'ai fait quelque chose de mal.

— D'accord…, ai-je bredouillé d'une toute petite voix, tandis qu'un trou grandissait dans mon ventre, comme une dépression se créant en mon centre.

J'ai su ce qu'il allait dire avant qu'il n'ait ouvert la bouche.

— J'ai couché avec quelqu'un.

Mon sang s'est glacé dans mes veines. Mon regard ne trouvait pas le sien. Il avait une main devant la bouche. Il paraissait sur le point de vomir.

— Quoi ? ai-je balbutié en clignant furieusement des paupières.

Il n'a pas répondu.

— Explique-toi, ai-je insisté.

Il m'a regardée, tétanisé, me suppliant du regard de ne pas le forcer à le répéter.

— Quand ? ai-je demandé doucement.

— Juste là, maintenant.

Il a tendu les mains vers moi.

— Juste là maintenant !?

J'ai écarté ses mains d'un coup tout en titubant en arrière, loin de lui.

— C'était un accident.

Il respirait vite tout en essayant de me retenir.

— Comment ça, un accident ? ai-je crié en le dévisageant, cherchant quelque chose de familier auquel me raccrocher.

— C'est arrivé, c'est tout.

Je l'ai repoussé.

— Comment ? (Un hurlement aigu. Je me suis couvert la bouche d'une main. Je ne reconnaissais pas les sons qui sortaient de ma gorge.) Tu étais avec qui ?

— On était chez nous, il y avait une fête, j'ai bu et…

— Tais-toi.

J'ai secoué la tête, fébrile.

— On n'avait pas l'intention de…

— Arrête !

Je lui ai balancé un vase Lalique rempli d'hortensias qu'il m'avait offert la veille. Il l'a évité.

Le récipient s'est pulvérisé au sol.

— Parks… laisse-moi t'expliquer.

Il a de nouveau tendu les mains vers moi. Il avait les larmes aux yeux.

J'ai reculé.

— Ne me touche pas. Tu me répugnes !

J'ai vu son cœur se briser sur ses traits, et j'ai couru me réfugier dans la salle de bains, dont j'ai fermé et verrouillé la porte. Je suis demeurée là à sangloter pendant quatre heures, et il est resté assis à pleurer devant la porte pendant tout ce temps. Il a tellement pleuré qu'il a fini par faire une espèce de crise d'angoisse. Il haletait, comme si l'air restait coincé dans sa gorge et ne descendait plus jusqu'à ses poumons. Comme s'il suffoquait. J'ai ouvert la porte, je me suis précipitée vers lui, à califourchon sur ses genoux, j'ai pris son visage dans mes mains et respiré avec lui en silence. Inspire, expire, inspire, expire. J'ai fait ce qu'il a fait toutes les fois que j'ai eu des crises d'angoisse auxquelles je n'aime pas repenser. Sa respiration a fini par prendre le rythme de la mienne, ses yeux ne me lâchant pas. Si verts au milieu du rouge provoqué par ses sanglots.

Un putain de supplice de réconforter la personne qui vient de faire exploser votre cœur d'un coup de fusil – un carnage, des hommes à terre, du sang partout.

Mais, la vérité, c'est que quand vous aimez quelqu'un comme nous nous aimions, peu importe ce qu'il peut vous faire. Lui, il aurait pu me renverser au volant d'un bus – c'était un peu ça –, j'aurais naturellement fait tout ce qui aurait été en mon pouvoir pour lui épargner la peine qu'il ressentait.

Pendant tellement d'années, sa douleur a été la mienne. Mais cette douleur-là, celle qui l'a fait pleurer cette nuit-là, m'appartenait... Les larmes qu'il versait étaient les miennes, tout comme la souffrance qu'il éprouvait. Il était brisé en deux par le poids de ce qu'il m'avait fait, par ses propres actions. Il a sangloté dans mon cou et m'a demandé « pardon » tant de fois que le terme en a perdu son sens... Au bout d'un moment, ça ne ressemblait même plus à un vrai mot.

Il m'a serrée contre lui, plus fort qu'il ne l'a jamais fait, je crois, m'a dit que ç'avait été une erreur et que ça ne se reproduirait jamais, que c'était juste une fois, et ensuite il a essayé de m'embrasser. Je me suis reculée et l'ai regardé très, très sérieusement.

— Nous deux… (J'ai pris son visage dans mes mains pour qu'il me regarde bien en face.) Écoute-moi… Écoute. Nous deux, c'est fini.

Puis j'ai couru me réfugier dans la chambre de Marsaili, et elle a verrouillé la porte derrière moi. Elle m'a tenue dans ses bras pendant que je pleurais jusqu'à plonger dans un sommeil qui durerait trente-six heures.

Vous connaissez la suite…

Mon sentiment d'anéantissement face à sa trahison était éclipsé par le manque et le désir d'être avec lui, parce qu'il est le genre de personne auprès de laquelle vous voulez être, quel que soit le prix à payer. Et, croyez-moi, l'addition était salée : j'ai appris à le regarder de nouveau dans les yeux, j'ai appris à ne pas pleurer chaque fois que je le quittais, j'ai appris à respirer pendant qu'il flirtait avec d'autres filles. Je me suis rendu compte que nous pouvions encore nous parler sans utiliser de mots, et, j'ignore comment, au milieu de tout ce bain de sang, j'ai trouvé mon meilleur ami.

Je crois que c'est parce que je suis faible. Il m'était plus facile d'être son amie que de l'éviter. Trop de choses dans ma vie, peut-être même une trop grande part de la femme que je suis, sont liées à lui, ou à nous.

Tout ce que j'ai pu vivre de merveilleux, de magique, de douloureux, de beau, de spectaculaire mais aussi d'horriblement bouleversant, je l'ai vécu avec lui.

Et, pour ça, je le déteste.

13

Magnolia

J'ai refusé de les accompagner parce que j'avais besoin de réfléchir. J'avais besoin de… Je n'avais pas envie de me retrouver dans un club au milieu de toutes ces filles qui se pâment devant BJ pendant que j'essaie de trouver un moyen d'être de nouveau avec lui, de décider si j'en suis capable, parce que ce qui s'est passé hier soir a été assez significatif pour moi.

Depuis notre rupture, jamais nous n'avions été aussi proches de nous remettre ensemble, et jamais je ne m'étais sentie aussi heureuse. Quand j'ai compris ça, j'ai eu peur. Peur qu'il ne recommence, peur qu'il ne gâche tout. Et donc, quand il m'a téléphoné pour me proposer de sortir au *Raffles*, j'ai décliné parce que je ne savais pas comment me comporter avec lui après cette nuit où nous nous sommes tenu la main, où il m'a prise dans ses bras pour dormir, où j'ai écarté cette mèche de son visage… Et je n'avais aucune idée de comment je pourrais essayer d'analyser où tout cela nous menait alors qu'il était là, juste en face de moi.

Mais ensuite, assise dans ma chambre, il m'a manqué. J'ai eu envie d'être avec lui, j'étais frustrée qu'il ne soit pas là auprès de moi. Alors j'ai décidé que la seule chose responsable à faire – la seule chose adulte – consistait à aller le retrouver et tout lui dire. Que j'aime lui tenir la main, que je veux continuer de la lui tenir. Que j'aime qu'il me serre dans ses bras quand nous nous endormons, que ç'a été ma meilleure nuit sans médicaments en trois ans. Qu'écarter les cheveux de son front m'a donné un sentiment d'intimité comme je n'en ai pas éprouvé depuis notre rupture.

J'ai donc enfilé ma minirobe en maille rose bonbon à col carré de chez Balmain et les cuissardes stilettos en daim de Casadei, et pris une voiture, direction le *Raffles*.

Quand j'entre dans le club, la première chose que je vois, c'est cette horrible fille en train de se tortiller et de se frotter à lui.

Et lui. Affalé sur sa chaise, s'abandonnant à la danse, les yeux clos, envoûté… La tenant par la taille. Agrippant ses stupides cuisses. C'est à ça qu'il ressemble quand je ne suis pas avec lui ? C'est ainsi qu'il était, la nuit où il nous a brisés ?

Puis il me voit et bondit de son siège. Moi, je suis aveugle, tout est flou. Je crois que je suis en train de faire une crise d'angoisse. Mon champ de vision rétrécit. La musique paraît moins forte, ce qui est impossible : nous sommes dans une boîte de nuit. Peut-être est-ce le sang qui gronde dans mes oreilles qui m'assourdit ? Est-ce que je vais vomir ? Est-ce que je pleure ?

Et puis tout devient noir autour de nous. Nos regards se trouvent. Et une paroi de verre infranchissable surgit du sol et nous sépare. Nous ne pouvons pas nous toucher, ni nous parler. De toute façon, il n'y a rien à dire, même s'il crie de l'autre côté du verre que je lui manque et que je lui crie qu'il me manque aussi, et qu'il me crie qu'il est désolé et que je lui crie que ça ne suffit pas. Nos visages se figent dans une expression qui évoque l'amour impossible, mais non, parce que je ne l'aime plus. Je ne peux pas.

Le moment passe. La paroi de verre s'enfonce dans le sol.

— Tu me dégoûtes ! craché-je avant de me précipiter vers le bar, espérant m'y sentir en sécurité, ce qui est le cas.

Si je pars, il me suivra chez moi. Si je reste, au moins, il y a des corps entre nous.

Il m'observe depuis l'autre extrémité de la salle, mais j'évite son regard. Il a des yeux tristes de chien battu. Il est complètement bourré. Il me regarde, attrape une bouteille de Patrón, en ôte le bouchon avec les dents, le crache puis boit directement au goulot, ouvre les bras, genre : « Alors, qu'est-ce que tu vas faire ? » Et puis il se laisse retomber sur le fauteuil, et la fille reprend sa danse, glissant les mains dans les manches courtes de sa chemisette à fleurs jaune et marron Marni. Il y a trop de boutons défaits. Je veux aller arranger sa tenue. Personne d'autre que moi ne devrait en voir autant de lui.

Je prends de minuscules respirations, trop superficielles pour m'aider, mais la sensation de l'air s'infiltrant entre mes lèvres me distrait suffisamment pour m'empêcher de suffoquer.

Et puis je sens quelqu'un prendre place à côté de moi.

— Magnolia Parks.

Je reconnais vaguement cette voix, mais ne peux l'associer à personne sur le moment. Je me tourne et découvre, enchantée, le meilleur parti, selon *Tatler*, depuis que Harry s'est fait mettre le grappin dessus – presque deux mètres à un million de livres le centimètre, des yeux bleu glacier, des cheveux blond cendré coiffés sur le côté, des muscles et des épaules en veux-tu en voilà, et un sourire contre lequel ne rivaliserait que celui de mon ex-petit ami.

— Tom England !

Je lui souris, surprise.

En plus de son statut de prince charmant professionnel à temps complet, Tom est également pilote. Je veux dire... évidemment. Il n'en a pas besoin, au fait. Il possède je ne sais combien de milliards de livres. Simplement, il aime voler. Et avoir des responsabilités. C'est en tout cas ce que m'a dit Gus un jour.

— Que fais-tu ici ?

Je jette un regard à la ronde, assez impressionnée.

— Je passe un peu de temps au pays.

Il m'adresse un sourire forcé. L'aristocratie anglaise s'est construite sur ce genre de sourires.

— Comment vas-tu ? me demande-t-il chaleureusement.

— Bien. (Je hoche la tête.) Oui, très bien.

Il marque une pause.

— Vraiment ? J'ai vu…

Il regarde un instant par-dessus mon épaule et pointe le menton dans la direction de BJ.

— Oh, dis-je avec un petit rire. Alors non, ça ne va pas trop.

Je devrais être gênée que Tom England ait assisté à la scène, mais pas du tout. Il me sourit.

— Je peux t'offrir un verre ?

Je hoche à nouveau la tête.

— Tu sais quoi, Tom England ? Tu peux même m'en offrir plusieurs.

Il tape deux fois sur le comptoir pour attirer l'attention du barman.

— C'est parti !

Tom England n'a pas fréquenté Varley. Je crois qu'il était à Hargrave-Westman. Il est aussi un peu plus âgé que moi. Vingt-neuf ans, peut-être trente.

Plus jeunes, nous avons tous eu un énorme crush sur lui, garçons comme filles. Il est tellement fringant et exquis, le prince élu par la haute société londonienne elle-même. Il est charmant, intelligent, le genre de personne dont la compagnie vous fait perdre la notion du temps. Il n'y a rien de juvénile chez lui, ce qui est fort appréciable. Si loin de ce dont j'ai l'habitude, avec ma petite bande de garçons paumés, qui prennent tout le temps des décisions obscènes, terribles, idiotes et absolument regrettables. Je parie que Tom fait toujours le bon choix.

Il n'apparaît pas beaucoup dans les médias, ayant tendance à protéger sa vie privée, à éviter les soirées où il risquerait d'être photographié, ce qui, j'ignore pourquoi, le rend un peu plus sexy encore.

Nous nous sommes assis à une table, Tom et moi. BJ a disparu. Dieu seul sait où. Probablement dans une cabine de toilettes. Mais Henry et Jonah sont toujours là, et me surveillent de près. Je sens leurs yeux sur moi.

Plus qu'en temps ordinaire...

Normal, c'est : BJ n'est pas dans les parages, ils veillent simplement à ce que tout se passe bien.

Anormal, c'est : ça. Je ne serais pas étonnée de les voir dégainer des jumelles de vision nocturne et un drone télécommandé.

Je regarde fixement mes vieux amis, essaie de leur signifier d'un haussement de sourcils de me foutre la paix, mais ils ne parlent pas le même langage que BJ et moi.

Tom m'observe un instant, les yeux légèrement plissés.

— Tu te sens un peu mieux ? me demande-t-il tout en faisant tourner son whisky dans son verre.

— Oh, dis-je, réfléchissant à voix haute. Je vais avoir besoin de quelques jours pour effacer ce moment de ma mémoire.

Il émet un rire bref.

— Ballentine... Il a toujours eu tendance à se comporter comme un imbécile. (Un silence.) Je l'apprécie beaucoup, c'est un gamin sympathique.

« Un gamin sympathique » !? J'ai un mal fou à contenir ma jubilation. BJ a toujours dit – ses mots, pas les miens – que Tom England est « le mec ultime ». Il tomberait raide mort s'il entendait Tom England se référer à lui en ces termes.

— Mais il est un peu... stupide, poursuit-il. Surtout avec toi, précise-t-il, l'air un peu agacé.

— Avec moi ?

Je souris, n'en pouvant plus de joie.

— Ouais, acquiesce-t-il.

La fillette de huit ans qui l'a suivi partout lors d'une réception au château de Windsor a du mal à ne rien laisser paraître. J'esquisse un petit sourire reconnaissant.

— Eh ! (Du menton, il me désigne la porte.) Ça te dit de filer d'ici ? D'aller boire un verre ailleurs ?

Je hoche rapidement la tête, déconcertée. Je m'efforce de paraître sûre de moi, mais je crois que j'ai tout simplement l'air ahurie. Tom England vient-il de me proposer d'aller boire un verre en mode… rencard ? Il attrape mon manteau, me le tient pendant que j'y glisse les bras – un rêve éveillé –, puis me saisit par la taille et me fait tourner vers lui.

— Attends… Juste une chose…

Alors il incline mon visage vers le sien et m'embrasse doucement. Je ne lui rends même pas son baiser, éblouie comme je suis. Il se penche et me murmure à l'oreille :

— Les garçons lui raconteront que j'ai fait ça.

Puis il me prend par le coude et nous fraie un chemin à travers la foule. Je regarde par-dessus mon épaule. Comme prévu, Jonah et Henry ont les yeux ronds comme des billes. Henry n'en revient pas. Je leur adresse un petit signe de la main. Bye bye !

Pétrifiés, ils me rendent mon salut d'un geste hésitant, et Tom m'entraîne dans la rue.

Je lève les yeux vers lui, attendant de nouvelles instructions.

— Des suggestions ?

Il me sourit gaiement, les mains dans les poches de sa veste. Je secoue la tête. J'aime qu'il me dise quoi faire. Son sourire s'élargit.

— Je connais un endroit à dix minutes de marche d'ici…

Et là, il fait quelque chose d'incroyablement sexy, d'incroyablement adulte : il pose sa paume en bas de mon dos – absolument pas sur mon cul – pour me guider vers le bar en question. Cela dure à peine quelques secondes, mais je ne m'en remets pas. À l'époque où nous étions en pension, Paili avait découpé une photo de Tom dans *Tatler*, qui avait aussitôt trouvé sa place dans notre pêle-mêle de mecs canon sur le mur de notre chambre. Et me voici en route pour boire un verre avec lui après avoir regardé ce laideron se tortiller et tripoter l'amour de ma vie – à ses sourcils dessinés au Sharpie, je suis prête à parier qu'elle vient du Surrey.

— Attends ! (Je m'arrête, perplexe.) Tu as dit « marcher » ?

— Tu ne t'en lasses jamais ? me demande-t-il en se laissant aller contre le dossier de son fauteuil avant de se passer les doigts dans les cheveux.

— De quoi ? dis-je, fronçant les sourcils.

— De toute cette… merde ? (Il hausse les épaules.) Les mondanités ? L'argent ?

Je secoue malicieusement la tête.

— Les biens matériels me procurent une profonde satisfaction.

— Bon à savoir.

Il me décoche un petit sourire taquin.

— L'amour s'éteint, les objets restent.

Je tapote joyeusement mon sac à main Devotion Dolce & Gabbana. Il se met à rire.

— Je n'aime pas l'attention, concédé-je. Le *Sun*, *LMC*, *Loose Lips*, le *Daily Mail*… (Je désigne un homme dans un coin de la salle.) Celui-ci me suit depuis des semaines dans l'espoir de prendre une photo peu flatteuse de moi.

— Impossible. Il n'y parviendrait pas, même si sa vie en dépendait.

Il sourit, puis poursuit, pensif :

— Honnêtement, ça ne m'arrive pas souvent.

Du menton, il indique le crétin tapi dans l'angle avec son téléobjectif.

— Ils ont tendance à disparaître dans la foule au bout d'un certain temps, dis-je avec un haussement d'épaules.

Il me tapote le bras.

— Comment te sens-tu ?

— Eh bien, contre toute attente, je passe un moment très agréable.

— « Contre toute attente » ? répète-t-il, feignant d'être offensé.

— Disons que, si l'on considère la façon dont elle a commencé, à savoir par le spectacle du prochain membre des Little Mix chevauchant BJ, je n'avais pas de grandes espérances en ce qui concerne cette soirée. Mais, finalement, je m'amuse bien.

— Alors j'ai sauvé ta soirée ?

— Si tu l'as sauvée ? (Je ris timidement.) Je bois un verre en compagnie de Tom England, après qu'il m'a embrassée dans un club pour rendre jaloux mon… je ne sais pas quoi.

Il plisse les yeux, intrigué.

— Pourquoi t'obstines-tu à m'appeler par mon nom complet ?

Je fais la moue.

— Quand nous étions enfants, nous craquions tous sur toi. Sur toi et sur Sam. Moi, je suis restée une inconditionnelle de Tom England, mais Paili alternait entre ton frère et toi… (Je souris à ce souvenir.) Tu semblais tellement plus âgé que nous, à l'époque.

Il me regarde.

— Je suis toujours tellement plus âgé que toi.

J'ignore pourquoi, mais sa réplique me paraît terriblement sexy.

— Une année, en été, continué-je en rougissant, nous étions tous sur la côte amalfitaine au même moment que ton frère, toi et vos copines. Paili et moi avons pris le petit Aquariva pour nous rendre à la plage de Tordigliano et…

Je me mets à glousser, les joues en feu.

— Oh, non…

— Sur la plage, Erin et toi… (je me tais, le temps de trouver une formulation délicate.) nagiez… en tenue d'Adam et Ève.

Il me lance un coup d'œil amusé.

— Voilà une manière polie de le formuler.

— Et je suppose que vous n'avez ni entendu ni vu le bateau, ou simplement que vous vous en fichiez, je ne sais pas, et nous étions tellement gênées de vous avoir surpris, mais aussi…

Je détourne le regard, écarquille les yeux exagérément en faisant la moue.

— Merde ! Voilà qui est embarrassant, rit-il.

— Non ! (Je secoue vivement la tête.) C'était très…

— Illégal ? Obscène ? Ma mère pleurerait si elle l'apprenait ?

— Oui, tout ça, effectivement, mais ce n'est pas le mot que je cherche.

Ses lèvres s'étirent en un sourire espiègle.

— Inspirant ! finis-je par déclarer.

Aussitôt, il part d'un grand éclat de rire, écrasant son poing sur la table.

— Et qu'est-ce que ça t'a inspiré, exactement ?

— Oh ! (Battement de cils.) Tu ne veux pas le savoir.

— Bien sûr que si. Absolument. (Il sourit. Puis son expression change imperceptiblement.) Tu as l'air de te sentir mieux.

Il mord dans un piment de Padrón.

— C'est le cas, confirmé-je.

— Alors… (Il s'essuie les mains.) Dis-moi… Qu'est-ce que ça fait d'aimer quelqu'un qui te fait souffrir en permanence ?

Je demeure un moment interdite, puis lâche un éclat de rire déconcerté.

— Horrible !

— Ça ne me surprend pas, dit-il calmement, avant d'ajouter : Tu as dû le faire souffrir aussi, cela dit.

Je fronce les sourcils.

— Qu'est-ce que tu en sais ?

— Un visage comme le tien ? Putain, tu vois, là, je te regarde et je souffre. Pourtant, je suis simplement assis en face de toi, il n'y a pas de passif compliqué entre nous, je ne suis pas amoureux de toi, mais toi, tu as l'air triste que j'aie dit ça et j'ai envie de m'ouvrir les veines.

Il réprime un petit rire, l'air un peu triste aussi.

Je garde le silence, pensive.

—Je ne lui fais plus confiance.

Il hoche la tête.

—Logique.

—J'avais un petit ami avant, commencé-je. Une sorte de bouclier derrière lequel me retrancher... Comme une barrière que BJ ne pouvait pas franchir. (J'ignore pourquoi je lui raconte tout ça. Je n'ai jamais confié ces choses-là à personne.) Et puis nous avons rompu. Parce qu'il s'est comporté comme une merde. Et, en l'occurrence, moi aussi. (Tom m'adresse un sourire compatissant, comme s'il comprenait.) Mais, maintenant, je me retrouve au milieu d'un désert, prise sous un déluge de balles, sans nulle part où me réfugier.

Il me regarde longuement. Je veux dire, vraiment longuement. Au moins dix secondes, durant lesquelles j'entends les rouages de son cerveau cliqueter.

—Je pourrais être ton nouveau refuge, finit-il par dire.

Je m'adosse à mon siège, un peu surprise, et lui jette un regard méfiant. Il hausse les épaules.

—Sérieusement.

—Tu pourrais avoir toutes les filles de Londres que tu veux.

—Ouais, approuve-t-il, songeur. Mais il se trouve que j'ai toujours eu un petit crush sur toi.

Je manque de défaillir.

Il poursuit :

—Et je suis incapable de sortir avec qui que ce soit en ce moment. Après Sam... (Il soupire.) J'ai un sacré bordel dans la tête et... là, maintenant, par exemple.

—Oh !

—Je serais un petit ami pitoyable, déclare-t-il d'un ton sérieux, mais aussitôt son regard s'illumine. Mais je pense que je peux être un excellent refuge.

Je pose mon menton dans ma main, fronçant les sourcils avec curiosité.

— Tu es sérieux ?

Il hoche la tête.

— Alors… quoi ? (Je tripote distraitement mes anneaux d'oreilles en diamants Sydney Evan.) Nous ferions juste semblant d'être ensemble ?

— Ouais, comme ce que tu faisais avec ton dernier copain, à la différence que je suis au courant et complice, cette fois-ci, explique-t-il en me souriant malicieusement.

Je lui adresse un regard soupçonneux, comme si cette idée n'était absolument pas excitante.

— Tu ne serais pas juste en train d'essayer de coucher avec moi ? demandé-je, ne plaisantant qu'à moitié.

— Oh, dit-il, si, incontestablement. Maintenant, que ça arrive ou pas… (Il hausse les épaules.) C'est à toi de voir.

Je le fixe toujours.

— Je ne suis pas vraiment du genre à coucher à droite, à gauche.

Il hausse de nouveau les épaules.

— J'avais compris. Ça valait le coup d'essayer. (Il croise les bras sur son torse musclé.) Alors, qu'est-ce que tu en dis ? Partante pour te réfugier en toute chasteté ?

— Et toi ? rétorqué-je en riant, médusée.

Il hoche la tête posément.

— Tu seras mon date pour les soirées mondaines ?

Il acquiesce.

— Tu me tiendras la main ? Tu m'emmèneras faire du shopping ?

— Oui et oui.

Je bats des cils.

— Tu m'embrasseras ?

Il rit.

— C'est ce que j'ai essayé de faire toute la soirée.

— Oh ! (Je me penche par-dessus la table.) Alors je vais te faciliter la tâche.

Il sourit légèrement en s'avançant, effleure ma bouche de la sienne, puis m'embrasse doucement. Je perçois le flash de l'appareil photo d'un téléphone quelque part dans le restaurant. Il sourit de plus belle, ses lèvres toujours contre les miennes.

Je m'écarte un peu.

— Je crois que ça va très bien se passer.

23:46

Henry

Ça va ?

Merveilleusement bien !

Ha !

Bien rentrée ?

... Tu sais très bien que oui.

Ah, ah !

Pourquoi ne me poses-tu pas la question que tu veux me poser, petit curieux ?

Tu es rentrée avec lui ?

Qui le demande ?

Moi.

Ton plus vieil ami.

Juste toi ?

Ouais.

Non.

Et si BJ demande… ?

Ah, dans ce cas, je me suis absolument tapé Tom England.

Deux fois.

Message reçu.

14

BJ

J'OUVRE LES YEUX, ET, PUTAIN, IL Y A CETTE NANA À CÔTÉ de moi, dans mon lit, avec les sourcils les plus dingues que j'ai jamais vus. Ils sont dessinés ? Tatoués ? C'est quoi, ce bordel ? J'étais si bourré que ça ? Je ne laisse jamais aucune fille passer la nuit chez moi. Elle dort toujours, alors je roule hors du lit façon commando, redoutant de la réveiller et de devoir avoir une putain de conversation sobre au sujet de ce que nous avons fait cette nuit, ce dont je n'ai pas la moindre idée. Je me glisse à l'extérieur de ma chambre avant de monter l'escalier.

Le soleil est assez haut dans le ciel. Pas loin de midi, je dirais.

— Eeeh ! chantonne Jonah alors que je me dirige vers le frigo dont je sors une bouteille d'eau.

— Quelle nuit, hein ? lance mon frère en se levant du canapé. Comment tu te sens, mon grand ?

Je le fusille du regard, ce gros faux-cul. Je bâille et m'étire.

— Rouillé. (Je me frotte la tête.) Qu'est-ce qui s'est passé ?

Là, Jonah et Henry ont l'air de bloquer un peu. Ils échangent un regard.

— Tu… euh… (Jonah se racle la gorge.) Tu te souviens de quoi, exactement ?

Je me masse les tempes avec le talon des mains.

— J'arrive, je me prends une cuite… Je crois que la fille en bas se met à… danser sur moi… Et puis…

Jo acquiesce. Pour l'instant, j'ai bon... Cela dit, il tire une drôle de tronche. Soudain, tout me revient. Je me fige.

— Putain ! Merde ! (Mon regard passe de l'un à l'autre.) Parks.

Henry fait une grimace gênée, puis hoche la tête. Les mains sur les joues, j'ai envie de vomir. Je revois l'expression de Parks. La douleur. Comment j'ai pu encore une fois lui infliger ça ? Je grogne, écrase mon front sur le plan de travail.

— Hum... (Nouveau raclement de gorge de Jonah.) Ce n'est pas tout.

Je fais rouler mon visage sur le marbre froid, coulant un regard vers lui, désespéré.

— Je lui dis ou tu veux t'en charger ? demande Henry en s'approchant.

Jonah secoue la tête.

— Je t'en prie, mec...

Henry prend une inspiration et réfléchit une seconde avant de se lancer.

— BJ, tu te souviens de Tom England ?

— Ouais ! m'exclamé-je en me redressant. (Presque une légende. Probablement un des mecs les plus cool de la planète.) Quoi ? (Je panique.) Oh, putain... Ne me dis pas que je lui ai mis un pain ou je ne sais quoi ?

— Pas encore, marmonne Jonah.

— Eh bien, poursuit Henry en se grattant le menton. Magnolia est sortie du *Raffles* avec lui, hier soir.

— Quoi ? Il l'a ramenée chez elle ?

— Ou chez lui ? chuchote Henry à l'intention de Jo.

Jonah pince sérieusement les lèvres.

— Mmm, toussote Jonah dans les aigus. Je ne crois pas. Ils... euh... ils sont partis... ensemble.

— Non, mais genre... il l'a déposée chez elle, quoi. (Je hausse les épaules.) Il a une copine.

— Erin ? (Henry fronce les sourcils et secoue la tête.) BJ, ça doit bien faire un an qu'ils ne sont plus ensemble.

— Attendez… Donc, ce que vous dites, c'est que Parks et lui sont partis… ensemble ? Ensemble, *ensemble* ?

Ça ne colle pas. Tom England. On est potes.

— Il l'a embrassée, BJ, m'annonce Henry.

Je me tourne vers Jonah.

— Quoi ?

Jonah hoche la tête en se dandinant.

— Quel genre de baiser ? demandé-je, en panique.

— Oh, le pire. (Hen fait une grimace.) Tendre…

— Putain ! crié-je. Vous voulez dire que, hier soir, après mon foirage apocalyptique, la fille de mes rêves s'est barrée avec l'homme sur qui elle fantasme ouvertement depuis qu'elle a neuf ans ?

— Je veux dire, il est pas mal. Bien gaulé, fait remarquer Henry. Il était sur sa liste, non ? C'était un de ses « jokers » ? (Je le fixe d'un regard vide.) Désolé. (Il se masse la nuque.) Je ne sais pas pourquoi je… Oublie. C'est un connard…

— Putain ! hurlé-je de nouveau. Merde ! Bordel ! Putain !

Henry m'observe en plissant les yeux.

— Tu fais une crise cardiaque ou quoi ?

— Mais pourquoi vous ne l'en avez pas empêchée ? lui demandé-je, désespéré.

— Ben oui, tiens, pourquoi ? « Eh, Magnolia, je sais que BJ et toi avez partagé un moment de tendresse vraiment spécial hier soir et que tu viens de le voir se frotter vigoureusement à une inconnue, mais tu voudrais bien me rendre service et ne pas partir en compagnie du mec le plus canon d'Angleterre ? »

Je rugis.

— Henry !

Je presse mes poings contre mon crâne. Je suis en nage.

— BJ… (Jonah me touche le bras.) Ça va aller.

— Je sais pas. (Henry hausse les épaules.) Il a raison. Parks et England ? Franchement, c'est assez logique.

— Putain ! beuglé-je une fois de plus.

Là-dessus, Surrey se pointe.

— Euh…

Elle reste plantée sur le seuil, nerveuse.

Je la regarde, les yeux exorbités.

— Merde !

— Est-ce que ça v…

Je secoue la tête. Je me trouve soudain incapable de prononcer un mot. Mais la réponse est « non ». Henry a un petit rire apaisant et contrit.

— Bonjour. Je suis Henry… voici mon frère. BJ vient juste de découvrir qu'hier soir la fille de ses rêves est partie avec l'homme de ses rêves à elle, et il prend une minute pour assimiler l'information…

Je donne un coup de pied dans le frigo, crie un « Enfoiré ! », donne un autre coup de pied dedans.

— Hum… (Elle cligne des yeux en me regardant, probablement plus préoccupée pour elle-même.) Oh ! Est-ce que je peux… je dois faire quelque chose ?

Henry hoche la tête.

— Partir, probablement ? Ouais…

— Mais je…, commence Surrey.

— Écoute, la coupe Henry avec un sourire navré. Est-ce qu'il a ton numéro ? (Il marque une pause.) Ça n'a pas d'importance… De toute façon, il ne t'appellera pas… Il est à un juron de battre le record de grossièretés de Samuel L. Jackson…

Je hurle encore un « Putain ! ». Jonah lâche un éclat de rire qu'il s'efforce de réprimer, je crois. Je n'essaie pas d'être drôle. J'ai l'impression que mon cerveau est en train de fondre. Je nage en plein cauchemar. Parks et Tom England ? Mon pire cauchemar, vraiment. Parce que ça coule de source. C'est logique. Leur relation est une évidence. Plus que la nôtre. Il ne l'a jamais trompée, ne l'a jamais fait souffrir. Pas de casier judiciaire : un nouveau départ.

Et puis il est plus âgé que moi, il pilote des avions, bordel, c'est un putain de sosie de Thor... Je presse mes poings contre ma bouche.

Surrey est partie. Henry marche tranquillement vers moi.

— Qu'est-ce que tu vas faire ? me demande-t-il nonchalamment, comme si le ciel n'était pas en train de me tomber sur la tête.

— Elle est venue au club. (Je les regarde.) Elle m'a mis un gros vent, mais après elle est venue quand même...

— Et ensuite, toi, tu as mis autre chose à cette meuf du Surrey, conclut Henry en agitant les sourcils d'un air salace.

Je le fusille des yeux.

— Je me demande si England lui a mis, à Parks, ajoute-t-il, songeur, juste pour me faire chier.

Je lui balance ma bouteille d'eau.

— Va te faire foutre ! C'est pas drôle !

Jonah jette un regard en coin à Henry.

— C'est assez marrant, en vrai, rétorque Henry en haussant les épaules.

— Henry...

Jonah hoche la tête vers moi, comme si je ne les voyais pas.

— Quoi ? Je veux dire, c'est ironique. Parce que BJ a fini la soirée avec l'anti-Parks, et Parks a fini la sienne avec le BJ Deluxe.

Je me passe les mains sur le visage, complètement flippé. Henry refait sa tronche de penseur.

— Eh... Et si elle avait dit « non » parce qu'elle avait simplement besoin de réfléchir une minute à ce qu'il s'était passé, et finalement décidé de venir parce qu'elle voulait, par exemple, se remettre en couple avec toi ou un truc du genre. Et toi, parce que tu es un connard...

La plupart du temps, il préfère Parks. Sa plus vieille amie... Il ne m'a jamais vraiment pardonné de l'avoir trompée.

— Henry..., l'interrompt Jonah en lui faisant les gros yeux.

— Parce que tu es un connard…, assène Henry d'une voix plus forte, tu t'es foutu à poil à la première difficulté.

Jonah fait un geste vers moi tout en regardant au loin.

— En quoi ça aide, exactement, de dire ça ?

Henry hausse les épaules, aussi optimiste qu'ambivalent.

— Écoute, reprend Jonah en me regardant. Parks n'est pas comme ça. Elle ne coucherait pas avec lui seulement parce qu'elle t'a vu… (Il n'achève pas sa phrase, gêné.) Tu sais.

Je le regarde fixement, attendant la suite.

— Va la voir et parle-lui, c'est tout.

15

BJ

JE PRENDS MA BAGNOLE. J'AIME CONDUIRE. ÇA NE M'ARRIVE pas souvent, parce que c'est mortellement emmerdant à Londres. Mais je possède une petite Chiron Sport « 110 ans Bugatti », et j'aime bien lui faire faire un tour de temps à autre.

Le trajet me semble trois fois plus long que d'habitude, et je sue comme un porc tout du long, en me demandant si Jo a vu juste – je crois que oui. Parks ne couche pas à droite, à gauche. Elle n'est pas comme ça. Je me demande quand même pendant un instant ce que ça me ferait de débarquer dans sa chambre et de trouver un autre homme dans son lit. Idée insupportable. Je la dégage dans un coin de mon esprit.

J'entre dans la maison de Holland Park. J'ai une clé. Je ne préviens personne que je suis là. Je n'ai pas de temps pour les mains baladeuses d'Arrie, aujourd'hui. Il faut juste que je la voie. Quand je fais irruption dans sa chambre, elle est allongée dans son lit, sous sa couette – seule, putain, merci, mon Dieu ! –, plongée dans la contemplation du plafond. Elle tourne les yeux vers moi. Les cheveux en bataille, tellement sexy que c'en est ridicule, la bouche toute rouge comme toujours au réveil, zéro maquillage. Putain. Ce visage… Je ferais n'importe quoi pour ce visage.

Elle fronce les sourcils en m'apercevant.

— Il fait quel temps, chez toi, Parks ?

Elle me regarde droit dans les yeux, cligne deux, trois fois des paupières, puis se replonge dans son examen du plafond. Glaciale. Merde. C'est grave.

C'est notre question rituelle. Elle y répond toujours.

Je marche jusqu'à son lit, m'assieds sur le bord.

— Eh !

— Oh ! (Elle se redresse un peu.) Dis donc, c'est drôlement gentil de la part de cette fille d'avoir retiré sa langue de ta bouche le temps que tu viennes me dire bonjour.

— Parks…

Elle lève les yeux vers moi, et je vois qu'elle a pleuré un peu. On dirait des morceaux de verre. Deux pierres précieuses – un truc de malade, qui m'a fait plonger un million de fois et qui le fera encore. Non mais, regardez-la. Ce n'est pas juste. Ça vous paralyse un homme. Que dire ? Que puis-je dire ?

— Est-ce que ça va ? demandé-je d'un ton un peu hésitant.

Je lis dans son regard un « non » évident.

— Oui, dit-elle en détournant les yeux, le nez pointé bien haut. Impeccable.

— Ça n'en a pas l'air.

— Pourquoi ça n'irait pas ? Parce que je t'ai vu pratiquement en train de forniquer en public avec une meuf répugnante portant une jupe Prada de la collection automne 2017, dont le style semblait directement inspiré du clip de *Thrift Shop* de Macklemore… (J'essaie de me retenir de sourire, parce que je sais qu'elle est on ne peut plus sérieuse.) Depuis le temps, j'ai l'habitude, conclut-elle avec un petit haussement d'épaules blasé.

Je soupire.

— Tu es venue au club, finalement ? (Elle détourne de nouveau les yeux.) Pour moi ?

Regard noir. Je sais qu'à l'intérieur elle pleure, elle crie, elle me frappe. Mais elle ne dit rien, ne fait rien, ne laisse rien paraître, et puis elle lâche :

— Je suis allée boire un verre avec Tom England.

— Il paraît, dis-je calmement. C'était comment ?

— On a un autre date ce soir.

Merde ! Je fronce les sourcils.

— Qu'est-ce que tu fais, exactement ?

— Je sors avec Tom England.

— Non, tu sais bien de quoi je parle : qu'est-ce que tu fais ? (Elle détourne encore les yeux.) Pourquoi tu es venue au *Raffles* hier soir ?

Un voile de tristesse inquiétant passe sur son visage : peut-être que Henry a raison.

— Ça n'a pas d'importance. (Elle hausse les épaules.) Je suis avec Tom, maintenant.

— Tu n'es pas avec Tom. (Je lève les yeux au ciel. C'est absurde.) Vous avez pris une fois un verre ensemble. C'est un peu tôt pour envoyer les cartons d'invitation à votre mariage.

Elle sort de son lit, et je constate qu'elle n'a presque rien sur elle – un minuscule pyjama jaune pâle. Elle commence à faire semblant de s'agiter dans la chambre. Elle n'aime pas être rappelée à l'ordre, et moi, j'adore le faire. Elle me pousse pour pouvoir retaper le lit, sur lequel je suis encore assis. Vous voulez savoir combien de fois Magnolia Parks a fait son lit depuis qu'elle a quitté le pensionnat ? Un total impressionnant de zéro. Il peut lui arriver de temps à autre de remonter vaguement la couette – et on appellerait ça une dure journée de travail –, mais la voilà qui fait son lit avec la précision d'un chirurgien et la détermination d'un sportif aux Jeux olympiques, juste pour avoir une raison de me toucher en me forçant à me lever.

Je reste debout à l'observer, les bras croisés, faisant de mon mieux pour ne pas lorgner son cul tandis qu'elle se penche dans ses minuscules sous-vêtements en dentelle La Perla – c'est moi qui les lui ai achetés. Je suis soulagé de la voir les porter. Si elle me détestait vraiment, elle ne les aurait pas mis. C'est comme ça que je sais que ce n'est pas fini.

Et elle ne m'a jamais rendu ma bague.

Nous avons la chevalière de l'autre depuis que nous sommes gamins. Je lui ai donné la mienne le jour où j'ai reçu mon diplôme de Varley – je crois lui avoir dit quelque chose comme : « Pour que tu ne m'oublies pas », ou une connerie du genre. Ça m'amuse, quand j'y repense : clairement, je marquais mon territoire. Mais elle la portait partout, ne l'enlevait jamais. Au Noël suivant, elle m'a offert la bague portant les armoiries de sa famille.

Je me revois ouvrir le paquet, lever les yeux vers elle. Elle aurait pu m'offrir une orange en chocolat, j'aurais pensé que c'était le plus beau cadeau du monde. Mais sa bague, qu'elle avait dû demander à son père… c'était tellement lourd de sens.

— Tu me demandes en mariage, Parks ? l'avais-je taquinée malicieusement.

— Pas encore.

— Un jour ?

— Les filles ne demandent pas les garçons en mariage, voyons ! a-t-elle rétorqué, outrée.

— Mais moi, je pourrai ?

— Tu pourras.

— Alors je le ferai, ai-je dit calmement.

Elle ne me l'a jamais rendue, même pas après que je l'ai trompée. Elle ne la porte plus au doigt, mais sur une chaîne super longue autour de son cou. Personne ne peut la voir, mais moi, je sais qu'elle est là. Je l'aperçois parfois avant qu'elle fonce se doucher.

Magnolia enfile une de ses robes de chambre à froufrous ridicules.

— Au fait, me dit-elle par-dessus son épaule, Tom et moi, on est *vraiment* ensemble.

— Genre.

Elle me lance son téléphone. Sur l'écran, je reconnais une alerte de *Loose Lips*.

ATTENTION, NOUVEAU COUPLE CANON
Il y a un nouveau couple en ville ! On nous apprend que le cœur du prince charmant milliardaire Thomas England a été ravi par l'ineffable et scandaleusement belle Magnolia Parks.
Lisez l'article !

— Et alors ? (Je hausse les épaules, mais je sens ma poitrine se serrer.) Tout le monde publie des conneries sur nous tout le temps. Ça ne veut rien dire.

— Exact, approuve-t-elle en me reprenant l'appareil – sa main hésite une seconde au-dessus de la mienne et l'effleure. Sauf que, cette fois, ce ne sont *pas* des conneries.

Je la regarde avec insistance.

— Putain, à quoi tu joues ?

— Je ne vois absolument pas ce que tu veux dire.

Bien sûr que si.

— J'ai merdé ! C'est arrivé comme ça ! C'était stupide ! Mais...

— Tu as une idée de ce que ça fait de te perdre comme je t'ai perdu ? m'interrompt-elle doucement. Les semaines qui ont suivi la fin de notre relation, chaque fois que je fermais les yeux, je te voyais avec une autre fille. Des tonnes de filles. Toutes les filles du monde, à part ma sœur et Paili. Toutes les nanas qu'on croisait dans la rue, chaque barmaid qui te reluquait un peu plus longtemps que nécessaire, chaque serveuse qui soutenait ton regard quand tu lui glissais ta carte, la vendeuse de Saint Laurent, les anciennes de Varley, les mannequins de tes shootings... C'était un montage vidéo de toi et elles dans toutes les positions et tenues imaginables. J'essayais de comprendre ce qu'elles avaient bien pu t'offrir de plus que moi. Parce que j'aurais fait n'importe quoi pour toi...

Je suis incapable de la regarder en face. J'ai envie de vomir.

— Et je pensais que tu le savais. Tu le savais, non ? Forcément. (Elle attend une réponse que je ne peux lui donner.) Pendant tout ce temps, j'ai cru que c'était moi le problème, que quelque chose clochait chez moi, que je ne te suffisais pas, qu'il y avait un truc que je ne pouvais pas te donner. Mais maintenant, maintenant que je t'ai vu à l'œuvre, que j'ai vu à quoi tu ressembles quand je ne suis pas là… Ce n'est pas ça. (Sa voix devient plus aiguë.) Ça n'a rien à voir avec moi, c'est toi. Tu es juste… un enfoiré de queutard.

Le verdict est tombé, et son visage demeure parfaitement impassible.

— Retire ce que tu viens de dire, grondé-je.

— Pourquoi ? (Elle hausse les épaules avec insolence.) Qu'est-ce que tu vas faire ? En baiser une autre ? Réduire mon cœur en miettes ? M'humilier en me faisant passer pour une putain d'idiote ? (Elle déglutit, se redresse.) Tu as déjà fait tout ça.

— Parks.

Je lui saisis les poignets.

— Lâche-moi.

Elle se débat, essaie de se libérer.

— Non.

— Laisse-moi tranquille !

— Je ne peux pas.

J'ai l'impression d'étouffer.

— Je crois qu'il est temps que tu t'en ailles, BJ, dit une voix calme depuis le seuil de la pièce.

Bridget est debout dans l'encadrement de la porte. Elle nous observe, sourcils froncés.

Je lâche un rire incrédule et quitte la chambre de la fille que j'aime, frôlant sa sœur au passage, avant de dévaler les marches aussi vite que je peux.

— Ça commence à devenir un peu lassant, tu ne trouves pas ? me lance Bridget.

Je m'immobilise au milieu de l'escalier et la regarde.

— Ta frangine qui enchaîne les mecs ? me moqué-je. Carrément.

Elle hoche la tête.

— Et toi qui baises tout ce qui bouge juste pour la faire souffrir. Ça devient un peu fatigant.

— Jamais je ne ferais quoi que ce soit pour la blesser.

— Arrête de me prendre pour une conne. (Elle est agacée désormais.) Personne n'a besoin de coucher autant que tu le fais. Et, si c'est le cas, il s'agit d'une addiction. T'es accro au sexe ou quoi ? (Elle me toise longuement, et je me sens complètement déstabilisé.) Imaginons, juste une seconde, que ce soit le cas… Rien ne t'oblige à le lui dire à chaque fois. Tu le fais pour la torturer. (Elle croise les bras sur sa poitrine.) Tu baises des tas de meufs et après tu lui racontes tes exploits, parce que ça la rend malheureuse, et son chagrin te rassure. Ça signifie que tu comptes encore pour elle. Sinon, cela ne l'affecterait pas. « Elle est triste que je couche avec d'autres filles, donc elle doit encore être amoureuse de moi. » Voilà ton raisonnement. Tu le fais pour te sentir proche d'elle.

Je lui jette un regard sombre, aussi vénère que troublé.

— Je n'ai pas besoin d'un cours de psychologie, Bridget.

— Non, BJ, rétorque-t-elle. Tu as besoin d'une thérapie.

16

Magnolia

Je suis allongée dans mon lit. J'ai la tête qui tourne un peu quand je repense à tout ce qui s'est produit ces derniers jours. L'autre soir, je suis sortie de la maison en me disant que, peut-être, éventuellement, potentiellement, hypothétiquement, BJ et moi allions nous remettre ensemble, pour – allez comprendre – rentrer quelques heures plus tard avec un énième faux petit ami. Lequel ne comble pas le gouffre brûlant dans ma poitrine, ni ne m'empêche de continuer d'imaginer BJ avec d'autres filles. Je l'avais déjà vu en embrasser, en toucher... Mais, cette fois, j'ai ressenti autre chose. Cette fois, j'ai cru assister à la scène de ce qui s'est passé il y a trois ans telle que je me la représentais. Cette fois, je l'ai vu. Les yeux fermés, la tête en arrière, la main sur sa taille, le cou arqué et offert – le détail qui me tue le plus, j'ignore pourquoi.

Feindre de sortir avec Tom England n'arrête pas le manège d'images qui défilent dans mon esprit et me dévorent vivante, mais cela rétablit l'équilibre.

Je ne couche pas à droite, à gauche. Je ne juge pas les filles qui le font, c'est juste que... c'est encore trop important pour moi. Je ne l'ai jamais fait qu'avec BJ. Même pas avec Christian. J'ai fait d'autres trucs. Et je suis sortie avec plein de garçons depuis BJ. Mais je n'ai jamais vraiment éprouvé le désir d'aller plus loin. Je ne sais toujours pas non plus comment dépasser le sentiment que c'est quelque chose que je ne veux partager qu'avec lui.

En descendant prendre mon petit déjeuner, je découvre une personne supplémentaire autour de la table. Notre petite voisine, Sullivan Van Schoor – adorable, quatorze ans environ. Cheveux blonds, teint olive, yeux bleus. Originaire d'Afrique du Sud, elle vit en Angleterre depuis ses trois ans. Son père est un banquier d'affaires coriace, au regard très intense, comme souvent chez les hommes d'Afrique du Sud. Il est très présent pour sa fille, qui requiert pas mal d'attention, donc tant mieux et… bonne chance à lui.

— Tiens, tiens ! lance Mars. Voyez qui se décide enfin à nous faire l'honneur de sa présence…

Je lui adresse un sourire morose et prends place à côté de ma sœur. Je ne m'attendais pas à avoir de la visite, mais, heureusement, je suis dotée d'un métabolisme fantastique. Je suis plutôt fraîche au réveil. Je le dois probablement au fait de veiller à ne pas trop boire d'alcool, de mener une existence relativement exempte de stress et n'impliquant que très peu d'efforts physiques. Je porte le pyjama Mimi Martine en satin jacquard imprimé de fleurs de chez Morgan Lane, qui fait ressortir ma peau brune et me rend donc encore plus jolie. Je bats des cils à l'intention de Louisa, l'un des membres de notre personnel de maison, tandis qu'elle verse du thé dans ma tasse.

— Sully. (Je lui décoche un sourire particulièrement éblouissant, sa mère m'ayant raconté que celle-ci me suit sur Instagram et estime que je suis « la GOAT ».) Qu'est-ce qui nous vaut le plaisir de ta visite ?

— Les parents de Sullivan ont dû partir en Afrique du Sud en catastrophe, m'apprend Marsaili. Une urgence familiale.

Sullivan se fend d'un grand sourire.

— Il se pourrait que les fils… de la sœur… de mon père aient mis enceinte la même fille.

— Ooh ! (Je me penche, intriguée.) Tiens-moi au courant s'il y a du nouveau. Ça m'a l'air passionnant.

— Elle va rester avec nous quelques jours, ajoute Marsaili en passant la confiture à mon père, bien qu'il ne l'ait pas demandée.

— Pas de BJ, ce matin ? s'enquiert gaiement ma mère.

Je secoue sobrement la tête.

— Oh. (Elle semble déçue.) Où est-il ?

Sullivan se tourne vers moi, guettant ma réponse. Elle espérait probablement le voir ce matin – et, honnêtement, moi aussi… mais c'est la vie, ma petite.

— Comment veux-tu que je le sache ?

J'attrape une fraise.

Ma sœur me jette un coup d'œil en coin.

— Eh bien, vu que tu lui as mis un traceur GPS…

— Absolument pas ! m'offusqué-je.

Dommage, ce serait génial.

— Vous êtes fâchés, ma chérie ? demande ma mère en inclinant la tête.

Je pousse un profond soupir, agacée.

— Si tu tiens vraiment à le savoir, oui.

— Oh, lâche Mars en feignant d'être désolée. Quel dommage !

Mon père lui lance un coup d'œil amusé. Autrefois, Marsaili vénérait BJ. Elle le chassait de ma chambre à coups de cuillère en bois quand nous rentrions de pension pour le week-end, mais elle l'adorait. Elle aimait la façon dont il m'aimait. Elle lui faisait confiance. Elle m'interdisait de sortir le soir si BJ ne m'accompagnait pas. Le contraste avec son animosité actuelle est assez tragique.

Elle ne tolère presque plus rien venant de lui. Au début, il en a énormément souffert. Pendant des mois, il s'est efforcé de regagner sa confiance. Il lui apportait des fleurs tous les jours. Un matin, il lui a tendu un bouquet de roses, qu'elle a aussitôt plongé dans le broyeur de l'évier. Je crois que c'est après cet incident qu'il a abandonné.

Je n'ai jamais explicitement dit à Mars qu'il m'avait trompée. Mais je pense qu'elle l'a deviné.

— Magnolia, commence-t-elle. Le fils d'une amie vient passer quelques jours à Londres. Ce serait gentil de ta part de lui faire visiter…

Je la regarde, perplexe.

— C'est une plaisanterie ?

Elle fronce les sourcils.

— Non.

— Oh ! Alors… non.

Je lui adresse un sourire bref.

Mon père lève les yeux.

— S'il te plaît ? insiste-t-elle en faisant la moue. Après tout ce que j'ai fait pour toi ?

De nouveau, je lui décoche un regard perplexe.

— Oui, mais… c'est ton travail, non ?

Ma mère réprime un éclat de rire.

— Magnolia, intervient mon père. Ce serait gentil…

— Oh, Harley, susurré-je pour le contrarier. J'aimerais beaucoup. Mais je ne crois pas que mon petit ami apprécierait.

— Petit ami ? répète Mars. Pas BJ, par pitié, marmonne-t-elle.

— Non, pas lui, dis-je avec impatience. Un autre.

— Tu en as combien ? me demande ma sœur, que je fusille aussitôt du regard.

— Qui petit ami ? crie Bushka en fronçant les sourcils à l'autre bout de la table.

Elle se fiche tellement des bonnes manières que je ne peux me retenir de sourire.

— Tom England ! hurlé-je à mon tour.

L'imiter n'était pas nécessaire, mais l'annonce en vaut la peine. Mon père lève le nez de son téléphone, intrigué.

Bridget me dévisage en plissant les yeux.

— *Toi*, tu sors avec Tom England ?

Je la fusille du regard.

— C'est quoi ce ton étonné ? Oui, *moi*, bien sûr, *moi*. Avec qui d'autre voudrais-tu qu'il sorte ?

— Je ne sais pas. Kate Middleton, par exemple.

Je lui adresse un regard vide.

— Euh, je crois qu'elle est déjà prise, Fridget…

— Tom England ? intervient mon père. Le copain de Gus ? (J'acquiesce de la tête.) Celui dont le frère est mort ?

Je lui lance un regard réprobateur.

— Milliardaire, philanthrope, pilote, prince charmant, mais, bien sûr, OK, libre à toi de l'étiqueter mentalement comme « le type dont le frère est mort ».

— Gus ne m'a rien dit…

Je lui souris sèchement.

— Il n'est pas au courant.

— Qui est Tom England ? demande Sullivan.

— Il est à ma génération ce que BJ est à la tienne, lui expliqué-je avec sagesse.

— Et tu sors avec les deux ?

Son front se plisse davantage.

— Oui ! Enfin non… putain…

— Magnolia, gronde Marsaili. Ne dis pas « putain ».

Je lui jette un regard plein de défi.

— *Ебать*.

— Ne jure pas en russe non plus. (Elle lève les yeux au ciel.) Donc, excuse-moi… juste pour que ce soit clair… Le même Tom England que tu as suivi partout comme une écolière en mal d'amour pendant tout un week-end à Ascot ?

— En personne.

J'ai l'air du chat qui a eu droit à la crème fouettée. Mars s'adosse à son siège, manifestement perplexe quant à ce qu'elle doit faire de cette information.

— Mazette ! soupire-t-elle. BJ doit être au bord du gouffre.

Le petit sourire satisfait de mon père ne m'échappe pas.

— Mmm ? (Je feins de ne pas comprendre.) Qui ça ?

Marsaili roule des yeux.

— BJ Ballentine ? répond Bridget. Le grand gars, là ? (Elle agite une main en l'air.) Très beaux cheveux ? Jolie bouche ? L'amour de ta vie ?

— Ça ne me dit absolument rien, chantonné-je.

— Le garçon avec qui tu as perdu – ou pas – ta virginité dans la Maserati de papa ?

Notre père se tourne vers moi, tête rejetée en arrière, yeux écarquillés.

— C'est quoi, cette histoire ?

— Elle plaisante ! (Je fusille ma sœur du regard, lui jette discrètement un grain de raisin.) Bien sûr qu'elle plaisante ! Harley, jamais je ne ferais une chose pareille. Jamais, jamais !

Il m'adresse un regard qui exprime clairement que les limites de sa patience sont proches, avant de pivoter vers Bridget.

— Laquelle ?

Je pince ma sœur sous la table pour la faire taire.

— La blanche avec le toit noir.

Raté…

— Non, pas ma MC20 ! s'écrie-t-il, atterré.

Sullivan suit l'échange, les yeux brillants de ravissement.

— Je ne ferais jamais ça ! Je n'ai rien fait ! Elle plaisante ! (Je la pince plus fort, furieuse.) Seulement, Bridget n'a jamais été très drôle… nous le savons tous… ses blagues tombent toujours à plat.

— Je plaisante, marmonne-t-elle de mauvaise grâce.

Marsaili nous scrute d'un air méfiant.

Au fait, que l'on soit bien d'accord : je n'ai pas perdu ma virginité dans la Maserati de mon père. On pourrait objecter qu'il y a eu un soupçon de pénétration, mais BJ était tellement distrait par la possibilité que Marsaili nous surprenne qu'il n'a pas arrêté de ruiner le moment. Nous avons donc remis ça à plus tard, et c'est une autre histoire qui devra attendre une autre fois.

— Tom England. Waouh ! (Ma mère s'adosse à sa chaise, pensive.) Sa maman est un peu barbante, cela dit, non ?

— Charlotte England ? Euh… non. Je crois qu'elle est simplement une mère… normale ? Elle assiste à des déjeuners, organise des événements au profit d'œuvres caritatives, fait un peu de jardinage, a deux petits chiens dont elle s'occupe beaucoup, trop, même…

Ma mère me gratifie d'un regard appuyé.

— C'est bien ce que je dis : barbante.

— Par opposition, par exemple… au fait d'appeler ta fille aînée à 3 heures du matin parce que tu es enfermée dans une écurie avec la marquise de Milford Haven, c'est ça ?

Ma mère pointe un doigt vers sa poitrine.

— Pas barbante.

Bushka hurle de nouveau depuis l'autre extrémité de la table :

— Est-ce que Tom England est Tom England comme je suis Bushka Russia ?

— Non, répond Bridget en lui souriant gentiment. C'est vraiment son nom de famille.

— Mais il est très anglais, lui accordé-je.

— Il est un peu comme un prince, ajoute ma mère.

— Prince comme « purple rain » ? cherche à clarifier Bushka.

Nous restons silencieux un moment.

— Oui. (Je hoche la tête. Parfois, c'est juste plus simple que de s'expliquer.) Enfin bref. (Je me tourne vers Marsaili.) J'ai un petit ami, maintenant, et c'est tout neuf. Alors si on pouvait éviter de tout gâcher…

— Bien sûr. (Mars lève les yeux au ciel.) Qui voudrait contrarier Prince ?

— Du sucre, mademoiselle ? me propose Louisa.

— Non merci, lui réponds-je avec un sourire.

— Deux, intervient Marsaili.

— Absolument pas. Ce n'est pas une journée à deux sucres.

— Tu t'es disputée avec BJ, me rappelle Marsaili.

Tous les sucres en morceau du monde ne pourront nous réparer, je le crains.

— Mais je suis avec Tom England, maintenant, et je crois qu'il y a bien assez de sucre sur ses…

— Ne dis pas « ses lèvres », ne dis pas « ses lèvres », scande ma sœur à voix basse.

Je lui jette un coup d'œil.

— Il embrasse divinement bien, figure-toi.

Mon père grogne.

— Pourquoi vous vous êtes disputés, BJ Ballentine et toi ? demande soudain Sullivan.

Toute la tablée se fige. Peut-être parce que nous sommes anglais et n'évoquons jamais directement nos sentiments ? Peut-être parce que sa question est impolie ?

— Euh… (Je cligne des yeux. Je suppose que les journaux ont fini par avoir vent de notre dernier accrochage.) Pourquoi ?

— Vous vous disputez beaucoup.

— Oh… (Je penche la tête, réfléchissant à sa remarque.) Je ne dirais pas « beaucoup »…

— Vous vous bouffez le nez en public sur presque toutes les photos.

— Mmm… Eh bien, oui, il peut se montrer très agaçant.

— J'ai la chronologie de votre relation dans mon téléphone. (Elle me montre l'écran.) *Loose Lips* a publié un article sur le sujet.

— Doux Jésus ! souffle Mars.

— Pourrais-je en avoir une copie ? demande mon père.

Je prends l'appareil, et Bridget et moi nous penchons dessus. Il y a des photos de BJ et moi tirées de nos comptes Instagram, d'autres prises à des moments où j'ignorais qu'on nous regardait, quelques clichés de paparazzis… beaucoup de tête-à-tête. Certaines légendes sont tout à fait fantaisistes. Et ils se trompent sur la date et la raison de notre séparation. D'après l'article, c'est moi qui en suis à l'origine, alors que je n'aurais jamais rompu s'il ne m'avait pas mise au pied du mur.

Tout n'est pas vrai. Tout n'est pas faux non plus.

— Beaucoup de disputes, insiste Sullivan.

— Oui. (Je lève les yeux vers elle, pensive.) Beaucoup.

Elle soupire, agacée. En bonne élève du Queen's College, elle est dotée d'une confiance en elle sans limites.

— Alors ? s'obstine-t-elle. Y a-t-il une raison ?

Mon visage trahit un instant mon trouble. Elle reprend :

— C'est juste que *Loose Lips* a organisé un concours : la personne qui leur soumettra l'info la plus juteuse gagnera un sac Chanel 19 pied-de-poule multicolore. Je l'ai déjà en noir, du coup papa ne veut pas me l'acheter… mais il me le faut.

Elle me regarde avec des yeux de chiot.

Je soupire. Que ne ferait-on pas pour un sac à main, n'est-ce pas ? Lui donner un os à ronger dans ces circonstances est presque de la charité. Je ne peux imaginer l'état dans lequel je serais si quelqu'un avait la cruauté de m'interdire l'accès à du Chanel.

De plus, ma colère vis-à-vis de BJ après ce qui s'est passé est encore de force cinq sur une échelle qui ne comporte que cinq degrés.

— Il m'a trompée, annoncé-je, ce que je regrette aussitôt.

La bouche de Sully s'ouvre en grand.

— Il y a longtemps, précisé-je en contemplant mon assiette d'œufs brouillés, incapable soudain de croiser le regard des autres. Mais c'est pour ça que nous nous disputons.

— Quand ? demande ma mère en clignant des paupières, l'air un peu triste.

Je lève brièvement les yeux vers elle.

— Quand nous avons rompu.

Elle fronce les sourcils.

— C'est-à-dire…

Marsaili soupire, contrariée que ma mère ne connaisse pas la réponse à cette question.

— Elle avait dix-neuf ans.

Sullivan pianote à toute vitesse sur son portable, puis redresse la tête, un grand sourire aux lèvres.

— Eh bien, avec ça, c'est clair. À moi le sac à main.

10:34

Marsaili

Tom England.

Je n'en reviens toujours pas.

Je sais !

Marrant, non ?

Très.

Juste… C'est bizarre. Tu n'avais jamais mentionné que tu fréquentais Tom England.

Et ?

Et rien.

Seulement, la dernière fois que Tom England t'a passé une serviette, tu as pratiquement écrit un soliloque à ce propos.

🙄

Je garde un peu plus les choses pour moi, ces temps-ci.

Il y a deux jours, en dépit de mes protestations, tu m'as fait un récit très explicite d'un moment... spécial sur un bateau avec ton dernier joujou en date, sur le lac de Côme.

Je l'ai fait pour te distraire!

Vu qu'il ne se passe pas grand-chose dans ta vie.

Par exemple: à quand remonte ta dernière relation sexuelle?

À quand remonte la tienne?

Marsaili, voilà une question extrêmement grossière.

Quelle vulgarité!

Et ne l'appelle pas mon «joujou».

17

BJ

— TU EN VEUX ? ME DEMANDE LA FILLE À CÔTÉ DE MOI.

Cheveux blonds, yeux bruns, grande bouche – trop grande, probablement. De Bath.

— Mmm ?

Je la regarde distraitement. Nous sommes au club de Jo, le *Hampton Haus*. Tout le personnel porte des tenues dignes des Hamptons, et les serveuses sont canon. Il s'agit d'une des dix boîtes dont les frères Hemmes sont propriétaires, ce dont je suis reconnaissant, car ainsi je n'ai pas à mentir à Parks au sujet de leurs activités. Il me suffit d'orienter ma réponse.

— Je vais aux toilettes me faire un rail, m'annonce-t-elle avec un grand sourire. Est-ce que tu en veux ?

Je secoue la tête.

— Je ne prends pas de cette merde.

Bath paraît surprise. Peut-être est-ce surprenant. J'aime ça – j'aime *trop* ça, en fait. Bath me dévisage bizarrement, les yeux un peu trop ronds, le regard un peu trop intense, comme souvent chez les fêtardes.

— Tu me donnais l'impression de quelqu'un qui… en prenait. Tu sais ?

Je hausse les épaules. Elle n'a pas tort.

— C'était le cas. Avant.

— Mais plus maintenant ?

Je secoue à nouveau la tête, un peu soûlé par toutes ses questions. Pour qui se prend-elle, putain ? Piers Morgan ?

— Pourquoi ?

Bordel !

— J'ai fait une promesse à quelqu'un, me contenté-je de répondre.

— Qui ? Ta mère ? ricane-t-elle.

Là, elle me gonfle sérieusement.

— Non, juste la fille que j'aime.

Voilà, cette fois, je crois que je l'ai calmée.

— La fille que tu aimes ? répète-t-elle.

— Ouais. Va te faire ta ligne. Je serai à la même place quand tu reviendras.

Je sors mon téléphone pour voir si Parks m'a écrit. Non. Je vérifie que j'ai du réseau. Oui. Merde !

Je consulte donc Instagram, au cas où elle m'aurait envoyé un message, aurait commenté une story ou je ne sais quoi – les relations sont tellement compliquées, putain, avec tous les moyens de communication disponibles. Non pas que nous soyons ensemble. Non. Elle sort avec quelqu'un d'autre. Enfin, « sort ».

Je me perds environ quarante secondes dans des analyses portant sur la véracité du couple Parks-Tom England, quand je m'aperçois que j'ai reçu un déluge de commentaires et que ma messagerie est sur le point d'exploser.

Je veux dire, j'en ai toujours beaucoup, mais là, c'est un truc de malade.

J'ouvre la dernière photo de moi que j'ai publiée, et je vois que des centaines de personnes ont commenté 🐀🐀🐀🐀 et tout un tas de saloperies du genre : « J'y crois pas », « Tu ne la mérites pas », quelques « connard », « crève » et « loser ». Effaré, je fais ce que personne n'est censé faire : je me googlise moi-même.

Et là, je comprends.

Une source proche confirme la VRAIE raison de la rupture la plus incompréhensible et la plus longue de l'histoire : BJ Ballentine a trompé Magnolia Parks.

Putain ! Je crois que je vais vomir. J'ai la tête qui tourne. Pendant une seconde, je ne vois plus rien.

— Tu te sens bien ? me demande le barman.

Non. Pas du tout. Je vais m'évanouir.

— Qu'est-ce qui se passe ? (Jonah vient d'apparaître à mes côtés, l'air soucieux.) Tu as pris un truc ? (Je parviens à peine à secouer la tête, lui montre mon portable.) Putain… Ça dit avec qui ?

Je secoue de nouveau la tête. Une autre vague de nausée me frappe, genre raz-de-marée.

Jonah se penche au-dessus du bar, attrape une bouteille de tequila et me la tend. Je bois quelques longues gorgées. Je me sens bizarre, comme si je marchais sous l'eau dans un rêve. Curieusement, c'est la même impression que j'ai éprouvée la nuit où je l'ai trompée, pendant que ça arrivait… une marche au ralenti vers quelque chose que je voulais faire, mais que je ne devais pas faire. Et c'était comme si ma tête était au-dessus de l'eau et mon corps en dessous, luttant contre le courant. Chaque fois que je la touchais, que je l'agrippais, que je l'embrassais, que je bougeais, l'univers entier me signifiait d'arrêter, mais j'ai continué, putain, et maintenant non seulement Magnolia le sait, mais en plus tout le monde est au courant que si j'ai perdu la fille que j'aime, c'est entièrement ma faute.

Je gagne le fond de la salle et j'ouvre la porte du bureau de Jo. Une fille se laisse rouler à côté de Christian, allongé sur le canapé, puis se lève. Mes yeux tardent une seconde à s'adapter à la pénombre.

Daisy Haites. Visiblement, leur dîner de l'autre soir s'est bien passé…

Elle est aussi canon que dangereuse. Pas le genre de nana avec qui je déconnerais. Et son frangin est plus redoutable encore que les frères Hemmes.

Le rose sur ses lèvres est un peu étalé.

— Il se sent bien ? demande-t-elle en me regardant, la tête penchée.

Je m'assieds, prends une nouvelle gorgée. Elle vient se planter devant moi et m'observe, les yeux plissés. Étudiante en deuxième année de médecine. Mon pouls ne lui dira rien que je ne sais déjà. Mon cœur vit hors de ma poitrine, sur Holland Park, et il vient de s'égarer jusque dans les bras du meilleur parti d'Angleterre.

— C'est dans les médias, souffle Jonah à Christian.

— Quoi ? s'enquiert ce dernier d'un ton sinistre.

Je suppose que, à ce stade, j'ai plusieurs squelettes dans le placard. Il pourrait s'agir de n'importe lequel.

Jo pointe le menton vers moi, comme si je n'étais pas là.

— Lui. Son infidélité.

— Tu as trompé Magnolia ? (Daisy écarquille les yeux tout en me prenant le pouls.) Cent cinquante, annonce-t-elle à Jonah avant d'ajouter : Il a déjà fait des crises d'angoisse ?

Jonah ne répond pas.

— Merde, soupire Christian en venant s'asseoir près de moi. Qui a fait fuiter l'info ? demande-t-il à Jonah, qui secoue la tête. Qui était au courant ?

— Juste nous, répond Jonah. Notre groupe.

— Aucun de nous n'en aurait parlé, affirme Christian en comptant sur ses doigts. Hen non. Perry non. Paili non plus, évidemment.

— Pourquoi ? questionne Jonah, peut-être un peu trop vite.

— Parce que, de façon générale, elle a bien trop peur de se mettre Magnolia à dos.

— Bridget ne l'aurait jamais trahie, murmuré-je.

— Est-ce que Taura est au courant ? demande Jonah.

Je fais « non » de la tête.

Daisy me surveille, contrôle mes pupilles. Puis elle se redresse, les mains sur les hanches, se tourne vers Christian.

— C'était probablement elle.

— Hein ?! m'exclamé-je en clignant des yeux.

— C'était probablement elle. Magnolia, répète-t-elle comme si elle ne venait pas de me lancer un missile en plein cœur. Tu l'as fait chier, récemment ?

— Est-ce qu'il l'a fait chier récemment ? (Jonah s'esclaffe joyeusement, puis se reprend.) Mauvais timing, désolé.

Je grimace.

— Ouais, peut-être… mais elle n'irait pas jusque-là.

— Si. Elle en est capable…, objecte Christian, songeur.

Je le fusille du regard. Je n'ai pas pu m'en empêcher. Cette assurance… Comme s'il pouvait savoir, comme s'il la connaissait aussi bien que moi. Cette histoire de merde entre eux… La colère que ce souvenir génère en moi enflamme le sang dans mes veines, et puis ça me tombe dessus comme un piano : c'est toi qui lui as brisé le cœur le premier.

— Va chier, proteste Jonah. Elle ne ferait jamais ça.

Je me frotte le visage tout en repensant à ses yeux le soir où elle m'a vu. Fixes, vitreux, emplis d'une douleur trop profonde pour que je l'atteigne.

— Peut-être que si…

Je lève la tête vers Jonah, un peu terrifié.

Jo saisit la bouteille de tequila et en boit une longue gorgée directement au goulot.

— Merde alors.

18

Magnolia

Je prends une des citadines pour rejoindre Tom dans le centre.

Il m'attend devant chez *Cartier*, sur New Bond Street. Tee-shirt à rayures horizontales aux couleurs neutres Jil Sander, pantalon en gabardine teint en pièce bleu marine Brunello Cucinelli et All Star Chuck Taylor montantes beige farro. Même dans cette tenue tellement décontractée qu'on pourrait presque le confondre avec un laveur de carreaux, il incarne un rêve devenu réalité. Il ouvre ma portière et me sourit tout en me tendant une main pour m'aider à sortir. Je suis adorable : cardigan oversize en laine mélangée Jil Sander avec la robe vichy Miu Miu (les deux bleu marine), Mary Jane noires de chez Proenza Schouler et chaussettes hautes Fendi.

Nous restons plantés face à face sur le trottoir pendant quelques secondes, avant d'émettre le même petit rire aigu. Il paraît un peu nerveux. Tom England, nerveux…

Il penche la tête, essayant de décider ce qu'il convient de faire.

— Devrions-nous nous embrasser ?

Je n'ai jamais eu de faux petit ami qui savait qu'il était faux dès le début de notre fausse relation, donc : aucune idée.

— Probablement, dis-je, hésitante. Oui… non ? Oui. Bien sûr.

Le baiser est rapide, bizarre, maladroit et drôle. Il me regarde longuement, puis nous pouffons de nouveau. Son rire a cette fois quelque chose d'éclatant, de profond, et semble alléger un peu le poids qu'il porte sur le front.

Ce bref moment d'hilarité nous aide à évacuer la tension, massant les nœuds formés par le sentiment d'étrangeté qui nous habite. Comme l'autre soir, il place sa main dans le bas de mon dos et m'invite à me mettre en route.

— Donc, le programme d'aujourd'hui, c'est shopping ? demandé-je en levant les yeux vers lui.

Il est vraiment très grand. Un mètre quatre-vingt-dix, peut-être ?

Il hoche la tête.

— En gros, j'ai besoin d'une nouvelle garde-robe.

— Où est l'ancienne ?

— Chez Sam.

— D'accord. (Ne sachant pas quoi faire d'autre, je lui prends le bras.) Alors c'est parti pour une nouvelle garde-robe.

— Tu te sens d'attaque pour cette mission ?

— Voyons, je suis née pour cette mission !

Nous entrons chez *Burberry*, parce qu'un homme doté du teint et de la carrure de Tom doit exclusivement porter des couleurs neutres et du bleu marine. Je passe au crible les portants et sélectionne plusieurs articles – un pull ajusté en cachemire au logo brodé, un polo à carreaux en laine mérinos, un pantalon chino slim en sergé de coton... J'essaie d'ignorer les vêtements que j'aurais été susceptible de choisir pour BJ, m'efforce de ne pas marquer mentalement ceux que je reviendrai probablement lui acheter moi-même la semaine prochaine quand je le détesterai un peu moins.

De toute façon, ils n'ont rien à voir, physiquement. Et leurs styles vestimentaires sont complètement différents.

Celui de Tom, c'est... Burberry à l'époque de Christopher Bailey. Celui de BJ : Burberry durant l'ère Riccardo Tisci. Vous voyez ce que je veux dire ? Je suis sûre que oui.

Je remarque deux adolescentes – dix-sept ans environ – qui nous tournent autour depuis que je suis descendue de voiture. Elles nous ont suivis dans la boutique, et s'approchent maintenant de moi l'air de rien.

(« Tu demandes. » « Non, toi. » « Non ! » « OK, c'est bon ! »)

— Excusez-moi…, couine l'une d'elles.

Je les regarde en souriant aussi chaleureusement que possible.

Tom observe la scène avec curiosité.

— Est-ce qu'on pourrait faire un selfie ensemble ? demande l'autre.

— Bien sûr.

Je n'ai jamais vraiment compris pourquoi les gens veulent se prendre en photo avec moi. Je vais néanmoins me placer entre elles. Elles tendent leur portable à Tom – hilare –, et il en prend plusieurs. Elles s'apprêtent à s'éloigner quand la première fille se retourne.

— Où est BJ ?

Tom me jette un coup d'œil intrigué. Je prends une inspiration, expire par le nez plus bruyamment que je ne le devrais – un manque de raffinement de ma part tout à fait inexcusable – et leur adresse un sourire désinvolte.

— Je n'en suis pas certaine, mais voici mon petit ami, Tom, réponds-je en le désignant.

— Oh ! Bonjour.

Elle glousse nerveusement, puis s'enfuit.

(« Ils ont rompu ? » « Je te l'avais dit ! Je le savais ! » « Il est célibataire ! » « Elle n'est jamais célibataire ! »)

Je me tourne vers Tom, pleine d'appréhension, lève les yeux au ciel, essayant de banaliser ce qui vient de se passer. Il croise les bras, amusé.

— Ça arrive souvent ?

— Mmm… Qu'entends-tu par « souvent » ?

— Au moins une fois par jour ?

— Ma réponse influera-t-elle sur l'état de notre…
Je lance un coup d'œil alentour, puis chuchote :
— … fausse relation ?
Il se penche un peu (beaucoup) et chuchote à son tour :
— Non.
Je me redresse et lui souris.
— Alors oui.
Il éclate de rire et repousse une mèche derrière mon oreille, me regardant d'une manière qui, si je ne savais pas qu'il jouait un rôle, aurait pu affoler mon cœur, mais celui-ci va très bien, merci beaucoup. Je sens peut-être juste un léger souffle…
Nous gagnons le salon d'essayage, où j'attends pendant qu'il se change dans une cabine.
Il réapparaît vêtu du chino slim bleu marine et du polo en laine mérinos camel aux carreaux emblématiques. *So sexy.*
— Je suis vraiment partant, au fait, me dit-il tandis que j'arrange le tee-shirt, le rentrant dans son pantalon, le sortant, indécise.
— Partant pour quoi ?
Je lève les yeux vers son visage.
De nouveau, il glisse une mèche derrière mon oreille.
— Ça. Nous.
— *Pour de faux* nous ? corrigé-je avec un sourire espiègle.
Il réprime un sourire.
— Que l'enfer ou le déluge se déchaînent !
Je le fais tourner sur lui-même pour inspecter l'arrière du pantalon.
— Tu m'en vois ravie, parce que je crois que les deux se profilent à l'horizon.
— Ah oui ? dit-il, les yeux baissés vers moi, me dominant de toute sa hauteur.
Ma respiration se bloque un peu dans ma poitrine.
— Oui.

J'expire, saisis un sweat-shirt Vintage Check à capuche en coton et le lui fourre dans les mains, refermant rapidement la porte pour qu'il ne voie pas mes joues rosir. Ce sweat ressemble peut-être trop à quelque chose que porterait BJ ? Tant pis.

— Et pourquoi ? s'enquiert Tom de l'autre côté du battant.

— Parce que BJ devient fou quand il est question de moi.

— Oh… (Il rit.) Super.

Il ouvre la porte et me montre le sweat. Il ne va pas à Tom, mais il est parfait pour BJ. Je secoue le menton, et il l'enlève. Comme ça. Devant moi. Il le fait passer par-dessus sa tête d'un seul mouvement et… Oh, *mamma mia* !

C'est un chef-d'œuvre. Un putain de chef-d'œuvre. Il pourrait figurer en double page centrale d'un magazine de mode. Je déglutis avec difficulté en détournant les yeux tandis qu'il me lance un regard perplexe.

— Qu'est-ce qu'il y a ?

— Rien.

Je cligne des paupières, soudain fascinée par la moquette café-au-lait du salon d'essayage.

— Est-ce que ça va me valoir un œil au beurre noir ? me demande-t-il en riant.

Je soupire et grimace.

— Probablement.

Il marche vers moi, se penche et frôle mes lèvres des siennes.

— Tant pis, ça en vaut la peine.

19

BJ

Je feins le hasard de l'improvisation lorsque Jo et moi entrons chez *Bellamy* pour un déjeuner décontracté. Je feins également d'ignorer que c'est là qu'elle déjeune tous les mardis.

— Eh ! lance Jonah quand il les a repérées.

Parks et Paili. Il me jette un regard amusé.

— Quelle coïncidence !

Parks me transperce d'un regard furieux. Pourtant, je crois y lire qu'elle est soulagée de me voir. Enchantée, non. Mais soulagée. Je le sais, parce que je ressens la même chose.

Jonah s'installe à la table à côté de la leur, un grand sourire débile aux lèvres. Magnolia lève les yeux au ciel. Paili affiche l'expression gênée que requiert son rôle d'amie dans ces circonstances.

— Tu leur as dit qu'on était ici ? lui demande Parks en tripotant le col de son chemisier bleu.

— Non, répond Paili, contrariée, en me désignant du menton. Il te stalke.

— Absolument pas, rétorque Jonah, et je lui suis reconnaissant de prendre ma défense. Il a simplement mis un traceur GPS dans ce bracelet qu'il t'a offert.

J'agite mon majeur vers lui sans conviction. Il hausse les épaules tout en se plongeant dans la lecture de la carte. Je regarde Parks une seconde, puis fronce les sourcils.

— Tu portes un pantalon ?

Elle me rend mon regard.

— C'est le Fumato de Max Mara.

— Mais c'est un pantalon.

— Putain ! intervient Jo en secouant la tête. Tu nous l'as complètement cassée, BJ. Où est le bouton de réinitialisation ?

Je le dévisage. *J'aimerais beaucoup le savoir, mon pote.*

Parks fait exprès de ne pas me regarder. J'enfonce mon poing dans ma bouche plusieurs fois tout en la couvant d'un regard noir.

— Je voulais te parler.

Elle lève des yeux écarquillés du menu qu'elle faisait semblant de lire. Les sourcils arqués de façon exagérée, elle attend.

Je laisse passer encore quelques secondes.

— As-tu raconté à la presse que je t'avais trompée ?

Jonah émet un raclement de gorge bizarre, et Paili se tortille sur sa chaise, gênée.

— L'ai-je raconté ? répète Parks. Non. (Silence.) Néanmoins, une certaine adolescente ayant urgemment besoin d'un certain sac Chanel qu'on lui refusait cruellement m'aurait-elle extirpé l'information afin d'obtenir ledit sac ? (Elle hausse innocemment les épaules.) Peut-être.

Je me passe une main dans les cheveux… Je n'arrive pas à y croire. Putain de merde ! Elle est vénère à ce point ? Je m'efforce de repousser le sentiment de trahison qui m'envahit. Je l'ai trompée. Je suppose qu'elle est dans son droit. Je ne l'ai jamais forcée à garder le secret toutes ces années, pourtant, elle l'a fait. Je croyais que c'était par égard pour moi… Peut-être était-ce pour elle-même ? Je me frotte la nuque, fais un signe au serveur et commande un Negroni bien tassé, avant de me tourner de nouveau vers la fille dont je suis amoureux.

— Tu as sali mon nom pour un sac Chanel ?

— Oh, BJ… (Elle lâche un bref rire insouciant et affecté.) Ton nom est sali depuis bien longtemps, et je n'y suis pour rien. (Contractant les mâchoires, j'essaie de dissimuler que sa remarque me blesse.) Il y a une photo de toi en train de rouler des pelles à une Kardashian. Et pas une des plus jolies.

Elle se comporte comme une petite garce, et je ne veux pas sourire, mais je ne peux m'en empêcher complètement. Je secoue la tête pour le dissimuler.

— Allez, Parks, grogné-je. Hen refuse de me parler. Maman aussi.

— Eh bien... (Parks m'adresse un sourire pincé.) On est trois, comme ça !

— Bridget a parlé à Al, et elle ne me parle plus non plus.

Allison, ma sœur, quatre ans de moins que moi. Je ne sais pas pourquoi, cette information semble apaiser un peu Parks. Elle me jette un regard en coin.

— Et Madeline ?

Mon autre sœur, trois ans de moins que moi. Je penche la tête, mal à l'aise.

— Elle ne t'a jamais vraiment portée dans son cœur.

Et voilà, je l'ai de nouveau perdue. Nez en l'air, menu tenu bien haut, elle se détourne de moi.

— Magnolia, grondé-je. Ça fait quatre jours... Est-ce qu'on pourrait j...

Elle écrase le menu sur la table.

— Magnolia ?

— Oh, oh, souffle Jonah.

Je ne l'appelle jamais par son prénom. Je ne sais pas pourquoi. Je ne le fais jamais, sauf pour l'emmerder.

Je persiste.

— C'est ton prénom.

— Oh... (Elle croise les bras, et je me prépare à recevoir une dérouillée.) Eh bien, Baxter James David Hamish Ballentine...

— Putain, marmonné-je.

Je croise le regard de Jo, qui essaie de ne rien laisser paraître.

— Pardonne-moi de ne pas avoir été capable de traiter instantanément l'image hideuse imposée à mes rétines l'autre soir, poursuit-elle. Excuse-moi de m'être sentie légèrement perturbée en te voyant plongé dans des extases sexuelles…

— Tu es ridicule, l'interromps-je. Absolument ridi…

— … en pleine étreinte érotique…

— Oh, c'est pas vrai…

J'expire par le nez, me blinde. Paili s'est couvert la bouche d'une main. Je n'arrive pas à déterminer si elle est amusée ou horrifiée. En ce qui me concerne non plus, d'ailleurs.

— … aux prises vénériennes de cette pute au twerk douteux.

— C'est quoi le problème, Parks ? intervient Jonah en se penchant vers elle.

— Je te demande pardon ?

— C'est… quoi… le… problème ? (Mon meilleur ami hausse les sourcils.) Si vous êtes seulement des amis, avec BJ. S'il n'y a plus de sentiments – ce qui est la ligne officielle de ton discours –, ça ne devrait pas te déranger.

Elle le regarde fixement – l'assassine du regard, plutôt. Je n'aimerais pas être Jonah, là tout de suite. Les yeux de Parks lui lancent des poignards et des grenades pendant environ cinq secondes. Ils sont dans une impasse bizarre. Ni l'un ni l'autre ne jouera cartes sur table, il ne reste plus qu'à l'un des deux à battre en retraite, et, le connaissant, ce ne sera pas Jonah.

Alors elle redresse les épaules.

— Très bien. Je m'en tape.

— Parce que vous êtes amis, c'est tout, pas vrai ? insiste-t-il.

Elle lui décoche un sourire crispé.

— Exactement.

— Juste amis.

— Juste amis, confirme-t-elle avec un hochement de tête.

Elle ne me regarde pas, ce dont je me réjouis, parce que je vois à la façon dont elle cligne des yeux combien toutes ces conneries la blessent, et je ne peux pas la regarder quand elle souffre.

Je ne sais pas si je suis soulagé ou nerveux.

— Alors… toi et moi… ça va ?

— Ça va formidablement bien.

Mais la colère dans ses pupilles est toujours là.

Je me passe la langue sur les dents.

— Excellent.

— Excellent.

— Excellent. (Un grand sourire aux lèvres, Jonah frappe bruyamment dans ses mains.) Bon, on dîne tous ensemble, ce week-end ? Je réserve au *Gavroche*.

— Parfait, répond Paili, pressée de dégager le ballon loin de cette zone plus que foireuse.

— Fantastique, renchérit Parks. Je viendrai avec Tom.

Je soupire, exaspéré.

— Évidemment.

Elle me lance un regard noir.

— Un problème ?

— Absolument pas, chère amie. Et parce que je n'ai plus cinq ans et demi, je n'amènerai personne, dis-je à Jonah.

— Comme c'est amusant de penser que même si tu ne viens pas accompagné, cela n'exclut pas la possibilité que tu sois… « en bonne compagnie », plus tard…

Elle m'adresse un sourire mielleux, et Jonah ricane dans son verre.

Elle est vraiment vénère. Je me mords la lèvre inférieure, ne voulant pas lui faire le plaisir de rire. Je lève les yeux vers elle, secoue la tête. Elle rejette ses cheveux derrière son épaule, soutenant mon regard, toujours sérieuse, mais je devine qu'elle se radoucit. Puis j'aperçois la longue chaîne autour de son cou, celle qu'elle ne voudrait pas que je voie, et tous les nuages amoncelés au-dessus de moi foutent le camp.

Surprenant mon regard, elle ajuste aussitôt le col de son haut. Je ne peux m'empêcher de sourire. Elle se tourne vers la fenêtre, mais je sais qu'elle sourit aussi.

20

Magnolia

Je m'arrange pour que nous arrivions quinze minutes après l'heure de notre réservation, afin que tout le monde nous voie entrer, et, franchement, c'est réussi. Tom porte un tee-shirt blanc uni de chez Sandro Paris, une veste bomber réversible à rayures Burberry, un pantalon en popeline de coton fuselé Gucci couleur indigo et des Vans Old Skool taupe et blanc. Moi : une minirobe drapée en satin jacquard à fleurs de Magda Butrym, un manteau cachemire et laine à double boutonnage rouge pompier de chez Saint Laurent, que j'ai assorti à des escarpins à talons de dix centimètres signés Aquazzura. Tous les regards convergent vers nous – sauf celui de BJ – quand Tom et moi faisons notre entrée au *Gavroche*, main dans la main.

BJ fait exprès de nous ignorer. Il cherche à m'exaspérer. Ça fonctionne.

— England, le salue Henry en se levant pour lui serrer la main.

Jonah l'imite. Christian se contente de lui adresser un signe de tête. BJ se lève à son tour et le serre dans ses bras.

— Mon pote, dit-il en lui donnant une claque sur l'épaule. Content de te voir. (Il me jette un coup d'œil et me gratifie d'un signe de tête.) Parks.

Il est magnifique. Comment fait-il pour être aussi canon ? Il ne porte pourtant qu'un jean slim Amiri MX1, déchiré avec des empiècements de cuir, un sweat-shirt en jersey bouclette noir à logo Givenchy et des Vans noires.

Même pas une vraie tenue, franchement. Il n'empêche que mon cœur se met à battre bizarrement dans ma poitrine.

Tom tire ma chaise pour que je m'asseye, puis l'avance. Paili articule à mon intention : « Oh, mon Dieu ! »

Je la regarde : « Je sais. »

Je désigne les deux P.

— Tu connais Perry et Paili ?

Tom secoue la tête, puis leur serre la main.

— Non… Mais j'ai beaucoup entendu parler de vous.

Il s'assied et s'adosse à sa chaise – l'homme le plus sûr de lui dans cette salle. Sachant qu'il vient de rejoindre une tablée d'hommes qu'on pourrait qualifier de mégalomaniaques, narcissiques et séducteurs en série, vraiment, ce n'est pas rien.

Il ouvre la carte des vins et désigne le Latour 2005.

— C'est celui-ci dont je te parlais.

Je soulève mes cheveux pour les rejeter derrière mes épaules.

— Oh, commande-le.

Tom s'exécute, charmant et jovial avec le maître d'hôtel, petit numéro dont d'ordinaire BJ s'acquitte avec brio. Visiblement contrarié, celui-ci évite mon regard.

— Alors… (Perry se penche vers nous.) Racontez-nous… Comment est-ce arrivé ?

Tom passe un bras autour de moi en me couvant d'un regard tendre, accompagné d'un clin d'œil discret.

— Eh bien, je venais de passer la journée la plus merdique de ma vie. Je suis rentré tôt, puis suis ressorti pour retrouver Gus au *Raffles*. En pénétrant dans le bar, je l'ai vue au comptoir. J'ai remarqué qu'elle avait les yeux un peu embués…

Il m'effleure la joue. Voilà un refuge plus que convenable. Pendant ce temps, BJ n'apprécie clairement pas sa petite anecdote. Maussade, il marmonne des commentaires à Jonah qui lui donne des coups de coude de temps à autre, aussi discrètement que possible. Tom feint de ne rien remarquer (ou ne le remarque vraiment pas, parce qu'il est adulte, lui).

— Nous avons bu quelques verres, et puis je me suis armé de courage et je l'ai embrassée. Pour être honnête, elle m'a toujours attiré, mais chaque fois que je la croisais, elle était… préoccupée. (Il jette un coup d'œil à BJ, juste pour l'agacer.) Il semblerait que nos planètes étaient enfin alignées ce soir-là.

Il sourit à Perry. BJ prépare une riposte, je le lis dans ses yeux.

Bingo :

— Mais tu as trente ans, et elle vingt-deux. Donc… quoi ? Quand tu avais vingt-trois ans et elle quinze, tu t'intéressais déjà à elle ?

— Ferme-la, souffle Henry, gêné.

— Non. (BJ hausse innocemment les épaules.) Je dis ça, je dis rien… C'est un peu bizarre, quoi.

— La première fois que *tu* l'as touchée, elle avait quatorze ans, mec, fait remarquer Jonah.

Je plaque mes mains sur mes joues.

— Jonah !

— Quoi ? J'essaie d'aider.

— Ah ouais ?

Christian lâche un petit rire amusé. Tom lance à BJ un long regard pensif, puis dit :

— Depuis qu'elle est majeure. (Il marque une pause, tourne de nouveau son regard vers BJ.) Elle m'a toujours attiré.

— Mais tu avais une petite amie à l'époque, objecte BJ, au cas où Tom l'aurait oublié. Donc, encore une fois, ça ne me semble pas très approprié…

— Exact. Je suppose. Mais, hum, rappelle-moi… tu l'as trompée, non ?

Jonah émet une sorte de grognement, et Christian, cette fois, s'esclaffe carrément.

BJ tourne un regard coupable, désolé, triste, vers moi. La bouche pincée, il hoche la tête.

— Alors ! s'exclame Jonah, prenant les rênes de la conversation. À quoi ressemble la vie d'un pilote, de nos jours ?

Tom se passe une main dans les cheveux.

— Eh bien, c'est sympa. Ouais, plutôt cool, franchement. Ce n'est jamais *pas* cool de piloter un avion, tu vois ce que je veux dire ? (Puis il me regarde.) À ce propos, on m'a programmé un vol vers les States dans quelques jours. Ça te dirait de m'accompagner ?

Je lui souris. Du coin de l'œil, je surprends le regard attentif de BJ, dont le visage affiche une expression un peu effrayée. J'aimerais tendre le bras pour lui caresser la joue, mais je ne peux pas, donc, à la place, je touche le biceps de Tom.

— J'adorerais, mais j'ai un truc de boulot que je ne peux pas rater.

Tom hoche la tête avec compréhension pendant que BJ ravale un sourire.

— Alors, vous êtes tous amis depuis le lycée ?

Je hoche le menton.

Il nous désigne, Paili et moi.

— Copines de dortoir ?

— Ouais, mais nous sommes amies depuis toujours.

Tom secoue la tête d'un air rêveur.

— J'aurais beaucoup aimé aller à l'internat. Mais ma mère nous voulait à la maison.

— Oh, mon pauvre chouchou… (Je lui frotte le bras affectueusement d'un air moqueur.) Comme c'est terrible que ta mère t'ait tellement aimé qu'elle ait voulu te garder près d'elle.

Il roule des yeux, amusé.

— C'est juste que ça m'a toujours donné l'impression d'être une expérience marrante, dit-il.

— Ça l'était, approuve BJ en me regardant.

Je sens mes joues s'empourprer.

— Bizarrement, par rapport à notre âge, on nous laissait pas mal d'indépendance, quand même.

— Qui s'est transformée en codépendance, rit Paili.

Jonah hausse les épaules.

— On était tout le temps fourrés les uns avec les autres.

— Ça oblige à s'endurcir, l'internat. On était tellement coupés de nos familles respectives qu'on s'en est créé une nouvelle avec ce qu'on avait sous la main, expliqué-je.

— Les parents de Parks ont oublié son seizième anniversaire, lâche Christian.

Tom a l'air horrifié.

— Non !?

Si. Ça m'a brisé le cœur, parce que même Marsaili a zappé, ce qui ne lui ressemblait tellement pas... Bridget s'en est souvenue, en revanche, et le temps que nous allions en cours, BJ et Paili avaient mis au point un plan de sauvetage : Jonah a fourni le jet privé de la famille Hemmes (leurs parents posaient rarement de questions), nous nous sommes entassés dans la limousine avec laquelle mes parents nous envoyaient à l'internat et nous nous sommes envolés pour Paris.

Je n'ose même pas imaginer de quoi nous avions l'air – ridicules –, tous les sept, avec nos sacs de cours et nos uniformes dans le vestibule du *Bristol*.

BJ a bombé le torse et s'est dirigé droit vers la réceptionniste.

— Réservation au nom de Ballentine. Trois chambres.

Le regard de la femme est passé de BJ à notre petite troupe derrière lui.

— *Is...* euh... *zere an adult with you ?* a-t-elle demandé avec son accent français.

— Non.

— Euh...

BJ a fait glisser sa carte Coutts World Silk sur le comptoir.

— C'est à vous ? a-t-elle demandé en la saisissant pour l'examiner.

— Êtes-vous en train de suggérer que je ne ressemble pas à quelqu'un qui aurait une carte Coutts ? a-t-il rétorqué en lui décochant un sourire enjoué.

Elle l'a dévisagé comme si elle avait affaire à un vulgaire moucheron – ce qui n'arrive jamais, et il était déjà divin à l'époque… Elle avait probablement une dent contre les hommes.

— Non, je pense que vous ressemblez à un enfant.

— Tenez, prenez la mienne, alors, ai-je dit en lui tendant mon Amex Centurion, mais BJ m'a donné une tape sur la main.

— Je peux payer en liquide, si vous préférez…, lui a-t-il proposé.

La femme nous a adressé un coup d'œil sceptique avant de se mettre à pianoter sur le clavier de son ordinateur.

— Ballentine. (Prononcé Boli-tine.) Euh, je vois que vous avez commandé… (elle a fait claquer sa langue) deux suites junior et la suite Saint-Honoré… *oui** ?

— *Oui.**

Elle a passé sa carte dans le terminal et nous a souri aussi chaleureusement que possible.

— *Bienvenue à Paris.**

Ce soir-là, ils se sont tous empilés sur notre lit. J'ai versé quelques larmes, de joie et de tristesse.

— Les parents sont des merdes, Parks, a déclaré Christian en me tendant une coupe de champagne.

— Au point d'oublier le seizième anniversaire de leur aînée ?

— Tous nos parents nous ont envoyés en pension, m'a rappelé Paili. Ce sont *tous* des merdes.

— Les nôtres ne se parlent plus, a murmuré Jonah, gêné, en jetant un coup d'œil à Christian. Pas depuis…

Il n'a pas achevé sa phrase.

Pas depuis que leur sœur s'était noyée, cinq ans plus tôt. BJ et Jonah ont échangé un regard sombre.

Ces deux-là étaient déjà meilleurs amis avant le drame, mais, ensuite, ils sont devenus comme des frères.

— Ils n'arrivent plus à communiquer. (Christian a vidé sa coupe d'un trait avant de poursuivre.) Quand ils le font, c'est pour s'accuser mutuellement.

— Maman, ça va, elle est encore à peu près normale... en quelque sorte, a précisé Jonah. Un peu barge – elle a acheté une pieuvre, la semaine dernière –, mais à peu près bien... Elle sort encore de la maison. Mais papa...

Christian a pris la suite.

— Il reste assis dans son bureau à regarder des photos de Rem.

— Mes parents me croient toujours hétéro, a annoncé Perry. Je n'arrive pas à leur dire.

Avant qu'aucun de nous n'ait eu le temps de réagir, il a ajouté :

— Mon oncle est homo. Mon père refuse de lui parler.

— Tu es leur fils, lui a doucement fait remarquer Paili.

— Je ne veux pas qu'il me regarde comme il regarde mon oncle.

BJ lui a assené une tape compatissante sur le bras.

Mes yeux se sont ensuite posés sur Henry, mais celui-ci s'est tourné vers BJ.

— Mmm. Je ne sais pas... Nos parents sont plutôt géniaux...

— Alors allez vous faire foutre, a dit Christian.

Hen et BJ ont ri.

— Ma mère est assez dépravée, ces derniers temps, a confié Paili, abattue. Mais elle ne se tape que des hommes plus jeunes qu'elle.

— C'est-à-dire ? a demandé Christian.

— Des étudiants. Première année, a-t-elle soupiré.

— Ta mère est plutôt canon, a commenté Jonah. Tu crois que j'ai une chance ?

Paili lui a donné un coup d'oreiller sur la tête avant de hausser les épaules.

— Et je n'ai pas vu mon père depuis des lustres. Il est parti vivre à Berlin avec sa nouvelle femme.

Je me rappelle avoir contemplé le petit groupe entassé sur le lit de l'hôtel parisien où je m'étais enfuie avec mon petit ami, et pensé : peut-être que, tout ce temps, ce sont eux qui ont été ma vraie famille, peut-être que ce sont eux qui m'ont élevée.

C'est Christian qui m'a expliqué dans une cage d'escalier ce qu'était réellement le sexe – qu'il ne s'agissait pas seulement de rouler sous les draps en s'embrassant. J'avais treize ans.

La même année, c'est Jonah qui m'a fait boire de l'alcool pour la première fois, et qui ensuite s'est occupé de moi pendant que je vomissais.

C'est Perry qui, quand il a finalement fait son coming out auprès de ses parents, m'a appris à être fière de qui je suis, quoi qu'il advienne.

C'est de Henry que j'ai appris la constance et ce que c'est d'avoir un frère. Paili m'a enseigné l'abnégation (l'apprentissage est toujours en cours) et à être présente pour les gens que vous aimez.

Et c'est BJ enfin qui a fait de moi une personne intrépide, confiante et pleine d'espoir, et lui aussi qui m'a privée de tout ça en rentrant un soir en sentant le musc et la fleur d'oranger.

Au *Gavroche*, Tom me contemple tristement.

— Je n'arrive pas à croire qu'ils ont oublié ton anniversaire.

Je trouve son incrédulité touchante.

BJ me regarde, un peu trop tendrement en ces circonstances.

— Nous avons pris soin d'elle.

Tom lui adresse un petit sourire où je devine peut-être des graines de reconnaissance sincère.

— J'aime bien tes amis, m'annonce Tom sur le chemin du retour ce soir-là. Vous partagez quelque chose d'assez spécial.

Je hoche la tête, me sentant fière d'eux.

— Même BJ ? demandé-je.

— Même BJ. Est-ce que le plus jeune des frères Hemmes a un faible pour toi ? Il m'a semblé qu'il te couvait des yeux…

J'agite la main avec désinvolture, parce que je n'ai pas du tout envie d'aborder ce sujet maintenant.

— Non, il a juste tendance à fixer les gens du regard…

Tom lâche un éclat de rire, puis me dévisage.

— Alors ? Qu'as-tu pensé de ton refuge ce soir ? Confortable ?

— Tu t'en es très bien sorti.

— Ah ouais ? dit-il avec un grand sourire.

Je l'embrasse sur la joue au moment où la voiture s'arrête.

— Ouais.

00:14

BJ

Salut.

Salut.

Quel temps fait-il chez toi, BJ ?

Moins nuageux.

Bonne nuit, BJ.

Bonne nuit, Parks.

21

BJ

Je l'attends à la sortie de son boulot, appuyé contre le capot de ma voiture.

Tom est quelque part de l'autre côté de l'océan. J'ai demandé à Henry de vérifier auprès de Parks qu'il était bien parti. La voie est libre. Alléluia ! Elle me manque. J'ai besoin de la voir une minute.

Elle sort du bâtiment en compagnie d'une fille de son bureau, et je profite des deux secondes précédant le moment où elle me remarquera pour la dévorer des yeux. Petite robe d'été vert vif aux manches bouffantes, assortie à des escarpins à bride qui lui font des jambes interminables. Son amie me voit et lui donne un coup de coude. Parks lève les yeux. Nos regards se rencontrent, et il me semble que le monde entier se met à tourner au rythme de ses battements de cils…

Je lui adresse un signe de tête.

— Salut.

— Salut. (Elle me rejoint, s'arrêtant plus près de moi que nécessaire.) Qu'est-ce que tu fais ici ?

Comme si, encore deux semaines plus tôt, je ne venais pas la chercher tous les jours à la sortie du bureau.

— Je me suis dit que tu avais peut-être besoin de compagnie. Je te dépose quelque part ?

Elle fait la moue.

— Ma voiture est déjà…

— Renvoie-la.

Elle réfléchit un instant – j'adore la mimique qu'esquissent ses lèvres quand elle fait ça –, puis elle hoche le menton, et je lui ouvre la portière.

Nous sommes happés par les bouchons londoniens à l'heure de pointe, mais je n'ai jamais été aussi heureux de voir mille véhicules bloqués dans un embouteillage. Elle est tout à moi pour au moins une heure. Elle ôte ses chaussures – ce qu'elle ne ferait pas avec Tom, je le sais. Elle ne se déshabille qu'en ma présence.

— Toujours en colère ? lui demandé-je en me tournant vers elle.

— Non, répond-elle en regardant droit devant elle.

Je m'interroge si c'est vrai. Moins fâchée, plus triste ? Bien pire.

— Tu as besoin d'une réinitialisation ?

Elle pivote vers moi.

— Probablement, tiens.

— D'accord, combien de secondes ?

— Quinze.

— Putain ! Tu n'as jamais été au-delà de douze. (Un sourire éclaire fugitivement son visage.) OK, quinze, alors.

Nous sommes à l'arrêt depuis un moment. Je mets la chanson *Say You Will* de Kygo. Elle tourne tout son corps vers moi, replie les jambes sous elle.

Je l'imite.

— Prête ?

Elle acquiesce.

— Vas-y.

C'est un truc que nous faisons depuis le collège. Après chaque dispute, nous nous regardons dans les yeux en silence pendant une dizaine de secondes. Je crois qu'elle a vu ça dans une émission d'Oprah. En tout cas, ça fonctionne.

Surtout pour elle. Moi, de toute façon, j'ai beaucoup de mal à lui faire la gueule très longtemps, mais elle, elle est rancunière comme vous n'avez pas idée. Pourtant, quand on fait ça, je vois sa colère fondre et disparaître.

Voilà, je suis coincé avec elle dans des embouteillages interminables, et j'ai le droit de la regarder ouvertement pendant quinze secondes. Mes pensées suivent le même chemin presque chaque fois.

Un… deux… Putain, ce qu'elle est belle ! C'est toujours la première chose qui me vient à l'esprit dans cette situation. Elle est tellement magnifique, putain. Je n'arrive pas à croire qu'elle m'aime.

Ses paupières papillotent – elle cligne toujours beaucoup des yeux durant cet exercice.

Trois… quatre… Je ne sais pas si c'est toujours le cas. Est-ce qu'elle m'aime encore ? Je l'ignore. Je croyais que oui. Il m'arrive encore de le penser. Mais peut-être que ça n'a pas vraiment d'importance, parce qu'il n'y a pas de retour en arrière possible quand vous foirez comme je l'ai fait…

Elle incline la tête sur le côté, ce qui signifie qu'elle attend quelque chose de moi.

Cinq… six… Comment j'ai pu lui faire ça ? Franchement, je ne sais pas. Je ne sais pas ce qui a déconné chez moi, ni même comment c'est arrivé. C'est arrivé, c'est tout. Et, une fois que j'étais lancé, ça m'a semblé pire de m'arrêter. Mais je n'avais pas l'intention de la blesser. Ça n'avait rien à voir avec elle.

Elle s'accoude à la console centrale, le menton dans la main. Ses yeux ne quittent pas les miens, et mon cœur fait une chute de plusieurs mètres.

Sept… huit… Arriverons-nous un jour à tirer un trait sur cette histoire ? Serons-nous capables d'être de nouveau ensemble ? Ce serait différent. Je suis différent. Je crois que oui.

Je vois les nœuds de son cœur se défaire au fur et à mesure que son visage se détend.

Neuf… dix… Je regarde sa bouche. Putain. J'adore sa bouche. Comment ai-je pu vivre sans cette bouche sur la mienne pendant trois ans… ?

Elle remarque que je contemple ses lèvres, qui commencent à s'étirer en un sourire.

Onze… douze… Je me souviens de la première fois que je l'ai fait sourire. J'étais tout gosse, et c'est devenu pour moi un véritable objectif extrêmement important. Ça l'est toujours.

Même si son sourire n'a pas encore complètement fissuré la surface, c'est trop tard. Ses yeux la trahissent, comme toujours. Il suffit d'y plonger une seconde pour qu'ils me révèlent tout ce que j'ai besoin de savoir.

Treize… quatorze… Elle n'a jamais eu besoin de quinze secondes, donc je suis en terrain inconnu. Bon sang, j'ai envie de l'embrasser !

Je crois qu'elle aussi a envie de m'embrasser. Son regard descend de mes yeux à ma bouche – faute ! Car c'est la règle : ne pas détourner les yeux de ceux de l'autre, mais je ne dis rien parce que je veux l'embrasser. Nos têtes sont si proches, à peine séparées par quelques centimètres cubes d'air ; je sens son parfum. Elle a la même odeur depuis toujours, porte le même parfum depuis ses quatorze ans. *Gypsy Water*. J'espère qu'elle n'en changera jamais. Quand elle sort de la douche et s'en asperge, il m'arrive de la serrer dans mes bras. Elle se débat parce que, maintenant, elle a des principes bizarres. Par exemple, nous pouvons dormir dans le même lit, elle peut me toucher quand elle pense que je dors, mais si j'ai envie de l'étreindre une fois le soleil levé ou la lumière allumée, elle se transforme en furie, ce qui ne m'empêche pas de le faire de temps à autre. Ces fois-là, son parfum reste sur ma peau, et je peux la sentir sur moi toute la journée, comme autrefois, avant que je fasse tout foirer.

Quinze. Moi, à un, j'étais déjà foutu.

Elle m'adresse un petit sourire, puis se tourne de nouveau vers le pare-brise.

— Quel temps il fait, chez toi, Parks ? demandé-je en l'imitant.

Dehors, il fait doux. À peine un nuage dans le ciel.

Elle me jette un regard en coin.

— Il fait un temps assez agréable, mais j'ai entendu dire qu'il allait peut-être pleuvoir.

— Oh ?

— Un déluge trop épouvantable pour conduire. Tu vas peut-être être obligé d'attendre chez moi que ça s'améliore.

Je réprime un sourire d'un coup de langue.

— La sécurité avant tout.

22

Magnolia

BJ reste chez moi pratiquement tout le temps où Tom est aux États-Unis. Il ne se passe rien – mais c'est vrai qu'il ne se passe jamais rien, de toute manière. Nous avons juste traîné, regardé des documentaires du National Geographic. Parfois dans mon lit, parfois dans la salle de home cinéma.

À vrai dire, cette salle pose plusieurs problèmes, le plus gros étant que je dois faire chaque fois preuve d'inventivité pour que BJ et moi nous installions tous les deux sur le petit sofa, même si les sièges individuels ne manquent pas. Ces excuses vont de : « Je crois qu'il y a une abeille sur ce fauteuil » à : « Non, pas celui-ci, il vient d'être retapissé. »

Je n'ai pas besoin d'invoquer des excuses pour qu'il s'asseye à côté de moi, en vérité – il s'assied là où je le lui dis, je le sais. Ces prétextes me sont destinés.

Les documentaires du National Geographic sont le comble du romantisme pour BJ et moi. La chaîne fait partie des éléments fondateurs de notre relation, émaillant notre intimité depuis la nuit où nous avons couché ensemble pour la première fois – *vraiment* couché ensemble.

Notre première fois. C'est incroyable comme nous avions tout prévu. Ce que je trouve étrange quand j'y repense aujourd'hui, parce que, maintenant que je suis plus âgée, la spontanéité dans le sexe me paraît bien plus excitante – même si je n'en ai pas fait beaucoup l'expérience au cours de ces trois dernières années. Mais, bref, ce soir-là, il avait tout planifié… et c'était infiniment romantique et sérieux à la fois.

Après le fiasco de la Maserati et un jour de l'An désastreux à Mykonos (pas de commentaires), il avait décidé que tout devait être parfait, romantique à souhait, sans accrocs. Il était catégorique. À vrai dire, la façon dont nous le ferions n'avait pas tant d'importance pour moi. J'avais envie de lui, c'est tout. Je n'avais jamais vraiment désiré personne avant, ni ressenti de désir tout court. Mais quand le désir est là, il est là. Et comment aurais-je pu ne pas désirer BJ Ballentine ? Chaque fois qu'il entrait dans une pièce, c'était comme si quelqu'un avait allumé la lumière dans un sous-sol rempli d'ours affamés. Comme si l'on avait craqué une allumette dans mon ventre, et qu'aussitôt une vague de chaleur se déployait sous ma peau. Je l'aurais fait plus tôt, s'il ne s'y était pas refusé.

Nous n'étions que des bébés, sérieusement. Des gamins faisant des choses d'adultes avec des cœurs de la taille du Texas et un désir aussi profond que la fosse des Mariannes. Rétrospectivement, je crois que nous étions trop jeunes. Bridget est du même avis. D'après elle, j'ai transféré ma dépendance vis-à-vis de mon père sur lui et je m'y suis accrochée. Pas vraiment ma faute, cela dit, si ? Je ne me suis pas envoyée moi-même en internat à l'âge très avancé de onze ans. Je n'ai pas demandé à avoir des parents absentéistes et ridicules qui préféraient se prélasser sur un yacht avec Jay-Z plutôt que de passer les week-ends chez eux avec leurs filles. Qu'étais-je censée faire ? Ne pas m'attacher démesurément au garçon le plus merveilleux du monde ?

Bref.

Il nous a réservé la suite Knightsbridge au *Mandarin Oriental*.

Il y a eu tellement de fois où nous avons presque… presque, quasi, mais non. Tellement de fois où cela aurait pu arriver spontanément. Ce jour-là, pour l'occasion, Paili et moi sommes allées faire les magasins.

C'était notre première fois à tous les deux. Marrant, non ? À l'époque, c'était tellement important pour lui. Maintenant, il couche avec n'importe qui.

Nous nous étions donné rendez-vous à l'hôtel à 20 heures. J'ai sauté le dîner (merci, *Cosmo Girl*!), et je me revois entrer dans le hall avec mon sac en bandoulière, vêtue des dessous les plus sexy et les plus inconfortables qu'on puisse imaginer sous ma minirobe blanche Calvin Klein. BJ était assis sur un canapé du vestibule, relisant *Ne tirez pas sur l'oiseau moqueur* pour la millième fois.

Les cheveux coiffés en arrière, une moue sur les lèvres, le pouce appuyé légèrement entre ses dents, pensif. Concentré. Jusqu'à ce qu'il me voie. Son visage s'est aussitôt illuminé, puis je l'ai vu déglutir nerveusement. Il m'a saisi la main et m'a attirée contre lui.

— Salut, a-t-il murmuré dans mes cheveux.

— Salut, ai-je répondu en rougissant, osant à peine croiser son regard.

Pour une raison quelconque, ma timidité l'a aidé à se détendre – le poussant probablement à se montrer courageux – et il a souri en me prenant le bras avant de m'entraîner vers notre chambre.

Il avait subtilisé quelques bouteilles de Moët dans la cave de ses parents. Ce n'est pas mon champagne préféré, mais il restera spécial pour moi, comme c'est celui que nous avons bu ce soir-là. Nous n'avons pas tardé à nous sentir pompettes, la nervosité aidant probablement.

Nous avons enfilé des peignoirs et sommes restés un long moment loin l'un de l'autre, feignant la décontraction tout en nous abstenant de faire la moindre allusion à la raison de notre présence ici.

— J'ai apporté le *Uno*, lui ai-je dit tout en fouillant dans mon sac de voyage Marc Jacobs.

Il m'a regardée sans un mot pendant quelques secondes, puis son visage s'est éclairé.

—Ah ouais? (Il a tendu la main pour me prendre le paquet.) Le premier qui remporte deux parties?

J'ai hoché la tête, nos doigts se sont touchés, et il y a eu une petite étincelle, comme quand vous faites démarrer une voiture avec des pinces crocos. Peut-être aussi que le champagne faisait enfin effet. Il m'a attirée fermement contre lui, confiant, comme à son habitude, une main sur mon visage, l'autre dans le creux de mes reins, puis m'a entraînée vers le lit comme s'il avait fait ça toute sa vie, et m'y a allongée.

Jamais, jusque-là, je n'avais ressenti de désir en étant si proche de le satisfaire. Je me rappelle combien il était lourd sur moi. J'ai longtemps assimilé cette sensation à un sentiment de sécurité. Son corps sur le mien a été le meilleur édredon, jusqu'à ce qu'il s'allonge de la même manière sur quelqu'un d'autre et bouleverse tout notre équilibre.

D'après lui, je n'ai pas arrêté de parler, expliquant nerveusement que les gressins sont un aliment injustement sous-estimé, que j'adorais la couleur lilas parce qu'elle met mes yeux en valeur. Il me taquine encore à ce sujet. Parce que, apparemment, je n'ai pas seulement bavassé au début, mais tout du long, même quand j'ai eu un orgasme. Selon lui, au lieu des halètements et autres gémissements voluptueux d'une star du porno, il y a eu une fraction de seconde de silence… quelques respirations saccadées le temps que mon souffle se calme, puis, après avoir dégluti nerveusement, les joues empourprées, j'ai dit:

—Tu savais que le mot le plus long du monde est composé de près de cent quatre-vingt-dix mille lettres et qu'il faut plus de trois heures pour le prononcer?

Il m'a serrée contre lui, riant doucement tandis qu'il se contractait involontairement en moi.

Je me souviens qu'à un moment il a écarté son visage du mien. Nous étions en sueur, collants, hors d'haleine, nos corps unis, entremêlés.

— Attends… alors les abeilles sont vraiment en voie de disparition ? a-t-il demandé, l'air perplexe.

— Ouais, genre, à une vitesse vraiment, vraiment préoccupante, ai-je répondu en hochant vivement la tête.

Il a pressé son front mouillé de transpiration contre le mien et ri de telle sorte que je l'ai senti dans tout mon corps.

Après, nous avons passé la nuit enchevêtrés l'un avec l'autre, à faire des recherches Internet sur les abeilles et à regarder des documentaires à leur sujet, et je crois que cet après, au lit avec les abeilles et lui, est un de mes souvenirs préférés.

Je crois que c'est à cet instant que nous essayons constamment de revenir. Un moment avant que nous commencions à nous tuer l'un l'autre pour tenter de faire survivre nos cœurs.

Je suis perdue dans ces rêveries quand Tom England fait son entrée dans ma chambre pour trouver mon ex dans mon lit, vêtu en tout et pour tout d'un pantalon de jogging Gucci en velours de soie et satin imprimé noir et camel resserré aux chevilles, et une paire de chaussettes Anonymous Ism.

Tom s'immobilise un instant sur le seuil, analysant la scène, puis s'avance de quelques pas. C'est étrange. Le temps semble s'être arrêté. J'ignore ce que ça signifie, ce que les secondes veulent dire, à quoi mène ce compte à rebours. Je sens l'atmosphère de la pièce se charger de tension aussitôt, mais ne parviens pas vraiment à mettre le doigt sur la raison de ce basculement.

On dirait que nous faisons quelque chose de mal. Peut-être est-ce ce que pense BJ. Mais je perçois le même trouble chez Tom. Tétanisée, je le regarde fixement et, au bord de mon champ de vision, je vois BJ, bouche bée, comme s'il s'était fait surprendre les mains dans le caleçon ou je sais pas quoi. Il a l'air terriblement idiot.

Je bondis de mon lit à la vitesse de l'éclair, BJ aussi.

— Tom !

Je me jette sur lui. Il referme ses bras autour de moi, un peu hésitant. BJ s'active, fourrant ses chaussons Dezi Bear Ralph Lauren dans son sac polochon, attrape un sweat à capuche Celine qu'il n'enfile même pas.

— À plus, Parks.

Faisant de son mieux pour se retenir de sourire, il passe près de Tom, joint les mains et s'incline bizarrement, comme pour lui dire « merci ».

— À la prochaine, mon pote, lance-t-il en quittant la pièce.

Tom le regarde partir sans un mot. Puis il laisse s'écouler quelques secondes en me dévisageant. Ce sont des secondes plus longues que la normale, et j'ai l'impression d'être une gamine convoquée dans le bureau du directeur.

Tom ferme la porte, prend quelques inspirations. Ses yeux sont braqués droit devant lui, mais c'est moi qu'il regarde.

— Tu as couché avec lui ?

— Non… enfin j'ai *dormi* avec lui, quoi, concédé-je.

Mes soudaines préoccupations sémantiques n'ont pas l'air de l'émouvoir.

— Est-ce que tu as eu des rapports sexuels avec lui ?

— Non !

Je secoue vivement la tête.

Il me décoche un regard appuyé. Il ne me croit pas. Ce qui n'est pas vraiment étonnant. BJ était torse nu. Moi en pyjama. Ah, je tiens mon prochain argument :

— Tu crois que je porterais *ça* si j'essayais de séduire quelqu'un ?

D'un geste, je désigne mon pyjama Gisele, le blanc imprimé de petits cœurs roses de chez Eberjey.

— Non. (Il lutte pour s'empêcher de sourire.) Mais je doute que tu aies besoin d'artifices. Tu pourrais t'envelopper dans un rideau de douche, il te désirerait quand même.

Est-il jaloux ? Ça m'en a tout l'air… Je crois remarquer que l'arête du nez de Tom England rosit quand il est jaloux. C'est assez mignon.

— Il ne s'est rien passé, répété-je.

Il plisse les yeux et hausse les épaules, feignant l'indifférence.

— Écoute, si c'est le cas, ce n'est pas grave, parce que toi et moi… nous… tu sais…

Je n'aime pas le voir s'agiter comme ça. Ma poitrine se serre aussitôt.

— Nous n'avons rien fait. (Je pose ma main sur son bras dans l'espoir de l'apaiser.) Je te le promets.

— Alors que faisait-il dans ton lit ?

Je fronce les sourcils.

— Il est toujours dans mon lit.

— Quoi ?

— Il dort souvent dans mon lit. Mais il ne fait qu'y dormir, c'est tout !

— Vous dormez tout le temps ensemble dans ton lit, mais vous ne couchez pas ensemble ?

— Voilà.

— Tu te couches avec lui tout le temps, mais vous ne couchez pas ensemble ?

— Exact.

— C'est complètement tordu.

Je recule, offensée.

— Je te demande pardon ?

Il rit.

— C'est… vraiment, vraiment tordu, putain !

— Absolument pas.

J'ai chaud aux joues, mais je suis contente qu'il rie. Pas question que Tom England se sente triste en ma compagnie.

Il me lance un regard aussi amusé que perplexe.

— C'est bizarre, dit-il en secouant la tête. Tu es bizarre. C'est vraiment chelou de faire ça…

— Oh, très bien, d'accord… (Je lève les yeux au ciel.) Comme si tu étais tellement parfait, tu es comme ce… tu as ce… tu es juste tellement… avec ton… (Merde.) C'est ta coiffure qui est cheloue.

Il se passe les mains dans les cheveux, un petit sourire en coin flottant sur ses lèvres. Très arrogant. Très sexy. Tom se laisse tomber en arrière sur mon lit et se met à contempler le plafond. Je m'allonge sur le flanc pour pouvoir le regarder. Il tourne la tête vers moi et redevient sérieux.

— Je refuse de passer pour un imbécile, déclare-t-il. Ne me ridiculise pas, d'accord ?

— Nous sommes dans une fausse relation pour camoufler mes sentiments envers mon ex. Nous sommes *déjà* ridicules.

Son nez fait de nouveau ce truc. De quand il est jaloux.

— Arrange-toi juste pour que personne ne te voie te comporter stupidement avec lui.

Là-dessus, il roule vers moi, m'embrasse sur la joue, m'ébouriffe les cheveux et s'en va.

Il m'ébouriffe les cheveux !

Comme si j'étais un putain de caniche !

Je le regarde disparaître – outrée, mais aussi vaguement excitée.

Je vais suggérer ça à ma mère pour le nom de son prochain parfum.

15:32

BJ

On se voit ce soir ?

Ouais.

Ça va ?

Ouais !

La météo ? Pas terrible ?

Ciel dégagé, Parks.

Promis ?

Je te retrouve avec Tom tout à l'heure.

♥

23

BJ

Le gala de l'exposition florale du RHS Chelsea est probablement l'événement de floriculture le plus ridiculement ostentatoire de la planète. La famille royale y assiste, ainsi que des célébrités et des gens comme nous... Le billet d'entrée doit coûter dans les 800 livres – pas grand-chose en soi, mais ça fait un peu mal de raquer 800 balles pour regarder l'amour de ma vie flâner dans ce putain de jardin avec un autre putain de mec. Taura m'a demandé d'être son date, mais j'ai refusé. Je suis déjà un peu dans la mouise avec Parks, ce serait pousser le bouchon un peu loin. En plus, c'est l'événement de la saison qu'elle préfère, et je ne veux pas le lui gâcher.

Que j'y assiste en compagnie de Taura ne devrait pas l'affecter, parce que ce n'est pas avec elle que je l'ai trompée, même si elle est persuadée du contraire. De toute façon, il n'y a rien entre moi et Sax. Pas depuis plusieurs mois.

De toute évidence, elle se tape Jonah, et il m'a semblé surprendre une drôle de petite étincelle entre Hen et elle, l'autre jour. Affaire à suivre.

J'arrive tard. Parks plus tard encore, au bras de Tom. Celui-ci paraît chaque seconde plus à l'aise quand il la tient, et je me demande – vague de panique – s'ils ont fait l'amour.

Le fait que Magnolia n'ait couché avec personne d'autre que moi est autant un soulagement qu'un cauchemar. Un soulagement parce que, d'une certaine façon, j'ai ainsi l'impression qu'elle m'appartient toujours. Plus qu'à n'importe qui d'autre, en tout cas. Et un cauchemar parce qu'elle est magnifique. En robe de soirée ou en pyjama, peu importe. Pour moi, c'est pareil. Je vois ses yeux chaque fois que je ferme les miens.

Elle porte une robe qui ressemble à une aquarelle, vert, rose et lilas – elle l'a fait exprès, elle est absolument parfaite, putain. J'ai soudain l'étrange pressentiment qu'elle va me foutre le cœur en l'air ce soir, ou quelque chose du genre.

Elle croise mon regard depuis l'autre bout de la salle.

« Salut », articule-t-elle.

Je lui réponds par un petit sourire, et elle détourne les yeux, ses joues rosissant légèrement. Savoir que j'ai encore cet effet sur elle m'apaise un bref instant. D'un seul regard, je peux embraser son corps. Je reste où je suis, parce que je sais qu'elle viendra à moi. Des aimants. C'est ce que disent les potes à notre sujet. Parfois du même pôle, parfois de force opposée, mais nous nous faisons toujours bouger mutuellement. Nous repoussant, nous attirant. Vous auriez dû entendre Jonah le jour où il a trouvé cette métaphore, on aurait cru qu'il avait remporté un putain de Pulitzer.

Elle marche lentement vers moi en donnant l'impression que c'est Tom qui dirige leur trajectoire, mais je sais bien que non. Personne ne maîtrise une salle bondée comme Magnolia Parks. Ce qui est à la fois amusant et agaçant, car elle ne s'en rend même pas compte. Quand nous étions ensemble, je me fichais que tous les regards soient braqués sur elle, parce que ses yeux à elle étaient toujours fixés sur moi. Mais, depuis notre rupture, l'observer en société est un supplice, parce qu'elle n'a pas la moindre idée de la fascination qu'elle suscite chez les gens. Parks stresse dès qu'elle me voit discuter avec des vieilles dames, des serveuses et des inconnues dans des bars, mais moi, contrairement à elle, j'ai conscience de l'effet que je produis.

Je me rappelle une de nos virées en voiture, il y a quelques mois. Nous étions assis dans un petit café dans un de ces bourgs de province, quelque part loin de Londres, et tout le monde l'observait. Elle, elle parcourait le menu sans se douter de rien, jusqu'à ce qu'elle remarque l'expression de mon visage – mi-terrifiée, mi-amusée (non pas que les habitants de Rye m'aient paru effrayants).

— Quoi ? m'a-t-elle demandé en clignant des yeux.

— Tout le monde te regarde, lui ai-je répondu avec un sourire furtif.

— Oui, bon. (Elle s'est redressée un peu.) Je porte du Chanel vintage : ce manteau pied-de-poule bordé de fourrure date de 1977.

— Ouais, ai-je ricané dans ma bière. De toute évidence, c'est ça qui les fascine.

— BJ.

Elle me sourit, incline la tête, bat copieusement des cils.

— Parks.

Je l'embrasse sur la joue, aussi près de sa bouche que je peux sans outrepasser aucune limite, et elle lève les yeux au ciel en signe de protestation silencieuse – feinte, évidemment.

— Ballentine… (Tom pose les mains sur mes épaules, un large sourire aux lèvres.) Tu as l'air en forme, mon grand.

Il me saisit le menton, faussement taquin, car c'est évidemment une démonstration de force, et ça me fout un sacré coup : si n'importe qui d'autre m'avait fait ça, je lui aurais pété la gueule sur-le-champ. Mais Tom England ? Je ne sais pas. J'ignore comment ce putain d'abruti aux airs de pirate mâtiné de dieu grec arrive à me faire sentir à la fois comme le mec le plus important du monde et un petit con de cinq ans. Connard.

— Ton costume est ouf, me dit-il, et je vois bien qu'il le pense, littéralement.

Juste pour remuer le couteau dans la plaie.

Parks m'examine une seconde.

— Tom Ford. Veste de smoking ajustée en laine stretch et revers de satin.

Le regard de Tom va et vient entre elle et moi.

— C'est toi qui la lui as achetée ?

Elle cueille une coupe de champagne sur le plateau d'un serveur debout près de nous et en prend une gorgée d'un air blasé.

— Non.

Je fais de mon mieux pour dissimuler mon amusement, puis j'explique :

— C'est son truc. Depuis toujours.

Tom la dévisage, ébahi.

— Tu… arrives à savoir… exactement ce que les gens portent ?

— Oui.

— Alors vas-y : qu'est-ce que je porte ? demande-t-il.

Elle l'étudie quelques instants.

— Veste de smoking ajustée en velours de coton fauve à revers gros-grain, avec un… (elle plisse les yeux, le fait tourner sur lui-même) chino à pinces en sergé de coton Prada. (Elle pointe du doigt ses chaussures.) John Lobb, richelieus en cuir, le modèle Becketts avec semelles Prestige.

Tom lâche un petit rire et désigne une femme qui passe près de nous dans une robe longue noire couverte de paillettes et aux épaules bizarres.

— Et elle ?

— Alex Perry, robe de soirée Houston en velours pailleté.

— Elle ?

Il désigne une fille en robe noire sans bretelles ni manches. Pois dorés.

— Robe midi bustier à ruché avec tulle et pois dorés Marchesa Notte. (Celle-ci, elle l'a à peine regardée.) J'ai la même.

Tom montre ensuite une dame à l'autre extrémité de la salle. Elle porte une sorte de kimono étrange couvert de créatures des bois ou je ne sais quelle merde.

Parks plisse à nouveau les yeux.

— Lanvin, robe midi asymétrique en soie imprimée effilochée.

Tom s'esclaffe.

— Parks est une sorte de… Rain Man des fringues ?

— À ce propos… (Le regard de Magnolia passe de lui à moi.) Que pensons-nous de Taura Sax en robe de soirée midi à l'appliqué floral Marchesa Notte au gala Chelsea ? Pas très subtil, si ?

Je tourne la tête et j'examine la robe. Je la trouve plutôt jolie. Taura, nous surprenant tous les trois en train de la regarder fixement, nous adresse un geste hésitant de la main, visiblement mal à l'aise, et je ressens une pointe de culpabilité. Je la salue d'un signe de tête. Elle s'est toujours efforcée de se montrer amicale envers Parks, mais celle-ci est incapable de dépasser l'idée qu'elle m'a vu nu. C'est compréhensible, j'imagine.

— J'aime bien, dis-je en haussant les épaules.

Parks lève les yeux au ciel.

— Évidemment. Mais, sérieux ? Qu'est-ce qu'elle mettra pour Noël ? Des carreaux écossais et du tartan ?

Je lui lance un regard appuyé.

— Tu as porté un motif à carreaux à Noël, l'année dernière… et du tartan au réveillon du jour de l'An… Tu avais qualifié tes tenues d'« inspirées ».

Elle pivote vers moi, la mâchoire légèrement pendante, les yeux comme des fentes.

— T'es qui ? Un expert de la mode spécialisé en saison des fêtes ? Va te faire foutre.

Elle attrape la main de Tom et l'entraîne.

— À plus, mec.

Il m'adresse un sourire amusé, et quelque chose dans son expression me transperce jusqu'à l'os. Il devine qu'elle se comporte comme une petite emmerdeuse. Il la comprend.

Elle est furieuse que j'aie défendu Taura.

Je n'aurais sans doute pas dû, ça n'en valait probablement pas la peine.

J'en paierai plus tard le prix avec Parks, mais Taura et moi sommes amis, maintenant. Je ne pouvais pas la laisser ainsi sans défense. Henry me repère et marche vers moi, l'air vénère, en compagnie de Taura.

— Vous parliez de moi ? s'enquiert-elle.

— Quoi ? (Je fais mine de ne pas saisir.) Non, Parks était en train de dire qu'elle aimait beaucoup ta robe.

— Ouais, bien sûr, grogne Hen.

Taura lui donne une tape sur le bras.

— Ça va ? me demande-t-elle en faisant un mouvement de tête vers Parks.

— Ouais, me moqué-je. Pourquoi ça n'irait pas ?

— Parce que Parks va probablement se faire prendre dans la position de la brouette dans quelques heures par le milliardaire le plus sexy du monde ?

— Henry ! proteste Taura.

Je fusille mon frère du regard. Plus blessé que je ne le voudrais, plus en colère, aussi. Je souffle bruyamment, contrarié. Puis je tourne les talons et me dirige droit vers le bar.

Si quelqu'un d'autre que lui parlait de Parks comme ça, j'en ferais une serpillière, putain. Mais Henry se le permet parce qu'il l'aime et qu'ils sont comme frère et sœur. De plus, il adore m'emmerder, et rien ne me fait plus chier que me faire rappeler que Parks ne m'appartient plus.

Henry ne m'a jamais pardonné ce que j'ai fait. Sa colère remonte de temps en temps à la surface, se manifestant sous des formes bizarres. Des commentaires passifs-agressifs, des remarques agressives-agressives, des images de mon pire cauchemar imprimées dans mon esprit au cours d'une garden-party… ce genre de saloperies. Je commande un whisky, le vide d'un trait sur place, puis demande un Negroni. Jonah s'installe à côté de moi.

— Eh ! (Il me lance un regard prudent.) Ça va ? (Je bois une autre gorgée.) Il plaisante, c'est tout, mec… Parks n'est pas du tout assez souple pour la position de la brouette, elle est raide comme un piquet. (Je lui décoche un regard noir.) Qu'est-ce qui t'arrive ?

J'observe Parks à l'autre bout de la salle.

— Tu crois que je suis en train de la perdre ?

Jonah reste pensif un instant, comme s'il n'avait jamais envisagé cette possibilité. Et là, le pire se produit. Je le lis sur son visage : il se pose la même question que moi.

Parce qu'elle est ici avec Tom, avec ses parents – Andrew et Charlotte England, des gens agréables, des gens bien, des gens riches, des gens qui ont un fils qui ne s'est pas foutu de sa gueule ces trois dernières années. Et Parks est le genre de fille avec qui tous les parents rêvent de voir leur enfant faire sa vie – du miel sur un toast, et ils la dévorent.

Et je la regarde avec lui, tactile, détendue. Leurs yeux ne la lâchent pas, et c'est normal, parce qu'elle dégage une aura chaleureuse, qui vous pousse à vous rapprocher d'elle… mais ce sont les parents de Tom.

Qu'est-ce qu'elle fout avec eux ? Elle ne rencontre jamais les parents, d'habitude. Et, jusqu'à présent, tous les mecs avec qui elle est sortie, si elle les touchait, elle les touchait en me regardant ; si elle les étreignait, elle les étreignait avec les yeux accrochés aux miens. Mais là, elle a les mains sur son torse et elle lève le visage vers lui, et ils rient, et je crois qu'ils sont vraiment ensemble, parce qu'à aucun moment elle ne me cherche des yeux.

Alors, du bout de l'index, Tom incline son visage vers lui – il est tellement cool, bordel, je le déteste – et l'embrasse. Je ne les avais jamais vus s'embrasser. Bizarre, l'effet que ça me fait. Rien d'abord. Juste… rien… Et ensuite, c'est comme si quelqu'un m'avait tranché le bras avec une putain de machette. Rien, et ensuite le chaos. Du sang qui gicle partout, et j'agonise sur un lit de pivoines pendant que l'amour de ma vie embrasse un homme qui n'est pas moi, et qui probablement, enfin, la mérite vraiment. À un moment, l'impression de me vider de mon sang commence à devenir trop réelle. Vous savez, cette sonnerie dans votre tête qui ressemble à une alarme signalant : « Ça ne va pas » ? Elle se déclenche en ce moment même : ça ne va pas. C'est comme si je tombais dans un puits. Aucune aspérité à laquelle me retenir, pas de fond en vue, le cul dans l'estomac, l'estomac dans la gorge, le cœur dans la main d'une fille qui tient celle d'un autre… La sensation d'une chute interminable, ce qui, de toute façon, est un peu ce à quoi être amoureux d'elle ressemble, désormais.

J'agrippe le bras de Jo.

— Tu as de la coke ?

Jonah fronce les sourcils.

— Quoi ?

— Tu en as ?

— BJ… (Il suit mon regard, comprend, et devient nerveux.) Ce n'est pas une bonne idée… trop impulsif…

— Ouais.

— Tu lui as promis, me rappelle-t-il.

— Ouais… Mais ce ne sera pas la première fois que je romps une promesse que je lui avais faite, donc…

— Ouais, mais celle-là, c'est la seule qui aura de l'importance pour elle.

Il secoue le menton.

— Jo, regarde-la… (Elle a appuyé la tête sur l'épaule de Tom, ils posent pour une photo.) Elle est heureuse.

Et mon cœur est en train d'exploser juste sous mon nez.

Jonah me prend par le coude pour m'entraîner à l'écart.

— Juste… barrons-nous…

Je ne bouge pas.

— Tu en as ou pas ?

— Ouais, répond-il à contrecœur.

D'un geste, je désigne les toilettes. Je me mets en route, mon meilleur ami me suit en traînant les pieds. J'entre dans une cabine, et il y pénètre avec moi. Il me tend un sachet en poussant un gros soupir, les yeux pleins de reproches, mais ce soir, tout n'est que reproches, alors rien à foutre.

Je prends juste une ligne, c'est tout ce dont j'ai besoin pour apaiser la douleur. Jonah m'observe, me toise. Il désapprouve. Merde, quelle hypocrisie, monsieur le chef de gang et tout, mais c'est vrai qu'il n'a pas fait d'overdose, lui.

Il m'arrache mon verre des mains.

— L'alcool, c'est fini pour toi, ce soir.

Je hausse les épaules.

— Plus besoin.

Je me passe les doigts dans les cheveux, me sentant déjà mieux, et sors des toilettes. Je repère Vanna Ripley à l'autre bout de la salle. Cheveux coiffés en arrière, robe courte, yeux de chat. J'aime bien Vanna Ripley. Canon comme c'est pas permis. Comme actrice, elle est à chier, et elle le sait. Mais, du coup, elle se montre très perfectionniste au lit. Et elle m'apprécie plus que je ne le mérite. Je crois que nous sommes un peu amis, maintenant.

Mais je vais la baiser quand même.

01:05

BJ

Je n'ai pas eu l'occasion de te dire au revoir avant de partir…

Au revoir

?

Ça va ?

Tu avais l'air assez ivre, quand je suis partie.

Oua ca vz

Vraiment ?

Oyu
Oui

OK.

Eh Parsk commmt va tn pett ami

Tu fais quoi ?

Rein

Ca vaa

Tu veux bien décrocher ?

Sui avec qqqn

Moi aussi.

Pas c que jr voulas dire

Je sais ce que tu voulais dire.

Quest ce qu. Je voulais dire alrs ?

Arrête.

Tu ed f.Chée cntre moi ?

Tunes fâchée c ntre moi ?

Oui.

Mais appelle-moi quand tu seras chez toi.

J rentrenpas chze moi c. Soir

Super.

14:06

Parks

Merde.

Merde, merde.

Je suis désolé.

J'étais complètement bourré.

Clairement...

Je suis désolé.

Tu étais avec qui ?

Tu veux vraiment le savoir ?

Oui.

Vanna.

Ripley ?

Ouais.

OK.

Super.

Parks ?

Quoi ?

Désolé.

Tu as bu, c'est tout, hein ?

Hier soir ? C'était seulement de l'alcool ?

Quelques Negroni de trop...

OK.

Repose-toi ❤

24

Magnolia

Nous dînons avec sa famille, ce soir, mais Tom m'a prévenue qu'il ne pourrait pas passer me chercher. Apparemment, il n'a pas le temps de faire le trajet de chez lui à chez moi avant. Sur le moment et pendant une seconde, cela m'a un peu hérissée. Puis je me suis rappelé que : d'une, il n'est pas vraiment mon petit ami, et de deux, il est plus que probable que mon agacement a à voir avec le fait que BJ ait couché avec une nana vaguement célèbre, la semaine dernière – y penser me donne un peu envie de vomir.

Cette Vanna Ripley n'est pas aussi jolie que moi, mais c'est une super actrice et une vraie artiste au lit, d'après Christian, qui m'a fait un rapport bien plus détaillé que nécessaire.

Bref. Je prends une voiture pour me rendre au *Mandarin Oriental*. J'ai un peu l'impression de tromper BJ, parce que c'est « notre » hôtel. Je crois que ça le tuerait de savoir que j'y suis venue avec Tom – parce que, moi-même, je mourrais s'il y amenait une autre. Ce n'est pas moi qui ai suggéré l'endroit, cela dit. Heston Blumenthal est un ami de Charlotte et son chef cuisinier favori. Avec un peu de chance, je ne m'y ferai pas photographier, et BJ n'en saura rien.

Et puis, me rappelé-je, *BJ t'a vraiment trompée, lui.*

Pendant que tu étais coincée chez toi avec la grippe, l'amour de ta vie a eu, au cours d'une soirée dans son ancien appartement, un rapport sexuel avec pénétration dans une baignoire vide, avec quelqu'un qui sentait le musc, la fleur d'oranger et… la tubéreuse (je crois ?). Donc, si tu as envie d'aller à *Dinner by Heston*, restaurant de l'hôtel où tu as perdu ta virginité avec lui il y a presque sept ans, tu ne devrais pas culpabiliser. De fait, il a renoncé à ses droits sur le *Mandarin* le jour où il a renoncé à toi.

C'est le petit discours de motivation que je me sers tout en rejoignant la table de la famille England.

Je porte une tenue classique qui ne peut que plaire à des parents – un chemisier Miu Miu court à col Claudine, une jupe Prada évasée avec le logo métallique de la marque sur le côté et un cardigan Versace en cachemire, avec une encolure en V. Adorable, mais plutôt tradi.

J'ignore pourquoi je me sens si nerveuse. Ou pourquoi je me préoccupe de faire bonne impression. Et puis, ce n'est pas comme si je ne les avais jamais rencontrés – bien sûr que si, des centaines de fois depuis que je suis petite. Mais, à présent que je ne suis plus une enfant et que Tom England est mon faux petit ami avec de vrais parents, apparemment, je suis déterminée à les charmer avec mes yeux de diamant et mon affabilité.

En vérité, je n'avais même pas envisagé que Clara England puisse assister au dîner – terrible méprise de ma part. Ce n'est pas parce que son mari est mort qu'elle n'est plus une England. Simplement, j'avais un peu oublié qu'elle faisait partie de la famille. Elle a vingt-six ans, je crois. Imaginez… être veuve à vingt-six ans…

Ils étaient encore si jeunes quand ils se sont mariés, Sam et elle. Juste après le lycée, ce qui est assez inhabituel pour des personnes de notre rang social ; le bruit courait qu'elle était sûrement enceinte. Je ne crois pas que ç'ait été le cas. En tout cas, ils n'ont jamais eu d'enfants.

Tom se lève en me voyant arriver.

Blouson bomber Gucci en daim brun-roux, jean slim stretch fuselé Steady Eddie II de chez Nudie et Converse

Chuck Taylor All Star 70s en cuir noir. Il est magnifique, et je me demande quand cela me passera – ce cœur de collégienne qui se liquéfie chaque fois qu'il plonge son regard dans le mien. La première fois, j'avais sept ans et lui quinze : il m'avait tendu une serviette de table au cours d'une fête au château de Windsor. Voilà que ça me reprend alors qu'il n'a fait que me regarder en clignant des yeux.

Il recule sa chaise, marche vers moi, me prend le visage d'une main et m'embrasse un peu plus intensément que je ne le souhaiterais devant ses parents. Je veux qu'ils m'apprécient et me prennent au sérieux, même si, techniquement, ma relation avec leur fils est une vaste blague – il faut toujours faire bonne impression. Tom me saisit la main et me guide jusqu'à la table.

Bise anglaise polie de la part de ses parents, mais étreinte chaleureuse de Clara, que je ne pense pas mériter.

— Quel bonheur que tu aies pu te joindre à nous ! me dit-elle en souriant.

— Nous sommes tout simplement enchantés pour Tom et toi, Magnolia, m'annonce Charlotte.

— Oui, renchérit Andrew. C'est merveilleux. Nous ne l'avions pas vu aussi heureux depuis longtemps.

— Mais… si je puis me permettre…, intervient Clara en regardant Tom un bref instant avant de se tourner vers moi. Et je suis navrée si ma question est déplacée… (Elle adresse un regard furtif à Tom.) Je croyais que tu étais toujours en couple avec BJ Ballentine.

— Ah ! (Je secoue la tête et lâche un petit rire gêné.) Non… La confusion est fréquente. Cela dit, nous sommes toujours très proches.

Tom passe un bras autour de moi, et, pendant une seconde, c'est comme si un bouclier me protégeait des regards inquisiteurs de sa famille – la plupart des gens sont curieux quand il est question de BJ et moi. Notre relation est une vraie attraction… Mais ensuite je remarque l'expression de Tom, mâchoire contractée, front bas, ni tendre ni protecteur, et je me demande si ce n'est pas moi qui le protège d'un danger sans le savoir.

— Et dis-moi, s'enquiert Clara avec un sourire – qui s'adresse à Tom, pas à moi, contrairement à sa question. Comment vous êtes-vous rencontrés, Tom et toi ?

Tom la dévisage.

— Nous nous connaissons depuis des années.

Clara bat en retraite, baissant les yeux, et renonce à assouvir sa curiosité.

— Bien sûr, oui, j'ignorais simplement que vous vous fréquentiez.

Andrew hoche la tête.

— Nous ne le savions pas non plus, mais cela n'en reste pas moins une heureuse surprise.

Je lui décoche un sourire reconnaissant, leur raconte la fameuse soirée, omettant l'épisode BJ et la lap dance, changeant le décor du club pour un restaurant, plus convenable pour des parents.

Le bras de Tom est toujours autour de moi, mais il ne me regarde pas une seule fois.

— Et donc, tu es la rédactrice en chef de la rubrique « loisirs » de *Tatler* ? déclare Andrew, répondant à sa propre question.

— Exact.

— Comment as-tu obtenu ce poste ?

— Eh bien, j'ai beaucoup d'expérience en matière de loisirs, agrémentée... (j'esquisse un sourire malicieux) d'une touche de népotisme flagrant.

Il rit de bon cœur.

— Vas-tu me dire qu'Albert Read est ton parrain ?

Mon sourire s'élargit comme si ce qu'il venait de dire était un peu idiot.

— Juste un bon ami de ma mère. Elton John est mon parrain.

Voilà qui capte l'attention de mon faux petit ami. Enfin.

— Tu déconnes... Sérieusement ?

— Thomas, le réprimande sa mère.

— Elton John ?!

— Mmm-mmm.

— Le *vrai* Elton John ? clarifie Clara.

— Non, l'autre. (Je lève les yeux au ciel, sarcastique.) Oui, oui, le « vrai ».

Tom rit.

— Comment c'est possible ? Pourquoi ?

— Eh bien, en 1997, mon père travaillait avec George Martin – son protégé, en quelque sorte. Il mixait une nouvelle version de *Candle in the Wind*. Ma mère est tombée enceinte de moi, Elton était souvent là, et voilà.

— Est-il un parrain très présent ? demande Clara, fascinée, en se penchant au-dessus de la table.

— Oui, plutôt ! Il assiste à toutes mes fêtes d'anniversaire. Au cours desquelles il flirte outrageusement avec les garçons Ballentine…

— On ne peut pas vraiment le lui reprocher… Quel est le plus beau cadeau qu'il t'ait jamais fait ? s'enquiert Clara, le menton posé sur sa main.

— Pour mes dix-huit ans, il m'a acheté un château datant du XIIe siècle en Aquitaine. Mais, en y réfléchissant bien, pour mes vingt et un ans, il m'a offert un pendentif avec un diamant de dix carats que j'aime assez.

— Ooh ! J'aimerais beaucoup le voir un jour, dit Charlotte en me souriant.

Avant qu'on nous serve le repas, je m'excuse et m'esquive aux toilettes. Clara m'accompagne. J'ignore pourquoi les filles vont toujours aux toilettes ensemble. Pour ma part, je préfère m'y rendre seule. Vous ne trouvez pas qu'il est plus difficile de faire pipi quand quelqu'un peut vous entendre ?

Quand je ressors de la cabine, elle m'attend devant le lavabo, rafraîchissant son maquillage. Je me lave les mains, les sèche lentement. Gros malaise.

Ce n'est pas comme si j'allais me repoudrer le nez – je suis scrupuleusement une routine quotidienne en quinze étapes de soins de la peau : mon visage n'a presque aucun pore. Pourtant, je me plie au jeu et j'applique un peu de couleur sur mes lèvres – comme si elles n'étaient pas déjà naturellement de cette teinte.

Plongée dans ses pensées, Clara me regarde dans le miroir.

— Je suis navrée si j'ai été indiscrète, tout à l'heure, dit-elle enfin.

— Au sujet de BJ ?

Elle hoche la tête et hausse les épaules.

— Ce n'est rien.

Et c'est la vérité. Je suis toujours contente d'avoir une excuse pour parler de lui.

— Combien de temps êtes-vous restés ensemble ?

Je soupire malgré moi.

— Nous avons commencé à sortir ensemble quand j'avais quatorze ans. (Sa bouche esquisse un sourire triste.) J'ai vingt-deux ans, dis-je, anticipant sa question.

— C'est long.

— Mais, bien sûr, nous ne sommes plus ensemble…

— Bien sûr. Quand avez-vous rompu ?

— Il y a trois ans.

— Que s'est-il passé ?

Je fais la moue, surprise.

— Tu ne lis pas les journaux ?

Elle secoue la tête. Elle remonte un peu dans mon estime. Le « clic » de mon rouge à lèvres *Hourglass Confession Ultra Slim High Intensity* résonne dans la pièce.

— Il m'a trompée.

— Oh, merde. (Elle soupire.) Désolée…

Elle secoue de nouveau la tête en détournant les yeux, visiblement bouleversée. Il m'a semblé que ses yeux brillaient de larmes. Ai-je bien vu ?

— Est-ce que ça va ? lui demandé-je en l'observant prudemment.

Elle étouffe un petit rire.

— Je ne voulais pas être indiscrète… C'est juste que, tous les deux, vous m'avez toujours fait penser à Sam et moi.

Étrangement, cette confidence m'attendrit.

— Vraiment ?

Elle acquiesce.

— Tellement jeunes quand vous êtes tombés amoureux, toujours collés l'un à l'autre…

Je lis sur son visage combien il lui manque. Alors elle me regarde dans les yeux, l'air grave.

— Il y a pire que tromper, tu sais…

Je soutiens son regard.

— Comme mourir ?

— Par exemple. (Elle presse ses mains sur ses tempes.) Non, mais écoutez-moi donner des conseils non sollicités en matière de relations amoureuses à la pauvre petite amie du frère de Sam, après l'avoir acculée dans les toilettes d'un restaurant… Je perds les pédales.

— Non.

Je secoue la tête, mais en vérité, c'est surtout pour effacer de mon esprit l'image de BJ mourant.

J'ignore ce que je ferais. J'ignore à quoi ressemblerait le monde s'il n'y était plus.

Je sens ma poitrine se serrer. Si Sam England était son BJ et qu'il n'est plus là désormais, qu'il n'y a même pas un début d'espoir qu'un jour, peut-être, elle pourra se sentir mieux, qu'elle pourra trouver une solution quand il arrêtera de tout foutre en l'air et qu'elle aura la force de lui faire de nouveau confiance, eh bien, elle doit vraiment n'être plus qu'une coquille vide, le cœur complètement en miettes.

Nous rejoignons les autres à table. Je suis à peine assise que Tom m'embrasse de nouveau, et, encore une fois, il en fait trop.

Lorsqu'il s'écarte enfin, je remarque que Clara regarde sa bouche sur la mienne. Dans ses yeux brille une curieuse étincelle de jalousie que je doute qu'elle-même comprenne. Moi, perso, je donne ma langue au chat. Mon regard passe de Tom à Clara. Je perçois alors… une certaine tristesse. Peut-être que si j'étais dotée du pouvoir de voir l'invisible, je découvrirais une lourde chaîne les reliant l'un à l'autre. Mais ce n'est pas le cas.

En tout cas, je vois les yeux de Tom – qui enfin trouvent les miens. Et… eh bien, il n'a pas l'air d'un lapin pris dans les phares d'une voiture, plutôt d'un agneau coincé dans un buisson. J'ignore ce qui se passe exactement, mais je ne suis pas stupide. Il y a quelque chose entre eux. J'essaie de capter son regard, afin de lui donner l'occasion de rompre le fil de mes pensées. Je ne comprends pas pourquoi elles se bousculent ainsi, mais, pour être honnête, je me sens bizarre, tout d'un coup. Énervée ? Étrangement vulnérable, plutôt.

Puis nos plats arrivent.

Une fois l'addition payée, les parents England se lèvent, prêts à partir.

— Tu veux que je te ramène à Holland Park ? me propose Tom.

Je lui souris et hoche la tête, soulagée à la perspective de quelques minutes seul à seule avec lui.

— Oh ! soupire Clara. J'espérais que tu pourrais me déposer…

— Ah, dit Tom.

S'ensuit un silence pesant. Je l'observe, attendant qu'il réponde. Il soutient mon regard, et puis je comprends : il veut que je lui dise que je n'ai pas besoin de ses services. Il peut toujours courir.

— Je pourrais vous reconduire toutes les deux, suggère-t-il enfin. Holland Park n'est pas loin. Je n'aurai qu'à te déposer chez Rosie ensuite.

Clara acquiesce avec un petit sourire satisfait.

Je plisse les yeux.

— Non, en fait, ça ira. J'ai une voiture qui m'attend. J'avais oublié.

— Vraiment ? s'exclame Tom avec un peu trop d'enthousiasme.

— Oui, tu te souviens que tu n'es pas non plus venu me chercher ?

Il baisse les yeux d'un air coupable.

Je me tourne vers ses parents.

— Merci beaucoup pour ce dîner. J'ai passé une soirée très agréable.

Puis j'adresse à Clara un regard entendu :

— J'ai vécu pire.

Son visage se décompose. Tom se penche pour m'embrasser, mais je détourne la tête pour lui offrir ma joue.

— Je t'appelle, me dit-il.

Je lui lance un regard par-dessus mon épaule.

— Mmm.

Pourquoi tout ceci m'a fait de la peine, je l'ignore. C'est bien réel, pourtant… j'ai même les larmes aux yeux une fois dans la voiture.

Je monte directement dans ma chambre, évitant ma famille, ma sœur et Marsaili notamment, n'ayant aucune envie d'expliquer ce qui m'arrive – je ne le sais pas très bien moi-même, de toute façon. Je prends une douche, puis sors un sweat du tiroir de BJ – le Ralph Lauren à capuche avec l'ours sur le devant. Il est déjà un peu grand pour lui – moi, je nage dedans. Je sens son odeur, j'ai l'impression d'être dans ses bras. Ce soir, j'ai besoin de le sentir près de moi, parce que je ne comprends pas ce qui vient de se passer. Je déteste ne pas comprendre quelque chose. Heureusement, je peux presque toujours comprendre BJ.

Mon téléphone sonne. C'est Tom. Je ne réponds pas. Il sonne de nouveau.

23:53

Tom England

Décroche.

Non.

Je suis dehors.

Je regarde par la fenêtre de ma chambre. Debout près de sa voiture, les yeux levés vers moi, son portable collé à l'oreille, il me fait signe de le rejoindre.

Je lui articule de s'en aller, mais il gesticule avec insistance et continue de m'appeler.

Je me résigne et descends.

Chaussettes, sandales Gucci et le sweat-shirt de BJ – c'est tout ce que je porte. Je n'ai jamais eu l'air aussi négligée de ma vie. Je referme la porte d'entrée le plus silencieusement possible. Ma sœur n'est probablement pas loin, l'oreille dressée. Je crains qu'elle ne soupçonne déjà que Tom et moi soyons un faux couple, et je ne tiens pas à ce qu'elle en ait la confirmation.

Il tire sur la manche du sweat.

—Il est à toi ?

—Non.

—Alors il est là-haut ?

—Non. (Je fronce les sourcils, indignée.) Quoi ? Je n'ai pas le droit de le porter ?

C'est à son tour de se rembrunir.

—Bien sûr que si, c'est juste que...

—Ne me fais pas passer pour une idiote, le coupé-je. C'est ce que tu m'as dit la semaine dernière : ne me ridiculise pas. Et toi, tu m'emmènes dîner avec ta famille en omettant de me fournir une information cruciale.

— À savoir ?

Il y a une note de défi dans sa voix, mais il déglutit nerveusement.

— Toi aussi, tu cherches un refuge. (Il évite mon regard.) C'est la femme de ton frère…

— C'est compliqué…

— Sans blague ? Il est hors de question que je sois complice d'une petite guéguerre psychologique impliquant une veuve en deuil.

Il contracte la mâchoire et secoue la tête.

— Ce n'est pas ça… Ça n'a rien à voir.

— Et c'est quoi, alors ?

Je lève des yeux écarquillés et impatients vers lui. Livide, il prend une petite inspiration et expire par la bouche comme pour éteindre une bougie invisible.

— Je suis amoureux d'elle.

— Tom ! m'écrié-je. Elle est au courant ?

Il fait une drôle de grimace.

— Nous nous sommes embrassés.

— Tom !

Incroyable. Je le regarde comme s'il venait de m'avouer qu'il cache un atelier clandestin dans son sous-sol.

— Pas ce soir, précise-t-il, ce qui, je dois l'admettre, me soulage un peu – pourquoi ? C'était une semaine avant que toi et moi, nous… Tu sais. J'avais besoin de penser à autre chose.

La vache ! Moi, j'aurais bien besoin d'un martini. Je pousse un profond soupir et le regarde en plissant les yeux.

— Vous vous êtes embrassés, c'est tout ?

Son expression change. C'est la première fois que je le vois un peu effrayé.

— Ça ne peut pas aller plus loin.

Je hoche la tête, pensive, puis m'assieds sur une marche du perron et croise les bras.

— Comment est-ce arrivé ?

Il soupire.

— C'est compliqué.

— Eh bien, simplifie, rétorqué-je en lui jetant un regard noir.

— Je ne peux pas, refuse-t-il d'un ton suppliant. Tu as confiance en moi ?

— Non. Pas particulièrement.

C'est un mensonge. Je le sais aussitôt après l'avoir dit. Tom England est digne de confiance, et il a la mienne. Mais, j'ignore pourquoi, j'ai envie de le blesser.

J'ai réussi, je le lis sur ses traits.

— D'accord, lâche-t-il, évitant mon regard.

Je soupire, presse mes paumes sur mes orbites.

— Est-ce que tu veux qu'on… arrête ? demande-t-il.

Les mains toujours sur mon visage, je murmure :

— Non.

— Non ? répète-t-il, surpris.

Je le regarde.

— Non.

— Pourquoi ?

La vraie réponse à cette question est que je n'ai pas aimé l'expression entraperçue un instant plus tôt. Je n'aime pas voir Tom légèrement effrayé. Les petits soldats dans mon cœur se sont aussitôt mis au garde-à-vous. Mais, au lieu de ça, je dis :

— Parce que j'ai toujours besoin d'un endroit où me réfugier.

— Bien sûr. Mais… entre nous… ça va ?

Ses yeux cherchent les miens, et j'y décèle de l'inquiétude.

— Je pense que oui, maugréé-je en détournant le regard avec irritation, juste parce que j'aime avoir les hommes à ma botte.

Il s'assied sur la marche à côté de moi.

— Je t'offre une paire de chaussures demain ?

— Tu vas m'en acheter trois.

Il esquisse un sourire.

— OK.

— OK.

Je hoche la tête et me mets à contempler la rue.

Il m'imite, et nous restons ainsi un moment.

C'est agréable, ce silence, entre nous. Et je me sens en sécurité près de lui, ce qui me choque un peu, car jusqu'ici cela ne m'est arrivé qu'avec une seule personne. Et tandis que j'examine cette pensée et ce qu'elle pourrait signifier, Tom s'adosse à la marche derrière lui et lève les yeux. Sous le ciel d'encre de cette nuit, ses cheveux blonds rejetés en arrière semblent un peu plus foncés, mais, curieusement, ses iris paraissent plus clairs. Plus bleus et plus doux. Peut-être un peu comme s'il avait été libéré d'un poids.

Il tourne le regard vers moi un instant.

— Est-ce que tu as éprouvé de la jalousie ? Quand tu as appris que je l'avais embrassée ?

Je suis gênée qu'il s'en soit rendu compte, et bien contente qu'il fasse suffisamment sombre pour qu'il ne voie pas mes joues s'empourprer.

— Oui, réponds-je aux étoiles. Mais ne va pas t'imaginer des choses… Je suis très possessive et je déteste partager, c'est un fait assez connu.

Un petit rire lui échappe.

— C'est bon à savoir.

25

BJ

Parks a moins mal pris l'épisode Vanna que je ne l'aurais cru.

Je ne sais pas si c'est bon signe ou pas, mais j'étais bien content qu'elle me propose de l'accompagner pour essayer un nouvel hôtel sur lequel elle doit rédiger un article.

Un endroit qui vient d'ouvrir et dont je n'ai jamais entendu parler – *Farnham House* ? Vers la baie de St Ives, je crois. Elle s'est pointée sans prévenir. C'est pour ça que je ne laisse aucune fille dormir chez moi après le sexe. Parks a une clé, mais ne s'en sert jamais. Je pense que c'est parce qu'elle a peur de ce qu'elle pourrait découvrir de l'autre côté du battant. Ça me paraît assez justifié. Probablement plus prudent de sonner.

J'ai ouvert la porte. Je connais ce visage par cœur : quelque chose la préoccupait. Je ne sais pas quoi, je ne sais pas pourquoi. En tout cas, j'étais heureux que ce soit vers moi qu'elle se tourne à ce moment-là.

— Hé !

Je lui ai souri tout en me décalant pour la laisser entrer.

— Tu es dispo ? m'a-t-elle demandé. Ces prochains jours ?

Réponse : non. J'avais un shooting l'après-midi, et un rencard avec un mannequin américain le lendemain, mais il suffit de ce visage devant moi pour que mon emploi du temps soit soudain parfaitement vide. J'ai acquiescé.

— Je peux l'être.

— Ça te dit de m'emmener en Cornouailles ? Pour le travail.

J'ai incliné la tête, curieux.

— Tu ne veux pas que Tom t'emmène ?

— Non.

Nos regards se sont croisés, et j'ai eu l'impression qu'elle tendait la main vers moi, comme si elle me sentait loin. Mais j'étais juste là. En fait, ça a fait vibrer une corde sensible dans mon cerveau, parce que si la distance qu'elle a perçue entre nous ne venait pas de moi, c'est qu'elle venait d'elle.

— Je conduis ou tu conduis ?

— J'ai pris la Bentley Mulsanne, mais conduis, toi. Je préfère.

Je l'ai attirée à l'intérieur.

— Donne-moi cinq minutes, je vais préparer mon sac.

Elle me laisse donc le volant. J'adore rouler sur la M3 avec elle. Nous avons pris cette autoroute ensemble des milliers de fois. C'est comme un voyage vers ce que nous étions avant.

Sa famille possède une maison à Dartmouth qui occupe une place à part dans notre histoire. Nous y allons de temps en temps. Pas souvent. Mais de temps en temps.

Ces routes me ramènent à elle, à cette nuit-là, à tout ce qui s'est passé. Je pousse un gros soupir pour chasser ce souvenir. Elle se tourne vers moi, et je sais qu'elle sait. Elle prend mon téléphone sur mes genoux et met *I'll Be Seeing You*, puis laisse son regard se perdre au-delà du pare-brise. Elle sait. Elle sait tout de moi, et je sais toujours tout d'elle, et ce n'est probablement pas sain, au contraire, à vrai dire, parce que non seulement je n'arrive pas à tourner la page, mais en plus, même si je savais comment m'y prendre, je ne le ferais sans doute pas.

Parce que ses yeux, là maintenant, où je lis ses émotions à vif, sa tristesse – les mêmes que les miennes –, sont des ancres posées au fond de la mer de ce que nous sommes, avons été et serons, même si je n'ai pas la moindre idée de ce dont il s'agit.

Je me demande à quoi ressemble l'amour, pour les autres... Est-ce que, pour eux aussi, il se compose d'échanges muets et de millions de souvenirs qui vous foutent en l'air jusqu'au plus profond de votre être ?

Elle s'anime un peu quand nous traversons Plymouth. Il reste une heure et demie de route jusqu'à Toms Holidays, et je suis juste heureux de pouvoir passer tout ce temps avec elle.

Personne avec nous, pas d'oreilles ni de regards indiscrets, pas de petits copains – juste elle et moi, et des mains qui se frôlent et des yeux qui s'effleurent, nous reconnectant avec le bon vieux temps.

— J'ai vraiment plein d'idées de génie, m'annonce-t-elle soudain.

Je lui lance un regard.

— Tu es sûre ?

Elle grimace, indignée.

— Évidemment.

— OK. Alors vas-y, fais péter...

Elle se tourne vers moi, ses jambes brunes repliées sous elle, puis s'éclaircit la voix avant de laisser planer un silence, en mode reine du suspense.

— « Titanic : le parc aquatique ».

Je secoue la tête.

— C'est mort.

— Quoi ? (Elle fronce les sourcils, vexée comme un pou.) Pourquoi ?

Je lui jette un regard en coin et hausse les épaules.

— Ça manque peut-être un peu de tact ?

— Vis-à-vis de qui ? James Cameron ? Ne t'inquiète pas, c'est un ami...

— Tu déconnes !

— Bon, d'accord, concède-t-elle. Nous nous sommes retrouvés l'un à côté de l'autre lors d'un banquet officiel, jusqu'à ce qu'il demande à changer de place. Je ne pense pas que c'était à cause de moi. Il était assis pile sous un conduit d'aération. Tu imagines ? Placer James Cameron sous un putain de conduit d'aération ? Crois-moi, quelqu'un a perdu son boulot, ce soir-là !

Je fais de mon mieux pour me retenir d'éclater de rire. Elle n'aime pas que je me moque d'elle. Une compétence que j'ai mis des années à acquérir, et qui m'a probablement permis d'augmenter notablement mon espérance de vie. Je laisse passer quelques secondes avant de demander prudemment :

— Tu lui as parlé de ton idée de parc aquatique ?

Elle fronce de nouveau les sourcils.

— Oui, et alors ?

Je me mords l'intérieur de la joue.

— Il a changé de place à cause de toi.

Parks reste songeuse un moment.

— Tu crois qu'il va me piquer mon idée ?

— Non, aucun risque.

— Tu es sûr ? (Je hoche la tête.) Pourquoi ?

Je laisse échapper un petit rire qui ressemble à un soupir, sans commune mesure avec le bonheur que déconner avec elle me procure.

— Parce que ça reviendrait à imaginer un vol spatial sur le thème Apollo 1. Ou une balade en avion « Amelia Earhart ».

Elle me regarde fixement pendant un long moment, et, enfin, ça fait tilt.

— Oh, putain, BJ ! C'est du pur génie ! Quelle inspiration ! Un parc d'attractions sur le thème des catastrophes ! Nous serions riches !

Je ris franchement, maintenant.

— Nous sommes déjà riches.

— ... plus riches encore, précise-t-elle.

Nous arrivons à *Farnham House*.

Le bâtiment ressemble un peu à un château français. Vieilles pierres – du grès, peut-être ? –, toit en ardoise, grandes fenêtres.

— C’est joli.

Je la regarde tout en lançant les clés au voiturier avec un clin d’œil. Puis je désigne du menton une voiture qui m’est familière.

— On dirait celle de ton père.

Elle se tourne vers la Quattroporte GTS GranSport noire.

— HP1977 ? lit-elle, perplexe. Mais oui, c’est la sienne.

Je fronce légèrement les sourcils. Elle reprend :

— Tu sais quoi ? Il y a deux mois, il m’a demandé si je pouvais lui recommander un hôtel discret où travailler au calme avec un client. Je crois qu’il parlait de Post Malone.

— Ton père est ici avec Post Malone ? Vas-y, faut qu’on aille les voir !

Là, il me faut ouvrir une courte parenthèse afin d’expliquer un point important pour comprendre la suite : Parks et moi avons eu des enfances extrêmement différentes.

Ma mère est la meilleure : elle a eu cinq gosses sans même être catholique.

Elle adore les enfants et en a donc eu cinq – cette adorable folle. Elle a pleuré à chacun de nos départs en internat – mes parents nous ont envoyés en pension uniquement parce que c’est la tradition dans les familles comme la nôtre. Ma relation avec mon père est un peu plus compliquée. Il me trouve décevant – il estime que je fais n’importe quoi de ma vie, et peut-être qu’il a raison, je ne sais pas. Mais jamais je n’ai pensé qu’il ne m’aimait pas. Parks, par contre… Pendant toute leur enfance jalonnée de mille situations foireuses, Bridget et elle en sont venues à ressentir que leur existence n’était qu’une source de gêne pour eux.

Comme si leurs parents les avaient eues parce que c’était ce qu’on attendait d’eux, pas parce qu’ils les désiraient. Je ne crois pas qu’ils n’aiment pas leurs filles. Ils les aiment. J’ai vu sa mère se battre pour elle un jour – juste une fois, mais c’était une fois qui avait de l’importance. Quant à

Harley… Lorsque Parks et moi avons commencé à coucher ensemble, mon père était furieux. Un jour, il a débarqué chez les Parks. Je me suis planqué sous le lit de Magnolia, Marsaili nous a couverts, elle a menti – prétendu que j'étais chez Jonah. Harley n'a fait aucun commentaire à Parks, mais moi, il m'a pris à l'écart plus tard et il m'a dit : « Je te tuerais s'il le fallait. »

Mais disons que, de façon générale, ils s'en lavent les mains. Parks aurait parfaitement pu vendre de la cocaïne, pour ce qu'ils en savaient. Ces deux-là vivent dans une autre dimension. Ils ont merdé un nombre incalculable de fois et de mille manières : ils oubliaient leurs anniversaires, partaient sans elles passer Noël je ne sais où, disparaissaient plusieurs semaines, ne répondaient pas au téléphone – toutes ces conneries qu'accumulent les parents merdiques. Si vous posiez la question à Parks, elle vous répondrait que si elle fonctionne à peu près correctement (je crois que nous sommes tous d'accord pour dire que ça dépend des jours et des circonstances), c'est grâce à Marsaili.

Fermez la parenthèse.

Donc, nous pénétrons dans le vestibule et nous dirigeons vers la réception. C'est Parks qui s'occupe des formalités, pendant que je me retiens d'attraper par le col le connard debout derrière son comptoir, qui la mate comme si j'étais invisible. Elle, elle ne s'en rend pas compte. Elle ne s'en rend jamais compte. Je me rapproche d'elle, plus que si nous nous trouvions à Londres. Elle ne s'écarte pas – elle ne le fait jamais quand personne ne peut nous voir.

C'est pour ça que nous aimons les petites villes tranquilles d'Angleterre. Personne n'en a rien à foutre de nous, et je peux lui toucher la taille sans risquer que soit publiée une photo dans l'édition du *Sun* du lendemain, et poser mon menton sur sa tête pendant que le peigne-cul de l'accueil évite mon regard et drague ma meuf.

— Nous avons une suite avec deux lits doubles et une autre avec un king-size. Laquelle préférez-vous ?

Je lance à Peigne-Cul un regard perçant.

— À ton avis, mon pote ?

Il pince les lèvres et commence à pianoter sur son clavier.

— Les chambres ne seront pas prêtes avant une heure, annonce-t-il.

Je suis presque sûr qu'il s'agit d'une sorte de démonstration de pouvoir de la part de Peigne-Cul, qui doit chercher à repousser le moment de nos ébats, lesquels n'auront pas lieu, de toute façon.

Nous décidons d'attendre au bar.

Les mains sur ses épaules, je pousse Parks vers la porte. Elle rit, sourit, et puis, soudain, s'arrête net.

Je suis son regard vers l'autre extrémité de la salle.

Son père… et Marsaili ?

Elle fronce les sourcils.

— Voilà qui est curieux.

Elle ne pige pas. Ça ne lui vient même pas à l'esprit, parce qu'elle n'est pas comme ça, elle n'est pas programmée pour percevoir le côté obscur des émotions, et aussi parce qu'elle a placé Marsaili sur un piédestal toute sa vie en tant qu'unique adulte à ne jamais l'avoir déçue. Il faut absolument que je l'entraîne loin d'ici, que je l'empêche de comprendre ce qu'elle est sur le point de comprendre…

— Viens. (Je lui prends la main.) Nous devrions aller voir la chambre.

— Non. (Elle se libère.) Qu'est-ce qu'ils font ici ?

Elle a à peine posé la question qu'ils lui fournissent la réponse en se penchant par-dessus la table pour s'embrasser avec cette tendresse répugnante caractéristique des baisers de vieux.

La mâchoire de Parks tombe au sol.

— Parks… (Je lui saisis le poignet.) Allez, viens.

Elle se tourne vers moi, les yeux écarquillés de surprise et d'autre chose que je n'identifie pas. De la douleur, peut-être, mais en pire.

Je lui presse légèrement le bras.

— Vraiment, on ferait mieux d'y aller.

— Hors de question ! siffle-t-elle avant de faire volte-face et de marcher droit sur eux. Eh bien ! lance-t-elle en joignant les mains dans un claquement sonore. Qu'est-ce que nous avons là ?

— Merde ! s'exclame son père en se levant à contrecœur.

— Magnolia !

Marsaili se redresse d'un bond, livide.

Le regard de Parks passe de l'un à l'autre.

— Waouh…

— Ma chérie…, commence Harley.

Elle tend une main pour le faire taire.

— Je veux dire, vraiment… Waouh !

— Magnolia, souffle Marsaili en me jetant un regard désespéré, comme si j'allais lui lancer une bouée de sauvetage. Je peux t'expliquer…

— Ah oui ? Je t'en prie, je suis tout ouïe, dit Parks d'une voix mielleuse.

Harley secoue le menton et fait un pas en avant.

— Ma chérie, écoute…

Parks pivote vers lui en le désignant d'un geste.

— Toi… ça… d'accord. Peu importe. Après tout, tu te tapes les minettes de tes clips de rap depuis des années.

Il recule la tête, outré. Il est plutôt baraque, Harley. Un mètre quatre-vingt-dix, facile. Peut-être deux ou trois centimètres de moins que moi. Mais c'est un roc. Genre gladiateur. Je l'ai vu s'entraîner avec Dwayne Johnson, et il suivait le rythme. Parks doit mesurer un mètre soixante-quinze avec ses jambes de Bambi, sa grande bouche et ses yeux pleins de défi, et elle est incapable de faire profil bas lors d'un conflit avec cet homme.

Je me suis toujours demandé si je devrais un jour me battre contre lui. À présent, je me demande si ce jour est arrivé.

— Pardon ? gronde-t-il.

— Tu crois que je ne me suis pas rendu compte de ce que tu fabriquais avec cette fille au studio Britannia Row la fois où je suis entrée dans la cabine d'enregistrement ? J'avais treize ans. (Elle secoue la tête.) Ce genre de merde ne me surprend pas de ta part, Harley, mais toi ? (Elle pose sur Marsaili un regard de feu, et j'avoue que je ne peux pas m'empêcher d'adorer cette Parks transformée en petit dragon.) Toujours à monter sur tes grands chevaux quand il est question de moralité, à regarder tout le monde de haut et à débiter ces discours moralisateurs sur lui (elle me désigne du pouce), sa trahison, son comportement impardonnable. Pendant tout ce temps, tu te tapais mon père, un homme marié ?!

Le visage de Marsaili se décompose. Je pince les lèvres.

— Magnolia… (Harley vient se placer entre elles.) Ça suffit.

— Ça dure depuis combien de temps ? demande Parks en l'ignorant.

Son père lui adresse un regard légèrement menaçant, et je serre les poings.

— Six ans, répond rapidement Marsaili.

Là, c'est ma mâchoire qui menace de se décrocher.

— Six ans, répète Magnolia lentement.

Je perçois un changement dans l'air. Du choc et du sentiment de trahison, on passe à… je ne sais pas… Je scrute les yeux de Parks dont je connais toutes les couleurs, toutes les nuances, et je parierais sur… de la douleur ?

Elle a l'air trop triste pour qu'il ne s'agisse que de colère.

Mars et Parks se regardent fixement, quelque chose circule entre elles. Les yeux de Mars supplient, ceux de Parks sont pleins de dégoût. Elles ne se lâchent pas du regard. J'aimerais pouvoir saisir ce qu'elles se disent, parce que j'ai un peu l'impression que ça me concerne…

Magnolia pointe un doigt tremblant vers la femme qui l'a aimée toute sa vie, se tait pendant plusieurs secondes terribles, jusqu'à ce que, enfin, elle lâche :

— Ne t'avise plus jamais de m'adresser la parole.

Là-dessus, elle m'attrape par la main et m'entraîne vers la voiture.

26

BJ

Nous remontons en voiture et partons. Ensuite, nous nous contentons de rouler en silence pendant un moment. Je vois sa poitrine se soulever avec difficulté. Elle est au bord des larmes. Elles viendront, maintenant ou plus tard. Mon attention est partagée entre elle et la route, alors je n'arrive pas à savoir quand exactement, mais elle va pleurer, et je la réconforterai.

— Où veux-tu que je t'emmène, Parks ?

Elle tourne son regard vers moi, légèrement ahurie, et hausse les épaules.

— Nous ne sommes pas très loin de St Ives…, suggéré-je.

Elle hoche la tête, avant de se tourner de nouveau vers la vitre.

Nous atterrissons au *Carbis Bay and Spa Hotel*. Je nous loue la meilleure chambre disponible, puis l'y conduis. Combien de fois, depuis notre séparation, ai-je rêvé de prendre sa main dans la mienne et de l'entraîner dans une chambre d'hôtel ? Je ne sais pas. Un million, facile.

Mais son visage est comme broyé. Tout son être, en quelque sorte. Je crois qu'elle vient d'assister à la chute de son héroïne dans le brasier de l'enfer.

Comme je le disais, depuis que je la connais, Parks a toujours placé Mars sur un piédestal. Je ne m'en suis jamais formalisé parce que, quand nous étions plus jeunes, elle m'aimait comme un fils aussi. Mais l'étrangeté de ce qui vient de se passer me frappe, maintenant, tandis que je repense à son attitude envers moi : peut-être que ma trahison lui était insupportable, car cela lui faisait prendre conscience de ses propres actions ? Comme si elle se voyait dans un miroir ou un truc du genre.

Six ans.

Leur liaison a dû commencer quand Parks avait quinze ou seize ans, ce qui est vraiment dingue, parce que, franchement, à l'époque, Marsaili était parfaite. Les week-ends où nous revenions de l'internat, quand nous rentrions de soirée complètement bourrés, elle allait nous chercher et nous emmenait au McDo. Ma mère et elle s'étaient mises d'accord – elles croyaient que nous n'en savions rien –, mais la règle, c'était que personne ne nous posait de questions tant que nous rentrions sains et saufs. Ce qui voulait dire que nous appelions toujours l'une ou l'autre. Presque toujours, en tout cas.

Mars terminait souvent par me pourchasser autour du lit de Parks, armée d'une cuillère en bois – ça fait un mal de chien, ces machins. Maintenant que nous sommes adultes, en y repensant, nous avons fait pas mal de conneries, Parks et moi, quand nous étions gosses, et j'ai du mal à croire que nous ne nous soyons jamais pris un savon. Les parents de Magnolia s'en foutaient plus ou moins. Sa mère l'a emmenée chez le gynéco pour qu'elle prenne la pilule à peu près un mois après qu'on a commencé à sortir ensemble. Je n'en suis pas sûr, mais je ne crois pas que Parks était prévue au programme. C'est du moins ce que j'ai conclu d'allusions mises bout à bout durant toutes ces années. Dispensées au compte-gouttes au fil du temps et de conversations pourries qu'ils n'auraient pas dû avoir devant nous, mais comme ils étaient, disons, « émotionnellement négligents », j'imagine que ça leur a échappé.

Je me demande si sa mère est au courant. Et ce qu'il adviendra de Bushka.

Je fais asseoir Magnolia sur le lit et tire une chaise pour m'installer en face d'elle.

— De quoi as-tu besoin, Parks ? Je ferai tout ce que tu veux, putain !

Elle tend les bras et me touche les mains. Elle a une expression bizarre – un peu tiraillée ? Triste.

— Je suis tellement désolée, me dit-elle, et sa voix se brise légèrement.

J'ai l'impression que mon cœur bascule du haut d'une falaise, et je ne sais pas pourquoi.

— Pourquoi ?

— Pour rien... BJ ? Tu te souviens de la nuit où tu as fait une overdose ? C'était un accident, n'est-ce pas ?

— Quoi ? Oui, bien sûr. Qu'est-ce qui te fait penser... ? Bien sûr que c'était un accident.

Elle hoche la tête, l'air particulièrement vulnérable.

— Est-ce que c'était à cause de moi ?

Je soupire et lève les yeux vers le plafond. J'inspire et expire profondément plusieurs fois.

— Parks, peu de choses me concernant n'ont aucun rapport avec toi. (Je croise brièvement son regard, puis tourne de nouveau les yeux vers le plafond.) Mais je n'essayais pas de me suicider, si c'est ça ta question.

— OK. (Elle acquiesce, puis presse ses mains sur ses orbites.) J'ai besoin d'une douche.

Elle se redresse, fait quelques pas vers la salle de bains, puis s'arrête et me lance sans se retourner :

— Tu viens ?

Je me mets debout sans un mot et la suis. N'en faites pas tout un plat : ce n'est pas la première fois. Elle n'aime pas se retrouver seule dans une salle de bains. Elle appréhende de se retrouver seule avec ses pensées, trop bruyantes sous la douche.

Je m'assieds sur le bord de la baignoire, me plonge dans la contemplation de mes ongles – m'efforçant comme je peux de ne pas la regarder se déshabiller du coin de l'œil.

Mais je le fais quand même, et elle me surprend en train de la regarder. Nos yeux se rencontrent, et elle me dévisage, peut-être avec du désir, puis elle déglutit avec difficulté et se glisse dans la douche.

Les jointures de mes doigts deviennent blanches tandis que je serre mes genoux pour me calmer – pour refréner l'amour que j'éprouve pour elle et toutes les choses que ça me donne envie de lui faire.

L'eau se met à couler, et j'attends une minute avant de reprendre la parole.

— Tu prends tout ça plutôt mal.

— Et comment devrais-je le prendre ?

Je me lève et me rapproche de la douche.

— Je ne sais pas.

— Exactement, dit-elle, comme si ma réponse validait sa réaction.

— À quoi essaies-tu de ne pas penser, là-dedans ?

— Mmm ? marmonne-t-elle, mais je sais bien qu'elle m'a entendu.

La pièce est à présent remplie de vapeur, les fenêtres couvertes de condensation. Je m'y adosse.

— Qu'est-ce qui ne va pas, Parks ?

Je croise les bras sur ma poitrine. Elle se tient debout sous l'eau qui ruisselle sur son corps comme j'aimerais que mes mains le fassent.

— Elle m'a dit quelque chose, un jour.

— Et… ?

Elle tourne son visage vers moi, les yeux écarquillés et brillants de larmes.

— Je l'ai écoutée.

27

Magnolia

— Où est BJ ? demande Bridget en s'appuyant au chambranle de la porte de ma chambre avant d'entrer et de s'asseoir sur mon lit.

Je dois faire un effort monumental pour ne pas hurler de joie : elle porte une des tenues que j'ai disposées dans sa chambre. Cardigan en mohair rayé et pantalon de sport à chevrons (les deux de chez Marni), assortis d'une paire de claquettes à logo Isabel Marant. Tous les soirs, je lui laisse des propositions de tenues pour le lendemain – un boulot un peu ingrat, mais il faut bien que quelqu'un s'y colle, autrement j'aurais une sœur chaussée de Birkenstock – et pas l'édition spéciale en collaboration avec Proenza Schouler.

— Où est BJ ? répète-t-elle tandis que je jette un autre bikini dans ma valise Chelsea Garden Globe-Trotter.

— *Angler*. C'est l'anniversaire de mariage de ses parents.

— Tu n'y es pas allée ?

Je réponds à son froncement de sourcils par un regard lourd de sous-entendus.

— Ce ne serait pas super délicat vu la situation chez nous, tu ne crois pas ? De plus, Lily aurait passé la soirée à se tracasser. J'aurais gâché leur dîner.

Lily Ballentine vient d'être officiellement promue Adulte numéro un dans ma vie.

Ce que je lui ai écrit, ainsi que : « Désolée, Hamish. Tu es numéro deux », sur la carte que j'ai confiée à BJ à l'occasion de ce dîner auquel j'aurais dû me joindre – auquel il a essayé de me convaincre d'assister, puis auquel il a essayé de ne pas aller, parce que je cite : « Je veux être là pour toi, Parks. » C'est ce qu'il m'a dit. C'est ce qu'il m'a toujours répété.

— Je trouve que c'est une bonne idée, approuve Bridget.

Je lui jette un coup d'œil par-dessus mon épaule.

— Quoi ?

— Ça... (Elle désigne ma valise du menton.) Que tu partes. (Je me replonge dans mes préparatifs.) Tu vas où ?

— Monemvasia.

— Avec... ?

Je la regarde de nouveau. Je n'ai pas envie de répondre à cette question : elle sait parfaitement avec qui. Je choisis donc de plisser les yeux.

— Tu étais au courant ?

— J'avais des soupçons..., avoue-t-elle prudemment.

— Et tu ne m'as rien dit !

— Non, je sais, soupire-t-elle. J'avais le curieux pressentiment que tu ne le prendrais pas très bien.

Je l'observe tout en pliant pour la deuxième fois mon chemisier Miu Miu court à motifs de roses, guère concentrée sur ma tâche.

— Tu crois que maman s'en doute ?

— Je crois que maman fréquente depuis un an un Français canon en prévision de ce que je suppose être un divorce inévitable.

— Putain ! m'exclamé-je. Depuis quand tout le monde se moque de la fidélité, dans cette famille ?

Son expression s'adoucit.

— Personne ne s'en moque, Magnolia... C'est juste... C'est différent. Je ne crois pas qu'ils se soient jamais vraiment aimés.

— Alors pourquoi se sont-ils mariés ? demandé-je en haussant les sourcils.

Elle fait une petite moue et pointe son index vers moi. Je lève les yeux au ciel parce que ça ne peut pas être vrai. Elton me l'aurait dit.

On toque à ma porte. Je ne me tourne pas pour voir de qui il s'agit, parce que je le sais déjà, j'ai reconnu sa façon de frapper. Deux coups légers et rapides, portés seulement avec la jointure de l'index. Et elle n'attend jamais que je l'y autorise pour entrer.

— Puis-je te parler un instant, Magnolia ? demande Marsaili.

Je lui jette un regard totalement inexpressif.

— Non.

Elle porte une robe Valentino en crêpe de soie à pois et col cravate. Elle n'a jamais porté de robes Valentino avant. Je dirais même qu'elle se foutait pas mal des vêtements de marque, alors pourquoi s'y intéresse-t-elle maintenant ?

— Écoute, Magnolia…

— Je t'ai dit que je ne voulais plus jamais que tu m'adresses la parole, la coupé-je.

Une lueur légèrement amusée traverse son regard, et je la déteste encore plus en cet instant.

— Tu croyais vraiment que j'allais satisfaire cette ridicule exigence ?

Son insolence me fait rouler des yeux.

Pas étonnant qu'elle se croie tout permis, ces derniers temps, vu qu'elle se tape mon père.

— Voyons, Magnolia, reprend-elle en marchant vers moi. (Le cliquetis de ses escarpins sobres Gilda 60 de Gianvito Rossi en daim noir ne fait qu'accroître ma colère.) Tout ça semble avoir de moins en moins à voir avec ce qu'il se passe entre ton père et moi, et, j'ignore pourquoi, de plus en plus un tour personnel.

— Tu ignores pourquoi ? répété-je en clignant des yeux. Sérieux ?!

Elle prend une profonde inspiration, probablement pour se préparer à encaisser le choc qui vient, ce qui est sage, car j'ai l'impression que l'eau vient de se retirer du rivage de ma raison, comme cela se produit avant l'arrivée d'un tsunami.

— Tu savais, me lancé-je, un doigt pointé vers elle, quand j'avais vingt ans, que BJ et moi allions nous remettre ensemble, tu savais que c'était ce que je voulais, plus que tout au monde, et ça ne t'a pas empêchée de me dire qu'il était infidèle et négligent, et que jamais plus il ne fallait lui faire confiance et…

— Ne va pas me tenir pour responsable de décisions que tu as prises toute seule après avoir reçu des conseils…

— Toute seule ? Des conseils ? (Un petit soupir incrédule m'échappe.) Des conseils hypocrites, merdiques et manipulateurs venant de la personne en qui j'avais le plus confiance, qui m'a affirmé que le garçon que j'aime ne cesserait de me faire souffrir, que c'était tout ce dont il était capable vu qu'il m'avait trompée une fois, alors que, pendant tout ce temps, tu avais une liaison avec mon père…

— Magnolia…

— Il a failli mourir, chuchoté-je.

Je n'avais pas l'intention de le dire. Cela m'a échappé parce que maintenant je pense que c'est sa faute. Même si elle n'a aucune idée de ce qui s'est passé, c'est sa faute. À elle et ses conseils pourris qui m'ont fait croire que je ne pourrais plus jamais être avec lui, pas plus que je ne devais en avoir envie, si bien que j'ai commencé à sortir avec Reid du jour au lendemain, et que BJ a été tellement pris au dépourvu, que ça l'a tellement foutu en l'air qu'il… Eh bien, vous connaissez la suite… elle non, mais vous oui.

Le doute envahit le visage de Marsaili.

— Quoi ?

— Je te déteste, murmuré-je.

— Magnolia…

— Sors d'ici.

Je désigne la porte de ma chambre, dans l'encadrement de laquelle se tient Tom. Il toque avec appréhension. J'ai le temps de voir que Marsaili a les larmes aux yeux lorsque, enfin, elle déguerpit. Tom fait un pas de côté pour la laisser passer, puis tourne son regard attentif dans ma direction.

— Je viens d'apprendre les nouvelles.

— Les nouvelles ? répète Bridget. Alors c'est public ?

Tom marche vers moi.

— Tu te sens bien ?

Son visage est terriblement sérieux, et j'aurais préféré que Bridget ne soit pas là, car le fait qu'il reste « so british », les bras croisés, au lieu de m'étreindre et de m'embrasser doit carrément nous griller.

— Je suppose, réponds-je en haussant les épaules.

— Quand l'as-tu appris ?

— Hier.

— Tu ne m'as pas appelé…

Il me semble percevoir une nuance de surprise dans sa voix.

Je jette un coup d'œil hésitant à Bridget, espérant qu'elle nous laissera seuls, mais elle ne bouge pas.

Je pince les lèvres.

— J'étais avec BJ.

Il hoche la tête.

— Évidemment.

Je trouve sa réaction plutôt bizarre, compte tenu de ce que j'ai découvert la dernière fois que nous nous sommes vus – le fait qu'il soit amoureux de la veuve de son frère mort et tout ça.

Il désigne du menton la valise à moitié pleine sur mon lit.

— Tu pars quelque part ?

— Hum… Je me suis dit que j'allais disparaître quelque temps. Attendre que la presse se calme un peu, que la poussière retombe…

Il acquiesce.

— Suis-je invité, cette fois ?

Sa question me décontenance un instant.

— Bien sûr…

— Est-ce que BJ t'accompagne ?

Les yeux de Bridget passent de Tom à moi, comme si elle assistait à un match de tennis.

— Eh bien… (Je ramène une mèche de cheveux derrière mon oreille.) C'était son idée.

Tom fait une drôle de tête, quelque part entre l'amusement et la contrariété.

— Évidemment.

Je jette mon bikini Oséree aux couleurs complémentaires en stretch et lurex dans ma valise sans le quitter des yeux.

— Rien ne t'oblige à venir, si tu n'en as pas envie.

Il tique de nouveau.

— Tu préférerais que je ne vienne pas ?

— Non, dis-je, plus vite que prévu.

— Non ? Tu ne veux pas que je vienne ?

— Non. Euh, si. Je veux que tu viennes.

Bridget nous regarde, la tête inclinée sur le côté, fascinée.

— Eh bah !

Je lui lance un regard excédé.

— Je vais proposer à Gus de nous accompagner, annonce Tom. On prendra mon avion. Je piloterai.

Et juste au moment où je m'apprête à m'émerveiller des avantages d'avoir un faux petit ami pilote, un grand bruit retentit – une sorte de choc – puis tout se précipite. J'entends Harley Parks hurler mon prénom comme il ne l'a jamais fait, et, presque immédiatement après, mon père fait irruption dans ma chambre et écarte brutalement Tom de son chemin… Ses yeux sont fous. Il tient un téléphone contre son oreille, un autre dans sa main qu'il brandit vers moi, menaçant…

— C'est toi qui as divulgué l'info ? rugit-il en se plantant devant moi. C'était toi ?

Je le regarde en clignant des yeux, le visage impassible, quoique un peu effrayée intérieurement, car je ne l'ai jamais vu dans un tel état.

— Est-ce que c'est toi, putain ? vocifère-t-il encore plus fort.

Je n'aime pas du tout la façon dont il prononce le mot « putain ». Avec une colère horrible.

— Je ne sais pas de quoi tu parles, lui dis-je calmement.

Ses narines frémissent, et il secoue la tête.

— Si, tu le sais parfaitement.

Je lisse la jupe de ma minirobe Miu Miu en jacquard de soie à pois ornée de strass et adresse à mon père un sourire crispé.

— Je suis à peu près certaine de ne pas savoir de quoi il s'agit.

— C'est dans toute la presse, gronde-t-il.

— Tu veux parler de ton infidélité ? demandé-je d'une voix douce.

Il ne répond rien, serre les dents.

— Eh bien !

Je hausse délicatement les épaules.

Mon père s'approche de moi, les poings serrés.

— Magnolia, je te jure que si c'est toi qui as vendu la mèche, je...

— Vous quoi ? intervient Tom en venant se placer entre nous et en repoussant un peu mon père.

Honnêtement, Harley est assez imposant, mais Tom l'est davantage. Une lueur féroce brille dans ses yeux, sa mâchoire est contractée, et, à son expression, il est clair qu'il ne faut pas le chercher.

— Terminez votre phrase, le défie Tom avec un regard noir.

J'ignore ce que s'apprêtait à dire mon père. Il ne m'avait jamais menacée auparavant – mais il n'avait jamais été aussi furieux non plus, ne m'avait jamais regardée comme s'il avait envie de me frapper, encore moins me tuer, pas même la fois où j'ai sans le vouloir divulgué une chanson inédite de Kendrick Lamar en fond d'un reel Instagram.

— Tu sais chez qui tu es ? demande mon père en bombant le torse.

— Parfaitement, oui… Mais je pense pouvoir me servir de vous comme serpillière n'importe où.

— OK, champion, grogne Harley, ses lèvres s'étirant en un sourire mauvais. Tu veux tenter ta chance ?

— Pas particulièrement. (Tom secoue la tête tout en commençant à se retrousser les manches.) Mais, s'il le faut, je le ferai.

— OK.

Je trouve le rictus qu'affiche Harley à présent un peu trop sinistre, et l'angoisse qu'il éveille en moi me paralyse.

— Dérouiller un England ne me déplairait pas, ajoute mon père avant de bousculer Tom en arrière, c'est-à-dire vers moi.

Et là, effet domino : Tom me tombe dessus, je tombe sur ma table de chevet, et ma lampe tombe par terre.

Mon père a l'air d'avoir vu un fantôme. Tom, de vouloir tuer quelqu'un. Et ma main saigne, mais un peu seulement. La plaie n'est pas profonde.

— Magnolia, dit mon père d'une voix complètement différente tout à coup. Ma chérie, je…

Tom le repousse violemment.

— Ne vous avisez pas de faire un pas de plus, gronde-t-il avant de m'aider à me relever.

— Que se passe-t-il, ici ? s'exclame Marsaili en se précipitant dans ma chambre.

Bridget me tend un linge propre pour ma blessure.

Du menton, Tom désigne ma valise.

— T'es prête ?

Je hoche la tête, un peu étourdie.

Ma sœur me tend mon passeport, tombé avec ma table de nuit, puis m'embrasse sur la joue. Tom saisit la poignée de ma valise et la soulève comme s'il s'agissait d'une assiette en carton, bien qu'elle doive peser une trentaine de kilos, prend ma main intacte dans la sienne et m'entraîne vers la porte.

Nous sommes dans sa voiture. Une Range Rover SVAutobiography gris foncé. Il agrippe fortement le volant d'une main et se mordille distraitement l'index de l'autre. Puis il me regarde.

— Il s'est déjà comporté comme ça ?

— Non. Jamais. Où allons-nous ?

Tom observe fixement la route sans rien dire pendant quelques secondes. Son expression est tendue. S'il était un MacBook, la roue multicolore de la mort tournerait sur son visage.

— Où est BJ ?

— À l'anniversaire de mariage de ses parents.

— Où ça ?

Je fronce légèrement les sourcils, perplexe.

— *Angler.*

— Alors direction *Angler.*

20:32

Tom England

Nous sommes en route pour te rejoindre.

Quoi ?

Pourquoi ?

Tout va bien ?

Grosse dispute avec Harley.

Grave.

Oh, merde. OK.

Elle va bien ?

Angler, c'est ça ?

Ouais. South Place Hotel.

28

BJ

Je suis déjà sur le trottoir quand ils se garent. Toute cette histoire m'a un peu donné la nausée, même si j'ignore encore ce qui s'est passé exactement... Mais il y a eu une dispute, et je n'étais pas là. Content que Tom ait été présent, cela dit – en quelque sorte. Mais, en réalité, même ça, ça me fout les boules. Pourquoi était-il là et pas moi ? Je l'ai déposée chez elle il y a quelques heures à peine. Il s'est pointé direct ou quoi ?

Sa voiture s'arrête. Ce n'est pas une Bentley. Ni une Rolls, ni une Lambo, ni une Porsche. C'est une Range Rover, et l'humilité de ce type m'agace. C'est une SVAutobiography, c'est-à-dire une bagnole qui coûte 140 000 livres, mais qui ressemble à un modèle à 35 000. Il faut vraiment se la péter pour acheter une caisse en apparence banale qui vaut quatre fois le prix d'une auto normale.

Parks ouvre la portière passager, bondit sur le trottoir et court se réfugier dans mes bras. Je la serre contre moi, mes mains dans ses cheveux, et je presse ma bouche sur le haut de son crâne. Debout à côté de son véhicule, Tom England nous observe en sourcillant. Je ressens une pointe de culpabilité à son égard – j'aimerais lui dire que ce n'est pas personnel, que ce n'est pas sa faute, que nous sommes juste comme ça.

Je ne sais pas pourquoi il me l'a amenée.

Et là, je remarque le sang.

— Putain, qu'est-ce qui s'est passé ? m'exclamé-je en lui prenant la main.

— Rien… Ce n'est qu'une petite coupure.

— Qu'est-ce qui s'est passé ? répété-je plus fort, mon regard passant de Parks à Tom. C'est ton père qui t'a fait ça ?

J'examine sa main. Quelques pansements de suture devraient faire l'affaire, mais je la garde dans la mienne.

— C'était un accident, répond-elle en baissant les yeux.

Elle est capable de mentir pour m'empêcher de faire quelque chose de stupide. Je lance donc un regard interrogateur à Tom. Il hoche la tête et marche vers nous. Honnêtement ? Qu'il aille se faire foutre. Il m'énerve à être si cool, si maître de lui-même, à avoir amené sa petite amie à son ex au beau milieu d'une crise familiale sans péter un câble comme n'importe quel autre connard peu sûr de lui l'aurait fait, alors même que le visage de Parks est enfoui contre mon torse.

— Alors, il s'est passé quoi, mec ?

— Son père a débarqué dans sa chambre en criant… Furieux.

— Pourquoi ?

Tom hausse les épaules et esquisse une petite grimace.

— C'est aux infos.

Je me recule et baisse les yeux vers Parks.

— C'était toi ?

Elle ne dit rien, mais me fait ses yeux de Bambi… Donc oui, c'était elle. Ha ! L'enfer n'a pas de fureur qui égale celle d'une Magnolia Parks contrariée. Je lui pince légèrement le menton.

— Ah, ma petite Parks… Ça va ? demandé-je à Tom.

Il hausse les épaules avec nonchalance.

— Oui, oui… On s'est juste un peu bousculés.

Je hoche la tête et baisse de nouveau les yeux vers Parks.

— Il t'a dit quoi ?

— Il l'a menacée, plus ou moins, répond Tom.

— Non ! Harley ? Mais putain ! Eh ben, c'est pas plus mal qu'on se barre…

Elle recule d'un pas et me regarde.

— À propos… Tom vient avec nous.

— Oh, dis-je avant de me plaquer un sourire sur les lèvres – et je suis sûr de voir une lueur d'amusement dans le regard de Tom. Super. C'est… ouais. Cool.

— Nous pouvons prendre mon avion, propose-t-il.

Je hausse à mon tour les épaules.

— J'ai un avion, elle a un avion. Nous avons tous un avion…

— Oui. (Parks me jette un coup d'œil.) Mais il est le seul capable de le piloter lui-même.

— Alors parfait, conclus-je l'air de rien, maudissant intérieurement le putain de jour où je ne me suis pas moi-même inscrit en école de pilotage.

Je pourrais être pilote, si je le voulais.

Tom recule vers sa voiture.

— Nous décollons demain après-midi, nous lance ce connard de lèche-bottes. Farnborough.

Il pointe un doigt vers moi et me balance le truc le plus détestable qu'on m'ait jamais dit de ma vie :

— Prends soin d'elle.

29

Magnolia

Il faut moins de quatre heures pour faire le trajet depuis Londres jusqu'à Monemvasia, petite ville fortifiée sise sur une île proche de la côte est du Péloponnèse, en Grèce. N'étant reliée à la péninsule que par une chaussée surélevée, il n'y a bien sûr pas d'aéroport sur place, et le voyage depuis Athènes en voiture dure normalement six heures. Mais, par un concours de circonstances terriblement bienvenu, Tom est un England et un pilote, et je ne sais vraiment pas pourquoi je ne suis pas sortie avec lui plus tôt. Oh, attendez, mais si, je sais. Deux lettres, une bouche phénoménale, j'ai dormi dans son lit cette nuit et pleuré dans le creux de son cou toute la matinée…

Je dois dire que le fait que Tom me confie à lui hier soir a un peu désarçonné BJ. Moi aussi, pour être honnête. Le calme dont il a fait preuve, la rapidité avec laquelle il a pris ma défense, son courage face à mon père et la désinvolture qu'il a manifestée quand il m'a laissée avec BJ, estimant que c'était ce qui serait le mieux pour moi…

Je veux dire… Qui fait ça ?

Il faudrait que je sois complètement stone pour l'envoyer auprès de Clara, pour quelque raison que ce soit – et pourtant il n'est qu'un petit ami de façade. Mon refuge. Rien de plus. Nous servons simplement de planque à l'autre pendant que la tempête se déchaîne, jusqu'à ce que le danger soit passé.

La fin de notre fausse relation est proche, je crois – rien que d'y penser, j'ai la chair de poule. Je n'aime pas l'idée que nous ne fassions plus partie de la vie de l'autre. Il semblerait que, à force de faire semblant, nous soyons devenus assez proches.

Je crois que, pour moi, le danger s'éloigne – la tempête BJ. Si ç'en a jamais été une. On aurait plutôt dit qu'un présentateur ivre titubant sur le plateau d'un journal télévisé avait réussi à donner des prévisions météorologiques convaincantes bien que totalement inexactes, annonçant une terrible période de mousson fatale, encourageant chacun à se mettre à l'abri pendant un temps indéfini jusqu'à ce que le déluge cesse... mais qu'au final rien ne s'est produit.

Peut-être n'y avait-il pas d'ouragan BJ.

Peut-être que, tout ce temps, il m'a fait du mal parce que je lui en ai fait, et que, à partir de maintenant, ce sera différent, car je peux de nouveau lui faire confiance ?

Nous sommes tous réunis dans le vestibule du *Kinsterna*, un de mes hôtels préférés, soit dit en passant. Il s'agit d'un palais byzantin restauré construit à flanc de colline et cascadant vers la mer. J'y ai déjà séjourné avec ma sœur. C'est pour ça que BJ l'a choisi : il devait m'y accompagner, la dernière fois, mais je crois qu'il avait couché avec Taura ou quelque chose dans ce goût-là, si bien que j'avais emmené Bridget à la place. Nous formons une drôle de petite troupe, BJ, Tom, Paili, Henry, Gus, Perry, Christian et moi. Pas de Jonah, qu'un truc de boulot retient à Londres – avec un peu de chance du genre légal, mais personne ne peut en être sûr.

— Nous voudrions huit chambres, annonce BJ à la femme de la réception en fourrant ses mains dans les poches de son pantalon de jogging Bassike à motifs tie and dye Karamatsu.

— En fait, sept, mon vieux, corrige Tom.

— Oh ! dit BJ qui se tourne vers moi. Tu t'installes avec Paili ?

— Hum.

Je jette un coup d'œil à Tom, puis secoue la tête.

— Oh… Vous allez partager une chambre ?

Je pince les lèvres. Christian, qui observe la scène avec intérêt, semble beaucoup s'amuser.

— OK, marmonne BJ. Évidemment… Bien sûr… Vous êtes… ensemble. Deux grands lits ?

— Un king-size, ce sera parfait, répond Tom, l'air ravi.

La mâchoire de BJ se contracte.

— Un king-size, c'est bien. Ouais. Bien sûr. Les grands lits… trop… d'espace avec…

— Oh, putain ! (Henry le pousse et prend sa place devant le comptoir.) Sept chambres, s'il vous plaît. Et, si c'est possible, peut-être une boîte de Xanax dans la sienne ?

Pendant que Tom se charge de récupérer nos bagages, BJ s'approche de moi.

— Tu as couché avec lui ? finit-il par me demander d'un ton hésitant.

Je fronce les sourcils, secoue la tête.

— Tu parles de dormir ou d'avoir des rapports sexuels ? insiste-t-il.

Visiblement, c'est un point que j'ai souvent besoin de clarifier.

— Ni l'un ni l'autre.

Il acquiesce, pensif.

— Mais là, vous allez être tous les deux. Dans une chambre. Seuls.

— BJ…

— Et moi, je serai… dans une autre chambre. Dans un autre lit. Tu vas… dormir avec lui ?

Ses yeux brillent d'inquiétude.

— Je suppose ?

— OK. Ouais, c'est… OK.

— OK.

— La chambre est prête, m'informe Tom.

Je me tourne vers lui et hoche la tête.

— J'arrive.

Je peux lire les émotions à vif de BJ sur son visage, comme dans un livre ouvert. J'ai envie de le rassurer, de tout arranger, mais j'ignore comment m'y prendre. Je pourrais me contenter de lui dire que ce n'est qu'une façade, mais tout à l'heure, quand BJ et moi sommes arrivés à l'aéroport de Farnborough et que Tom s'est précipité vers moi et m'a embrassée passionnément, j'ai commencé à me poser la question… Était-ce toujours le cas ?

Je m'éloigne de quelques pas avant de m'arrêter et de me retourner. BJ me fixe, les yeux ronds et tristes. Le genre d'expression qu'il ne réserve qu'à moi. Tom me regarde aussi, mais peu importe.

— Tu veux qu'on fasse quelque chose ensemble demain ? lancé-je à BJ.

Il cligne des yeux plusieurs fois.

— Hein ?

Je me rapproche, jusqu'à n'être plus qu'à quelques centimètres de lui, à peine.

— Tu veux qu'on fasse un truc ensemble demain ? Juste toi et moi ?

Il jette un regard vers Tom, puis pose de nouveau les yeux sur moi.

— Et England ?

— Ne te soucie donc pas de lui.

— D'accord. Qu'est-ce qu'on fait ? demande-t-il avec un sourire en coin.

— Oh, va te faire voir ! (Je lève les yeux au ciel, indignée : je viens pratiquement de lui proposer une sortie romantique, et il a l'audace de supposer que je vais en plus l'organiser ?) Dois-je sérieusement m'occuper de tout ? Trouve une idée toi-même.

Je l'entends rire en m'éloignant.

Tom m'attend.

— Ça va ? s'enquiert-il avec un sourire affectueux.

Je hoche la tête.

— Lui aussi ?

— Il s'est probablement déjà senti mieux, réponds-je avec une petite grimace.

— Le pauvre vieux.

— Je vais passer la journée avec lui, demain… Ça ne t'ennuie pas ?

C'est minuscule, presque imperceptible, mais je crois voir un éclair de jalousie traverser son visage. Il est là une seconde, a disparu la suivante.

Tom hausse les épaules avec indifférence.

— Bien sûr que non. Tu n'as même pas besoin de me consulter.

J'accueille sa remarque avec un sourire furtif aussi faux que forcé.

— Je sais ce que je suis pour toi, ajoute-t-il comme après réflexion.

Je plante mon regard dans le sien.

— Et moi ce que je suis pour toi.

— Exact.

— Exact.

— Nous deux, c'est terminé, non ? me demande Tom après m'avoir dévisagée un moment.

— Peut-être. Je ne sais pas, soufflé-je, évasive.

Curieusement, je ne me sens pas prête à prendre une telle décision. Je dois probablement avoir peur de me retrouver seule de nouveau.

L'expression de Tom est difficile à déchiffrer, ses émotions indiscernables. Ce que je trouve très frustrant chez lui. Je ne me suis jamais préoccupée de savoir ce que ressentaient les hommes que j'ai fréquentés jusqu'ici, à part BJ et Christian, mais, avec eux, c'était facile puisque nous nous connaissions depuis toujours. Avec Tom, que je souhaite désespérément comprendre, dont je brûle de sonder l'esprit et de savoir ce qu'il pense réellement de moi, j'ai l'impression de regarder un film dont les acteurs ont un accent irlandais à couper au couteau, sous-titré en espagnol.

Je devine qu'il est contrarié, à en juger par ses mouvements de sourcils, mais ne peux guère en dire plus.

— Comment ça, tu ne sais pas ? Vous allez vous remettre ensemble.

— Ah bon ?

Le pli sur son front se creuse.

— Non ?

— Je…

Je me contente de hausser les épaules.

— C'est ce que tu voudrais, insiste-t-il.

— Je suppose.

— Bien.

— Bien.

Pourtant… je n'en suis plus si sûre.

30

BJ

Elle m'a proposé de nous voir demain. C'est un date, non ? Devant Tom… J'ai vraiment cru que j'allais dégueuler quand England a demandé une chambre, avec un seul lit – et voilà que, deux minutes plus tard, elle me propose un putain de rencard ?

J'ai passé l'après-midi à tout planifier avec Henry, qui souffre depuis trop longtemps des hauts et des bas de notre histoire.

— Prêt à voir cette saga se terminer, a-t-il dit pour justifier son investissement personnel dans les préparatifs.

En fait, je crois que, tout simplement, il nous aime. Il m'aime, il l'aime – aimait qu'on soit ensemble, comme le reste de ma famille. Je suis moins paumé quand je suis avec elle. Plus stable. Bizarre, je sais, vu qu'elle est la personne la plus changeante de tout le putain de Commonwealth, mais elle a cet inexplicable effet sur moi.

Nous descendons au restaurant pour dîner – je préférerais sortir grignoter un morceau ailleurs, mais Parks adore les restaurants d'hôtel, et, en vacances, elle se montre particulièrement autoritaire.

Capitaine des activités autodésignée, Capitaine de la gastronomie autodésignée (ses mots, pas les miens) et, de façon générale, Sa Majesté des vacances (mes mots, pas les siens).

Elle est déjà en bas avec Tom quand Hen et moi arrivons. Table ronde. Je m'assieds à côté d'elle, fais de mon mieux pour ne pas lorgner son ventre, que la brassière Dolce & Gabbana qu'elle porte laisse entrevoir, un vêtement acheté par mes soins et rien que pour mes beaux yeux. Le reste de la bande arrive au compte-gouttes, Perry en bon dernier, parce qu'il est toujours en retard partout, surtout quand il a une raison de faire une entrée remarquée–en l'occurrence ce soir la cause, c'est Gus Waterhouse. Qui est absolument génial, soit dit en passant. Nous sommes pendus à ses lèvres toute la soirée. Ses histoires sont hilarantes, et il adore son boulot. À l'entendre, Harley est complètement dément. J'ai toujours envie de le tuer pour ce qu'il a fait à Parks, mais les anecdotes sur lui sont à pleurer de rire.

—Je n'arrive pas à croire ce scandale avec ton père, Parks, finit par dire Gus.

—Vraiment ? Ça te surprend ? Tu te rappelles la fois où toi et moi sommes allés déjeuner pendant qu'il restait au studio pour une « réunion », et que, en revenant, nous avons croisé cette très mauvaise actrice qui sortait du bâtiment, son rouge à lèvres tout étalé ?

—Non, ça, bien sûr. Ce que je n'arrive pas à croire, c'est qu'il ait été assez imprudent pour se faire choper en public avec ta nounou…

—S'est-il fait choper ? demandé-je. Ou a-t-il été vendu par une fille vengeresse ? Difficile à déterminer.

Parks me lance un regard.

Tom se tourne vers elle.

—Pourquoi as-tu une nounou ?

Elle le dévisage, perplexe.

—Mmm ?

Il hausse les épaules.

—C'est juste que… tu as vingt-trois ans.

Bien vu, Tom. Question plus que valide. Je me la suis posée des millions de fois au fil des années. Pourquoi Parks avait-elle besoin d'une nounou alors que nous passions la majeure partie de l'année en internat ? Pourquoi Parks avait-elle besoin d'une nounou après avoir fini le secondaire et alors que Bridget était elle-même en pension ? Pourquoi Parks avait-elle besoin d'une nounou qui ne cuisinait jamais, ne nettoyait rien, ne se chargeait d'aucune tâche domestique... à ce que nous sachions. Rétrospectivement, nous pouvons conclure que, en fait, une quantité non négligeable de besognes étaient... abattues, mais on pourrait débattre de leur valeur en termes de tenue d'une maison.

— J'ai vingt-deux ans, le corrige-t-elle, ce qui me soulage pendant une seconde, parce que, s'il se trompe sur son âge, c'est qu'elle ne l'intéresse pas tant que ça. Mais oui, voilà une question pertinente, Tommy. Pourquoi ai-je une nounou ?

— Eh bien, enfin... je crois que nous connaissons tous la réponse, à présent. (Henry fait une grimace.) Au mieux, elle est assez complexe.

— Oh, arrête ton char ! (Perry lève les yeux au ciel.) Elle ressemble à Kate Winslet. Ça n'a rien de surprenant. Je veux dire, cette femme se sape comme un sac, mais Jonah l'a gardée des années en bonne position dans sa galerie mentale spéciale branlette.

La mâchoire de Parks se décroche. Heureusement que Jonah n'est pas là, parce que ce que vient de dire Perry est la stricte vérité, et Jo en mourrait de honte, compte tenu des circonstances.

Paili croise les bras et se penche au-dessus de la table.

— Vous vous rappelez l'année dernière, à je ne sais quel cocktail organisé par ta mère... À un moment, nous sommes allées aux toilettes, et Marsaili est sortie de la cabine réservée aux handicapés, rouge comme une tomate...

— Mon Dieu ! s'écrie Parks en se couvrant la bouche des mains.

Paili poursuit :

— Tu as même dit : « Tu as vu sa tête ? On dirait qu'elle vient d'avoir un orgasme ! » Pendant ce temps, ta mère papillonnait en demandant à tout le monde où était ton père. Je parie qu'ils étaient en train de baiser aux chiottes.

Je m'étrangle en retenant un éclat de rire.

Henry me jette un coup d'œil.

— Tu peux parler, mec… Combien d'orgasmes as-tu eus dans des toilettes pour handicapés ?

— Eh ! protesté-je. Pas seulement dans des toilettes pour handicapés. Je ne fais pas de discrimination.

Tom glousse. J'essaie de capter le regard de Parks pour m'assurer que ma plaisanterie ne lui a pas fait trop de mal, mais elle prend soin de détourner le visage.

Perry lève son verre de vin.

— Que celui qui n'a jamais pris son pied dans un lieu public ne boive pas !

Alors tous les gars à table boivent une gorgée. Tom, Henry, Christian, Perry, Gus et moi.

Christian éclate de rire et me désigne d'un geste.

— Tu ferais bien de boire tout le verre, mon pote.

Je l'ignore, concentré sur Parks que j'aimerais amadouer.

— Et toi, reprend Christian en regardant Parks assise en face de lui, tu aurais dû boire aussi.

Elle cligne des paupières en reculant la tête, surprise.

— Je te demande pardon ?

Je sens ma nuque chauffer. Tom se raidit.

— Nous savons tous que tu as eu un orgasme une fois en public, annonce-t-il.

Je fronce les sourcils. Ah bon, nous le savons tous ?

— Vous le savez tous ? répète-t-elle, les yeux écarquillés.

Christian acquiesce.

— Ouais.

— Tais-toi, lui chuchote Paili.

— Eh bien, tu te trompes.

Elle a levé le nez bien haut. Donc Christian dit vrai.

Il hausse les épaules.

— Non, j'ai raison.

— Jamais je ne... (Elle rougit.) C'est complètement déplacé.

— Bien sûr, se moque-t-il. Parce que, clairement, à ce moment-là, tu te préoccupais beaucoup des bonnes manières...

Je vois dans le regard qu'il lui adresse qu'il est un peu soûl. Il aime bien la provoquer quand il a bu. Ça ne se termine jamais très bien pour lui.

Il ne la lâche pas.

— Le bar clandestin à Paris. Lui et toi. (Christian me désigne du menton, et je pourrais lui foutre mon poing dans la gueule pour cet affront.) Dans le fond de la pièce. Sa main. Sous une table.

Putain ! Il a raison. Ça ne lui ressemblait absolument pas de me laisser faire ainsi. Une très bonne soirée.

Je sens Parks tressaillir à côté de moi – j'espère que je suis le seul à le remarquer, parce que c'est nous et que nous remarquons toujours ce genre de truc chez l'autre.

— Christian... (Paili tente de faire redescendre la tension à présent palpable en levant les yeux au ciel avec dédain.) Comment pourrais-tu le savoir, de toute façon ?

Et là il lâche cette bombe en regardant Magnolia droit dans les yeux :

— Parce que je sais à quoi elle ressemble quand elle a un orgasme.

Henry se tourne vers lui, bouche bée.

— Putain, mais qu'est-ce qui te prend ?

Je serre les dents.

— Ça ne me plaît pas du tout...

Tom regarde fixement la table.

— Je ne peux pas dire que ça m'enchante non plus...

Paili n'en croit pas ses oreilles, la mâchoire de Perry ne va pas tarder à tomber sur la table, Gus observe la scène avec une curiosité fascinée. Je devrais probablement frapper Christian. S'il s'agissait de n'importe qui d'autre, je lui mettrais mon poing dans la figure. Mais je suis vénère contre elle aussi. Pas sa faute, je sais. Mais bon, encore une fois, c'est elle qui a eu un orgasme avec mon meilleur pote, donc…

Magnolia, tétanisée, garde les yeux baissés. Et moi je suis tendu comme un string, furieux qu'elle se sente aussi vulnérable, gênée et tout, mais hors de moi également de devoir me rappeler ce qui s'est passé entre eux deux. Quand ça arrive, quand ils m'obligent à y repenser, j'ai l'impression que la seule règle qui vaille, c'est sauve qui peut ! Et, même si ça fait de moi un connard, cette fois, je n'ai pas envie de la défendre.

Je recule ma chaise.

— Je vais me chercher un verre…

Tom toise Christian.

— Je t'accompagne.

England et moi allons jusqu'au bar. J'expire bruyamment, commande deux shots de Casamigos Reposado, en glisse un vers lui, puis bois le mien cul sec en silence.

Tom me regarde fixement pendant quelques secondes.

— C'était quoi, ça, putain ?

Je jette un coup d'œil par-dessus mon épaule. Magnolia nous observe avec inquiétude.

— Ils sont sortis ensemble.

— Ah bon ! Quand ?

— Peu de temps après notre rupture.

— Ah, merde.

— Ouais. (Je lance un coup d'œil vers Christian, la mâchoire serrée.) Merde, en effet.

Au bout de quelques minutes, Parks se dirige vers nous d'un pas hésitant.

Tom lui adresse un pâle sourire.

— Ça va ?

Et voilà. Encore une fois, il faut qu'il assure plus que moi. Qu'il aille se faire foutre ! C'est moi qui aurais dû lui poser la question, mais je suis encore vraiment furieux contre elle. De toute façon, il ne l'aime pas comme je l'aime.

Elle acquiesce, pas très convaincante.

— Tu veux que j'aille lui casser la gueule ? proposé-je, désireux de me hisser au niveau de Tom.

Elle lâche un petit rire.

— Oui. (Elle se rembrunit aussitôt.) Non. Je plaisantais... S'il te plaît, non.

— Il le mérite.

Elle hausse les épaules.

— Il est soûl, c'est tout. Tu sais bien dans quel état ça le met.

— Quoi ? se moque Tom. Amer et agressif ?

— Il se transforme en vrai trou du cul, assène Magnolia.

Elle a l'air crevée.

— Tu devrais aller te coucher. Une grosse journée t'attend demain...

— Ah ouais ?

Elle lève les yeux vers moi et me sourit.

Je hoche la tête, jette un coup d'œil à Tom, m'efforçant de paraître détendu.

— Au fait, merci de me laisser t'emprunter ta petite amie demain.

Il ravale un éclat de rire et déglutit.

— Pas de problème, mon pote... Essaie juste de la ramener en un seul morceau.

Puis il lui passe un bras autour du cou, exactement comme je le fais, et l'entraîne vers leur chambre. Elle m'adresse un regard par-dessus son épaule. Je lui envoie un petit clin d'œil.

Elle a toujours l'air fatiguée, mais différemment, et puis elle me sourit, en tout cas.

23:54

Christian

Pourquoi t'as dit ça ?

Parce que c'est la vérité, Magnolia.

Quelle partie ?

Tout.

Tu aurais dû boire une gorgée. J'ai bu, moi.

Tu veux me faire souffrir ?

Non.

Et lui ?

Lequel, Parks ?

OK...

Ça va si mal que ça avec Daisy ?

Va te faire foutre !

Oh, c'est marrant...

J'avais cru comprendre que tu t'en étais déjà chargé.

31

Magnolia

Je suis allongée près de la piscine. Tom est parti courir. BJ n'est pas encore réveillé. Gus prend le soleil à côté de moi, mais il a son casque sur les oreilles et ne me prête aucune attention. Les efforts mis dans le choix de mon haut de bikini triangle rose fluo à cordons Sole de chez Marysia et sa culotte réversible festonnée auront donc été complètement inutiles, puisque je n'ai pour seule compagnie qu'un homme gay absolument indifférent.

Une ombre s'étend sur moi. J'ouvre un œil.

Christian Hemmes me regarde. Il porte une chemise de bowling Palm Angels noir et blanc à manches courtes, complètement déboutonnée, et un short de bain Balmain. Il arbore son habituelle expression grave : sourcils légèrement froncés, mâchoire contractée.

— Pourquoi cet air sévère en permanence ? lui ai-je demandé un jour, à l'époque où nous sortions ensemble.

Il a pris mon menton entre ses doigts, et, pendant une seconde, son visage s'était illuminé.

— Être amoureux de toi est une affaire sérieuse.

Mais ce n'était pas la véritable raison – je le savais déjà alors. Il est toujours comme ça. Toutes ces choses que les garçons me cachent, toutes ces messes basses au sujet des vraies activités des Hemmes dont ils croient que je ne sais rien, tous ces secrets – voilà l'explication à sa gravité permanente.

Christian me donne un petit coup de son gros orteil et désigne le transat près du mien.

— Je peux m'asseoir ?

— Oh, bien sûr. (J'agite une main dédaigneuse.) Néanmoins, je préfère te prévenir : je suis connue pour avoir des orgasmes spontanés en public… Ah non, attends… Tu n'as rien à craindre, puisque tu sais à quoi je ressemble dans ces moments-là.

Il incline la tête en arrière, le visage orienté vers le ciel, et soupire.

— Arrête de faire ta connasse, là.

— Je te demande pardon ? m'offusqué-je en haussant les sourcils.

Il se tourne vers moi.

— Je suis désolé.

Je lui lance un regard pénétrant et croise les bras.

— Je préfère ça.

Il grogne, s'allonge sur le transat. Je l'examine pensivement un bref instant, puis secoue la tête.

— Pourquoi as-tu fait ça ?

Il se passe les doigts dans les cheveux et serre les mâchoires.

— Je ne sais pas.

Si, il sait, et moi aussi. C'est loin d'être la première fois qu'il s'en prend à moi ainsi. Il ne m'a jamais vraiment pardonnée. C'est peut-être lui qui a mis un terme à notre histoire, mais c'était ma faute, et il m'en a toujours tenu rigueur.

— Ça m'amuse de me foutre de ta gueule.

— Oh ! Génial.

— Tu sais de quoi je parle.

— Non, Christian, figure-toi. Perso, je n'aime pas me foutre de la gueule des gens.

— Sérieux ?

Je penche la tête d'un air interrogateur, et il me fixe, incrédule.

— Toi, tu oses dire un truc pareil ?

Il a les sourcils arqués, les yeux sombres, et je devine avant même qu'il ait commencé qu'il s'apprête à remettre ça.

— Les cinq mecs avec qui tu es sortie après moi, tu ne te foutais pas d'eux ?

J'ouvre la bouche pour répliquer, mais il ne m'en laisse pas le temps.

— En tout cas, avec moi, tu t'es bien amusée.

— Non, pas du t…

— Alors tu jouais à quoi ? demande-t-il en se redressant et en faisant basculer ses jambes pour poser les pieds au sol et me faire face.

— À rien. Tu le sais parfaitement.

— Non. Je sais ce que moi, je faisais. (La façon dont il me regarde me donne envie de pleurer.) Toi… Putain, je n'en ai toujours pas la moindre idée.

Je détourne les yeux, épuisée. Je ne pourrai jamais remporter cette bataille.

— Tu as fini ?

— Non, répond-il d'un ton plein de défi. Et Tom ?

— Quoi, Tom ?

— Vous êtes ensemble ou pas ?

Je laisse échapper un petit rire triste et secoue la tête. Je devrais simplement mentir. Mais je ne connais plus vraiment la réponse à cette question.

— En quoi ça te regarde ?

— En quoi ça me regarde ? Sérieux ?

Je le fixe désormais, les yeux plissés.

— Sérieux.

— T'es vraiment un cas, Parks. Tu sais ça ?

— Mais ça va pas, qu'est-ce qui te prend, enfin ? Je ne t'ai rien fait, là !

Il émet un ricanement amer, puis se détourne de moi, et soudain je me sens bizarrement coupable, vulnérable, mais j'ai l'impression que c'est sa faute, pas la mienne.

Il se lève, secoue la tête.

— C'est marrant. La seule personne que tu penses ne pas entuber, c'est BJ, pourtant, c'est exactement ce que tu fais. Tu le blesses, il te blesse. Et lui, il nique tout le monde, tout le t…

— Tu ferais mieux de partir, mec, intervient Gus en se levant aussi.

— Ah ouais ? dit Christian avec un petit sourire narquois.

— Ouais. Tu es sacrément bavard et agressif avec elle, un vrai dur, quand ton frère n'est pas là pour te remettre à ta place.

Christian ricane et détourne les yeux, piqué au vif par la justesse de ses propos.

— Allez ! (Du menton, Gus lui fait signe de partir.) Dégage. Et profites-en pour te calmer.

Christian s'éloigne sans me regarder. Je lève les yeux vers Gus, dressé au-dessus de moi.

Il se rassied.

— Ça va ?

— Oh, ouais. (Non, ça ne va pas très bien.) Cela fait deux ans qu'il est furieux contre moi, donc… rien de nouveau.

Il hoche plusieurs fois la tête, le regard perdu vers la piscine.

Le cadre offre un spectacle époustouflant, avec l'oliveraie qui s'étend jusque sur la plage donnant sur la mer Égée. Un spectacle bien plus agréable que celui de ma vie amoureuse, qui fourmille probablement de mauvaises décisions, entourées d'abysses de peurs et de regrets si profonds qu'ils rivaliseraient avec le Challenger Deep.

— Donc, reprend Gus. Combien as-tu d'hommes sous ton charme ? (Il me jette un coup d'œil.) D'après mes calculs, trois.

Je réprime un sourire.

— Est-ce ta façon de me dire que je ne te fais aucun effet, Gus ?

Il se passe la langue sur les dents, amusé.

— Moi et l'autre mec gay, on est immunisés, pareil pour le frère. Le frangin Ballentine, pas celui du chef de gang. Lui, il…

— Je ne suis pas sûre qu'ils apprécient trop qu'on les appelle comme ça, l'interromps-je.

Il hausse les épaules, imperturbable.

— Dans ce cas, ils auraient dû choisir un autre métier. (Silence.) Il est amoureux de toi, on est d'accord ?

— Je ne sais pas…

— Si, tu le sais.

Je me gratte le menton et plisse les yeux avant de répondre prudemment.

— Je me suis posé la question…

Pensif, Gus laisse passer un silence.

— Il le sait ?

— Qui ?

— L'un ou l'autre de ceux pour qui tu as aussi des sentiments.

J'inspire calmement, expire.

— Tom m'a interrogée à ce sujet… J'ai éludé. Et il me semble que BJ doit à tout prix l'ignorer afin que notre groupe continue de fonctionner… à peu près.

— Et toi ? Qu'est-ce que tu ressens pour lui ?

— Pour Christian ?

Je ne réponds pas tout de suite. Sa question pèse lourd sur ma poitrine, la vérité se répandant en moi comme le contenu d'une canette de soda qu'on aurait secouée.

— Je l'ai aimé, à un moment. (Je ne l'ai jamais dit à personne à part Christian, en fait. Pourquoi je me retrouve à raconter ça à August Waterhouse ? Mystère.) Seulement, je ne l'ai jamais aimé autant que j'aime BJ.

— As-tu un jour aimé quelqu'un ou quoi que ce soit plus que BJ ?

Je me tortille, mal à l'aise, évitant soigneusement de croiser son regard en me concentrant sur le paysage extraordinaire qui s'offre à moi. Comme la mer Égée est bleue, aujourd'hui !

— Je suis au courant pour Tom, au fait, m'annonce Gus. Ce que vous faites...

Je me tourne vers lui, sourcils froncés.

— Nous nous étions promis de n'en parler à personne !

Il a un petit rire.

— Il ne m'en a pas parlé.

Et merde.

Gus doit percevoir mon embarras, car il agite une main avec indifférence.

— Non mais, franchement... Tom embrasse Clara – je suppose que tu es au courant ? (Il n'attend pas ma réponse.) Et, une semaine plus tard, le voilà qui sort avec la « fille la plus en vue de Londres », fraîchement célibataire, connue pour enchaîner les mecs sans avoir jamais coupé les ponts avec son ex ? On est censés croire à une coïncidence ?

— Comment es-tu au courant pour Clara et Tom ?

Il hausse les épaules.

— Je les ai surpris.

J'ignore pourquoi cette conversation me trouble.

Le fait que quelqu'un ait vu Tom toucher Clara rend leur lien plus concret qu'avant, lorsque ce n'était encore qu'une sorte d'incident isolé, relativement abstrait dans la bouche de Tom et dont je pensais qu'il le resterait, n'ayant aucune intention d'en parler à qui que ce soit. Le regard d'un tiers donne désagréablement vie à la scène. Je voulais que ça demeure théorique, en 2D, sur papier. Comme la Dora de Picasso. Vraie, mais mise à distance, réelle, mais pas réellement.

Tom embrassant quelqu'un d'autre... Ça ne devrait pas me faire le moindre effet, je le sais. Ma gorge ne devrait pas devenir sèche, mes mains moites et mon pouls plus rapide.

J'ai un peu de mal à respirer. Heureusement, il me semble que Gus n'y a vu que du feu, car il poursuit :

— C'était un excellent plan. (Pause.) Il n'a qu'un seul défaut, majeur...

— Oh ?

— Il commence à avoir un sérieux crush sur toi, et c'est réciproque.

Merde. Ah bon ? Moi ? Nous ? Aucune idée. Mais, ne tenant absolument pas à laisser entendre à Gus que je ne suis pas sûre de moi, j'opte pour un :

— Pfft !

Il m'ignore et continue :

— Tu es en train de tomber amoureuse de lui, et lui est incontestablement sous ton charme. En même temps, tu aimes toujours BJ, et Tommy aime toujours Clara. Donc, tout ça est en train de prendre une tournure… (il frappe une fois dans ses mains) catastrophique ! Vraiment, vraiment terrible. Un désastre gigantesque – titanesque, même.

Je le fusille du regard.

— T'es vraiment un gros… monsieur je-sais-tout.

— Je sais. (Il chausse ses lunettes de soleil.) C'est affreux, n'est-ce pas ?

— Au fait, tu te trompes…

— Ah oui ? dit-il sans prendre la peine de me regarder. Parce que j'ai franchement l'impression d'avoir raison.

— Eh bien, non.

Il m'adresse un sourire éblouissant.

— Nous en reparlerons lorsque tu rentreras de ton rencard avec ton ex-petit ami et regagneras la suite romantique que tu partages dans un hôtel paradisiaque avec ton petit ami actuel, prétendument faux, mais un peu plus vrai à chaque seconde, si j'ose dire…

Je lève les yeux au ciel.

— … lequel prétend ne voir aucun inconvénient à ce que tu passes la journée avec ton ex, mais part courir un semi-marathon « juste pour le fun ».

Je hausse les épaules.

— S'il aime la course à pied…

— Tom déteste ça.

Gus ne lève pas les yeux de son livre, *Ça risque de faire mal!*, d'Adam Kay.

Je soupire bruyamment.

— Ça ne veut pas dire que c'est à cause de moi.

— Oh, arrête, sérieux! Tu les rends tous cinglés.

— Tu parles d'un compliment…

Il arque les sourcils.

— C'en était pas un.

32

BJ

Je flippe comme un malade, ce qui est complètement dingue. Je suis la personne au monde qui a passé le plus de temps avec Parks, littéralement. Nous avons grandi ensemble. Elle m'a vu nu, je l'ai vue nue. Elle m'a vu tomber, me rompre les os, elle m'a vu pleurer, me vomir dessus, faire une overdose – elle m'a vu dans mes pires moments, et nous sommes sortis ensemble des millions de fois, pourtant, je transpire comme un porc à la perspective de cette journée.

C'est un tournant ultra-important. Enfin, je n'en suis pas sûr – nous n'en avons pas encore parlé –, mais j'ai l'impression que quelque chose est sur le point de changer. Comme le vent d'est qui amène Mary Poppins, mon autre fille préférée.

Comme si, peut-être… je ne sais pas… peut-être que, pour nous deux, c'est un nouveau départ ? Ça m'a fait bizarre d'organiser cette journée pour elle… Nous sommes en Grèce, putain, et nous sommes venus dans le jet de son petit ami pilote. J'ai l'impression que nous n'étions encore que des bébés quand je l'ai emmenée en Espagne dans notre propre jet privé pour notre premier rencard officiel. Il y a deux semaines, je l'ai emmenée faire du shopping avenue Montaigne sur un coup de tête. Elle trouve que l'Évian a un goût de pisse, mais que, « à la rigueur, pour se nettoyer le visage, ça va ». Elton John lui a quasiment offert l'équivalent du diamant Hope pour son avant-dernier anniversaire…

Le luxe ne suffira pas pour la séduire cette fois. Le luxe, pour elle, c'est l'ordinaire.

Et, quoi qu'il soit sur le point d'arriver, la fenêtre de tir est réduite, j'en ai bien conscience.

L'univers vient de m'accorder la machine à remonter le temps dont je rêvais depuis trois ans, et j'ai droit à une seconde chance. Mais c'est un lancer très risqué.

Je dois réaliser un ricochet sur le désastre que nous sommes devenus depuis la lumière vacillante de ce que nous étions et atterrir sur ce que nous pourrions être à nouveau. Les yeux fermés et une main attachée dans le dos.

C'est mon baroud d'honneur. Je n'ai pas le droit à l'erreur.

Je l'attends dans l'entrée de l'hôtel. Elle est en retard. Comme toujours. Je sors donc mon livre dont je lis deux pages avant qu'une paire de longues jambes apparaisse devant moi.

Elle me prend le bouquin des mains et le retourne. *Le Petit Prince.*

— Encore !?

Ses cheveux sont lâchés, sa peau magnifiquement brune, ses yeux incroyablement brillants. Elle porte un haut qu'elle ne porterait qu'en vacances avec un bikini lilas en dessous. Je hoche la tête, m'efforçant de ne pas sourire comme un collégien – parce que, putain, j'adore quand elle porte cette couleur.

— Je le lis une fois par an.

— Je sais, soupire-t-elle en levant les yeux au ciel, agacée. Qu'est-ce qu'il te dit, cette fois ?

— Que j'ai été apprivoisé.

— Par qui ?

Elle cligne des yeux – elle connaît la réponse à cette question. Je la regarde. Mon cœur bat follement, mais je parviens à ne rien laisser paraître.

— Par toi.

Ses joues rosissent, et je renifle, amusé et satisfait. Je me lève.

— Allons-y.

Et là, je bugge.

— Je rêve, ou tu portes du jean ?

Incroyable. Ça fait presque vingt ans que je la connais, et je ne l'ai jamais vue en jean. Un tissu qui fait trop « classe ouvrière », selon elle.

— Un *short* en jean, en plus. Avec des trous, déclare-t-elle fièrement. Je te plais ?

Une fraction de seconde, je me sens gêné, c'est mon tour de rougir.

— Tu me plais quoi que tu portes, dis-je.

Elle semble enchantée de ma réponse, et moi aussi, du coup. Je me mets en marche, mais, après quelques pas, je me retourne vers elle.

— Tu me plais aussi sans rien…

Elle déglutit, puis trottine pour me rattraper – me court après, littéralement. Pur moment de bonheur. Cela rétablit un peu l'équilibre entre nous, pendant une seconde et demie.

Dehors, une voiture nous attend. Parks monte à l'arrière, s'assied au milieu, et je me glisse à côté d'elle. Elle est nerveuse, je le sens – un champ magnétique d'anxiété. Elle regarde droit devant elle en se mordillant l'intérieur de la joue. J'aime la sentir dans cet état – j'aime savoir que je peux la mettre dans cet état.

— Ça va ? lui demandé-je. Stressée ?

Elle avale sa salive, hoche la tête. Je lui adresse un faible sourire.

— Pareil.

Je la vois se détendre un peu. Elle tire sur le col de ma chemise noire à fleurs rouges et roses et feuilles de palmier. Je l'ai achetée la semaine dernière en l'imaginant me l'enlever.

— Gucci ? s'enquiert-elle alors qu'elle connaît déjà la réponse.

J'acquiesce, m'efforçant de garder mon calme.

— Noire et verte, en popeline à imprimé fantaisie. (Elle caresse le tissu entre ses doigts.) Mélange viscose et soie.

Aucune idée. Elle pourrait aussi bien parler en russe. En tout cas, je comprends que son index et son pouce glissent sous ma chemise et restent là. La main sur mon torse.

Je déglutis en plongeant mon regard dans le sien. Ses yeux ne bougent pas. Sa main non plus. Je devrais l'embrasser. Vous vous demandez sans doute combien de fois vais-je *ne pas* l'embrasser ? C'est une bonne question, et la réponse n'est pas facile à donner.

Je pense à embrasser Magnolia Parks plus qu'à littéralement n'importe quoi d'autre au monde. Quand mon esprit a une minute de libre, c'est là qu'il va.

Vers des baisers qui ont eu lieu, des baisers hypothétiques qui auraient pu avoir lieu, d'autres qui auraient dû avoir lieu, et des baisers complètement inventés – tous dérivent, emportés par le courant de mes pensées pendant que j'attends un café. J'ai tellement songé à l'embrasser depuis la dernière fois que je l'ai réellement fait que là, maintenant, quand je pourrais enfin le faire pour de vrai, probablement… eh bien, je ne peux pas.

Parce que trop de choses en dépendent. Je ne veux rien précipiter. Je ne peux pas perdre le contrôle. Ni juste penser avec ma teub. Aujourd'hui, je dois tempérer mon amour pour elle. Baisser le feu sous la marmite et laisser mijoter sainement.

Elle peut me toucher le torse. De toute façon, elle le fait déjà quand elle a trop bu. Quand nous dormons ensemble, la moitié du temps, je me réveille au milieu de la nuit et la trouve blottie contre moi. Nous n'en parlons jamais. Je ne sais même pas si elle s'en rend compte, et je n'ai pas l'intention de vendre la mèche si elle l'ignore, vu que je ne veux pas qu'elle arrête.

J'ai appris à vivre dans les limites de ces contacts bizarres – ce qui est complètement dysfonctionnel, je le sais, mais si notre couple était comme un shoot d'héroïne, ce que nous partageons maintenant s'apparente plutôt à de la méthadone. Cette merde n'a rien à voir avec la vraie drogue, mais elle nous permet de tenir le coup.

Si je l'embrasse, je suis foutu. Mais bon, je le suis déjà, de toute façon.

La voiture s'arrête, et nous sortons sur un quai au bout duquel nous attend un Rivamare. Pas exactement le même modèle que la dernière fois, celui-ci est plus neuf, plus élégant, mais ça fonctionne quand même. Je le vois dans ses yeux.

Là, je dois l'admettre, j'ai peut-être surtout pensé à moi, au plus beau jour de ma vie, tout simplement.

Je ne compte pas essayer de me taper Magnolia sur le bateau – promis. Mais je ne me défendrais pas si elle se rappelait nos ébats de la dernière fois et me sautait dessus…

En fait, j'ai juste envie d'être seul avec elle quelque part. N'importe où, je m'en fiche. Nous nous baladerons en bateau. J'ai de quoi boire et manger pour la journée. Henry et moi avons repéré plusieurs petites plages dans les environs. Mais, l'essentiel, c'est elle et moi.

Je monte à bord le premier, lui prends la main et l'attire à moi. Nos yeux se rencontrent. La paroi de verre qu'elle dresse toujours entre nous n'apparaît pas, cette fois. Elle ne lâche pas mes doigts.

J'avale ma salive avec difficulté, me racle la gorge et libère ma main de la sienne. Elle ne semble pas s'en formaliser. Son regard s'adoucit : j'ai plutôt l'impression qu'elle trouve ça amusant.

Je marche jusqu'au volant.

— Tu as peur que je te mange ? me lance-t-elle.

Je me tourne vers elle, secoue la tête et souris.

— Non, juste que tu m'arraches le cœur.

Elle coince une mèche de cheveux derrière son oreille et vient se placer à côté de moi. Puis elle défait le bouton et la fermeture Éclair de son short, le fait glisser et s'en débarrasse d'un coup de talon sans me lâcher un instant du regard.

Je passe ma langue sur ma lèvre inférieure et démarre le bateau. Quelques secondes plus tard, l'étrave fend l'eau.

Nous mouillons non loin d'une petite plage – Drymiskos ou quelque chose dans le genre, je crois ? Sable blanc, eau de la couleur de ses yeux, personne à des kilomètres à la ronde. Elle picore des morceaux de fromage – elle a un appétit d'oiseau, sauf quand elle est soûle, là, elle dévore tout sur son passage, tel le kraken.

Elle me jette un coup d'œil.

— Alors c'est ça, ton super date ? Un bateau, de la charcuterie et du champagne ? Plutôt banal…

Je secoue la tête.

— Un bateau, de la charcuterie, du champagne et ce que tu préfères au monde…

Elle hausse les sourcils, attendant que je lui révèle ce dont il s'agit.

— Ah ouais ?

Je pointe un index vers moi. Elle lève les yeux au ciel.

— Je me trompe ?

Elle soutient mon regard, vide sa coupe de champagne d'un trait et me la tend pour que je la remplisse encore.

— Allez, avoue.

Elle lève de nouveau les yeux au ciel, mais se tortille pour se rapprocher de moi.

— Donc c'est vraiment un date ? demandé-je en me penchant vers elle.

— Il me semble… non ?

Je hausse les épaules, plus intimidé que je ne le voudrais.

— Eh bien, nous n'en avons pas parlé…

— À vrai dire… (Elle incline la tête, pensive.) On a vu mieux, comme rencard.

— Eh…

Je lui lance une figue, et elle rit.

Elle est heureuse. Je le vois. Elle mange la figue, s'essuie la bouche d'un revers de main.

— Comment Tom prend-il notre « peut-être-date » ? demandé-je, sincèrement curieux.

Elle prend une profonde inspiration, expire, fait la moue.

— Il est quand même plus âgé que nous…

— Pas tellement plus que moi.

— Il a trente ans.

— Et moi vingt-cinq. Il n'est pas beaucoup plus vieux.

Elle tique, mais n'insiste pas.

— En fait, je crois que, à ce stade, il aimerait surtout que j'y voie plus clair en ce qui nous concerne, toi et moi…

Et je ne peux m'empêcher d'être exaspéré. Qu'il aille se faire foutre ! Vraiment. Qu'il aille se faire foutre, lui, la légende vivante, l'homme désintéressé, attentionné et plein d'égards, qu'il aille au diable, lui qui me fait passer pour un branleur en plein rencard avec la fille avec qui nous sortons peut-être tous les deux, mais que j'aime le plus.

— Tu l'appréciais, avant, me rappelle-t-elle d'une voix douce.

Je ricane.

— Je l'apprécie toujours… ce gros lèche-cul. Bref. C'était tellement mieux quand tu te contentais de sortir avec des gros nazes.

— Effectivement, Tom est loin d'en être un.

Aïe, ça fait mal. Mais c'est sur mes jambes que reposent négligemment les siennes. Désolé, England…

Ainsi passe notre journée. Dans et hors de l'eau, à boire du bon vin, manger du bon fromage. Si je fermais les yeux, je pourrais presque croire que nous sommes ensemble, comme autrefois, officiellement amoureux, un couple. Nous ne cessons de nous rapprocher. Plus besoin de prétextes pour nous toucher, nous le faisons parce que nous en avons envie. Je la tiens par la taille, je repousse des cheveux derrière son oreille, je pose mon menton sur son épaule. Nos mains se frôlent, et nous sommes assis si près l'un de l'autre qu'elle est presque sur mes genoux. Elle et moi, ensemble, c'est en train d'arriver, je suis sûr de la trajectoire à présent. Elle m'aime, elle veut être avec moi, je le vois. Je la regarde escalader les murailles qu'elle a construites autour d'elle, abattre les vieilles barricades, en quête d'un endroit sûr où se reposer. Sa tête est sur mes genoux quand elle lève les yeux et me pose la pire question possible.

— BJ ?

— Mmm.

— Pourquoi tu as fait ça ?

Je cligne plusieurs fois des paupières. Je sais ce qu'elle est en train de me demander, mais j'ignore comme lui répondre.

— Tu veux dire : pourquoi je t'ai trompée ? clarifié-je inutilement.

Des mots douloureux à prononcer pour moi, douloureux à entendre pour elle. J'aurais dû le voir venir. Putain ! Pourquoi ai-je programmé une journée où l'on aurait tout le temps de discuter… Évidemment qu'elle allait mettre le sujet sur le tapis.

Va-t-elle encore une fois me demander avec qui ? Je déteste cette question. Sa relation avec Taura est déjà en miettes, je suppose que peu importe… peu importe combien de fois je lui répéterai que ce n'était pas elle. Elle n'y croit pas, et ça n'a aucune importance, parce que le mal est fait.

— Parce que tu m'aimais… je sais que tu m'aimais…, dit-elle sans détacher son regard du mien.

Exact. Et je l'aime toujours…

— Plus j'y pense, plus je suis convaincue que tu ne l'aurais pas fait sans raison…

— Parks…

Je secoue la tête. J'ai envie de vomir.

— Alors pourquoi ?

Je lis le désespoir dans ses yeux.

— J'étais soûl.

— Ce n'est pas une raison.

Je hausse les épaules, désespéré.

— Si.

Elle secoue la tête. Elle ne lâchera pas. Elle se redresse et me fait face, à présent.

— Non… Tu t'étais déjà bourré la gueule à des soirées où tu étais allé sans moi, et tu n'aurais jamais ne serait-ce que regardé une autre fille. Il s'est passé autre chose.

Je soupire avec un air désolé.

— Il n'y a pas…

— Tu mens.

— Non.

Si.

— Si…

— Non…

Je m'enfonce, je le sais, mais je ne peux pas lui avouer la vérité. C'est impossible, même si j'en crève d'envie.

— BJ… (Elle cherche mon regard.) J'ai besoin de savoir pourquoi tu as fait ce que tu as fait afin que ce souvenir ne me tue pas tous les jours un peu jusqu'à la fin de ma vie, pour ne plus t'en tenir rigueur… Et je sais que jamais tu ne me ferais du mal exprès, alors dis-le-moi… s'il te plaît. (Sa voix n'est plus qu'un murmure, et je songe que c'est elle qui est en train de me tuer à petit feu.) Pourquoi ?

Je m'humecte la lèvre supérieure. Je suis incapable de la regarder en face, parce que je sais ce que je m'apprête à faire. Je sais à quel point mon aveu va la blesser, l'engloutir comme dans des sables mouvants.

Mais je le dis quand même :

— Parce que j'en ai eu envie.

Ma réponse la percute de plein fouet, comme je m'y attendais.

Une flèche fichée en plein cœur. Je la vois se transformer, là, sous mes yeux. Comme si j'avais jeté une pierre au milieu d'un lac et que je devais regarder les ondulations naître, puis s'éloigner en cercles concentriques.

Son ventre se creuse sous le choc, ses épaules s'affaissent. Ses yeux lâchent les miens, son visage se décompose, et elle se détourne. Elle ressort les barricades, l'armure, les épées.

— Ramène-moi, bredouille-t-elle en direction de l'eau. Maintenant.

— Parks…

Je tends la main vers elle, mais elle me repousse, si violemment que je reste sidéré.

— Maintenant, répète-t-elle d'une voix forte et claire.

Et, là-dessus, l'étroite fenêtre se referme.

La machine à remonter le temps offerte par l'univers prend feu, puis s'effondre en morceaux.

Le tir risqué est manqué. Le désastre de ce que nous sommes devenus survole en le bombardant ce que nous étions, tourne deux fois au-dessus de ce que nous aurions pu être avant de s'éloigner pour atterrir exactement là où nous ne voulions pas aller.

J'ai foiré ma dernière chance.

Échec total.

33

Magnolia

Je suis mortifiée. Complètement, totalement, parfaitement mortifiée. Les contours de mon champ de vision se sont obscurcis à peine a-t-il prononcé les mots : parce qu'il en a eu envie.

Ma poitrine s'est contractée. Ma respiration est devenue chaotique. Je crois que j'ai fait une crise d'angoisse. Il me semble qu'il a essayé de m'aider… Je l'ai repoussé, je crois… ? Je l'ai peut-être griffé en me débattant pour l'empêcher de me toucher.

Je ne me rappelle pas vraiment. À présent, la scène ressemble à un mauvais rêve étrange. Je me rappelle m'être réfugiée à l'autre bout du bateau, aussi loin de lui que possible, jusqu'à ce que nous soyons revenus à terre.

Je me suis assise à l'avant de la voiture pour le trajet du retour. Quand elle s'est arrêtée devant l'hôtel, je me souviens d'avoir entendu BJ crier mon nom tandis que j'ouvrais la portière à la volée et courais à toute vitesse pour le fuir.

Il me semblait que mes yeux saignaient, que mon cœur allait cesser de battre d'un moment à l'autre.

Et c'est avec ces yeux et cette sensation de désagrégation absolue que je fais irruption dans la chambre.

Tom est sur le balcon. Verre de vin à la main – il aime le rouge, moi le blanc. BJ boit simplement ce que j'aime, mais Tom commande toujours de quoi nous satisfaire tous les deux.

Un coup d'œil vers moi, et il franchit la distance qui nous sépare. Un pli barre son front, ses pupilles brillent d'inquiétude, et c'est beaucoup plus de sollicitude que je ne peux en supporter à cet instant. Je lis dans son regard la même gentillesse que celle témoignée par une adorable inconnue à la frange impeccable vous demandant si vous vous sentez bien au beau milieu du magasin *Cartier*, deux jours après que votre petit ami vous a trompée. Alors vous fondez en larmes et sanglotez, incontrôlable et inconsolable, au point d'être incapable de répondre à Emma Thompson, qui se contente de vous serrer dans ses bras et de vous caresser les cheveux.

Ça, et plus encore. Il s'inquiète, je le vois. Il est triste pour moi, furieux contre BJ. Il ignore ce qui s'est passé, mais souhaite à tout prix m'apaiser.

Lorsque je repenserai à ce moment, dans quelque temps, c'est à cet endroit de notre histoire que je glisserai mentalement un marque-page : ici, maintenant, commence la transformation de la structure moléculaire de qui est Tom England pour moi.

Pas un peu plus tard, au dîner, lorsqu'il sera à deux doigts de se battre avec BJ, ni lorsqu'il viendra se placer devant moi, me protégeant du garçon qui a broyé, broie et broiera mon cœur, incapable d'apprendre, impossible à apprivoiser. Ni plus tard encore ce soir-là, lorsque je l'entraînerai dans notre chambre d'hôtel, les mains empressées et la peau impatiente de sentir nos corps entremêlés. Mais ici, maintenant, avec ses yeux sur moi, devinant les fissures dans la façade que je m'efforce de présenter, posant ses paumes sur mes joues, s'efforçant en vain de m'empêcher de m'effriter.

— Eh, eh, eh, souffle-t-il. Que s'est-il passé ? (Je ne réponds pas, de moi ne sortent que des sanglots.) Magnolia ?

Comme je reste muette, il me prend dans ses bras, me serre contre lui pendant que je pleure pour un autre homme. Non, pas « homme »… « garçon ». BJ n'est pas un adulte. Vraiment, il n'est qu'un gamin.

Tom s'écarte, ses yeux cherchant les miens. Des pouces, il essuie mes larmes.

— La journée ne s'est donc pas déroulée comme prévu…

Je parviens à secouer la tête, et il se contente de me serrer de nouveau contre lui – m'enveloppe comme une cape, me tenant jusqu'à ce que les tremblements dans ma poitrine s'apaisent.

Je lui dois des explications, mais j'ai peur de ce qu'elles révèlent de moi – à quel point je suis facilement remplaçable, même pour la personne censée m'aimer plus que tout au monde.

Parce qu'il en a eu envie.

Tom soupire.

— Je t'ai dit que c'était un crétin fini.

Je hoche la tête.

— C'est lui qui t'a rendue aussi triste ?

Ce n'est pas une question, plutôt une affirmation. L'acceptation d'une vérité qu'il ne comprend pas vraiment, et, franchement, moi non plus.

— Je peux lui régler son compte, si tu me le demandes.

— Je te le demande, lui dis-je, impassible.

Il rit doucement, moi aussi. Si j'étais capable de déchiffrer le regard et le sourire qu'il m'adresse, de lire dans ses pensées, je dirais que c'est à cet instant que je deviens plus que juste un refuge, pour lui – du moins consciemment.

Le sourire monte de sa bouche à ses yeux, mais c'est ce qui se cache derrière cette expression faciale qui me va droit au cœur : sa joie de m'avoir distraite pendant une seconde. Je sens en lui le besoin grandissant de rendre les choses plus belles pour moi, de m'extirper du précipice vaseux de ma vie. J'en ai eu un aperçu l'autre jour avec mon père, mais, à cet instant, il s'épanouit, atteignant une sorte de plénitude, passant d'une préférence à une nécessité.

Cet étrange changement entre nous s'opère en silence. Il est pour moi indéfinissable, je me trouve en terrain inconnu.

Ai-je des sentiments pour cet homme ? Ou vient-il seulement d'être promu « Personne de confiance numéro un » ? Ces deux réalités peuvent-elles s'exclure mutuellement ? Je l'ignore. Mais j'ai une certitude : je me sens plus en sécurité quand je suis dans ses bras que quand je ne le suis pas.

Et il a la douce odeur d'un dimanche matin. Serein, agréable, sans complications. Comme du café frais. Des serviettes propres et une chambre inondée de lumière. Il sent la mousse de chêne, le patchouli, la bergamote et la lavande. Et si Tom m'évoque un dimanche matin ensoleillé, j'associe BJ à un samedi soir passé aux urgences – *Ne pense pas à BJ.* Or, j'aimerais vraiment, vraiment ne plus me retrouver aux urgences.

D'un geste, il désigne la porte.

— Je t'offre un verre ?

Je lui souris faiblement.

— Plutôt plusieurs.

Nous descendons au bar, buvons quelques verres. Pas trop, juste de quoi émousser les pensées qui blessent, et, à ce stade, j'en ai beaucoup.

Il y a une complicité entre Tom et moi que j'en suis venue à apprécier énormément.

Il y a une aisance entre BJ et moi aussi – *Ne pense pas à BJ* –, mais tout est différent désormais, car elle est entachée par les infidélités, la confiance et les cœurs brisés, des années de rancœur et un saule pleureur dont nous ne parlons pas.

— Alors, dit Tom en pointant le menton vers moi, est-ce que tu l'as embrassé ?

Je fronce les sourcils et secoue la tête.

— Non.

Il lâche un petit rire incrédule.

— Non ?

Ma bouche s'étire presque en un sourire.

— Nous ne pouvons pas… nous embrasser.

Tom me scrute en plissant les yeux, intrigué et peut-être un peu contrarié. Mais c'est la vérité, nous ne pouvons pas. BJ et moi, nous sommes tout en passion tenue en bride et en choix mûrement réfléchis, afin de tenter de préserver la part minuscule de nous qui demeure. Nous sommes des chevaux sauvages dévalant une pente abrupte. Pas de petit galop, pas de trot en amour. Nous sommes comme le héros dans ce vieux western, *L'Homme de la rivière d'argent* descendant au galop cette falaise, dégringolant vers l'inévitable. Nous ne pouvons pas aller lentement. Nous pesons trop lourd. La gravité nous appelle, joue contre nous…

— C'est un peu comme avec les chips ? demande-t-il.

Je tourne vers lui un regard perplexe.

— Si t'en manges une, t'es obligé de finir le paquet ?

Je ris. Et, encore une fois, ses traits s'illuminent.

Nous restons au bar une heure environ à bavarder. Au moment où nous en sortons, BJ apparaît.

Henry et Christian sont avec lui. Hen a l'air tendu.

BJ est ivre, je le vois à son visage avant de sentir son haleine.

Il ricane et lâche un soupir méprisant.

— Classique.

Je détourne les yeux et l'ignore.

— Un petit dérapage d'une seconde et demie, et tu te précipites dans les bras d'un autre…

— Du calme, murmure Christian à son ami, mais BJ lui lance un regard noir.

— Mais ce n'est pas réellement le cas non plus, pas vrai, England ?

BJ se tourne vers Tom, qui secoue la tête en disant :

— Tu as l'air d'avoir pas mal bu, mec… Pourquoi tu n'irais pas prendre l'air ?

BJ fronce les sourcils, narines frémissantes.

— Je ne veux pas aller prendre l'air… Je veux parler de Parks… Le contraire d'une fille facile…

Il n'a encore rien dit, pourtant j'ai déjà l'impression d'avoir reçu une gifle.

— C'est juste une allumeuse, elle ne…, commence BJ.

— Ça suffit, l'interrompt Tom.

BJ l'ignore.

— Une petite morveuse ingérable, putain !

— BJ, ça suffit, répète Tom en se redressant.

Mais BJ continue :

— Elle n'est jamais foutue de savoir ce qu'elle veut…

— Je t'ai demandé d'arrêter.

Tom secoue la tête, dents serrées, et je sens mon ventre se nouer d'angoisse.

— Elle est puérile, égoïste…

Et là, Tom le pousse en arrière. Il n'y est pas allé de main morte. BJ titube un peu, ravi néanmoins d'avoir une excuse pour laisser ses poings poursuivre la discussion. Il fonce donc sur Tom, mais Christian le retient et Henry se dresse devant lui.

— Putain, qu'est-ce que tu fous, mec ?

BJ grogne et se libère, se ruant sur moi, l'index tendu.

— Putain, qu'est-ce que *tu* fous, Parks ?

Nos nez sont proches. Il y a moins de dix centimètres entre nous. Il porte encore la chemise sous laquelle j'ai glissé mes doigts dans la voiture au début de cette journée, avant qu'il foute encore tout en l'air. Parce qu'il en a eu « envie » ?

Je hausse négligemment les épaules, sans reculer d'un pas.

— Oh, juste ce dont j'ai envie.

Le ton de ma voix me surprend moi-même. Insolent, incisif. Je plonge mon regard dans celui du garçon que j'aime autant que je le hais.

— J'ai envie d'être ici. J'ai envie d'être avec Tom. J'en ai *envie*, voilà tout…

La mâchoire de BJ se contracte, et je vois de la douleur dans ses yeux tandis qu'il secoue la tête.

— Tu dis que de la merde, crache-t-il.

Alors, de ma main bien ouverte, je repousse son visage loin du mien.

— Disparais de ma vue, connard !

Il me saisit fermement les poignets, et je ne veux pas qu'il les lâche parce que j'ai peur de ce qui pourrait se passer ensuite.

— Oh, alors, c'est ça que tu veux ?

Et là, ça dégénère.

Tout le monde autour de nous s'en rend compte. Cela nous est déjà arrivé une ou deux fois, dans nos pires moments. Quand j'ai appris pour Taura. Quand il a appris pour Christian. Quand tout ce qu'il restait de notre amour était notre haine.

Tom me fait passer derrière lui, m'arrachant à BJ, ce qui le rend fou. Il lutte, se cabre tandis que les garçons le tirent en arrière, loin de moi.

Les expressions sur les visages des autres… quelque part entre le choc silencieux et l'horreur muette alors que toutes nos coutures craquent.

— Qu'est-ce que tu veux de moi, putain, Parks ? Est-ce que tu le sais, au moins ? hurle BJ.

Je secoue la tête. Ma vision se brouille.

— Je ne veux plus rien avoir à faire avec toi, lui lancé-je. (Mensonge.)

— Pareil pour moi, bafouille-t-il.

— Parfait. (Mensonge.)

Il pointe un doigt vers moi, le regard flou.

— J'en ai ras le cul de tes conneries ! (Mensonge. Lui, cette fois.)

Je hausse les sourcils.

— Alors pourquoi ne peux-tu donc pas me foutre la paix ?

Ce n'est pas ce que je veux. Un autre mensonge. Tous ces mensonges dont nous nous aspergeons comme pour nous exorciser l'un de l'autre.

— C'est vraiment ce que tu souhaites ?

— Oui ! hurlé-je, et ça claque comme un coup de tonnerre dont l'écho se propage parmi les vieilles montagnes autour de nous, et les philosophes parlant de grand amour et d'âmes sœurs dans des envolées lyriques se retournent dans leurs tombes tandis que j'essaie de m'extirper de la mienne pour la millième fois.

Tom se plante résolument entre BJ et moi.

Personne ne m'a jamais protégée de BJ avant. Je suppose que c'est parce que personne n'a jamais eu à le faire.

Tom a l'air triste. Pas à cause de moi, mais pour moi. Pour BJ.

Il secoue la tête.

— Mec, va-t'en, maintenant. Va-t'en.

34

BJ

Je suis dans ma chambre. Je ne me souviens pas de comment j'y ai atterri. Poussé par mon frère, peut-être ? Traîné par Christian ? L'un ou l'autre.

Debout dans la salle de bains, j'examine le reflet bizarre qui me fait face. Moi, mais pas vraiment moi.

Moi, mais démoli.

Je déteste me disputer avec elle. Nous le faisons trop bien. Nous n'étions pas comme ça, avant. D'ailleurs, nous ne nous disputions presque jamais.

Marsaili disait quelque chose au sujet de l'amour qui pouvait tourner comme le lait, avant de se transformer en haine. Peut-être avons-nous laissé notre amour trop longtemps dehors.

Mes yeux sont humides. Mes doigts tremblent… Je lève mon poing et le plaque contre ma bouche suffisamment fort pour que l'intérieur de ma lèvre se fende contre mes incisives. Un. Juste un. C'est tout ce que je m'accorderai.

Le cri sort, mutilé et étranglé. Rapide.

Il semble coincé dans ma poitrine. Je presse mes paumes sur mes orbites, respire fort et profondément, jusqu'à ce que mon souffle ralentisse.

Ça me calme un peu, mais pas suffisamment – pas suffisamment pour que mes épaules cessent de se soulever et de s'abaisser au rythme de mes inspirations et expirations.

Je plonge la main dans ma trousse de toilette, dont je sors une sorte de petite pochette. Je me fais un rail avec ma carte Centurion, parce que le titane l'écrase mieux. Je roule un billet de 100 euros et sniffe.

Après, je me pince le nez, le frotte deux fois et inspire. Je m'en sniffe un second pour faire bonne mesure, m'asperge le visage d'eau, m'essuie le nez au cas où. Puis je vais retrouver mes potes.

Ils sont assis au bar, et je me laisse tomber sur un tabouret à côté d'eux. Henry et Christian… Soudés comme Jonah et moi. Je dois dire qu'être ici sans lui n'est vraiment pas génial.

Un peu comme si je devais me débrouiller seul. Personne ne protège mes arrières comme Jonah. Il aurait mis England KO, ce soir. Ou peut-être pas. Merde.

Peut-être que j'ai abusé ?

Christian fait signe à la barmaid. Jolie. Teint mat. Yeux noisette. Sourcils fournis, mais le genre sexy… D'un geste, Christian lui indique de me servir un verre.

Henry se penche pour me regarder, grimace.

— Ça va ?

Je ricane.

— Ben ouais, pourquoi ça n'irait pas ?

Ils échangent un regard.

— Je sais pas, laisse-moi réfléchir…, dit Henry en prenant un air bête. Tu viens d'avoir la dispute la plus violente de ta vie avec la fille que tu aimes depuis que tu as sept ans, mais, d'accord, ouais. Tout va bien.

— Nous nous disputons tout le temps.

— Comme ça ? insiste Christian.

— Qu'est-ce que vous êtes dramatiques…

Henry me dévisage bizarrement.

— BJ, elle a mis sa main sur ton visage et elle t'a repoussé. Je veux dire, c'était sublime… très gênant pour toi, mais… vraiment spectaculaire pour nous.

Je ricane encore.

La barmaid grecque sexy nous sert une tournée, et, quand elle me tend mon verre, nos doigts se frôlent. Je lève les yeux vers elle, et elle me sourit furtivement.

Avant de s'éloigner.

Je la regarde partir – souffle par la bouche tout en observant son cul sous sa jupe à volants.

Parks connaîtrait la marque, le fabriquant, la putain de référence unique – *Ne pense pas à elle…* En fait, probablement pas, parce que Magnolia ne connaît que les marques vendues chez *Harrods*. Pas de ASOS ni de polyester dans son catalogue.

Mais, quand même… il y a de quoi faire, avec une jupe comme celle-là…

Je vide mon verre d'un trait, pique le sien à Henry.

Christian m'examine en plissant les yeux.

— Qu'est-ce qui t'arrive ?

— Rien, lui réponds-je avec agacement.

Il se penche vers moi et me saisit le menton. Je dégage sa main d'une claque, mais Christian a toujours le dessus dans n'importe quelle bagarre, et il me frappe en retour puis m'attrape de nouveau, orientant mon visage vers la lumière. Il souffle par le nez, excédé.

— Oh, putain… (Il repousse ma tête.) Moi, je me casse.

— Quoi ? dit Henry. Pourquoi ?

Christian se mord la lèvre inférieure, pointe l'index vers moi, ce putain de cafard.

— Il a pris un truc.

Henry grogne.

— Mais non. (Il me donne une tape dans le dos.) C'est pas vrai… C'est vrai ?

J'émets un son bizarre qui tient autant de l'exaspération que de l'aveu.

Christian recule sa chaise, se redresse et fait mine de se laver les mains.

— Eh ! lui crié-je. Alors on va juste faire comme si tu ne te cassais pas à cause de Magnolia, c'est ça ?

Sans même se retourner, Christian se contente de lever les bras pour me faire un double doigt d'honneur, et sort.

Henry me jette un coup d'œil.

— J'avais oublié les conneries que tu balances quand tu as pris de la coke.

— Ne commence pas.

Du menton, il désigne la porte par laquelle a disparu Christian.

— Et ça, c'était quoi, alors ?

— Quoi ? C'est pas vrai, ce que j'ai dit ?

Là, je l'ai coincé, je le sais – et lui aussi. Il laisse tomber sa tête, soupire. En général, j'essaie de ne pas rouvrir devant Henry mes vieux dossiers avec Christian. Il déteste cette merde, ce que je comprends vu que moi aussi. Je déteste que ce soit arrivé, regrette de l'avoir tabassé dans cette allée – il n'y a pas eu de gagnant cette nuit-là. Toute cette histoire me flingue.

— Qu'est-ce que tu fais, BJ ? me demande Henry d'une voix plus douce.

Je hausse les épaules. Là maintenant tout de suite, je m'en tape.

— Elle va finir par avoir ta peau.

J'essaie d'ignorer à quel point je me sens déchiqueté à l'intérieur, le temps de lui répondre :

— C'est déjà en cours.

Henry se lève – il a l'air en colère. Ou triste, peut-être ? Il me dévisage un instant, et j'ai l'impression, en tant que grand frère, de le trahir. Il ne m'arrive pas souvent de sentir que je suis son aîné. Il est plus responsable que moi. Il ne déconne pas autant que moi. Il fait des études. Je ne le considère pas comme mon petit frère, juste mon frère. Mais, à cet instant, à la façon dont il me regarde, je vois bien que je le déçois.

Et là, il prend le verre le plus plein devant moi et le retourne. Le contenu se déverse sur la table.

Je recule mon siège, agacé, le dévisage comme s'il était devenu fou.

—Mais, put…

—Il faut que tu te ressaisisses, BJ. Sérieux.

Henry pivote vers la barmaid, me désigne, puis agite sa main en travers de sa gorge.

—C'était son dernier verre, lui lance-t-il avant de tourner les talons et de me planter là aussi.

Je reste assis, les yeux dans le vague, et mets plusieurs minutes à me rendre compte que la fille a le regard braqué sur moi.

Je lui fais signe d'approcher. Elle me rejoint lentement. Nous sommes seuls dans le bar.

Debout devant moi, Barmaid baisse les yeux quelques secondes–en fait, elle est terriblement canon. Elle cligne des paupières, puis se penche, me prend la main, me fait descendre de mon tabouret et m'entraîne vers les toilettes.

À peine sommes-nous dans le couloir que Barmaid me plaque contre le mur. Elle en a envie encore plus que moi. En fait, ce que je ressens se situe quelque part entre le besoin désespéré et l'absence totale de désir. Peut-être qu'elle aussi a eu une journée à chier.

Barmaid se met à l'ouvrage sans tarder. Ses doigts s'activent sur le bouton de mon jean, alors que nous ne sommes même pas encore aux toilettes.

Sa bouche affamée me parcourt sans s'attarder nulle part. Elle défait ma chemise. Celle que j'ai achetée pour Parks–*Ne pense pas à Parks*–, m'embrasse le torse, là où Parks a passé la journée lovée–merde, elle est ma pire drogue.

Mes mains remontent sous sa jupe, puis se glissent sous sa culotte.

Elle a un bon cul. Agréable à malaxer.

Elle enroule une jambe autour de moi, et je me demande si nous arriverons jusqu'à une cabine.

Les lèvres de Barmaid sont partout, et mon esprit commence à dériver vers Parks, comme il le fait toujours. Le même souvenir, le bateau, elle sur le lac, le bikini lilas – bon sang, qu'est-ce que je l'aime en lilas – et puis je me dis « merde »... non.

Je ne vais pas penser à elle.

Je vais penser à Barmaid, sexy comme c'est pas permis, à ses caresses dans mon pantalon.

J'ouvre donc les yeux, me force à regarder la fille que je suis sur le point de baiser, et là...

Je la vois.

Au bout du couloir.

Le regard embué. La lèvre inférieure tremblante. Son cœur dans sa paume, le mien dans sa poche.

Elle tend les bras, ouvre les mains pour ne pas voir la scène. On dirait qu'elle a cinq ans et tombe nez à nez avec son pire cauchemar.

Nos regards se croisent.

Elle tourne les talons...

Je repousse Barmaid.

— Non ! Non, non, non, non, non...

Parks court. Je me lance à ses trousses, mais elle est rapide et je la perds.

35

Magnolia

Je suis redescendue au bar pour une barrette oubliée aux toilettes lorsque je suis allée vérifier que mes lèvres étaient toujours de la nuance rose dont j'ai besoin pour que mes yeux paraissent le plus brillants possible. Je l'ai ôtée pour me recoiffer, oubliant ensuite de la remettre. D'ordinaire, je ne suis pas du genre à me préoccuper d'une barrette égarée, mais celle-ci, en or blanc et diamants, m'a coûté 2 000 livres chez Suzanne Kalan. Je m'efforce de surveiller un peu mes dépenses, en ce moment. Il m'a donc paru raisonnable d'au moins essayer de la retrouver avant d'en commander une nouvelle sur Net-A-Porter.

Tom a proposé de m'accompagner, mais j'ai décliné. Après tout, c'était l'affaire d'une minute.

Je ne m'habitue pas à voir BJ comme ça. Je ne sais même pas ce que j'ai vu, exactement. Peut-être était-il en train de la prendre…

En tout cas, il lui agrippait le cul bien comme il faut. Le bout des doigts enfoncé dans la chair de ses fesses.

Et la lèvre inférieure de la fille – énorme, soit dit en passant – se traînait sur son torse comme s'il s'agissait d'une pierre à lécher. Quant à ses mains, elles avaient disparu.

Sa tête à lui, renversée contre le mur, les yeux fermés, le cou offert, les muscles tendus, et je me le rappelle dans cette position avec moi. J'ignore à quoi il pensait, mais sûrement pas à moi. Je suis restée plantée là je ne sais combien de temps. Des secondes, peut-être des minutes ? Jusqu'à ce qu'il me voie. Alors j'ai couru.

Je n'aime pas vraiment courir. C'est une activité que j'ai toujours considérée comme affreusement prosaïque et mortellement ennuyeuse. Pourtant, je suis plus rapide que lui. Je l'ai toujours été. D'après lui, je gâche un don. Mais c'est une compétence pour laquelle je n'éprouve aucun intérêt. Jusqu'à ce soir, quand j'en ai eu besoin.

J'ai regagné ma chambre en vitesse, ouvert la porte à la volée, l'ai claquée derrière moi et m'y suis adossée, les paupières vigoureusement closes, m'efforçant de me ressaisir.

Tom est assis sur le canapé.

— Tu pleures ? demande-t-il en se redressant. Encore ?

Je m'essuie le visage et lutte pour chasser cette impression de dégringoler dans un puits.

Je ne sais pas ce que je fais.

Je n'y ai pas beaucoup réfléchi.

Pas du tout, en fait.

Mais, quand Tom se lève, un pli soucieux lui barrant le front, la façon dont son corps se déploie, la largeur de ses épaules – tout chez lui m'inspire un sentiment de sécurité, ce dont j'ai terriblement besoin, là tout de suite.

Je marche vers lui, affichant une assurance et un aplomb que je suis loin d'éprouver. Je noue mes bras autour de son cou et j'attire son visage vers le mien. Je n'ai jamais fait ça. Je me demande si je vais me reconnaître quand nous nous embrasserons, moi, la fille qui embrassait BJ. Mais oui. Quand j'embrasse Tom, je me sens simplement moi-même.

Une version perdue de moi. Peut-être commotionnée. Mais moi quand même.

Le baiser commence doucement, puis je l'embrasse plus profondément, plus intensément, et je le sens hésiter, déconcerté.

— Qu'est-ce que tu fais ? murmure-t-il contre ma bouche, pas vraiment enclin à s'en détacher complètement.

Je recule et le regarde.

— Le jour où nous avons décidé de nous réfugier tous les deux, tu as dit que tu essayais incontestablement de coucher avec moi. Tu en as toujours envie ?

Il expire tout l'air de ses poumons, comme si je venais de lui poser une question piège, et sa mâchoire se relâche un peu.

— Oui.

— Très bien, alors.

Je me penche de nouveau vers lui, mais il déglutit et s'écarte légèrement.

— Je… Je ne suis pas sûr que ce soit une bonne idée.

Mais ses mains sont toujours sur ma taille. D'ailleurs, il me semble qu'elles la serrent davantage.

— C'est une excellente idée, au contraire, déclaré-je, têtue.

Il fronce imperceptiblement les sourcils.

— Je suppose qu'elle t'est venue en grande partie à cause de BJ ?

Je marque une pause, puis lâche :

— Ça te pose un problème ?

Il réfléchit un instant, respirant plus fort qu'à l'ordinaire, presque comme s'il était énervé. Enfin :

— Non.

Et il m'embrasse, ses deux paumes sur mes joues et ses lèvres ne lâchant plus les miennes, comme s'il tenait mon visage en étau.

Je me sens partir en arrière, pourtant mes pieds ne touchent plus le sol.

Je déboutonne sa chemise Cocoon oversize en popeline de coton froissée, avec le logo Balenciaga brodé sur la poitrine. Six boutons. Je bute sur le troisième – son torse sous mes doigts… J'ai l'impression de passer la main sur une tablette de Cadbury.

Je prends une inspiration pour me calmer. Je ne l'ai jamais fait avec personne d'autre que BJ. *Ne pense pas à BJ.* Il faut que j'y remédie.

À ce stade, BJ a probablement couché avec une centaine de filles. Plusieurs centaines ? Aucune idée. En tout cas, pendant ce temps, moi, qu'ai-je fait ? Je me suis réservée pour… lui ? Peut-être ? Mais pour quoi ? Pour quand il aura changé ?

Je me dis que peut-être il a *déjà* changé, et que peut-être je n'aime pas le résultat.

Quand je le vois avec d'autres filles, je suis… eh bien… je suis d'abord perplexe à l'idée que tant de gens aiment la pornographie, parce que, jusqu'ici, les deux fois où j'ai eu un aperçu de l'art érotique, j'ai simplement eu envie de m'arracher les yeux. Mais aussi, quand je surprends BJ avec d'autres nanas, j'ai l'impression de ne pas le connaître vraiment.

Je dérive mentalement. Fuyant la situation dans laquelle je me suis mise. Il s'agit probablement d'un réflexe de survie. Je ne suis probablement pas prête.

C'est probablement une erreur.

Je dois probablement le faire quand même.

Allez, concentre-toi, Parks.

Tom m'allonge sur le lit, reste au-dessus de moi, tête inclinée, les yeux baissés, se soutenant d'une main pendant que l'autre fait glisser sur mon épaule la bretelle de ma minirobe à smocks Aya en voile de coton fleuri avec sa jupe à volants de chez LoveShackFancy.

Ses doigts caressent lentement ma peau, et je suis étonnée de découvrir avec quelle facilité je parviens à oublier BJ chaque fois que les mains de Tom sont sur moi.

— Tu as des yeux absolument charmants, lui dis-je.

Il me sourit, un peu amusé, fait glisser l'autre bretelle. Il me regarde, pousse quelques mèches derrière mes oreilles.

— Tu n'es pas égoïste, dit-il. Ni puérile.

Je lui réponds par un petit sourire reconnaissant, tout en m'efforçant de ne pas fondre en larmes de nouveau.

— Et je pense que tu sais ce que tu veux.

Il hoche le menton pour lui-même. Je déglutis tandis que sa main remonte, légère, sur ma jambe, doucement sur mes fesses, jusqu'à ma taille qu'elle saisit. Il secoue la tête.

— Pas une morveuse… (Là, il m'adresse un regard prudent.) Mais je dois avouer, après quelques mois, que tu es assez ingérable…

Je me mets à rire, mais, cette fois, ses traits ne s'éclairent pas comme ils le font d'habitude quand je ris, au contraire, son expression devient sérieuse. Il tire sur ma robe pour me l'enlever, ses mains m'effleurant tout du long, puis remonte, son visage face au mien.

Ses yeux passent de mes yeux à ma bouche, et puis je l'attire sur moi, car j'ai besoin de ne plus appartenir à BJ et de couper les liens qui nous rattachent l'un à l'autre une bonne fois pour toutes.

Mon geste lui fait presque l'effet d'un coup de fouet. Il me fait rouler pour que je me retrouve au-dessus de lui. Je déboutonne son jean dont il se débarrasse d'un coup de talon. Mes mains s'activent, les siennes aussi…

Cela fait si longtemps que je n'ai pas fait ça… Quand était-ce, la dernière fois ? *N'y pense pas. Ne pense pas à lui.* Il nous fait rouler de nouveau. Lui au-dessus, moi dessous. Je préfère ainsi.

Il y a quelque chose de fondamentalement réconfortant dans une telle proximité avec quelqu'un. Peut-être est-ce pour cela que tant de gens ont des plans cul. Son corps sur le mien, tel un gilet pare-balles me protégeant de toutes les émotions que j'éprouverais à cet instant si sa bouche n'était pas là où se trouvait mon soutien-gorge il y a une seconde, car il est difficile de se concentrer sur autre chose que l'action en cours une fois qu'elle a commencé, vous ne croyez pas ?

Tom enfouit ses mains dans mes cheveux. Ses baisers intenses provoquent un profond remue-ménage en moi, digne de la tectonique des plaques, et nous n'en sommes même pas encore à l'essentiel.

Et son essentiel est… impressionnant.

Cela fait mal, plus que dans mon souvenir. Mais c'est une « bonne » douleur. Une douleur musculaire, profonde. À laquelle on aspire, pas que l'on cherche à éviter. Comme un nœud dans l'épaule que l'on masserait pour le délier. Et je me rappelle cette sensation avec BJ – différente, cela dit, parce que personne ne connaît mon corps comme il le connaît. Nos corps ont grandi ensemble.

Et je me demande si je ressentirai ça de nouveau avec quelqu'un d'autre. Si BJ l'a déjà ressenti. Ou est-ce une connexion qui n'arrive qu'une fois dans la vie ? À combien de grands amours avons-nous droit ? Je ne sais vraiment plus – mon cœur bat tellement vite à présent, et l'eau monte contre la digue –, et puis il y a toutes sortes d'amours dans le monde, et le mien me tue, je crois. Mais, même maintenant, c'est son visage que je vois – même avec celui, parfait, de Tom face à moi, dont les cheveux blonds retombent devant ses yeux bleus comme des saphirs. Même avec Tom juste là, mon esprit s'envole vers BJ. Ce qui est en train de se produire échoue à détourner mes pensées de lui, et je déteste ce que ça dit de moi, de lui, de nous, parce que peut-être ne serai-je jamais libre.

Et vous savez quoi ? Je ne songe même pas à des trucs sexuels. Je pense à lui se lavant les dents dans ma salle de bains – sa brosse à dents pendouillant au coin de sa bouche tandis qu'il essaie de m'espionner par-dessus le mur de la douche. Me hurlant dessus chaque fois que je renverse ma bouteille d'eau minérale au milieu de la nuit. Sa façon de serrer Bushka dans ses bras par-derrière comme s'ils étaient un couple à un bal de fin d'année. Ses Vans au pied de mon lit.

Toute cette merde me fait mal. Mon esprit ne cesse de dériver vers lui, comme si mon cœur était amarré au sien. Je me demande si Tom pense à Clara, je me demande ce qu'on est en train de faire, putain – mais il est trop tard pour changer d'avis, je ne peux pas arrêter. Et je ne sais même pas si c'est ce que je veux, de toute manière... la façon dont les mains de BJ agrippaient le cul de cette nana... il fut un temps où il n'aurait touché personne d'autre que moi comme ça.

Tom s'enfonce plus profondément en moi, me serre davantage contre lui, et je pense à BJ allongé de mon côté du lit pour que je le pousse, et il me touche et il me tient, avec le même sourire moqueur chaque fois. Je pense à la façon dont ses jeans glissent sur ses hanches, au fait que ses boxers Calvin Klein trouvent toujours le moyen de dépasser, quelle que soit la ceinture que sa mère ou moi lui achetons. Tom est très doué, je crois. Je regrette de ne pas pouvoir me concentrer davantage sur ce qui arrive à mon corps, mais mon cerveau ne me le permet pas. Je pense à la bouche de BJ quand il parle, parce que les mouvements de ses lèvres m'évoquent une sorte de poésie ancienne et muette. Je pense à son visage baigné par la lumière du soleil, aux paillettes dorées dans ses yeux. Je compte les tatouages que BJ a dissimulés partout sur sa peau et dont certains font ouvertement référence à moi.

Un magnolia – poitrine.

Mon année de naissance – pli du coude droit.

Son année de naissance – près de la mienne.

« National Geographic » – avant-bras.

Mon dos commence à se cambrer.

Une abeille – main gauche.

Une autre abeille – épaule droite.

La carte changement de sens du *Uno* – mollet gauche.

Un cerf – bras gauche.

Tom presse ma main contre le matelas.

« Billie », pour Billie Holiday – le long d'une côte, flanc gauche.

Un parasol – bras gauche.

Les coordonnées GPS de Dartmouth – pli du coude gauche.

La date de notre premier baiser – le long de son pouce gauche.

Ma respiration est rapide. Je vais bientôt partir.

Un lilas – majeur gauche.

La date du jour où nous avons couché ensemble pour la première fois – avant-bras gauche.

« *In every lovely summer's day* » – avant-bras droit.

« Si quelqu'un aime une fleur » – avant-bras droit.

Tom s'enfonce encore, je halète.

Un pansement – haut de la cuisse gauche.

Le souffle de Tom est chaud dans mon cou tandis qu'il frôle mes lèvres des siennes, et j'aimerais pouvoir jeter un coup d'œil dans son esprit pour savoir s'il est aussi déglingué que moi à cet instant.

Le nœud identique à mon pendentif – pouce droit.

Les différentes étapes d'un rapport sexuel m'ont toujours fascinée. La montée vers la fin. Nous sommes en pleine ascension, nous avons presque atteint le sommet, je le sens – je le vois sur son visage. Nous sommes plutôt bons, d'ailleurs... si l'on considère que je ne pense pas à Tom England une seule seconde, ce qui est dingue, parce que c'est Tom England. Vous voyez ce que je veux dire ?

« Vent d'est » – torse.

Le cou de Tom s'arque en arrière, comme celui de BJ avec cette fille dans le couloir.

L'ours Paddington – bras droit.

L'air me manque, mes pieds pressent le matelas.

Le M de Maserati – cheville droite.

De ma bouche s'échappe alors un son presque inaudible, tandis que ma tête retombe soudain, sans force, sur l'oreiller.

Tom s'affaisse sur moi. Sa poitrine se soulève avec effort, la mienne aussi. J'aime la sensation de son corps en sueur sur le mien.

Je suis complètement perdue. Je viens d'avoir un orgasme tout en répertoriant les tatouages de mon ex, mais je veux que Tom reste allongé sur moi…

Qu'est-ce que cela signifie ?

Que je suis complètement détraquée, tout simplement.

Au fait. Ça n'a pas marché. Ça n'a pas brisé le lien avec BJ, et en plus je me sens à présent liée à une autre personne.

Le vingt-deuxième tatouage de BJ ? La DeLorean de *Retour vers le futur*.

Qu'est-ce que j'ai fait ?

36

BJ

J'IGNORE CE À QUOI JE M'ATTENDAIS EN ENTENDANT frapper à la porte de ma chambre d'hôtel à 2 heures du matin, mais certainement pas à une visite de Magnolia Parks.

Pas après avoir vu son expression quand elle m'a surpris dans le couloir. Pas après notre engueulade de tout à l'heure. Pourtant, c'est bien elle, là, que je vois par le judas. Se tenant le bras, vêtue d'un pull qu'elle m'a chapardé plus ou moins quarante secondes après que je l'ai acheté chez *Gucci*. Elle fronce les sourcils, et son visage affiche une expression de tristesse que je ne crois pas lui avoir jamais vue auparavant.

J'ouvre la porte, et il suffit d'un regard sur elle pour que je n'en aie plus rien à foutre de rien. Je me demande s'il en ira toujours ainsi pour nous. Sommes-nous juste deux personnes qui retrouvent toujours leur chemin jusqu'à l'autre, quoi qu'il advienne ? Probablement.

Nous sommes la figure de proue d'un vieux navire en train de couler.

Je sors dans le couloir, ferme la porte derrière moi.

— Qu'est-ce qui s'est passé ?

Je l'enveloppe de mes bras.

Elle s'écarte un peu et me regarde, et j'ignore ce qui la trahit – ses yeux, son odeur à lui sur elle.

Elle n'a pas besoin de le dire. Je devine. Je me crispe un peu. À voix haute. Elle m'entend, je le sais, parce que aussitôt elle se presse davantage contre mon torse.

— Oh !

C'est tout ce que j'arrive à bredouiller. Je hoche la tête une fois, resserre mon étreinte sur elle.

Merde. Sacrée brûlure.

C'est ça que je lui ai infligé toutes ces années ? C'est ça, ce qu'elle ressent en permanence ? J'ai l'impression qu'on m'a passé la cage thoracique au papier de verre.

Et puis ce lent affaissement bizarre, comme si mes côtes se tassaient, et la sensation que, peut-être, je suis en train de la perdre.

Peut-être que le navire n'est pas en train de couler. Peut-être gît-il déjà au fond de la mer. Peut-être que la coque du vaisseau commence à pourrir, et que toutes les ancres du monde ne suffiraient plus à nous sauver.

— Ça va ?

Je ne sais pas quoi dire d'autre. Elle fond en larmes. Je la garde contre moi, mes mains dans ses cheveux, feignant de ne pas remarquer qu'ils viennent manifestement d'être tirés et ébouriffés par quelqu'un d'autre.

Que faisons-nous ? À part nous blesser à tour de rôle ? Je ne sais plus. Parce que je l'aime d'une manière définitive. De cette manière imbattable, inébranlable, toujours gagnante, quoi qu'il arrive, complètement barrée, mais je le sens sur elle. Je le sentirai probablement encore plus tard.

— Je suis désolée, parvient-elle à articuler.

Je prends son menton entre mes doigts et lève son visage vers le mien.

— Moi aussi, je suis désolé.

Elle cligne des yeux, et ses larmes me font penser à des gouttes de pluie sur des feuilles, un matin d'hiver.

— Je te déteste, dit-elle en avalant sa salive avec difficulté.

— Ouais. (Je hoche la tête.) Je me déteste un peu aussi.

Elle se recule légèrement. Je prends son visage dans mes mains – ses yeux clairs, tristes, cette bouche rouge qu'elle a, et ces pommettes qui rosissent toujours quand je suis avec elle. La peau caramel, la main que je tiens depuis que j'ai quinze ans, les courbes de son corps qui s'emboîtent dans le mien comme si nous venions d'une même pierre. Comment vais-je pouvoir un jour tourner la page ?

Je ne le ferai pas. Je ne peux pas, ne pourrai pas.

Elle tient ma paume contre sa joue, ne la lâche pas, ne voulant pas découvrir ce qu'il adviendra de nous quand elle le fera. Je crois que ni elle ni moi ne le savons plus. Nous l'avons su, fut un temps.

Je le croyais, en tout cas. Autrefois, toutes les routes menaient à Tobermory – à une existence tranquille dans une petite ville sur la côte nord, parce que après une nuit torride et pleine de foi intrépide, nous avions décidé de vieillir là-bas. Nous voulions nous endormir sur le canapé dans les bras l'un de l'autre, laisser les rideaux ouverts et être noyés par la lumière du matin, nous aimer tous les jours, et c'est ce que nous aurions dû faire, mais ensuite il y a eu la fameuse nuit. Nous aurions probablement dû partir quand même. J'aurais dû l'entraîner malgré tout vers la vie que nous voulions tous les deux, mais je ne l'ai pas fait. Sinon, nous n'en serions pas là.

Alors la porte de ma chambre s'ouvre, et Barmaid apparaît dans l'embrasure, vêtue en tout et pour tout d'un de mes tee-shirts. Magnolia se fige dans mes bras, et je ferme les yeux de toutes mes forces, comme si ça pouvait faire disparaître l'intruse. Mais non. Je connais la suite.

Je m'y prépare.

Cette fois, elle me pousse. Violemment. Comme je m'attendais à une réaction de ce genre, mes talons sont fermement plantés dans le sol, si bien que c'est Parks qui encaisse le choc.

Son petit corps est projeté en arrière contre le mur du couloir, sur lequel elle rebondit un peu, titubante.

Je me précipite pour la retenir, mais d'une gifle elle écarte ma main et me regarde avec les yeux d'un animal qui vient de recevoir un coup de pied.

— Parks…

Je tends de nouveau le bras vers elle.

Elle s'éloigne brusquement de moi.

— Non…

— Magnolia ! l'appelé-je.

Mais elle est déjà partie.

05 : 23

Parks

Hé !

Il fait quel temps chez toi, Parks ?

Pourri, sans espoir d'amélioration.

37

Magnolia

Après ça, je me réfugie dans la chambre de Paili et je pleure dans son lit pendant deux heures. Elle pleure avec moi. C'est une si bonne amie. Patiente. Elle fait partie de ceux qui prennent à cœur les choses qui comptent pour les gens qu'ils aiment. Elle a pleuré avec moi la nuit où BJ m'a trompée. Et aussi le soir où j'ai commencé à sortir avec Reid. Elle m'a soutenue d'un bout à l'autre. Elle ne dit presque rien.

Mais que dire, de toute façon ?

J'aurais dû aller la voir, après Tom, plutôt que BJ, mais je n'ai pas pu m'en empêcher.

Honnêtement, je me suis à peine rendu compte de ce que je faisais. J'étais allongée, parfaitement éveillée, les yeux au plafond, le cœur battant la chamade, Tom paisiblement endormi près de moi. Au fait, je vais le dire ici parce que c'est pertinent : Tom England tient vraiment de la perfection. Le fait que j'aie pensé à BJ pendant nos étreintes n'a absolument rien à voir avec lui, mais est le résidu d'une habitude que j'ai eue pendant la moitié de ma vie et dont je n'arrive pas à me défaire. Je regrette de ne pas avoir pensé à Tom. J'aurais dû penser à Tom. Et, alors qu'il dormait à côté de moi, j'ai hésité à le réveiller pour réessayer afin de ne penser qu'à lui, cette fois. Au lieu de ça, je me suis retrouvée à marcher vers la chambre de BJ, ce qui, je suppose, est révélateur.

Je suis bloquée dans un cercle sans fin.

Il est la lune, je suis la marée. Quand la fille est sortie de sa chambre, c'était marée basse. Il m'a repoussée au loin.

Il m'a regardée fixement, de ses yeux à la rondeur familière. Celle qu'ils prennent chaque fois que nous nous perdons – je ne les compte plus, à ce stade.

Tom dormait quand je me suis faufilée hors de notre chambre pour aller voir BJ. Il a le sommeil lourd, j'ai eu l'occasion de m'en apercevoir. Je renverse tout le temps ma bouteille d'eau et ça ne le réveille jamais, même si ça fait le bruit d'un gong chinois. Il dormait toujours quand je me suis de nouveau glissée dans notre lit, quelques heures plus tard. Et il a continué de dormir paisiblement.

Moi, je n'ai pas fermé l'œil.

Au matin, je prends une longue douche et m'étrille énergiquement, essayant de me débarrasser de toutes les erreurs que je commets, mais en vain. J'enfile les vêtements les plus confortables que j'ai apportés – un cardigan oversize Vetements avec tous les boutons différents, un short et un crop top Loulou Studio en tricot de cachemire côtelé.

Je commande notre petit déjeuner dans la chambre et le dispose sur la table du balcon afin de ne pas déranger Tom, que je réveille malgré tout. Il bat des paupières et m'adresse un demi-sourire fatigué. J'ai l'impression de recevoir un coup dans l'estomac. Une sensation me surprend. Du désir ?

Il roule du lit et sort me rejoindre. Il n'est vêtu que d'un boxer Tom Ford noir, et j'ai soudain la brève et inexplicable envie de le lécher – cette impulsion ne dure qu'une seconde avant de disparaître, heureusement, car cela manquerait vraiment de raffinement.

Mes pieds reposent sur la chaise en face de moi. Tom les soulève, s'assied et les pose sur ses genoux.

La vision de mes jambes étendues et appuyées sur lui, quasiment nu, tandis qu'il m'observe en plissant les yeux dans le soleil matinal de la Grèce, forme une image étrangement familière, et j'ai de nouveau des papillons dans le ventre. Je déglutis tout en m'inquiétant que mes joues ne trahissent ce trouble que je ne comprends pas encore complètement moi-même.

Il me regarde fixement pendant quelques secondes, stoïque et sculptural.

— Tu es allée le voir, après, finit-il par dire.

Ce n'est pas une question, ni une accusation. Juste une constatation.

Je détourne le regard, gênée.

— Juste une minute.

Il hoche la tête, ses yeux évitant aussi les miens.

— Pourquoi ?

Je fais la moue. Je n'étais pas sûre de quand le sujet viendrait sur le tapis, mais me doutais qu'il me faudrait l'aborder à un moment, et que la nouvelle ne l'enchanterait guère. Je prends une profonde inspiration et expire par le nez.

— Je n'avais couché qu'avec lui jusqu'à hier soir.

Tom cligne des yeux tout en reculant la tête, sous le choc.

— Putain, Magnolia !

Je lui adresse un sourire crispé et agite la main.

— Ce n'est pas très important.

Il saisit mes jambes et me tire vers lui avec ma chaise. Je suis juste devant lui à présent, mes membres amoncelés sur ses genoux telles les baguettes d'un mikado. Il me dévisage, l'air sérieux.

— Si, c'est important.

— Ouais, eh bien… J'avais besoin qu'on n'en fasse pas tout un plat, donc…

Les mains de Tom se posent sur mes chevilles, qu'il serre doucement.

— Pourquoi ne me l'as-tu pas dit ?

Je passe les bras autour de mes genoux.

— Parce que je savais que tu ne le ferais pas si je te le disais.

Il me jette un regard contrarié frôlant la réprobation. Curieusement, je trouve ça très sexy. Une histoire de figure paternelle, probablement.

— Cela s'appelle de la dissimulation, déclare-t-il.

— Non, corrigé-je. C'est de la discrétion.

J'insiste sur le mot.

Il roule des yeux, un peu amusé, puis pointe le menton vers moi.

— Donc tu es allée le retrouver ?

J'acquiesce, incapable de soutenir son regard. Tom sait que j'aime BJ. Il en sait plus à notre sujet que la plupart des gens, à présent, donc pourquoi suis-je aussi gênée qu'il se soit rendu compte de mon escapade ?

— Ouais, et il était avec quelqu'un d'autre.

Voilà peut-être l'explication.

— Putain ! (Tom laisse tomber sa tête en arrière en signe d'exaspération, mais sa prise se resserre autour de mes chevilles.) Vous deux... Vous êtes vraiment...

— Tordus. Oui, je sais.

Il me regarde de nouveau fixement, essayant de définir ce que nous sommes, BJ et moi – une tâche impossible, je devrais le mettre en garde dès maintenant : comme un nombre incalculable de personnes avant lui, il y échouera misérablement. Parce que BJ et moi ne rentrons dans aucune case. Nous sommes l'union de toutes les nuances de l'amour que nous éprouvons, avons éprouvé et continuons accidentellement d'éprouver l'un pour l'autre, de l'entrelacs complexe formé par les fils de nos destins noués ensemble et des secrets de l'autre. Nous sommes un seul cœur brisé qui bat dans nos deux poitrines.

— Pourquoi, à ton avis ? finit par demander Tom.

J'adorerais le lui dire, j'adorerais lui répondre et que ça ait du sens, mais j'en suis incapable.

À la place, j'opte pour un petit haussement d'épaules.

— Je… Nous sommes tombés amoureux trop jeunes, je pense, et nous ne savons pas comment exister l'un sans l'autre.

BJ et moi… une fine chaîne d'or complètement enchevêtrée. Pas impossible à démêler, mais c'est l'impression que ça donne. Il arrive qu'on y parvienne, mais pas souvent. La plupart du temps, il faut détacher le fermoir ou rompre les maillons en plusieurs endroits pour défaire les nœuds.

— Vous êtes comme Sam et Clara, murmure Tom pour lui-même, l'air soudain triste. Merde, souffle-t-il.

— Je suis désolée, chuchoté-je, prise d'une subite envie de pleurer.

— Non. (Il secoue la tête en me massant distraitement les chevilles.) C'est moi qui suis désolé… Si je pouvais t'aider à tourner la page, je le ferais.

Mon cœur est lourd dans ma poitrine. Je soupire, incapable de prononcer une parole. Il y aurait bien des choses à dire, mais toutes sont contradictoires.

Oui, j'aime BJ. Non, je ne sais pas comment tirer un trait dessus. Mais, s'il te plaît, ne me quitte pas. Je n'ai pas envie que tu me quittes. Je serais perdue, sans toi. Avec toi, je ne me sens plus seule. Et j'ai peur que Gus ait raison.

J'aimerais lui dire tout ça, mais les mots restent coincés dans ma gorge.

Il me prend ma tasse des mains et boit une longue gorgée de cappuccino.

— Donc… (Sourcils froncés, il me regarde fixement.) Où est-ce que ça nous place, tout ça ?

— Tu veux dire… Pour notre refuge ?

Je me penche pour essuyer une trace de mousse de lait sur sa lèvre supérieure.

Mon doigt s'attarde un peu. Ses joues rosissent.

Il s'éclaircit la voix.

— Ouais…

— Je ne sais pas, dis-je en haussant les sourcils. Que voudrais-tu que ça signifie ?

— Eh bien, j'ai toujours besoin d'un endroit où me réfugier. Toi aussi. Nous attendons tous les deux que nos sentiments disparaissent. Autant attendre ensemble.

Je hoche le menton et sens en moi une étrange décharge d'endorphines. La tête me tourne légèrement à l'idée de pouvoir continuer de prétendre que j'appartiens à Tom. Encore plus en pensant que je n'aurai pas à affronter BJ sans ma propre version d'un AK-47.

D'un geste, Tom désigne le lit derrière lui.

— Mais nous devrions probablement éviter de refaire ça…

— Oh ! (Je m'efforce de dissimuler ma déception, mais j'échoue lamentablement.) Oui… Oui, je suppose que tu as raison.

Il plisse malicieusement les yeux et lutte pour s'empêcher de sourire. Il a l'air un peu satisfait.

Je pointe le nez en l'air et lui jette un coup d'œil.

— Mais ce ne serait pas non plus la fin du monde si ça arrivait, ajouté-je prudemment, sentant un pincement au cœur à l'idée que ce ne soit plus envisageable.

Son regard s'adoucit tandis qu'il se penche vers moi.

— Écoute… Bien sûr que nous pouvons le refaire, sincèrement, quand tu veux. C'est juste que… Je ne crois pas que tu en avais vraiment envie, hier soir. Je crois que tu l'as fait parce que tu t'es sentie obligée. (Il secoue la tête.) Tu n'étais pas obligée.

— Je sais, rétorqué-je, le nez toujours en l'air.

— Tu as l'air tellement triste, dit-il avec un petit rire déconcerté ; puis son expression change. Je ne veux pas que tu sois triste à cause de moi.

— Ce n'est pas le cas.

— Je sais ! Tu t'es mise dans cet état toute seule. Mais tu t'es servie de moi.

— Je suis désolée.

Il plisse les yeux et conclut d'un ton enjoué :

— Voilà qui confirme sans l'ombre d'un doute que tu es ingérable.

38

BJ

« Pourri, sans espoir d'amélioration. » C'est ce qu'elle a écrit. C'est ce que je suis. Ce que nous sommes, je suppose.

Pourtant, rien n'aurait pu me préparer complètement à ce que je ressentirais en voyant Parks pénétrer dans le vestibule au côté du seul homme avec qui elle ait couché à part moi. Et voici le putain de coup de grâce : il y a une complicité nouvelle entre eux, maintenant. Ça saute aux yeux.

Le sexe est quelque chose de spécial pour elle. Elle n'aurait pas couché avec lui si elle n'en avait pas eu envie, même si elle l'a sûrement fait un peu pour me contrarier. Elle a cherché à me provoquer des milliers de fois d'un million de manières diverses et variées, mais jamais elle n'a couché avec quelqu'un d'autre que moi. Mais Tom…

Tom, c'est différent. Même si elle ne s'en rend pas encore compte.

— Eh !

Henry les accueille chaleureusement – il n'est pas au courant.

Magnolia se contente de lui adresser un petit sourire, et il me jette un coup d'œil, perplexe. Perry et Gus échangent des regards interrogateurs. Tom chuchote quelques mots à l'oreille de Parks, écarte une mèche de son visage – il fait preuve de trop de familiarité, à présent, la touchant comme si elle lui appartenait… Puis il se dirige vers la réception. Je cherche le regard de Parks, mais elle détourne les yeux exprès. Paili se précipite vers elle, passe son bras sous le sien, comme pour la protéger de moi.

Je m'efforce de ne rien laisser paraître, mais j'ai mal. Putain, à l'intérieur, j'en crève. Christian nous observe, Parks et moi, essayant de jauger l'atmosphère qui plane entre nous.

Je crois qu'il sait.

Tom revient vers Parks, me jette un coup d'œil en me saluant à peine d'un mouvement du menton, puis glisse nonchalamment son bras autour de ses épaules. Merde. La décontraction avec laquelle il la touche… Ensuite, distraitement, elle saisit deux de ses doigts dans sa main… et ils restent là comme ça… comme un couple. Un vrai couple. Un couple avec des sentiments et des rapports sexuels.

L'intimité paisible qui circule entre eux me donne l'impression que quelqu'un vient d'extraire mon cœur de ma poitrine avec une putain de louche. Les voir est un supplice. Je me détourne.

Henry le remarque, fronce les sourcils.

— Ça va ?

Je hoche brièvement la tête. Il se rend forcément compte que je mens.

— Je reviens dans une minute.

Je trottine jusqu'aux toilettes, me fais un rail, ressors. J'essaie encore une fois de capter le regard de Parks, mais elle s'obstine à m'ignorer. Je n'obtiendrai rien de plus. Rien. Et « rien », entre nous, veut dire quelque chose, car c'est complètement anormal, ce qui, dans une certaine mesure, me soulage.

Notre voiture arrive. C'est une limousine. Tom lui ouvre la portière. Elle ne décroche pas un mot de tout le trajet. À personne. Quand les autres lui parlent, c'est Tom ou Paili qui répondent. Il ne lui lâche pas la main – c'est quoi, le deal ? Ils se sont mis de la Super Glue ?

La limo s'arrête près de la piste. J'ai la poitrine comprimée. Parks semble à des années-lumière de moi.

Pendant qu'ils déchargent la voiture, je m'approche d'elle.

— Est-ce qu'on peut parler ?

Elle penche la tête vers moi sans me regarder.

— Non.

Puis elle s'éloigne et rejoint Tom. Je sens mon visage se décomposer en la voyant de nouveau à ses côtés. Elle n'est pas elle-même avec lui, elle n'est pas détendue, bavarde, malicieuse ni joyeuse. Rien de tout ça, aujourd'hui. Elle souffre. Avec lui, elle est Parks blessée, et c'est peut-être pire. Parce que la seule personne avec qui je l'aie jamais vue se montrer aussi vulnérable, c'est moi.

Je les regarde, et c'est comme si je voyais ma propre vie dans un accident de voiture. Nous montons à bord de l'avion d'England. Je m'assieds à l'arrière, exactement à la même place qu'à l'aller, laissant libre le siège à côté de moi, dans l'espoir qu'elle m'y rejoindra encore. Ce n'est pas vraiment son genre de laisser une situation en suspens, c'est mauvais pour son cerveau. J'attends donc qu'elle monte dans l'avion, prêt à croiser son regard et à lui faire signe, mais, quand elle apparaît, les mains de Tom sont posées sur sa taille.

Il lui indique le cockpit. Elle acquiesce et le suit à l'avant, et ils ferment la porte. Je n'ai même pas le temps d'apercevoir l'intérieur.

Henry pousse un long sifflement. Paili lui donne un coup de coude.

Elle avait raison. Il fait un temps pourri.

10:12

Christian

Eh !

Il se passe quoi entre BJ et toi ?

Je ne vois pas de quoi tu parles.

Menteuse !

Il a dit quelque chose ?

Non.

Il refuse aussi d'en parler.

Qu'est-ce qui s'est passé ?

Rien.

Dis-moi.

On s'est disputés, c'est tout.

... ?

Je l'ai vu avec une nana.

??

Je l'ai vu vu.

Genre... 🍆🌮

Quoi ?

Sérieux ?

Je crois. Je ne sais pas.

Je suis partie en courant.

Tu es allée où ?

Voir Tom.

J'étais là.

Je sais.

Tu aurais pu venir me voir.

Je sais.

Mais je ne pouvais pas.

Tu peux toujours venir me voir.

Tu devrais le savoir.

Je sais.

Merci ❤

❤

39

Magnolia

Tom insiste pour me déposer chez moi après le vol. Nous atterrissons à Luton, cette fois, c'est-à-dire à un peu moins d'une heure en voiture de Londres, à cette heure de la journée. Je lui ai dit qu'il n'était pas obligé, mais il s'est montré inflexible. Après notre discussion au petit déjeuner, il s'est autodésigné chien de garde, et il est assez marrant dans ce rôle.

Je ne suis pas tout à fait sûre que ça ait un rapport avec ce qui s'est passé avec BJ ou avec cette tristesse qui ne me quitte pas – ou quoi que ce soit d'autre, d'ailleurs –, mais, sans parler de notre statut de « refuge », tenir la main de Tom m'a procuré un profond soulagement.

Et quand il m'a proposé de prendre place avec lui dans le cockpit, j'ai su que ça ferait mal à BJ, alors j'ai accepté. J'avais raison. Je l'ai vu assis au fond, attendant que j'aille m'installer à côté de lui – ce dont je me suis abstenue.

Même si une part de moi en a eu envie. Mais je crois qu'il y aura toujours une part de moi qui en aura envie. Je suis consciente qu'être furieuse contre lui parce qu'il a couché avec quelqu'un d'autre alors que je l'ai fait aussi peut sembler hypocrite. J'ignore pourquoi je sens cette pression autour de mon cou, un peu comme si l'on m'étranglait, ou pourquoi j'ai l'impression qu'il m'a trahie. Moi, je ne l'ai pas trahi.

À moins que… Mais peut-être qu'il le fallait ?

Le siège libre à côté de BJ m'était destiné. Une évidence, pour lui. J'ai pris soin de ne pas croiser son regard – je n'en ai pas eu besoin, je l'ai senti sur moi, rempli d'attente, d'espoir.

J'ai donc suivi Tom dans le poste de pilotage.

Une part de moi espérait que BJ ressentirait ce que je ressens chaque fois que je vois ses mains sur d'autres filles, qu'il se consumerait pendant tout le vol à l'idée de ce qui se passait derrière la porte fermée.

Ce qui s'est passé ? On s'est beaucoup embrassés.

— J'ai le droit d'être ici ? ai-je demandé tandis que Tom fermait la porte du cockpit derrière nous.

Il m'a lancé un regard.

— Je suis le pilote.

— Tu ne m'as pas proposé de venir, à l'aller.

— J'ai vu Ballentine au fond de l'avion et un siège libre à côté de lui. Il m'a semblé que tu aurais beaucoup de mal à résister à une place près de l'amour de ta vie.

— Excuse-moi, ai-je objecté, outrée. La seule chose à laquelle je ne puisse résister, c'est Gucci.

Il a ri.

— Alors, je t'en prie, retourne donc à l'arrière.

— Je pense que je serai plus en sécurité ici, mais seulement parce qu'il porte du gris et que j'adore le gris, ce qu'il sait, donc il l'a fait exprès.

Tom a baissé les yeux vers son tee-shirt blanc Tom Ford.

— Et le blanc ? Qu'est-ce que tu penses du blanc ?

Mon regard a malicieusement suivi le sien. C'est amusant de flirter avec Tom England.

— C'est pas si mal.

Il m'a souri, et sa bouche, muette, m'a dit bien des choses.

J'ai pris place dans le siège du copilote. Nous avons continué de flirter. Tom m'a montré quoi faire, les boutons à actionner, me décrivant la manœuvre de décollage pendant qu'il l'effectuait, et ensuite, une fois que nous avons été à la bonne altitude, il m'a demandé si je voulais piloter.

— Peut-être...

Je lui ai lancé un coup d'œil nerveux. Il a tapoté ses genoux.

— Oh, je vois...

J'ai roulé des yeux, et il a éclaté de rire, avant de se mordiller la lèvre inférieure.

— Allez, viens, a-t-il dit.

Je l'ai rejoint prudemment sans le quitter des yeux, amusée. Il m'a attirée sur lui et m'a positionnée face au tableau de bord, passant ses bras autour de moi, couvrant mes mains des siennes sur le manche. Il a appuyé son menton sur mon épaule, guidant l'avion à travers mes gestes – je ne faisais rien, je le savais. Mais je n'ai pas bougé, car la sensation de Tom England contre moi était infiniment agréable.

J'étais une femme à la mer, et lui une planche de bois flotté à laquelle m'accrocher.

J'ai senti son souffle dans mon cou, et un frisson m'a parcouru la peau. Je me suis tournée vers lui, mes yeux effleurant ses lèvres avant de plonger dans les siens.

Il fait ce truc avec sa bouche, Tom England, et c'est incroyablement sexy – un quasi-sourire, sans découvrir les dents, presque moqueur, mais pas suffisant du tout. Il le fait quand il veut quelque chose ou qu'il fait le malin. À cet instant, à mon avis, il ne cherchait pas du tout à faire le malin, donc il voulait quelque chose, et ce quelque chose, c'était moi.

Il a dégluti.

Ensuite, j'ai effleuré ses lèvres des miennes. Une caresse rapide et douce, plus timide que je ne le souhaitais.

Il a souri, surpris, peut-être, content, certainement. Puis il s'est penché légèrement, sa bouche juste au-dessus de la mienne, suffisamment proche pour que je sente son contact avant qu'il n'ait lieu. Je me suis mise à haleter, submergée par une vague de désir. Alors nos lèvres se sont trouvées, lentement d'abord, et puis plus du tout, notre baiser devenant avide, empressé, tandis que le temps filait autour de nous et à travers nous.

Il m'a fait pivoter de façon que je sois face à lui, et ensuite nous nous sommes simplement embrassés, jusqu'à ce que l'avion rencontre un courant descendant et chute de plusieurs pieds. Je me serais envolée au plafond s'il ne m'avait pas retenue. Il a ri, avant de présenter ses excuses aux passagers par le haut-parleur, expliquant que sa copilote l'avait un peu distrait, qu'elle manquait de concentration dans le domaine aéronautique.

J'ignore s'il a dit ça pour m'amuser ou pour lui-même, mais, dans un cas comme dans l'autre, j'ai espéré que BJ avait eu mal.

Cela dit, nous avons terminé le vol sagement, sans plus nous embrasser, lui à sa place, moi à la mienne, mais, de temps à autre, il me jetait un regard en coin, les narines frémissantes tandis qu'il s'efforçait de s'empêcher de sourire. Alors j'éclatais de rire, et il éclatait de rire aussi, et je crois qu'il est devenu l'un de mes meilleurs amis.

Un camion de déménagement est garé devant chez moi quand nous arrivons. J'adresse à Tom un regard déconcerté. Ensuite, quatre secondes et demie après que nous avons mis un pied dans la maison, ma sœur se jette dans mes bras.

— Te voilà, merci, mon Dieu ! s'exclame-t-elle. C'est une maison de barges, ici !

— Oh ! Pourquoi ? Que s'est-il passé ?

Bridget recule d'un pas, appuie ses paumes sur ses tempes. Elle porte le cardigan Miu Miu à rayures horizontales marron, moutarde et jaunes, laissé par mes soins sur un cintre dans son placard. Les poings sur les hanches, elle nous regarde.

— Tout. (Elle secoue la tête.) Tout !

J'agite les mains avec impatience, la pressant de s'expliquer. BJ m'aurait donné une tape pour me rappeler à l'ordre.

— Eh bien, d'abord, maman déménage, commence Bridget.

Je lève les yeux au ciel. Oh OK, je vois…

— D'accord.

— Ils divorcent.

Ah.

— D'accord.

— Mars emménage.

— Elle vit déjà ici…

— Dans sa chambre…

— Beurk !

Tom me glisse un regard en coin. Il se retient manifestement de sourire – BJ aurait mis sa main sur ma bouche pour me faire taire.

— J'ai entendu, lance Marsaili en faisant soudain son apparition. Magnolia…

Elle se penche pour me faire la bise, mais je l'esquive. Pas seulement pour manifester mon irritation extrême, mais aussi parce que jamais nous ne nous sommes embrassées pour nous saluer. Je ne vois pas pourquoi ça changerait maintenant que j'ai découvert sa liaison avec mon père.

— Charmant… (Elle se racle la gorge.) Je vois que tu as décidé de continuer de te comporter comme une enfant. (Elle adresse un signe de tête à Tom.) Bonjour, Tom.

— Marsaili, répond-il avec un sourire bref.

Au même instant, ma mère sort du salon en brandissant une épée datant de la période carolingienne.

— Elle est à moi ! hurle mon père. Elle est à moi, remets-la en place immédiatement.

— Je la prends, lui annonce-t-elle.

— Tu détestais cette épée. Tu as déclaré, quand je l'ai achetée, que c'était de l'argent jeté par les fenêtres !

— Oui, mais, voyons, mon chéri, tu adores gaspiller des sous, n'est-ce pas ? (Ma mère le regarde en battant des cils.)

Cette troisième augmentation mammaire que je me suis infligée, c'était vraiment de l'argent foutu en l'air, non ? Tu ne les as même pas regardés une seule fois !

— Maman, s'il te plaît, ne dis pas « augmentation mammaire » devant Tom England, intervient Bridget.

Tom jette un coup d'œil amusé à ma sœur.

— Oh ! (Maman se tourne vers nous.) Tom ! Magnolia, quelle surprise !

— Vraiment ?

— Bonjour, dit Tom, mal à l'aise.

— Je veux dire, je vis ici…, fais-je remarquer pensivement.

— Eh bien, moi, plus pour longtemps, assène-t-elle avec un hochement de tête définitif.

Je gravis quelques marches, désireuse de surplomber la mêlée, sans pour autant dépasser Tom.

J'examine ma mère pendant quelques secondes.

— Tu portes une robe de bal ?

Elle baisse les yeux vers sa robe Dolce & Gabbana noire en coton mélangé et dentelle de Chantilly à manches ballons.

— Oui…

— En quel honneur ?

— C'est ma robe de bal de déménagement.

— Pratique, fait remarquer ma sœur, bluffée.

— Eh bien, j'avais l'intention de la porter à l'occasion de la cérémonie de renouvellement de nos vœux de mariage. (Elle lance à mon père un regard assassin.) Mais ce plan est au fond des toilettes, maintenant.

— Je ne t'ai jamais demandé de te remarier avec moi, rétorque-t-il sans ménagement.

— Harley ! gronde Marsaili en lui donnant une tape sur le bras.

Je me tourne vers elle.

— Drôle de moment pour jouer la carte de la solidarité féminine…

Pendant une seconde, je regrette que BJ ne soit pas là, car il fait des miracles quand les choses se gâtent chez les Parks, tempérant brillamment la stupidité de ma famille.

Ma mère croise les bras sur sa poitrine.

—Elle a raison, Harley. Nos vœux sont peut-être passés à la trappe, mais il n'y a aucune raison pour que tes manières subissent le même sort.

Je jette un regard effaré à ma sœur.

—C'est infernal.

—Bienvenue à la maison.

—Bon…, commencé-je sans regarder personne en particulier. Je vais monter… et trouver un ouvrier pour faire insonoriser ma chambre.

Marsaili lève les yeux au ciel.

—Nous avons déjà eu des rapports sexuels ici…

Je m'empresse d'enfoncer les doigts dans mes oreilles.

—Lalalalalala !

—Marsaili.

Mon père lui fait les gros yeux.

—Elle n'a jamais rien entendu…, se défend-elle.

—Et je n'ai pas l'intention que ça change ! crié-je.

—Tu veux bien demander un devis pour ma chambre aussi ? me supplie Bridget.

Je pointe le doigt vers elle et lui fais un clin d'œil, puis me détourne pour gravir les marches à toute allure, Tom sur les talons.

—À vrai dire, ma chérie…, m'arrête mon père. Puis-je te parler un moment seul à seule ?

Je m'immobilise et pivote vers lui. Tom vient se placer devant moi.

—Non, dit-il.

Je vois la mâchoire de mon père se contracter. Il est contrarié, mais aussi un peu triste.

—Non ? répète Mars, incrédule.

Tom secoue la tête, indifférent.

— Écoutez, Tom, insiste Marsaili. C'est vraiment, vraiment adorable de votre part de vous montrer aussi protecteur à l'égard de Magnolia, mais elle peut parfaitement rester seule avec son père, je vous assure qu'il ne lui arrivera rien. En outre, franchement, ceci ne vous concerne pas…

Je m'interpose.

— Ne lui parle pas sur ce ton.

— Magnolia, avec tout le respect que je lui dois, Tom n'est pas parmi nous depuis assez longtemps pour se trouver mêlé à nos affaires de famille…

— Tu n'es plus ma famille, la coupé-je. Et Tom est mon petit ami.

Celui-ci coule un regard vers moi, les commissures de ses lèvres s'étirant en un imperceptible sourire. J'ai l'impression, pendant une fraction de seconde, qu'il est un peu plus que mon faux copain.

— Eh bien, souffle Marsaili. Je suis navrée que tu voies les choses ainsi, Magnolia. Je t'ai toujours traitée comme ma propre fille…

— Oh ! Alors c'est pour ça que tu t'es tapé mon père pendant tout ce temps ?

Mon père soupire et grogne en même temps.

— Allons, ma chérie…

— Qu'attendez-vous de moi, exactement ? Mon approbation ? Vous ne l'aurez pas.

— Ma chérie… (Mon père s'avance vers le pied de l'escalier.) Je ne suis plus amoureux de ta mère depuis bien longtemps.

— Oui, bah, OK. Je n'ai aucun problème avec ça. Par contre, j'ai un problème avec la lâcheté et la faiblesse qu'implique l'infidélité. (Je le désigne d'un geste.) Tu es infidèle, je le sais. Mais avec elle ? (Je désigne Mars.) Mars était à nous. C'était *notre* adulte qui nous aimait et prenait soin de nous et nous a élevées… Il fallait que tu la contamines, elle aussi ?

— Magnolia, dit Mars en secouant la tête, d'une voix un peu plus aiguë où je devine une note d'espoir. Je ne suis pas contaminée, je suis juste…

— Une sale hypocrite, asséné-je.

40

BJ

J'ai laissé passer plusieurs jours avant de me décider à aller chez elle – et, putain, qu'est-ce que ça m'a paru interminable ! Le temps libre, ce n'est pas trop mon truc. Pas plus que les journées sans Parks. J'ai facilement tendance à remplir l'espace qu'elle a laissé vide avec des conneries – c'est d'ailleurs ce que m'a dit Henry hier soir, quand j'ai ramené une nana de Madrid à la maison.

La fille en elle-même n'était pas une « connerie ». Sympa, canon. Fiancée – ça, oui, c'était un peu con, je suppose, mais pas vraiment mon problème. Deux rails plus tard, je n'y pensais plus.

Parks ne m'a envoyé aucun message, ce qui est bizarre. Enfin pour nous. Jusqu'à présent, chaque fois que quelque chose cloche entre elle et moi, il y en a toujours un des deux qui cède et essaie de rétablir l'équilibre. Je lui envoie une abeille. Elle me fait suivre un article du *National Geographic*... Mais, cette fois, rien, ni de son côté ni du mien, et j'ai un peu peur de réfléchir à ce que ça pourrait signifier.

Debout près de la porte ouverte de sa chambre, je tends l'oreille. Bridget est avec elle.

— Cette robe est moche, déclare Bridget. (Bruit d'une page qu'on tourne.) Moche... Moche. (Page suivante.) Moche.

Magnolia intervient.

— Dis donc, tu n'as pas la lumière à tous les étages, toi… (Je souris. C'est une expression de mon père.) C'est du Valentino à son apogée.

— Moche quand même. Et celle-ci aussi.

— Je l'ai, fait remarquer Parks, manifestement contrariée.

— Alors elle est encore plus dégueu, assène Bridget, et j'imagine très bien sa figure quand elle dit ça.

Je ris tout bas en les écoutant. Elles me manquent. Toutes les deux. Pas de la même façon, évidemment, mais elles me manquent. Sachant que cette conversation risque de s'éterniser, je franchis la distance qui me sépare de la porte ouverte et je toque sur le battant, debout sur le seuil. Assise sur son lit, Parks lève la tête, cligne des yeux, déglutit. Son visage parfait exprime autant le soulagement que la nervosité. Nous restons quelques secondes à nous regarder fixement. Elle porte une main à son cou et la pose sur le collier avec le petit B que je lui ai offert. Elle le met, donc. C'est bon signe.

— Est-ce que je peux entrer ?

— Tu ne m'as jamais demandé la permission avant d'entrer dans ma chambre…, fait-elle remarquer, déconcertée.

Je hausse les épaules, enfonce les mains dans mes poches.

— Ça ne m'a jamais semblé nécessaire.

De nouveau, Magnolia et moi nous regardons fixement. C'est la troisième fois au cours de notre relation que nous nous retrouvons dans une situation aussi merdique. Quand je l'ai trompée. Et une autre fois où j'ai vraiment déconné – après, j'ai escaladé le mur jusqu'à sa fenêtre à 23 heures un soir de semaine à l'époque du lycée pour lui dire que j'étais désolé, échafaudé le plan de Tobermory, puis je l'ai embrassée jusqu'au lever du soleil.

Mais, aujourd'hui, je n'ai pas de ballons pour me faire pardonner et je ne peux pas l'embrasser.

Parks me fait signe d'avancer, d'un geste inhabituel exprimant à la fois le consentement et le dédain. Bridget émet un long sifflement bas et prend une gorgée de café tout en nous observant attentivement.

— OK, dit Magnolia en levant les yeux au ciel. Casse-toi, maintenant.

— Sympa, proteste Bridget, vexée, tout en descendant du lit.

En passant près de moi, elle bondit sur la pointe des pieds et m'embrasse sur la joue.

— Tu m'as manqué, tête de nœud, me glisse-t-elle.

Et elle me donne un coup de coude dans le ventre avant de disparaître.

Parks s'assied au bord du lit, les bras noués autour des genoux. Je m'arrête devant elle et croise les bras.

— Salut.

Elle esquisse un petit sourire et hausse les épaules.

— Salut.

— Tu ne m'as pas appelé.

— Toi non plus.

— Tu as un petit ami.

— Tu avais les mains pleines…

Je plisse les yeux. Elle est épuisante.

— Tu as pris la fuite.

— Exact.

— Et tu as couché avec lui.

— Exact.

Nos regards se trouvent, et je vois le chagrin adoucir ses traits. Ou est-ce de l'indulgence ? Merde. J'espère que c'est de la tristesse. Je veux me battre avec elle, sentir la proximité que me procurent nos disputes – quand nous nous balançons des trucs que nous ne devrions pas nous dire, allons trop loin… L'autre soir, lorsqu'elle a repoussé mon visage de sa main, ça m'a foutu en l'air, mais aussi fait planer un peu, parce qu'elle ne peut me détester à ce point que si elle m'aime comme elle m'aime.

— Ça va ?

Elle lâche un petit rire étranglé.

— Je ne sais pas.

Non, ça ne va pas.

Son cerveau mouline à toute allure, je le vois.

— Tu es fâchée ?

— Je suis plein de choses.

J'ai envie de tendre une main vers elle, de lui toucher le visage. De l'attirer contre moi, de la serrer fort… Il y a une semaine, je l'aurais fait, mais, aujourd'hui, je ne suis pas sûr que ce soit une bonne idée. Je la sens trop loin de moi pour pouvoir la réconforter. Je devine pourquoi et, si j'y pense trop, je sais que je vais dégueuler.

— Il te plaît ? lui demandé-je en baissant la voix. Je veux dire, il te plaît vraiment ?

Elle arbore un sourire gêné, tire sur ses boucles d'oreilles – une paire que je lui ai achetée la dernière fois que je suis allé à New York. Des petits anneaux en diamants. Je ne me souviens plus du nom du créateur. Elle doit savoir.

— Je ne comprends pas ce que tu veux dire, finit-elle par bredouiller.

— Si, tu comprends très bien. (Elle se contente de me regarder fixement.) Merde !

Je presse mes paumes sur mes paupières.

Elle se lève, saisit mon poignet, cherche mon regard, le trouve, ne dit rien. Elle continue de me dévisager, l'air un peu effrayé. Je repousse quelques mèches tombant sur son front, parce que ses doigts sur mon poignet m'y autorisent.

— Qu'est-ce qui nous arrive, putain ?

— Je n'en sais rien, soupire-t-elle. Et toi ?

Sa réponse m'agace. Je me dégage et recule, sourcils froncés.

— Comment veux-tu que je sache, putain… C'est toi qui as les cartes en main.

Elle expire longuement, puis me lance un regard furieux.

— Nous savons tous les deux que c'est faux, n'est-ce pas, BJ ? Après tout, c'est toi qui détiens certaines informations capables de changer la situation entre nous…

Sa remarque me trouble. Je me demande si elle dit vrai… Si je lui donnais la réponse qu'elle attend, laisserait-elle cette vieille histoire derrière nous ? Si je lui avais tout avoué plus tôt, est-ce que ça aurait changé les choses ?

Elle redresse les épaules d'un air plein de défi.

— C'est bien ce qui me semblait.

Merde.

Non, je ne peux pas. Alors je creuse ma propre tombe.

— Je t'ai fourni une explication, finis-je par lâcher en me passant les mains dans les cheveux.

On dirait que je l'ai frappée. Elle déglutit, son regard se voile.

— Si c'est ta réponse, voici la mienne : nous deux, c'est fini.

C'est à mon tour d'avoir l'impression d'avoir reçu un coup.

Sa bouche se tord, et des larmes roulent sur ses joues. Ça me fait encore plus mal qu'à elle, parce que, elle, elle ne se voit pas quand elle pleure. Ses putains d'yeux émeraude. Je vendrais mon foie au marché noir si ça pouvait arrêter ses larmes, je vendrais tout ce que j'ai, m'arracherais le cœur – mais ça, c'est déjà fait.

Je secoue la tête, m'efforce de calmer ma respiration.

— Tu ne le penses pas.

Elle s'essuie les joues avec précaution, puis lève son visage vers moi, ses yeux fiers brillant d'amertume.

— Non. Effectivement. (Elle s'éclaircit la voix.) Et je te déteste pour ça.

16:42

Jonah

Eh!

Vous en êtes où, Parks et toi?

Y a de l'espoir?

Je sais pas, mec. C'est la merde.

Il lui plaît.

Vraiment?

Ouais, je crois.

Merde!

Tu l'as dit.

Ça va aller, mon pote.

C'est toi et Parks. Vous trouvez toujours une solution.

Ouais.

Mais ça va, hein?

Il paraît que tu as fait un peu de poudreuse en Grèce.

Ça va.

OK.

En général, quand ça va, on ne se fait pas des rails tout seul.

Juste… pour rappel.

OK, ouais. Je le note.

Eh, comment se porte le syndicat du crime, monsieur le président ?

Nickel, mec. Bien stressant, ouais, mais je me plains pas. J'en suis pas à enchaîner les rails tout seul dans ma chambre d'hôtel, donc bon…

41

Magnolia

En rentrant à la maison après une (assez) longue journée au bureau (un déjeuner), je découvre la voiture de Tom stationnée devant chez moi. Il n'est ni dans ma chambre, ni dans la salle à manger, ni dans le salon de réception, ni dans l'autre salon, ni dans la bibliothèque, si bien que je me demande s'il ne s'est pas simplement garé là avant d'aller se promener dans le parc.

Puis j'entends Paili rire dans la cuisine.

En pénétrant dans la pièce, je découvre Tom, Paili et ma sœur, les yeux braqués sur moi.

— Qu'est-ce qui se passe, ici ?

Je les regarde joyeusement tout en lissant la jupe de ma minirobe Leona en velours vert foncé de chez Khaite.

— Tom nous apprend à préparer un martini, m'informe Paili.

— Et à en commander un correctement, ajoute Bridget.

— Ah oui ?

Je lui souris, et il repose un pot d'olives, marche vers moi et me fait un clin d'œil discret avant de m'embrasser.

— Oui, dit-il en se reculant.

Il est tellement beau. Pull en maille de coton côtelée jaune orpiment et pantalon fuselé à pinces, en coton mélangé et lin, l'ensemble signé Brunello Cucinelli.

— Comment s'est passée ta journée ?

Il retourne auprès de ma sœur et de ma meilleure amie afin d'examiner leur travail.

— C'est une olive ou trois, Bridget. Jamais deux.

Elle hoche docilement la tête. Je sens mes joues s'empourprer en le regardant. Pourquoi est-il aussi gentil ?

— J'ai eu un déjeuner de travail avec Kitty Spencer…

— Un déjeuner de travail ? (Bridget cligne des yeux.) Qu'est-ce que Kitty Spencer a à voir avec la rubrique « loisirs » de *Tatler* ?

— Eh bien, c'était un déjeuner durant les heures de bureau, donc…

Ma sœur éclate de rire.

— Paili… (Tom désigne le congélateur d'un geste.) Tu veux bien sortir les verres ?

Elle obéit.

— Bien. Maintenant… (Il jette un coup d'œil aux ingrédients disposés devant lui. Gin, vermouth, olives.) Dirty ?

Son regard passe de Bridget à Paili.

— Très dirty ! s'exclame Bridget, enchantée, avant de secouer la tête. Je plaisante. J'ai toujours rêvé de dire ça.

— Viens là. (Tom me fait signe de me joindre à eux.) Tu ferais bien d'apprendre, toi aussi.

— Tout le monde devrait savoir préparer un Dirty Martini, m'explique Paili, et je vois bien qu'elle ne fait que répéter les paroles de Tom, ce que je trouve attendrissant.

Je me perche sur le plan de travail à côté de lui.

— Mets autant de glaçons que possible dans le verre, s'il te plaît, Bridget.

Elle acquiesce tout en empilant les cubes de glace.

Paili lui tend la cuillère, et il commence à remuer. Il l'a insérée avec précision, et son geste provoque quelque chose en moi que je ne saisis pas tout à fait. Un soupir de soulagement et un nœud dans le ventre, simultanément.

— On ne secoue pas ? demandé-je en chassant d'un battement de paupières les pirouettes déconcertantes qu'exécute mon esprit.

Il fait « non » de la tête.

— Nous voulons qu'il soit moelleux, me précise Bridget.

Je devine qu'elle apprécie Tom, ce qui me fait l'apprécier encore plus.

— Bien, dit celui-ci avec un hochement approbateur. Nous allons remuer pendant un peu moins de…

Il laisse sa phrase en suspens et regarde Paili.

— Une minute ! dit-elle fièrement.

— Très bien.

Il nous sert un martini à chacun, et Bridget laisse tomber dans son verre le cure-dents orné d'une olive.

— Tada ! chantonne-t-elle tout en le désignant d'un geste théâtral.

Pendant qu'ils se félicitent mutuellement, je scrute Tom d'un air soupçonneux.

— Tu es venu ici pour enseigner à ma sœur et à ma meilleure amie l'art du martini ?

— Non. (Il se passe les doigts dans les cheveux.) Je suis venu t'inviter à sortir avec moi.

Je bois une gorgée, amusée.

— Nous sortons déjà ensemble.

Il secoue le menton et me prend la main, me faisant descendre du plan de travail et m'entraînant hors de portée d'oreilles des filles.

— Je crains qu'il ne s'agisse d'une mission « refuge », me dit-il.

— Ah…

— L'anniversaire de Clara.

Je hoche la tête.

— OK.

— Tu es libre mercredi ?

Je hoche de nouveau la tête.
—Je serai libre mercredi.
Son visage se crispe brièvement.
—Je crois qu'elle fréquente quelqu'un.
—Oh!
—Peut-être. Je n'en suis pas sûr…
Je lui prends le bras et cherche son regard.
—Tu tiens le coup?
Il m'adresse un petit sourire forcé.
—Pourrais-tu porter une robe qui fera tourner les têtes du monde entier?
—N'est-ce pas toujours le cas?
Il lâche un «Ha!» et m'embrasse sur la joue.
—Merci.

19:13

Paili

Hé ma belle, alors Tom et toi, vous êtes genre… ensemble?

Paili, on sort ensemble depuis des mois.

Ouais, mais vous «sortiez» ensemble…

Et maintenant vous SORTEZ ensemble.

C'est parce qu'on EST ENSEMBLE.

🙄 Tu vois ce que je veux dire.

Non.

Comment va BJ ?

Je sais pas.

Bien, j'imagine.

La dernière fois qu'on s'est vus, c'était bizarre.

Il va se calmer. Il finit toujours par se calmer, avec toi. ❤

🤞

Pour mémoire, vous êtes aussi ENSEMBLE, tous les deux...

🖕

22:26

Christian

Salut ❤

Salut ❤❤

Question...

Ouais ?

Est-ce que BJ se tape plein de nanas ?

Ha !

BJ se tape toujours plein de nanas.

Mais combien ?

Nooon…

Ne me demande pas de répondre à cette question.

Tu as raison.

Ça craint tant que ça entre vous ?

Je n’ai rien dit, putain.

42

BJ

— Bravo, mec ! C'est bien ça, de monter prendre un peu l'air, me lance Jonah en me voyant entrer dans la cuisine.

Son regard n'est pas exactement avenant. Il est un peu énervé contre moi, je crois. Il trouve que j'y vais trop fort. Ce qui est sûrement révélateur, venant de lui, Jonah n'étant pas exactement un moine.

Je crois qu'il a vraiment un crush sur Taura Sax, en ce moment. Ça craint, parce qu'il me semble que Henry aussi (bien malgré lui). Cela explique probablement que Jo soit un peu irritable. Je veux dire, il se la tape, et Henry le sait, mais n'a pas l'air de s'en formaliser, et je soupçonne Taura d'être intriguée par l'indifférence de Henry… Bref. C'est le bordel. Ils pensent que Parks et moi faisons n'importe quoi, mais, franchement, c'est l'hôpital qui se fout de la charité.

Je dois admettre que je n'y suis pas allé de main morte, cette semaine. J'ai bu jusqu'à ne plus savoir comment je m'appelle, baisé jusqu'à l'engourdissement. Quant à la poudreuse, n'en parlons pas. Disons que j'ai un peu perdu le contrôle depuis la dernière fois que j'ai vu Parks, mais c'est juste ma façon de gérer quand tout part en vrille entre nous.

En général, au bout de deux semaines à peu près, elle m'envoie un message sous prétexte d'une fausse urgence, genre pneu crevé, ou fou furieux qui s'est introduit chez elle et veut la tuer. J'accours, je la sauve, nous remettons les compteurs à zéro, et ça repart.

Mais elle ne m'a pas appelé. Ni envoyé de message.

— Bon, ça s'est réglé entre toi et Parks ? demande justement Jo alors que je m'assieds sur le comptoir d'un bond, avant de me mettre à manger des céréales directement dans la boîte.

— Man…, réponds-je, la bouche pleine.

— Tu l'as vue ?

— Non.

— Tu l'as appelée ?

Je le fusille du regard.

— Va te faire foutre !

— Message ?

Je lui lance une poignée de céréales, et, en représailles, il me balance une télécommande qui me touche en pleine poitrine avec une précision terrifiante.

Putains de chefs de gang…

— Mais merde, qu'est-ce qui se passe, mec ? grogne-t-il.

— Tom lui plaît.

— Ouais, je me demande bien pourquoi… Tu bouffes des céréales à la main directement dans le paquet à 3 heures de l'après-midi un jeudi, pendant que lui, il doit l'emmener à Barcelone aux commandes de son avion…

— J'ai un avion. (Je frotte mes yeux fatigués tout en le foudroyant du regard.) Tu as un avion. Elle aussi. Ça n'a rien d'extraordinaire. Nous avons tous un avion. (Il roule des yeux.) Et tu sais qu'il l'appelle Parks ? Tu ne trouves pas ça bizarre ?

— Qu'il l'appelle Parks ? répète Jonah en fronçant les sourcils. (Je confirme d'un signe de tête.) Tu me demandes si je trouve bizarre que Tom appelle Magnolia Parks « Parks » ?

— Oui, réponds-je avec impatience.

Jonah me regarde longuement sans rien dire. Je me sens con.

— Non, je ne trouve pas bizarre qu'il l'appelle par son nom de famille.

— Ouais, mais c'est le nom que moi, j'utilise pour elle.

— Oui, mais c'est aussi son nom de famille…

Je fais un geste de la main, agacé. C'est lui, l'abruti qui ne comprend rien. Jo me lance de nouveau un regard appuyé. Je n'aime pas ça. Parks et lui sont les seuls capables de me faire sentir vulnérable.

— BJ, qu'est-ce que tu fais ? (Il secoue la tête.) Qu'est-ce qui s'est passé ? Vous étiez sur le point de vous remettre ensemble, et maintenant elle couche avec Tom.

— Une fois. (Je secoue la tête à mon tour. J'ai besoin que ce soit vrai.) C'était un incident isolé. Une anomalie dans sa vie sexuelle…

Il affiche une expression dubitative. Je soupire.

— Pendant notre balade en bateau, elle m'a demandé ce qui s'était passé, cette nuit-là.

— Oh ! Tu devrais peut-être le lui dire…

Je proteste.

— Peux pas.

— Tu pourrais.

— C'est trop tard.

C'est trop tard, et je ne peux pas. Je repense à cette nuit pour la millionième fois. Sadie Zabala en petite robe noire, me déshabillant du regard depuis l'autre bout de la pièce. Mes mains qui deviennent moites… La tête qui me tourne… Tout le monde savait que j'étais avec Parks, ça faisait plusieurs années déjà, qu'est-ce qu'elle foutait ? Je suis descendu pour aller dans ma salle de bains, croyant que j'allais vomir. Peut-être que j'étais soûl ? Mais non. En tout cas, pas suffisamment pour justifier ce qui s'est passé ensuite.

Elle m'a suivi pour voir si ça allait.

Ça n'allait pas.

Et qu'est-ce que ça changerait que Parks sache ? Tout ce qu'elle y gagnerait, c'est une image complétant son cauchemar éveillé… Rien de ce que je pourrais dire ne nous sauverait.

Je n'arrive pas à m'expliquer qu'elle insiste autant pour connaître la vérité.

J'ai merdé, je l'ai fait souffrir. Je ne peux rien y changer.

J'ai besoin qu'elle veuille quand même de moi. C'est la seule solution.

— Donc ? s'obstine Jo. Tu jettes l'éponge ?

— Avec Parks ?

Il hoche la tête.

— Non.

Jamais.

— Alors quoi ? Tu l'as emmenée passer une journée romantique avec toi et tu as réussi à tout faire foirer.

Je lève les yeux au ciel parce que je ne sais pas quoi faire d'autre. C'est vrai. Il se passe la langue sur les dents tout en réfléchissant.

— Moi, je dis que tu devrais juste l'embrasser.

— Quoi ?! m'esclaffé-je.

Il hausse les épaules.

— C'était quand, la dernière fois que vous vous êtes embrassés ?

Je fronce les sourcils, feignant d'essayer de m'en souvenir, comme si la date de notre dernier baiser n'était pas marquée au fer rouge dans ma mémoire, comme si je ne m'en saisissais pas comme de mon sweat préféré chaque fois que mon cerveau a une minute de libre.

Mais je réponds comme si ça n'avait pas d'importance.

— Il y a deux ans environ.

— Quoi ?!

Je recule la tête, gêné.

— Ben quoi ?

— Vous ne vous êtes pas embrassés depuis deux ans ?

— Tu étais là… C'était dans ce ciné, après que j…

— Ça, c'était la dernière fois que vous vous êtes embrassés ? s'écrie-t-il.

— Oui !

— Attends… T'es en train de me dire que toutes ces années, quand tu allais « dormir » chez elle, tu n'as vraiment, littéralement, que *dormi* chez elle ?

— Quoi ? Oui, Jo… (Je secoue la tête.) Je te raconte tout, mec… Tu le saurais si elle et moi nous…

— Non, BJ, c'est Parks. Tu ne parles jamais d'elle comme tu le fais d'autres filles, tu gardes toute cette merde bien cachée à l'intérieur. (Exact.) Tu es sûr que tu ne te l'es pas tapée une seule fois ?

Il me dévisage, ahuri.

— Jonah.

— Eh bah, putain ! (Il lève les mains en l'air.) Je veux dire, vraiment, putain.

Cette révélation le laisse sur le cul. Je le vois se repasser mentalement les dernières années – les yeux tictaquant comme une horloge tandis qu'il déduit, interprète…

— C'était vraiment votre dernier baiser ?

— En gros.

Il y a eu une autre fois. Mais Parks et moi n'en parlons pas.

— Mec… (Il me lance un regard pénétrant.) Embrasse-la.

Je roule des yeux.

— Non mais sérieux…

Jo se rapproche de moi, mi-perplexe, mi-amusé.

— Quoi ? Tu as peur ?

— Non, ricané-je.

— Mon pote, je t'ai vu marcher droit vers des top-modèles et les embrasser direct.

Je secoue la tête.

— Différent.

« Exactement », me disent ses yeux. Et voilà, il me fait chier.

— Eh, BJ… D'homme à homme. (Il me colle une claque sur la poitrine.) Embrasse-la, putain.

43

Magnolia

C'est l'anniversaire de Clara et, comme promis, ma tenue attirera tous les regards.

Minirobe bustier Dolce & Gabbana en raphia tissé et sandales à talons imprimées léopard nouées autour de la cheville.

Au moins, Tom est passé me chercher, cette fois. Bomber en daim Brunello Cucinelli, tee-shirt rayé noir et blanc Jil Sander avec le jean slim Fit 2 Rag & Bone.

Ils ont réservé tout le restaurant d'Adam Handling. Celui de Sloane Street.

— C'est un ami, m'explique Tom sur le chemin. (Il promène son regard sur mon corps, un petit sourire satisfait aux lèvres.) Cette robe…

Je lui jette un coup d'œil, fière de moi, comme si j'avais accompli bien plus que juste être jolie.

— Tes parents seront là ? demandé-je.

Il secoue la tête.

— Ils ne sont pas très à l'aise avec le fait que Clara fréquente ce mec…

J'acquiesce, triste pour eux. Cela doit leur sembler rapide, je suppose. Je suis triste pour elle aussi : combien de temps est-on censé porter le deuil ? Apparemment, dans la famille England, le consensus exige plus de huit mois…

— Et toi ? Comment te sens-tu ?

Il pince les lèvres. Je m'attends à ce qu'il élude ma question.

— Pas bien.

— T'es sûr qu'elle sort avec lui ?

— Non.

Je crois que je suis ici juste « au cas où ». Au cas où il s'agirait du pire scénario. Parce que je n'amènerais Tom à l'anniversaire de BJ que si je redoutais que BJ ne me lance une grenade.

Je crois que je suis ici pour éventuellement lui servir de bouclier.

À notre arrivée, Clara vient à notre rencontre. Elle semble heureuse que je sois venue. J'aimerais éprouver la même joie, mais la voir provoque en moi tout un tas d'émotions inconnues auxquelles je suis incapable de donner des noms.

— Ouah ! s'exclame-t-elle en me serrant dans ses bras. J'adore ta robe !

— La tienne est sublime aussi, réponds-je en souriant.

Il s'agit d'une robe bustier mi-longue Dolce & Gabbana plissée, en jacquard. Crème. Un peu banale, mais jolie.

Je lui tends un cadeau.

— Mais qu'est-ce que c'est ?! s'émerveille-t-elle comme si on ne lui avait jamais rien offert de sa vie.

En tout cas, je comprends pourquoi Tom est amoureux d'elle. Pourquoi les garçons England le sont. L'étaient. BJ pense que j'ai des yeux de biche ? Ce n'est rien en comparaison avec Clara England. J'en ai un bon aperçu avec la fille la plus riche d'Angleterre, lorsqu'elle les écarquille en recevant une pochette cadeau de chez Net-A-Porter. J'agite nonchalamment la main.

— Ce ne sont que des anneaux en diamants Maria Tash. Le reçu est dans la boîte si besoin…

Clara lève les yeux vers Tom et lui adresse un sourire lumineux, mais forcé.

— J'ai l'impression que tu as trouvé la perle rare.

— Parfaitement d'accord, répond-il avec un sourire crispé assorti au sien.

Il hoche la tête, et mon cœur se remplit de tristesse. Tous ceux qui ignorent la vérité verraient dans leur douleur celle de la perte d'un époux et d'un frère, mais je sais bien qu'il s'agit d'autre chose. Et je soupçonne l'homme qui l'accompagne d'être également au courant, alors je presse la main de Tom, parce que c'est mon rôle, ce soir, mais aussi parce que j'en ai envie. Clara me prend le bras et m'entraîne vers son petit ami (ou pas).

— Sebastian, je te présente Magnolia. Magnolia, voici Sebastian.

Je me tourne vers le garçon terriblement sexy qui se tient près d'elle. Teint mat, yeux bruns, tatouages partout, bouche boudeuse, mâchoire dessinée au rasoir, cheveux fous. Je ne parviens pas à identifier ses vêtements, mis à part son chino noir XX Levi's et ses Vans noires. J'en conclus qu'il n'est pas d'une famille argentée – non pas que ça m'importe. Moi-même, je l'embrasserais volontiers, avec ce visage ténébreux. C'est juste étrange, je suppose. Il n'a rien de commun avec Sam. Ni Tom.

À ce propos, Tom ne prête aucune attention à mon échange avec le beau mâle. Il n'a d'yeux que pour Clara.

Je tends la main à Sebastian.

— Bonsoir.

— La tristement célèbre Magnolia Parks.

Il me sourit. Accent américain.

— Ah ! (Je recule la tête, ravie.) Tu as entendu parler de moi.

— Effectivement.

— En bien, j'espère ?

Il m'adresse un sourire en coin et un regard maléfique.

— Pas seulement, dit-il avant de me décocher un clin d'œil et de s'éloigner d'un pas nonchalant.

Clara se confond en excuses, mais je n'arrive pas à déterminer s'il s'est montré insultant ou séducteur. Elle part le rejoindre. Tom me gratifie d'un regard désolé et se lance sur ses talons.

Je soupire, probablement moins discrètement que je ne l'aurais voulu, puis me dirige vers le bar où je commande un Lemon Drop Martini.

Je le bois tellement vite que j'en commande aussitôt un autre.

— Ma belle… (Gus s'assied à côté de moi, tirant sur le bas de ma robe.) L'amour, l'amour, l'amour…

Je passe une main sur ma jupe – et si je récolte peut-être une écharde au passage, je persévère néanmoins – et me fends d'un large sourire.

— Te voici à la soirée d'anniversaire de la vraie reine de cœur de ton faux petit copain – quelle bonne fausse petite amie tu fais…

Je lui donne une légère tape sur le torse tout en réajustant son blazer Kiton rouge à simple boutonnage.

— Ravie de te voir également…

— Il paraît que tu sèmes le chaos chez toi, ces jours-ci ? me dit-il en souriant.

Je roule des yeux et ris.

— Je ne m'en prends qu'aux infidèles.

Il glousse avant de se lancer dans le récit d'une anecdote sur l'artiste avec qui mon père et lui travaillent cette semaine. Je jette un regard circulaire dans la salle en quête de Tom, et le repère assez vite, comme cela arrive souvent quand on a un crush sur quelqu'un, mais je crois que c'est juste parce qu'il est mon faux petit ami.

Tom croise mon regard et m'adresse un signe interrogateur : « Ça va ? »

Je lui réponds par un sourire bref et un hochement de tête, ne voulant pas qu'il pense que je ne lui offre pas un assez bon refuge.

Je ris au bon moment à une histoire de Gus, qui aurait certainement mérité plus d'attention, ce dont il se rend compte.

— Ça devient plus difficile, hein ?

— Mmm ? (Je cligne des yeux, déconcertée.) Non, non, plutôt le contraire.

— Mmm-mmm.

Gus me scrute d'un œil suspicieux.

— Vraiment, insisté-je. Tout va bien. Je suis très détendue, très...

— Tu es vénère.

Je fronce aussitôt les sourcils.

— Comment fais-tu ça ?

Il glousse.

— *Il* m'a appris à reconnaître les signes.

— Oh !

Je lève les yeux au ciel, mais me surprends à rire.

Tom vient vers nous en courant – enfin, pas vraiment en courant, on ne court pas dans ce genre de soirée, disons qu'il marche d'un pas vif et déterminé, vous voyez ce que je veux dire ? Il pose sa main en bas de mon dos.

— Ça va ?

— Ouais ! Parfait ! Ouais, dis-je en hochant vigoureusement la tête. Super bien. Ouais.

Grand sourire pour compléter le mensonge.

« Qu'est-ce que tu fous ? », articule Gus.

— Tu es sûre ?

— Mmm. Ne t'inquiète pas... (Du menton, je désigne Clara quelque part derrière lui.) Va. Ne t'occupe pas de moi.

Il me presse la main et sourit, et je me demande si ce que je ressens quand il accepte mon offre n'est pas de la tristesse. Mais non : pourquoi serais-je triste ?

Gus agite les sourcils.

— Pression sur la main non requise. Très intime.

Je lui donne une tape sur l'épaule en riant. Puis Gus regarde derrière moi, émet un petit gloussement ravi et se penche pour serrer quelqu'un dans ses bras.

C'est une étreinte virile, accompagnée de claques dans le dos pour compenser l'émotion de ces retrouvailles. Quand ils s'écartent l'un de l'autre, je m'aperçois qu'il s'agit de Rush Evans.

La star de cinéma. Vous voyez le canon dans ce film pour ados ? Avec le garçon et la fille et le drame familial ? Lui, c'est le bad boy, elle, c'est la nana sage et plutôt ennuyeuse, mais peu importe, ils tombent amoureux l'un de l'autre ? Le film avait fait un tabac et l'avait catapulté parmi les acteurs les plus en vue.

Il porte un bomber Off-White bleu marine, un jean Ksubi bleu déchiré aux genoux et un tee-shirt Saint Laurent délavé que BJ a en noir.

— Magnolia, ma belle. (Gus me pousse vers lui.) Tu connais Rush Evans ? Nous sommes tous allés à Hargrave ensemble.

Rush secoue la tête et prend doucement mon poignet dans sa main.

— Jamais rencontrée... Mais je sais qui tu es.

Il m'embrasse sur la joue.

Je laisse échapper un minuscule rire qui ressemble plutôt à un soupir.

— Enchantée.

Il hoche la tête, sourit. Il a des yeux qui doivent causer la perte de nombreuses filles.

— Le plaisir est partagé. (Il se tourne vers Gus.) Tu as fait la connaissance du nouveau petit ami de Clara ? (Gus acquiesce, impassible.) Putain, c'est dur...

Puis il se penche au-dessus du bar et commande une tournée.

— Rush était le meilleur ami de Sam, me glisse discrètement Gus.

— Oh ! dis-je, encore plus triste pour tout le monde.

Rush nous tend à chacun un shot. Nous trinquons, les vidons d'un trait, puis il me tend un autre Lemon Drop Martini et un Negroni à Gus. Ensuite, il s'adosse au bar et me lance :

— Alors, Tommy et toi... Raconte.

Rush Evans est assez charmant, vraiment. D'une beauté irréelle, vif et spirituel, moins hollywoodien que je l'imaginais, mais définitivement le genre d'homme à vous briser le cœur si vous lui en donnez l'occasion.

Je lui sers la version officielle – le restaurant, le baiser, mon béguin datant de mon enfance, etc. Il hoche la tête tout du long, pendant que Gus ponctue mon récit de grimaces malvenues. Heureusement, l'attention de Rush est principalement dirigée vers moi.

— Mais je croyais que tu étais avec… (Il claque des doigts deux fois.) Merde. Le gars sur Instagram à qui toutes les filles jettent leur culotte.

Je pince les lèvres et déglutis avec difficulté, parce qu'il me manque.

Pourquoi ne m'a-t-il pas appelée ?

— BJ.

Je finis mon verre d'un trait.

Rush me jette un regard intrigué.

— Barman, lance-t-il avant de me pointer du doigt. Sujet sensible ?

Gus se penche, sourcils haussés, curieux d'entendre ma réponse. Quel salaud !

— Absolument pas, protesté-je d'un ton plein de défi – et de mensonge, je le crains.

— Bien. Alors, Parks, explique-moi ça, dit Rush en désignant Tom du menton.

Celui-ci ne quitte pas Clara d'une semelle. Elle-même est assise seule à une table avec son peut-être-petit ami canon. Tom rôde discrètement dans les parages. Il parle à une fille qui paraît enchantée de l'avoir comme interlocuteur, au point de fermer les yeux sur le fait qu'il semble se foutre complètement de ce qu'elle lui raconte.

— Si tu te tapes Tom…

— Ce n'est pas le cas, objecté-je. Je suis née dans le district W11. Je « me tape » personne…

Gus s'esclaffe, et Rush hausse les sourcils, amusé.

— Je disais donc, explique-moi…

Je roule des yeux, lui fais signe de poursuivre tout en finissant mon verre.

— … si tu es avec Tommy, comment se fait-il qu'il ne puisse détacher le regard de Clara, mmm ?

J'inspire vivement, puis me reprends et expire plus lentement. Les yeux de Gus sont ronds comme des billes – il attend ma réponse.

— Je ne sais pas, dis-je avec indifférence. Un instinct protecteur, peut-être ?

Rush regarde Tom, puis Clara, puis moi.

— Protecteur ?

Je hoche la tête avec conviction. Rush plisse les yeux.

Je m'éclaircis la voix.

— En fait, il me semble que son regard est moins chargé sexuellement que, peut-être… (J'improvise.) Tu sais… papa poule.

Gus réprime un gloussement. Rush, lui, ne se gêne pas.

— Avec quel genre de poules traînes-tu ?

— Des poulettes écervelées, dis-je, fière de ma stupide blague.

Il sourit, et j'éclate de rire.

— La vache ! (Il secoue la tête.) Si tu n'étais pas la fausse petite amie de mon meilleur pote, je te draguerais sans répit.

— Quoi ? (Je fronce les sourcils et rougis.) Je… Non ! Pfft !

Rush Evans m'observe.

— Quoi ? Tu ne crois pas que je reconnais une relation destinée à un public bien ciblé quand j'en vois une ? Allez… (Il se désigne lui-même.) Moi aussi, j'en ai une.

Gus, hilare, agite les sourcils à mon intention. Je pousse un soupir exaspéré juste au moment où un énorme bruit retentit à l'autre bout du restaurant.

Nous faisons tous trois volte-face : Tom est en train de plaquer le peut-être-petit ami canon contre un mur en le tenant par le revers de sa veste.

Tom est plus massif que Sebastian, mais ce dernier a l'air de savoir se battre. D'ailleurs, il le repousse violemment…

Gus et Rush se ruent vers eux.

Gus tire Tom en arrière, Rush repousse Sebastian en criant quelque chose, le doigt brandi devant lui. Visiblement anéantie, Clara les regarde, effarée, les deux mains plaquées sur la bouche.

Moi, je reste là, près du bar. La tête me tourne légèrement, et je ne sais pas très bien où est ma place dans toute cette situation. J'éprouve un pincement au cœur en remarquant le sang qui coule de la lèvre fendue de Tom.

J'ai de la peine pour Clara, comme prise au piège entre son passé et son avenir.

Ainsi que pour moi-même – pour les mêmes raisons.

Je ne bouge pas, attendant que les protagonistes se calment. J'entends des cris, échangés par Tom et Clara notamment. Je ne saisis pas vraiment ce qu'ils se disent. De toute façon, une puissante intuition me hurle que cela vaut mieux.

Clara a les yeux brillants de larmes.

Sebastian lui prend le bras et l'entraîne plus loin.

Ébahi, Tom balaie distraitement la salle du regard pendant ce qui me semble une éternité, avant de se rappeler enfin que je m'y trouve. Son visage se décompose, et il se précipite vers moi.

— Je suis désolé, souffle-t-il en secouant la tête.

J'attrape une serviette et tamponne le sang qui coule de sa lèvre inférieure. Il grimace, mais son regard s'adoucit.

— Je suis désolé, répète-t-il, sans que je comprenne pourquoi.

Ne sachant pas quoi répondre, je me contente de hausser les épaules.

J'ignore ce qui s'est passé. J'ignore pourquoi il est désolé. Et pourquoi il est désolé pour moi.

— Allons-y, d'accord ?

Je lui tends la main.

Il la prend dans la sienne et en embrasse distraitement le dos, puis adresse un signe de tête à ses amis tout en me guidant vers la sortie.

« Il t'a embrassé la main ! », articule Gus, théâtral.

« La ferme ! », lui réponds-je de la même manière.

Quand nous montons dans sa voiture, sa mine est toujours sombre.

— Chez moi, James, indique-t-il à son chauffeur.

Je ne rentre pas à la maison, donc… Tom regarde par la fenêtre. Je le sens : son esprit est un vélo d'appartement pris dans un embouteillage. Les roues tournent, mais il ne peut aller nulle part.

— Est-ce que je peux faire quelque chose ? finis-je par m'enquérir.

Tom pivote son visage vers moi en soupirant, m'adresse un imperceptible sourire.

— Pas vraiment. Non.

Je hoche la tête, désolée pour lui. Je suis prise d'une envie fugace de l'embrasser, me demandant si cela pourrait lui remonter un tout petit peu le moral.

Je m'abstiens, parce que je suis une poule mouillée. À la place, j'enfonce légèrement mon doigt dans son bras.

— Eh ! Je crois que ton pote est au courant, pour nous.

— Gus ? Tu me l'as déjà dit.

— Non. Rush.

— Rush ? Vraiment ? (Il se recule, un peu surpris.) Comment le sais-tu ?

Je fais une moue avant de répondre, puis décide d'être honnête.

— Parce qu'il a dit que si je ne sortais pas pour de faux avec son meilleur ami, il tenterait sa chance auprès de moi…

Je vois aussitôt la mâchoire de Tom se contracter, mais une ombre de sourire naît sur ses lèvres, puis il lâche un petit rire.

— Évidemment qu'il t'a dit ça, ce merdeux obséquieux ! (Il secoue la tête, riant franchement à présent.) Ouais, il t'adorerait. Tu es exactement son genre…

Il semble légèrement contrarié à cette pensée, ce qui me ravit.

— Ah oui ?

— Superbe bouche. Longues jambes. Vive. Ridicule. Un brin arrogante.

— Excuse-moi…, protesté-je, un peu décontenancée. T'essaies de me vexer, là ?

— Non. (Il fronce les sourcils, secoue vivement la tête.) Navré. Non. Tu es juste… (Il me regarde pensivement, soupire.) J'aurais dû m'y attendre.

— Serais-tu jaloux ?

Il marque un temps d'arrêt, durant lequel nous nous dévisageons.

— Eh bien, oui, à vrai dire. (Il rit.) Je sais que c'est particulièrement gonflé de ma part, étant donné que j'ai passé toute la soirée pendu aux basques d'une autre fille…

— Oh ! me moqué-je. Donc tu t'en es rendu compte…

— Désolé, souffle-t-il, piteux.

Je hausse les épaules, feignant de ne pas en avoir été blessée le moins du monde.

— Je suis là pour ça.

— Ce qui ne m'empêche pas d'être désolé, insiste-t-il.

Je hoche la tête, souris et laisse mon regard se perdre de l'autre côté de la vitre.

Au bout d'un moment, sentant ses yeux sur moi, je me tourne de nouveau vers lui.

— Tu veux que j'organise quelque chose, pour Rush et toi ? lance-t-il.

— Quoi ?

Je cligne des paupières, surprise.

— Eh bien… Je veux dire, toi et moi, nous ne sommes que… tu sais. Bref. Donc, s'il te plaît…

— Il est très séduisant, concédé-je. Dans le genre play-boy hollywoodien ostensiblement sexy.

Tom lâche un petit rire.

— Ouais. Le genre ostensiblement sexy est le pire.

Je pince les lèvres, amusée. Tom se tourne à son tour vers la fenêtre.

— Tu sais qui d'autre est ostensiblement sexy ? dis-je, cherchant à attirer son attention de nouveau.

Il me regarde, hausse les sourcils. Je pointe mon doigt vers lui.

Il sourit, puis redevient sérieux.

— Tu veux que je m'en occupe ? me propose-t-il encore une fois.

— Non, merci.

— Vraiment ?

— Explique-moi quand je trouverais du temps pour Rush entre BJ et toi ?

Il rit, mais je crois qu'il est soulagé.

— Ça a été dur pour toi, ce soir ? lui demandé-je.

— Ouais. (Il soupire.) Ils sont vraiment ensemble.

— Je suis désolée…

Il hausse les épaules.

— De toute façon, ce n'est pas comme si elle aurait pu être avec moi.

— Il n'empêche.

Il hoche la tête, se tourne de nouveau vers la vitre.

— Est-ce que tu me ramènes chez toi exprès ? demandé-je au bout d'un moment.

— Merde… Non, je n'ai pas réfléchi… James, pouvons-nous…

— Ça ne me dérange pas du tout, le coupé-je.

Les cocktails que j'ai bus m'ont rendue bien plus courageuse que je ne le suis dans la vraie vie.

Il me dévisage en silence, stupéfait.

— Si tu en as envie, ajouté-je.

Il acquiesce.

La voiture s'arrête devant ces immeubles récents sur Victoria Street dans Westminster. Conçus par Stiff + Trevillion ? Tout en angles ? Briques grises ? Vous voyez de quoi je parle ?

Nous montons sans nous toucher.

Quand il ouvre la porte de son appartement, il n'a toujours pas prononcé un mot, mais je mets son silence sur le compte de sa tristesse. Je découvre un penthouse, quatre pièces – assez grand pour une personne, pas de doute.

Je suis surprise par le style minimaliste des lieux. Couleurs neutres. Un peu de rotin. Quelques touches de marbre.

— C'est chez toi, ici ? demandé-je en clignant des yeux.

— Quoi ? (Il me jette un coup d'œil par-dessus son épaule.) Tu n'aimes pas ?

— Si, si... Je... Je pensais juste... Je ne sais pas... Tu es Tom England. Je m'attendais à découvrir ton McDonald's privé dans un coin de la cuisine.

— Je ne suis pas Elon Musk, hein !

— Un robot domestique dernière génération... ?

— Il est dans ma maison de campagne, dit-il avec un sourire malicieux.

Je fais quelques pas dans le salon.

— Alors, combien de filles as-tu eues, ici ?

— Tu veux dire : combien de filles sont venues ?

Il semble décontenancé.

— Non, je veux dire sexuellement... (Il rit.) Avec combien de filles as-tu couché ?

— Ici ?

— Ici. Partout... ?

Il réfléchit.

— Ici... Erin et une autre fille. Ailleurs... trois autres filles, sans te compter.

— Six ! m'exclamé-je, incrédule. Tu n'as couché qu'avec six personnes ?

— Et toi deux, rétorque-t-il, sur la défensive.

— Non, ne te vexe pas… Je suis surprise, c'est tout. Encore une fois, tu es Tom England. Et tu ressembles à Thor… (Il rit encore.) Comment est-ce possible que tu n'aies couché qu'avec six femmes ?

Il respire profondément, puis va me servir je ne sais quel alcool fort de couleur brune, dont je n'aime pas le goût mais que je bois quand même, car j'apprécie la chaleur qu'il répand dans mon estomac vide.

— J'avais une petite amie au lycée, j'ai couché avec elle. Ensuite, j'ai rencontré Erin à l'université, et nous sommes restés ensemble huit ans, à peu près. (Il hausse les épaules.) Et puis je suis tombé amoureux de la sœur de mon frère. J'ai essayé de coucher avec quelques femmes pour tourner la page, mais ça n'a pas marché. Et enfin… toi.

— Et enfin, moi.

Je lui adresse un minuscule sourire.

— Pourquoi ? Avec combien de filles BJ a-t-il couché ?

Je déglutis.

— Il ne veut pas me le dire… Mais je crois pouvoir avancer sans risque qu'il s'agit de plusieurs centaines.

— Plusieurs centaines ? répète-t-il, effaré.

Je hausse les épaules, comme si cela ne m'importait guère, même si je pourrais me noyer dans l'océan de femmes où je l'ai perdu.

— Une approximation de ma part… J'essaie de ne pas compter.

— Merde. Je suis désolé, Parks.

Je le rejoins et me dresse juste devant lui sur la pointe des pieds – bien plus près que nécessaire, mais c'est là que j'ai envie d'être.

— Allez, dis-moi. Honnêtement. Tu vas bien ?

Il repousse quelques mèches derrière mes oreilles.

— Ouais.

Je fais la moue, réfléchis à peine une seconde avant de me lancer.

— Ça te dirait qu'on fasse des choses dans ton lit ?

À partir de combien de Lemon Drop Martini peut-on estimer qu'on a trop bu ?

— Oh ! Euh… peut-être ?

— Peut-être ?

Je fronce les sourcils.

Je n'ai pas trop bu : mon visage ne me picote absolument pas. J'ai juste une sensation de chaleur dans la poitrine, l'esprit légèrement embrumé et le cœur suffisamment engourdi pour soulager mon manque de BJ pendant peut-être une demi-heure. Tom penche la tête vers moi, et sa main effleure mes cheveux.

— Tu as beaucoup bu, à la soirée ?

— Un tout petit peu ! m'exclamé-je, ce qui le fait rire. Mais je ne suis pas soûle.

— Vraiment ? insiste-t-il d'un ton soupçonneux.

— Juste un peu gaie, c'est tout.

— Gaie comment ? s'esclaffe-t-il.

— Pas mal. (Je soulève sa chemise et jette un coup d'œil à son ventre.) Un peu plus à chaque seconde.

— Je vois. (Il hoche pensivement la tête.) Es-tu en colère contre BJ ?

— Pas plus que d'habitude.

— A-t-il fait des conquêtes regrettables cette semaine, ce que tu chercherais à oublier en couchant avec moi ?

— Oh… C'est possible, mais je n'en ai pas officiellement connaissance.

Il rit encore, passe sa langue sur sa lèvre inférieure.

— Vas-tu filer en douce au milieu de la nuit pour aller retrouver un ex-petit ami ?

— Je ferai de mon mieux pour me retenir.

— Est-ce une bonne idée ? demande-t-il après un silence.

— Je ne sais pas. Peut-être très mauvaise.

— Mais probablement agréable.

J'acquiesce.

— Probablement…

44

BJ

« EMBRASSE-LA », A DIT JONAH. JE NE SAIS PAS POURQUOI son conseil m'a paru complètement dingue sur le moment. Ce n'est pas comme si je n'en avais pas envie tout le temps, ou que notre relation, jusqu'à présent, n'était pas émaillée d'une infinité de quasi-baisers. Peut-être est-ce cette étrange impression d'en avoir reçu l'autorisation ?

Quelqu'un qui me l'ordonne presque, validant le sentiment qui m'habite depuis longtemps que c'est ce que je n'aurais jamais dû cesser de faire.

Je rumine l'idée quelques jours, feins de peser le pour et le contre, car, en fait, j'attends simplement d'avoir les couilles d'agir, conscient que ce sera probablement le baiser le plus important de ma vie.

Je sais où la trouver le vendredi.

Elle aime terminer la semaine par une petite séance de shopping sur New Bond Street. Bien sûr, « petite » est relatif, avec elle. Ça peut aller d'un nouveau sac à main ou deux au contenu de toute une boutique. Cela dépend de sa semaine, cela dépend de moi, également – de combien j'ai déconné, de si nous avons été heureux…

J'entre chez *Gucci*. C'est le premier magasin que j'essaie, et elle est là – tellement prévisible. Je me plante près du comptoir et la regarde passer en revue les vêtements sur les portants. Je m'applique à conserver une expression impassible pour ne pas ressembler à un abruti fini, bien trop amoureux pour sa santé mentale. J'ai quand même du mal à me retenir de sourire en voyant qu'elle porte mon bomber noir. Je l'ai acheté il y a quelques semaines. C'est elle qui l'a choisi. Rouge et bleu aux épaules. Je me demandais où il était passé... Il a trouvé une fonction digne de lui au service de la fille la plus incroyable que je connaisse.

Elle est debout devant le miroir, s'examinant dans un jean évasé indigo et un tee-shirt court avec des cerises dessus, que j'ai immédiatement envie de lui enlever tellement elle est belle dedans.

— Tu ne porteras jamais le jean, lui lancé-je.

Elle fait volte-face, les yeux écarquillés et le teint rosissant dès qu'elle me voit. Tandis que je marche vers elle, elle tire presque fébrilement sur ses vêtements comme si elle avait honte, ce qui n'a vraiment aucun sens vu à quel point elle est terriblement sexy.

— Mais lui, prends-le, lui dis-je en glissant mon pouce sous l'ourlet de son haut avant d'en caresser le tissu entre mes doigts.

Je n'ai pas vraiment besoin de me tenir aussi près d'elle – mais un peu, quand même.

Elle se force à s'éloigner de moi d'un pas, les joues empourprées. J'essaie de ne pas sourire. Elle repousse ses cheveux derrière ses épaules, sûrement afin d'avoir l'impression de contrôler la situation.

— Le jean ne te plaît pas, alors ? demande-t-elle en scrutant son reflet.

— Si, il me plaît. Mais tu ne le porteras pas.

— Si, je le porterai.

— Non.

— Si ! Tu ne me connais pas, assène-t-elle, le nez en l'air.

Elle a à peine achevé sa phrase qu'elle se retient d'éclater de rire. Elle est trop fière pour me concéder quoi que ce soit.

— Je te connais, Parks, lui dis-je avec un regard doux que je n'adresse qu'à elle.

Je viens me placer juste derrière elle. Nos regards se croisent dans le miroir, et elle déglutit, troublée, sa poitrine se soulevant et s'abaissant rapidement.

— Tu es ici pour ta séance hebdomadaire chez Gucchiottes ?

Elle se tourne aussitôt, sourcils froncés. Moi, je ris déjà.

— Je t'ai demandé à plusieurs reprises de ne pas appeler ça comme ça... Tout comme Alessandro Michele, d'ailleurs.

— Désolé. (J'enfonce mes mains dans mes poches.) Où est ton mec ?

Elle passe à un autre portant, où elle sélectionne cinq ou six articles qu'elle tend sans un mot à la vendeuse, attendant que celle-ci s'éloigne pour me répondre.

— Il est parti hier pour quelques jours. (Elle penche la tête en examinant mon blouson.) Bomber en flanelle de coton à carreaux oversize ?

— De qui ?

— Balenciaga, énonce-t-elle sans me regarder. Et ton jean vient de chez TAKAHIROMIYASHITA TheSoloist.

Un petit rire m'échappe.

Elle lève les yeux vers moi, les plisse un peu.

— J'ai entendu dire que tu avais été un garçon fort occupé.

Mon visage se fige légèrement sous le coup de la surprise.

— C'est vrai, non ? Un défilé de filles, apparemment...

— Qui t'a raconté ça ?

Elle hausse les épaules, puis tire d'un coup sec le lourd rideau de velours du salon d'essayage. Elle y a mis tant de force qu'elle s'est probablement foulé le bras. Elle émerge une minute plus tard, vêtue d'une robe courte bleu et or. Pas ce que je préfère parmi toutes les tenues que je l'ai vue porter, mais peu importe, c'est elle que je veux.

J'avale ma salive, croise les bras.

— Et toi ? Tu as été occupée ?

— Pas autant que toi.

— Mais un peu quand même ?

Elle écarquille un instant les yeux, rougit, mal à l'aise.

— Oui.

Je la regarde fixement sans ciller pendant quelques secondes, puis m'écrie : « Merde ! » Elle sursaute.

— Désolé, dis-je à l'intention de la vendeuse, avant de me tourner de nouveau vers Parks. Désolé… mais merde.

Sa lèvre inférieure tremble très légèrement. Les larmes ne sont pas loin.

— Désolée, s'excuse-t-elle d'une toute petite voix.

J'enfonce mes mains dans mes cheveux tout en secouant la tête.

— Merde… non… c'est ton… Je veux dire, je…

— Ouais. (Elle fronce les sourcils, sur la défensive.) Tu…

— Tu me tues, Parks, la coupé-je.

— Ah oui ?

— Un peu.

— Un peu seulement ? (Elle m'adresse un sourire en coin.) Alors ce n'est pas si terrible, si ?

Je ravale un éclat de rire.

— Franchement, je préférerais que tu ne me tues pas du tout…

Nos regards se rencontrent. Elle est la biche, je suis le loup, et un énorme camion nous fonce dessus, déchirant la nuit noire.

Elle déglutit.

— Moi aussi, en fait.

Puis elle tire de nouveau le rideau.

J'expire longuement, m'adosse contre le mur et toque deux fois.

— Eh !

— Quoi ? grogne-t-elle.

— Je peux entrer ?

— Quoi ?!

—Je veux entrer.

—Pourquoi ? s'empresse-t-elle de demander.

Je réfléchis à une excuse convenable.

—J'aimerais voir à quoi tu ressembles dans ces vêtements.

—Eh bien… non ! bredouille-t-elle.

—Pourquoi ? demandé-je en haussant les épaules, même si elle ne peut pas le voir. Je t'ai déjà vue toute nue.

—Je croyais que tu voulais me voir avec.

—Oh… Eh bien, je mentais.

—Tu ne veux pas me voir dans ces vêtements ?

—Je veux te voir… sans… vêtements.

—Eh bien, tu ne peux pas.

—C'est rien que je n'aie pas déjà vu…

—C'était différent !

—En quoi ? En plus, comment veux-tu avoir une vraie conversation avec quelqu'un à travers un rideau…

—C'est exactement ce que nous sommes en train de faire !

Pause. On y est. Ça passe ou ça casse. Agir avec prudence, mais, clairement, agir.

—Eh, Parks. Tu ne veux vraiment pas que j'entre, ou tu fais semblant de ne pas vouloir parce que tu aimes jouer les filles qui se méritent afin d'avoir l'impression de me contrôler, ou nous, quoi que nous soyons, alors qu'en fait tu adorerais que je saute là-dedans et te plaque contre le mur ?

Un silence. Long.

Merde.

Et puis, de l'autre côté du rideau… une petite voix déconfite retentit.

—La seconde option.

Je me faufile dans la cabine, laissant un espace entre nous. Je la regarde, bien plus intimidé que je ne le voudrais durant quelques secondes. Ses yeux me font penser à deux grandes fenêtres donnant sur un jour de tempête. Elle a peur. Son langage corporel me l'indique. Moi aussi.

Ma respiration est partie en vrille. Je vois mon propre torse se soulever, et j'ai l'impression qu'un animal est en train de creuser son terrier dans mes entrailles.

Elle cligne nerveusement des yeux, se mordillant la lèvre inférieure, ce qu'elle fait soit quand elle panique, soit quand elle m'aime encore plus que d'habitude.

Mes yeux glissent sur son corps, tandis qu'elle reste là, à m'attendre.

Je crois que je n'ai jamais été aussi nerveux de toute ma vie. Je secoue la tête et murmure pour moi-même :

— Allez, putain.

Et je lui saute dessus. Je plonge une main dans ses cheveux, de l'autre, je la soulève et la cale sur mon bassin, la plaquant dos au mur. Elle rit en inclinant le visage vers moi, ses yeux passant alternativement de mes yeux à ma bouche.

Je lui adresse un sourire en coin, n'arrivant pas complètement à croire que je la tiens dans mes bras, adossée contre le mur du salon d'essayage de chez *Gucci*.

Elle me lance un regard exaspéré.

— Bon, allez...

— D'accord, d'accord. Je le ferai quand j'en aurai envie.

— Quoi ? Tu n'en as plus envie, maintenant ? Tu plaisantes ? Ou tu es complètement mal...

— Parks, l'interromps-je.

— Mmm ?

— Tais-toi, lui dis-je.

À partir de là, ça devient sérieux.

Je déplace ma main vers le bas de son visage, l'attire plus près de moi, et nos lèvres s'effleurent.

Puis je l'embrasse, lentement d'abord... comme on boit un excellent whisky – on le garde en bouche, l'y laisse rouler un instant avant de reprendre une gorgée. Je me réchauffe au goût de mon vieil amour de toujours. Lentement, lentement... Jusqu'à ce que je l'embrasse plus profondément, et je la sens retenir sa respiration, et je me rappelle combien j'aimais quand cela se produisait, alors je continue.

Nous sommes comme un robinet cassé dont l'eau goutte, goutte avant de jaillir brutalement – mais nous avons toujours été comme ça. Elle prend une inspiration étranglée et déglutit, pendant que je tire sur sa robe pour la lui enlever. Elle tâtonne de ses doigts fébriles pour déboutonner ma chemise.

Je la laisse glisser d'autour de ma taille, et elle libère mon torse de ma chemise. Nous sommes plutôt doués à ce petit exercice. Des années d'entraînement, je suppose. Et, même si nous n'avons pas pratiqué depuis longtemps, il semble que nous n'ayons pas perdu de terrain – juste du temps. Je l'enveloppe de mes bras, la pousse de nouveau contre le mur tandis qu'elle s'attaque au bouton de mon jean, défait la fermeture Éclair. Et juste au moment où elle tendait la main…

On entend toquer.

Un peu dépité, je laisse retomber ma tête sur l'épaule de Parks, mais je la serre plus fort encore parce que je n'en ai pas fini avec elle.

— Hum ! (Magnolia se racle la gorge.) Oui ?

— Excusez-moi, euh… (La vendeuse toussote nerveusement.) Je crois… euh… Quoi que vous soyez en train de faire, il me semble que cela va à l'encontre du règlement de l'entreprise…

Je suis à deux doigts de m'écrouler de rire, ce dont Parks se rend compte : elle me plaque une paume sur la bouche pour me faire taire.

— Hum, je ne fais rien du tout, dit-elle d'un ton léger.

— Je sais qu'il y a un homme avec vous, objecte la fille avec un peu plus d'assurance.

— N-non. Il n'y a…

— Je l'ai vu entrer, insiste l'employée.

Je laisse échapper un éclat de rire involontaire.

Parks me fusille du regard.

— C'était moi ! Êtes-vous en train d'insinuer que je ressemble à un homme ?

— Je l'entends ! dit la vendeuse, de nouveau mal à l'aise.

Je me penche vers Parks et l'embrasse à pleine bouche, et aussitôt son petit corps tendu et crispé se détend dans mes bras – j'ai toujours adoré sentir le contrôle que j'exerce sur elle, même si cela me terrorise aussi. Mais je suppose que, de façon générale, c'est exactement ce qu'elle m'inspire.

« Deux secondes », articulé-je à son intention avant de me diriger vers le rideau et de glisser la tête à l'extérieur.

— Bonjour.

J'adresse un grand sourire à la vendeuse – celui que Parks appelle le « sourire magique ». Il provoque chez les filles des réactions de dingue. Une fois, il y en a même une qui s'est évanouie.

— Bonjour, répond-elle timidement, rougissant aussitôt.

— Éclairez-moi, dis-je en me passant une main dans les cheveux. Que stipule exactement ce règlement ? Une personne par cabine d'essayage ? Ou pas de rapports sexuels dans les cabines d'essayage ? Parce que, entre les deux, les possibilités sont infinies, si vous voyez ce que je veux dire… Par exemple, puis-je la caresser dans la cabine d'essayage ? Les contacts sous la ceinture sont-ils tolérés ? Jusqu'où pouvons-nous aller sans transgresser aucune règle, exactement ?

Je n'ai pas besoin de regarder Parks pour savoir qu'elle rougit, mais la vendeuse parvient finalement à se plaquer un sourire contrit sur le visage.

— Je crains qu'il n'interdise la présence de plus d'une personne par cabine.

— Merde ! C'est bien ma chance. (Je me tourne vers Parks.) Je t'attends dehors.

Elle pose un doigt sur sa bouche, acquiesce.

Je m'assieds donc dans le salon, souriant jusqu'aux oreilles. Je ne sais pas ce que ce qui vient de se passer signifie. Je ne sais rien, en fait.

Mis à part que l'embrasser m'a provoqué la même sensation qu'une bonne douche après un match de rugby particulièrement brutal.

Maman me ramenait à la maison en voiture, le corps douloureux, couvert de boue, épuisé… et chaque semaine la douche me plongeait dans l'extase.

Comme si je ne m'étais pas lavé depuis des années.

Parfois, Parks m'y rejoignait. Extase démultipliée.

En l'embrassant il y a un instant, j'ai senti la boue se désagréger.

Elle émerge de la cabine dix minutes plus tard avec sa sélection. Je lui prends les vêtements des mains et me dirige vers le comptoir.

— Tu n'es pas obligé de payer, me lance-t-elle.

Je l'ignore et pose la pile devant la vendeuse.

— Comment se déroule votre journée ? lui demandé-je.

Ses lèvres s'étirent légèrement tandis que ses yeux passent de Parks à moi.

— Probablement pas aussi bien que la vôtre.

— Ha ! Eh bien… (Je hausse un sourcil malicieux.) Ne perdez pas espoir, elle commence à peine. Un de vos ex pourrait bien franchir cette porte et vous entraîner dans une cabine pour vous rouler des pelles.

Les joues roses, elle éclate de rire. Je saisis les sacs, Parks me suit dehors.

Debout sur le trottoir, elle lève des yeux ronds vers moi tout en se mordillant la lèvre inférieure – exactement ce que j'aimerais être en train de lui faire.

— Je suis désolée que nous ayons été interrompus, me dit-elle.

Je hoche la tête en riant.

— Moi aussi.

Je dépose les sacs dans sa voiture.

Elle les désigne d'un geste.

— Merci.

J'agite négligemment la main. Elle s'approche de moi. Avant de pouvoir m'en rendre compte, je passe mes bras autour de sa taille. C'est presque un réflexe, comme si la serrer contre moi était la chose la plus naturelle du monde.

— Tu veux venir chez moi ? me demande-t-elle d'une voix aiguë.

— Eh bien, oui, en fait. J'en ai très envie. Mais tu as…

— Un Tom.

Je lui adresse un sourire crispé.

— Je ne sais même pas ce que ça veut dire.

Elle lâche un petit rire las.

— Moi non plus, souffle-t-elle, l'air un peu triste et perdu.

Prenant son visage dans mes mains, je presse ma bouche contre la sienne et l'embrasse deux fois.

— Préviens-moi quand tu sauras.

Et je m'éloigne.

21 : 42

Magnolia

Coucou !

Salut !

Ça va ?

Oui, et toi ?

Moi aussi.

Il fait un temps agréable, chez toi, Parks ?

Très beau.

Et les abeilles ?

Oh, elles se portent à merveille.

Ah ouais ?

Oui. En fait, je crois qu'elles ne disparaîtront jamais.
Cet Attenborough raconte vraiment n'importe quoi...

Jamais, hein ?

45

Magnolia

J'entre d'un pas nonchalant dans la salle à manger, regarde fixement mon père et Marsaili sans un mot, avant de me laisser tomber ostensiblement et sans la moindre délicatesse sur la chaise voisine de celle de ma sœur. Marsaili lève les yeux au ciel.

— Pourquoi es-tu habillée comme ça ?

Sourcils froncés, Bridget examine ma robe patineuse ceinturée Louis Vuitton Metallic Monogram en tweed.

— Quoi ? (Je baisse les yeux vers ma tenue.) Joliment ? Tu devrais essayer, un jour.

— Je porte une de tes suggestions, me fait-elle remarquer sur un ton doucereux.

Je peste intérieurement : effectivement. Et elle est absolument renversante dans son short The Elder Statesman en cachemire à motif rayé arc-en-ciel, accordé à son pull Michael Kors bleu marine avec un laçage blanc sur le devant. Je constate néanmoins qu'elle a choisi elle-même ses chaussures. Des espèces d'espadrilles de marque indéterminée d'une tristesse affligeante. Des espadrilles ! À Londres ! En automne ! Mon Dieu !

— Un dîner en compagnie de mes deux filles..., se réjouit mon père.

Notez, je vous prie, qu'on m'a forcée à y assister.

Bridget, mon père et la belle-monstre. Chez nous, évidemment : apparemment, ces petites natures ne sont pas disposées à risquer que je leur fasse une scène en public. Le repas provient de chez un traiteur, bien entendu – Marsaili ne lève plus le petit doigt à la maison, cette feignasse.

Je me demande si c'est pour les mêmes raisons qu'elle a cessé de me servir convenablement mon petit déjeuner, ces dernières années.

J'ai dû rendre les armes, car mon père m'a menacée de ne pas payer mes frais de carte de crédit ce mois-ci si je refusais de me joindre à eux. J'ai pris soin de m'enquérir avant tout si ce dîner était l'unique condition préalable, ce à quoi il m'a répondu par l'affirmative. Donc, d'une, c'est un idiot, et de deux, j'ai bien entendu chargé mes avocats de rédiger un accord, lequel est inattaquable.

— Je te suis reconnaissant de nous faire le plaisir de ta présence, Magnolia, dit mon père avec un sourire.

— Pas de problème, ouais. Hier, j'ai acheté une planche de surf motorisée à hydrofoil.

— OK.

Mon père hoche la tête, tandis que ma sœur fronce les sourcils et demande :

— Pourquoi ?

— Elle a coûté environ 10 000 livres, annoncé-je en buvant une petite gorgée d'eau.

— Évidemment, soupire-t-il.

— Tu ne surfes même pas, fait remarquer Marsaili.

— Mais je pourrais.

— Où ? s'esclaffe Bridget. Sur la Tamise ? Je vois le tableau…

Je l'ignore.

— Comment ça va, avec Tom ? demande mon père.

— Bien, merci, dis-je tout en triturant les carottes sautées au beurre, au miel et à l'ail du bout de ma fourchette. Il est parti cinq jours pour le travail et revient demain.

— Il ne s'est rien passé d'intéressant en son absence ? me questionne ma sœur sur un ton lourd de sous-entendu.

Je la fusille du regard.
— Non.
— Rien du tout ?
Mon regard se fait menaçant.
— Non.
Je bois une gorgée de vin.
— Tu n'as pas failli avoir des rapports sexuels dans une cabine d'essayage chez *Gucci* ?
Je manque de recracher mon vin.
— Qui t'a raconté ça ?
— Avec qui as-tu failli avoir des rapports sexuels dans une cabine d'essayage chez *Gucci* ? demande Marsaili.
— BJ et moi avons déjeuné ensemble, répond ma sœur avec un haussement d'épaules.
— Quand ?
— BJ ? gémit Marsaili. Dans une cabine d'essayage ?
Mon père porte les mains à sa tête.
— Je crois que je vais avoir une migraine.
— Presque tous les mercredis, m'informe ma sœur en plantant sa fourchette dans un morceau de poulet.
— Presque tous ?!
— Mmm-mmm, confirme-t-elle, la bouche pleine.
— Et de quoi parlez-vous, pendant ces déjeuners ? demandé-je en fronçant les sourcils.
— De toi. (Elle me désigne du menton.) D'eux. (Mon père et Mars.) De lui… De lui et toi. De toi et Tom. De Jonah et de cette Taura…
— Jonah fréquente Taura Sax ? s'exclame Marsaili, les yeux écarquillés.
Elle sait que c'est avec elle que BJ m'a trompée.
Je lui jette un regard noir.
— Refrène donc tes instincts de commère, Marsaili.
Celle-ci me lance un regard las et exaspéré ; mon père se resserre un verre de vin.

— Pourquoi ne m'en as-tu pas parlé ? demande Bridget – blessée, peut-être.

Je hausse modestement les épaules.

— C'est compliqué.

— C'est BJ.

Marsaili nous observe, effondrée.

Quant à moi, je suis enchantée que BJ, même absent, gâche ce dîner en famille.

— Donc, vous avez failli avoir des rapports sexuels ? marmonne Marsaili.

— On en était encore loin, dis-je en levant les yeux au ciel.

— Les mains sur l'équipement, précise ma sœur dans sa barbe, mais suffisamment fort pour que tout le monde entende.

— Putain..., soupire mon père.

Personne ne souffle mot, aussi me tourné-je vers notre infidèle résidente.

— Marsaili, dis-je en désignant mon père du menton. Je crois qu'il te parle.

Marsaili glousse, puis s'esclaffe franchement. Je manque d'éclater de rire à mon tour, mais parviens à me retenir à temps.

Elle me dévisage un moment.

— Tu veux bien venir me donner un coup de main en cuisine ?

— Absolument pas.

Bridget me balance un coup de pied sous la table.

— Oh, bon d'accord !

Je la suis en traînant les pieds.

Une fois hors de portée d'oreilles, Marsaili croise les bras sur sa poitrine et lève les yeux vers moi.

— Comptes-tu vraiment me reprocher ma liaison avec ton père alors que tu trompes Tom ?

Je lui jette un regard furieux. Quelle audace !

— Tom et moi avons un arrangement.

— Oh, vous avez un arrangement ? répète-t-elle, guère impressionnée. Quel couple moderne ! Éclaire donc ma lanterne : en quoi consiste-t-il ?

— Très volontiers. Je te fais la version courte : il aime une femme qu'il ne peut pas avoir, j'aime un homme dont on m'a dit qu'il me ferait souffrir si je restais avec lui, donc je l'ai quitté alors que je n'aurais pas dû, et maintenant c'est un bordel sans nom.

— Parce que tu as aussi couché avec Tom.

C'est une affirmation, pas une question.

— Qui t'a dit ça ?

Je lance les bras en l'air tout en m'adossant au plan de travail.

Elle soupire.

— C'était une simple supposition.

— Oh !

— Tu n'avais jamais couché avec personne d'autre.

— Je sais.

— Pas même avec Christian.

— Je sais.

— Le fait que tu sortes avec lui ne m'enthousiasmait guère, soit dit en passant.

— Je sais.

— Chef de gang, etc.

— Juste un petit bébé chef de rien du tout.

Je hausse les épaules.

Mars rit, puis me lance un regard de parent.

— Tu prends tes précautions ?

Je laisse échapper un éclat de rire moqueur.

— Et toi ?

Elle s'esclaffe de nouveau.

— Tu m'as manqué, dit-elle.

— Je n'en doute pas. Je suis un amour.

Elle lève exagérément les yeux au ciel.

— Je vois que, en mon absence, ton ego a pris ses aises.

— Pas tant que ça. La vie n'a pas été simple… Je me suis cassé un ongle la semaine dernière. En quinze jours, la barista a versé trois fois du lait de vache dans mon café. Apparemment, ma sœur déjeune régulièrement avec mon ex. L'autre matin, j'avais une graine de sésame entre les dents quand je suis tombée sur William chez *Harrods*…

— Quel William ?

— Arthur Philip Louis…

Elle réprime un petit rire.

— Oh, ça… C'est vraiment ton pire cauchemar.

— J'ai surpris BJ en pleine partie de jambes en l'air avec une autre fille.

— BJ a couché avec une autre fille ?

Je fronce les sourcils.

— BJ couche tout le temps avec une autre fille.

Elle se masse les tempes, ouvre la bouche pour répliquer, mais la referme aussitôt et se met à tripoter son bracelet.

— Que voulais-tu dire quand tu m'as annoncé qu'il avait failli mourir ?

Je la regarde fixement pendant quelques secondes, me demandant comment m'en tirer sans lui répondre – ou, d'ailleurs, si c'est la bonne attitude à adopter.

Je soupire.

— Il a fait une overdose. (Elle étouffe un cri.) Juste après que Reid et moi avons commencé à… sortir ensemble.

(Si l'on peut appeler ça ainsi.)

— Magnolia… Je l'ignorais complètement.

— Personne n'est au courant.

— Est-ce qu'il se drogue encore ?

Je secoue la tête vivement.

— Il m'a promis de ne jamais y retoucher.

Elle acquiesce, soulagée.

— Et maintenant… ? demande-t-elle.

— Je n'en ai aucune idée.

00:51

Vanna Ripley

Salut, BJ.

Salut.

Tu me manques.

Je suis à Londres pour quelques jours…

Ah ? Pour le boulot ?

Et le plaisir.

Ha !

Tu passes… ?

Peux pas.

Quoi ?

Je ne peux pas.

Tu ne peux pas ?

Désolé. Biz.

46

Magnolia

— Eh !

Tom se tient sur le seuil de ma chambre. Il m'adresse un petit sourire, puis entre.

— Coucou.

Je me lève pour le serrer dans mes bras et j'enfouis le visage dans son sweat-shirt SSAM tout doux, en coton et poils de chameau.

Vraiment, je pense au retour de Tom depuis le moment où il est parti pour son travail.

Un peu parce que, maintenant, il me manque quand il n'est pas là, et un peu aussi parce que je sais que je dois le mettre au courant pour BJ, perspective qui me rend vaguement nauséeuse.

Tom me tend un sac La Mer rempli à ras bord. Je lève vers lui des yeux émerveillés.

— J'ai jeté un coup d'œil dans ta salle de bains avant de partir.

Je vide le contenu sur mon lit.

— Comment s'est passé ton voyage ? demandé-je à un pot de Crème de La Mer.

— Bien. Un peu trop long à mon goût, mais c'est toujours un plaisir d'aller à New York.

— J'aime New York aussi. Si je ne vivais pas à Londres, c'est là-bas que j'habiterais.

— Magnolia Parks… ailleurs qu'à Londres ? (Il me sourit malicieusement.) Ce ne serait plus Londres.

Il s'assied sur mon lit, s'adosse au montant.

Nous ne passons pas de nuits ensemble, comme BJ et moi le faisons.

Le faisions ? Le faisons ? Le ferons encore ?

En tout cas, BJ et moi n'avons pas beaucoup dormi l'un chez l'autre, dernièrement – mais, si c'était le cas, jamais il ne s'assiérait sur mon lit avec ses chaussures aux pieds.

Jamais. Mais il ferait bien d'autres choses.

Tom attrape mon ours Paddington que j'ai depuis toujours et lui tire l'oreille.

Cela me fait un drôle d'effet, parce que la seule personne que j'autorise à le toucher est BJ. Peut-être cela signifie-t-il quelque chose que Tom le tienne à présent entre ses mains.

— J'ai passé un bon moment l'autre soir…, dit-il sans quitter la peluche des yeux.

Je mordille ma lèvre inférieure. Je suis nerveuse. Pourquoi suis-je nerveuse ?

— Moi aussi.

Je lui prends Paddington des mains et le pose sur ma table de chevet. Puis je regarde Tom, luttant contre l'envie de passer mes doigts dans ses cheveux blond foncé.

— Tu te sens mieux vis-à-vis de Clara ?

Il passe distraitement une paume sur sa barbe de trois jours tout en hochant la tête.

— En quelque sorte, répond-il, les yeux et l'esprit ailleurs, puis il tourne son regard dans ma direction. Elle et moi, ce ne sera jamais possible… Je n'avais pas l'intention de… Tu sais ? C'est juste…

Il n'achève pas sa phrase.

— Je comprends.

— C'est dur. (Il hausse les épaules.) Mes sentiments mis à part, à cause de Sam… je suis… anéanti, mais…

Il hausse de nouveau les épaules, comme pour chasser l'émotion qui l'assaille soudain.

Je m'assieds sur mon lit en repliant mes jambes sous moi.

Il m'adresse un sourire fatigué que je reconnais comme le seul dont il est capable quand son frère occupe ses pensées.

— Qu'as-tu fait pendant mon absence ?

— Hum… Bon. (Je soupire. Et je vois Tom se préparer au choc.) BJ et moi nous sommes embrassés.

— Oh ! (Il laisse aller sa tête en arrière et cligne des yeux rapidement.) Eh bah… OK. (Il acquiesce, puis me regarde, le visage tendu.) Je suis heureux pour toi.

— Vraiment ?

J'ai presque envie qu'il ne le soit pas.

— Non, pas vraiment, dit-il avec un petit rire amer.

Encore une fois, ce petit rire. Je l'imite, et remarque que je fronce beaucoup les sourcils, depuis qu'il est entré dans ma chambre. Je sens aussi un poids sur ma poitrine. Et je déteste la façon dont Tom me regarde. Il ne s'en rend pas compte, je crois. Un peu triste, un peu perdu, un peu seul.

— Donc c'est probablement ici que nos chemins se séparent ? soupire-t-il.

Je fais une moue et hausse imperceptiblement les épaules.

— Je suppose…

Il se rembrunit.

— Merde.

— Quoi ?

Je me mordille la lèvre inférieure de plus belle.

— Je ne sais pas… (Tom se passe une main dans les cheveux.) Alors ça y est ? C'est vraiment la fin ?

Je pousse un long soupir, plaque mes paumes sur mes joues.

— Je ne sais pas…

— Tu ne sais pas ?

Je ne dis rien – fronce encore les sourcils.

Il balance ses jambes hors du lit et se lève en se grattant la nuque.

— Tu es avec BJ, ou non ?

Je me lève aussi, mais ne me sens pas bien vaillante.

— Je ne sais pas.

— Tu en as envie ?

Le pli sur mon front se creuse.

— Je crois, mais…

— Mais quoi ? demande-t-il aussitôt, pressant.

Je lui lance un regard auquel il répond par une mimique interrogatrice.

— Tu vas vraiment me forcer à le dire ? soupiré-je.

— Ouais, je crois que tu devrais…

— Pourquoi ? C'était ton idée, après tout, putain !

— Mon idée !?

— Littéralement, indéniablement, ton idée ! m'écrié-je. Dans le bar. Après le club. Dans le coin. C'était t…

Et là, il capture mon menton et m'embrasse, alors je me tais. Je serais tombée à la renverse s'il ne m'avait pas tenue…

— Tu ne l'as toujours pas dit, souffle Tom, sa bouche pressée contre la mienne.

Je l'embrasse encore une fois, puis m'écarte.

Il me repose au sol – je ne m'étais pas aperçue que mes pieds ne touchaient plus terre.

— Tu me plais beaucoup, avoué-je avec un petit hochement de tête dont la détermination me donne l'impression de trahir BJ.

Il me sourit.

— Tu me plais beaucoup aussi.

Je me couvre le visage des mains.

— Et merde…

Il écarte doucement mes mains de mon visage et se baisse de façon que ses yeux soient à la hauteur des miens.

— Ça, c'est moi qui entre dans l'arène, me dit-il. Juste pour que tu le saches.

Puis il me dépose un dernier baiser sur les lèvres et s'en va.

47

BJ

Ce soir, Jonah inaugure un nouveau club, et toute la bande doit s'y retrouver.

Je suis en route vers chez Parks que je passe chercher, ce que je ferais normalement de toute façon, mais à plus forte raison maintenant que je l'ai embrassée chez *Gucci*.

J'ai eu un peu de mal à faire abstraction du fait qu'elle ne m'a pas encore appelé pour me déclarer son amour éternel, mais je suppose que ces choses-là prennent du temps. Elle me veut encore, je l'ai senti dans notre baiser, dans ses mains, dans son abandon.

J'entre dans sa chambre.

— Parks ? appelé-je, ne l'y voyant pas.

— Ici ! me répond-elle depuis la salle de bains.

Elle me regarde dans le miroir, et ses yeux s'éclairent un peu. Je vais me placer derrière elle, passe mes bras autour de sa taille, enfouis le nez dans ses cheveux. Elle me laisse faire pendant une seconde avant de se retourner.

— Que penses-tu de ma robe ?

Courte. Une seule bretelle. À pois.

Je hoche la tête avec autant de pondération que possible, feins de ne pas l'adorer avec des pois alors que je l'aime quoi qu'elle porte.

— Je l'ai vue chez *Saint Laurent* l'autre jour. J'allais te la prendre.

Elle tire sur le col de ma chemise.

— Chemise Amiri, col cubain, sergé de soie à imprimé graphique.

— Il y a des oiseaux dessus, dis-je bêtement, et elle sourit.

Elle glisse ses bras autour de mon cou. Tout à coup, j'ai du mal à croire que je suis ici, dans sa salle de bains, à la tenir comme ça – que je suis réveillé, qu'elle est sobre et que tout marche comme sur des roulettes. Je me penche pour l'embrasser – un baiser lent, tout en retenue, et je n'arrive toujours pas à croire que ma bouche est sur la sienne quand elle s'écarte.

— Il faut que je te dise quelque chose…

Je fais la moue contre ses lèvres avant de m'écarter à mon tour, mais sans la lâcher.

Ne jamais plus la lâcher.

Je scrute son visage, tout en sourcils froncés et bouche pincée, comme un lapin de dessin animé en colère. Elle n'a pas besoin de parler. Je devine avant même qu'elle n'ait commencé à formuler sa phrase.

— Il te plaît…

Et là, le pire qu'on pouvait imaginer se produit. Elle ne dit rien. Une part de moi, je crois, s'attendait à rencontrer une certaine résistance. Déni, refus, colère… révolte. Mais il n'y a rien de tout ça, ici, et c'est encore pire que le fait qu'elle l'apprécie.

J'enfonce les doigts dans mes cheveux et expire lentement.

— Putain !

Elle tend la main, la pose sur ma taille.

— Je suis désolée…

Je pose ma main sur la sienne sans même y penser.

Je secoue la tête.

— Non, je… C'est Tom England. Je comprends. Tu as toujours eu un énorme crush sur lui…

— Pas vraiment un « énorme ».

La précision ne m'est d'aucun secours.

— Écoute, s'il n'était pas en train de me piquer la fille de mes rêves, j'essaierais probablement de me le taper, moi aussi, dis-je en me forçant à rire, ne sachant pas quoi faire d'autre. Donc tu le choisis, lui ?

Je dis ça comme si ce n'était pas la fin du monde.

Et là, son expression se trouble.

— Non.

— Alors quoi ?

Je secoue un peu la tête, attendant une réponse, et elle s'écarte de moi, bouleversée.

— Je ne sais pas !

Je lui lance un regard tourmenté.

— Ne me demande pas de choisir pour toi...

— Bien sûr que non, dit-elle, blessée. Je ne ferais jamais une chose pareille.

Elle baisse tristement la tête. Merde. Je déteste qu'elle soit malheureuse. Elle aurait pu me couper un bras et s'en affliger, je lui aurais offert l'autre pour lui remonter le moral.

— Qu'est-ce que tu attends de moi, Parks ?

Elle hausse les épaules, désespérée, abattue.

— Une machine à remonter le temps ?

— Ça, je peux faire, déclaré-je fermement.

Elle me prend la main dans les siennes, joue avec mes doigts, les caresse du bout de son index.

Nous toucher a toujours été un moyen de remettre les compteurs à zéro, de nous réinitialiser.

Même durant nos périodes les plus sombres, lorsque nous faisions n'importe quoi et nous appliquions à foutre l'autre en l'air, même alors nous trouvions un prétexte pour nous toucher, un moyen de revenir à ce que nous sommes vraiment, le cœur de notre relation.

Je ne sais pas en quoi cela consiste réellement, soit dit en passant.

Une idée qui semble romantique à souhait, j'en conviens. Mais c'est plus que ça. Et pire, aussi.

Le problème, avec Parks et moi, je crois, c'est que nous aimons l'autre plus que nous-mêmes.

Encore une fois, ça paraît romantique, mais ça ne l'est pas...

Parce que si elle s'aimait plus qu'elle ne m'aime, elle aurait fichu le camp il y a des années. Je ne mérite pas toutes les chances qu'elle a plus ou moins essayé de m'accorder.

Et si je m'aimais plus que je ne l'aime, j'aurais coupé les liens qui nous unissent dès qu'elle a commencé à m'étrangler avec. Je me serais laissé dériver, dans l'obscurité, loin de sa lumière, mais je ne l'ai pas fait, je n'ai pas pu, et je ne le ferai pas, parce que, dès qu'il s'agit d'elle, je n'ai plus aucun instinct de survie. Je mourrai dans ses bras ou sur les marches de chez elle en essayant d'y retourner, je m'en fous.

J'embrasse sa paume.

— Parks, qu'est-ce qu'il a que je n'ai pas ?

Elle garde sa main contre mon visage et soupire.

— Avec toi... Je ne sais pas. C'est comme si j'étais coincée dans un hall d'entrée, à attendre que l'on me débarrasse de cette impression que j'ai de ne pas pouvoir te faire confiance, comme on me retirerait un manteau. Mais ça n'arrive jamais. Le poids reste sur mes épaules... Je le porte tout le temps.

Merde.

Je soupire.

— Et lui, tu lui fais confiance.

Elle acquiesce.

Je hausse les épaules d'une manière qui semble signifier que j'accepte cette déclaration. Ce n'est pas le cas. Pourtant, la vérité, c'est que...

— Il est digne de confiance.

— Et toi ? me demande-t-elle, les yeux débordants d'espoir.

— Nous sommes faits l'un pour l'autre...

Elle secoue la tête.

— Ce n'était pas ma question.

— Et je serai toujours là...

Elle est au bord des larmes.

— Ce n'est toujours pas ce que je t'ai demandé.

Je retiens ma respiration, expire. Elle se détourne, se plante face au miroir. La paroi de verre nous sépare de nouveau.

Elle coince ses cheveux derrière ses oreilles, fait mine d'essayer d'arranger son visage déjà parfait.

Je la fais pivoter de nouveau vers moi, scrute son expression à la recherche d'une deuxième porte… n'importe laquelle, tant que ce n'est pas celle qu'elle croit devoir me faire franchir pour que nous puissions être ensemble. Je sais ce dont elle pense avoir besoin pour pouvoir me faire de nouveau confiance, mais elle se trompe.

— Embrasse-moi, lui dis-je.

Elle fronce légèrement les sourcils, et je vois déjà que sa détermination est fine comme du papier.

— Quoi ?

— Embrasse-moi. Tu te sentiras mieux après.

L'ombre d'un sourire se dessine sur ses lèvres.

— Ah oui ?

— Oui. Allez, dis-je en lui donnant un petit coup dans les côtes. C'est ce que nous faisions lorsque nous nous disputions juste avant de sortir.

Elle secoue la tête.

— Pas du tout. Nous nous regardions dans les yeux.

— Se regarder, s'embrasser… Regarde-moi, alors, et tu verras si ça ne se finit pas en baiser, de toute manière.

Elle se dresse sur la pointe des pieds et presse ses lèvres sur ma joue. Je tourne la tête de façon que nos bouches se trouvent et elle sourit, je lui dépose des baisers sur la joue, le long du cou, je la soulève du sol, et elle gigote et se débat tandis que j'y enfouis mon visage, parce qu'elle est chatouilleuse…

Je sais que tout ce qui vient de se passer est aussi vain que d'appuyer sur le bouton *snooze* de son téléphone lorsque le réveil retentit.

Il sonnera de nouveau bientôt, mais nous avons gagné un peu de temps.

— Une dernière chose, dis-je dans son cou.

Elle s'écroule un peu dans mes bras.

— Quoi ?

— Je crois que Taura sera là, ce soir.

Elle recule et, sans le vouloir, je la laisse tomber par terre.

Elle me repousse violemment.

— Tu te fous de moi ?

Je rejette la tête en arrière, épuisé d'avance.

— Parks… ce n'était pas elle…

— Alors qui…

— Magnolia, dis-je entre mes dents. Pourrait-on éviter… ?

Elle me fusille du regard, et je secoue la tête.

— Accorde-moi une semaine, la supplié-je. Une semaine ou… putain, je ne sais pas, un mois, si tu veux, à pouvoir simplement m'allonger au soleil et t'embrasser chaque fois que j'en ai envie, comme autrefois, avant de recommencer à nous bouffer le nez.

Elle déglutit.

— D'accord.

— D'accord ? (Je cligne des yeux.) Sérieusement ?

— Oui. (Elle croise les bras.) Mais je préfère Tom.

Je lui souris parce qu'elle est vraiment une petite merdeuse, et je prends sa main dans la mienne parce qu'en même temps elle est absolument tout pour moi.

— Tu viens quand même ?

Elle réfléchit.

— Tu me promets que ce n'était pas elle ?

Je hoche la tête.

Alors elle prend ma main et la pose sur sa poitrine.

— Jure-le. Sur moi. Jure sur le cœur qui bat sous ta paume que tu ne m'as pas trompée avec Taura Sax.

Je la regarde droit dans les yeux.

— Je te le jure.

— OK.

— OK ?

— Mais tu as couché avec elle ? tient-elle à clarifier, j'ignore pourquoi.

— Oui.

Elle fronce les sourcils.

— Ça ne me plaît pas.

— Non, gloussé-je. Le contraire m'aurait étonné... (Je l'entraîne vers la porte.) Viens, nous allons être en retard.

Nous sommes en retard... encore plus, même, puisque j'ai demandé à Simon de prendre le chemin le plus long afin de pouvoir l'embrasser sur la banquette arrière. Nous entrons par la porte de service, Parks voulant éviter les vautours qui attendent devant l'établissement. Je passe mon bras autour d'elle, la guidant vers la zone VIP séparée par un cordon où je suis certain de trouver Jonah. Je plane un peu, euphorique de me tenir ainsi avec elle en public.

Je repère mon meilleur ami, hoche la tête à son intention.

— C'est un truc de dingue, mec. Bien joué...

Il m'ignore.

— Parks ! s'écrie-t-il. Ton rouge à lèvres est du plus bel effet... sur BJ.

Il a du mal à garder un visage impassible en balançant sa blague.

Magnolia lève les yeux au ciel et fait le tour de nos amis pour les serrer dans ses bras, à l'exception ostentatoire de Taura, à qui j'adresse un sourire réconfortant.

Taura est assise à côté d'un ami de Jonah, mais je suis presque sûr qu'elle est venue avec Jo – je ne vois Henry nulle part. Bizarre, peut-être ? Je ne veux pas poser de question, car je pressens que toute cette histoire pourrait partir en vrille rapidement. Je préfère commander une tournée de shots pour tout le monde afin de détendre l'atmosphère.

Quelques célébrités, Christian doit arriver plus tard avec les Haites. Peut-être que Hen sera avec eux ?

L'ambiance de la boîte est plutôt cool. Quelque part entre le Manoir Playboy et le *Viper Room* des années 1990.

Je sais que gérer les clubs n'est pas le vrai boulot de Jonah, mais il a quand même un don pour ça.

Parks passe presque toute la soirée à mes côtés, ses yeux lançant des poignards en direction de Taura, sa main dans la mienne comme si je risquais de m'éloigner et de me perdre si elle me lâchait – ce que je suppose qu'elle doit ressentir.

Je comprends, cela dit. Je ressens la même appréhension vis-à-vis d'elle. Nous nous éloignons, revenons en cercles, nous retrouvons. Je me demande à quel point Tom changera cela.

Je suis en pleine conversation avec Jo, qui tente de me convaincre qu'il ne s'intéresse pas plus sérieusement que ça à Taura en m'énumérant toutes les filles avec qui il a couché ce mois-ci, mais je roule des yeux à son intention, incline la tête vers Parks, essayant de lui faire comprendre sans un mot que tout ça ne veut strictement rien dire : moi-même, je l'aime depuis que j'ai sept ans, et pourtant j'ai couché avec des centaines d'autres filles.

Et là j'entends Perry glisser à Parks : « Qu'est-ce qu'elle fait ici ? » en désignant Taura du menton.

Je ne tourne pas la tête pour suivre l'échange, recourant à ma vision périphérique.

Parks hausse les épaules, l'air un peu désespéré.

— Il m'a juré que ce n'était pas elle…

Paili pince les lèvres.

— Mais tu ne crois pas qu'il t'a menti ?

Là, oui, je me retourne.

— Putain, tu as dit quoi, là, Paili ?

— Euh…, bafouille-t-elle.

— Tu as dit quoi ? (Je me penche vers elle, furieux.) Répète pour voir ! Tu as dit quoi ?

Elle avale sa salive avec difficulté.

— Rien...

Je secoue la tête.

— Je ne lui ai jamais menti.

— OK.

— Va te faire foutre ! craché-je en pointant un doigt vers elle.

— BJ, intervient Parks en posant sa main sur mon bras. C'est bon, elle essaie juste de...

— Elle, tu l'envoies se faire foutre ? siffle Perry, coupant la parole à Parks, ce qui ne fait que m'énerver encore plus. Va te faire foutre toi-même ! Ce n'est pas comme si Sax n'avait pas une part de culpabilité, dans cette histoire...

— Et avec quoi tu mesures le degré de responsabilité de quelqu'un, Perry ?

— Ta teub, mec...

Taura remue sur son siège, affreusement mal à l'aise. Je déteste les regards que Magnolia et elle échangent. J'ai un mouvement de recul, choqué par sa riposte. Impressionné, presque. Mauvais timing, cela dit.

— Calme-toi, lui chuchote Paili.

— Non... Il n'a pas le droit de te parler comme ça, lui répond Perry sans me quitter du regard.

— Ah non ? (Je cligne des yeux, redresse les épaules.) Et tu vas faire quoi alors, monsieur le gros dur ?

— BJ... (Magnolia serre mon bras.) Arrête.

Taura observe la scène avec trop de curiosité à mon goût.

Merde. Si Parks décide de la regarder là maintenant, tout va partir en couille. Mais elle ne le fera pas. Elle ne peut pas. Elle est concentrée sur moi.

Les mains sur mes joues, balayant les cheveux tombant sur mon visage. Essayant de m'apaiser – et y parvenant, car ses yeux ont un effet immédiat sur moi. Si j'y plonge les miens, quelle que soit la situation, c'est comme si quelqu'un me poussait dans une rivière. Je coule très rapidement, dois donner un grand coup de talon dans le fond pour remonter à la surface, le corps en état de choc, mes pieds ne rencontrant que de l'eau.

— Tout va bien, me dit-elle encore en me caressant la joue du pouce. Elle ne pensait pas à mal.

Je soupire, les yeux rivés sur Paili, la mâchoire serrée.

— Je suis allé lui parler tout de suite après. Je suis peut-être un connard, mais pas un putain de menteur…

Jonah, qui a assisté à la scène, semble à présent mal à l'aise.

— Eh, tirons-nous d'ici, me lance-t-il.

Du menton, il indique la porte.

— Non… ça va. (Je secoue la tête, me rassieds.) Ça va…

Jonah m'adresse un regard appuyé et montre de nouveau la porte.

— Pas de discussion, assène-t-il. Parks, Taura, toi et moi, on se casse, on va ailleurs. Vous deux… (Il désigne Paili et Perry.) Vous dégagez.

Perry lui jette un regard noir.

— Tu es sérieux ?

— On ne peut plus sérieux. Tu fous la merde, Perry…

Ce dernier hausse les épaules.

— Je fous la merde, je dis la vérité – c'est la même chose pour les menteurs.

Je décoche à Perry et Paili un regard sombre. Parks les embrasse, et nous sortons.

Je lui tiens distraitement la main, l'esprit en ébullition après ce qui vient de se passer, vénère, lorsque nous posons le pied sur le trottoir. Alors un milliard de flashs se déclenchent, et des cris retentissent.

— Magnolia ! Où est Tom ?

— BJ et vous, êtes-vous de nouveau ensemble ?

— BJ, êtes-vous de nouveau en couple avec Magnolia ?

— Est-ce que c'est fini entre Tom et vous ?

À peu près une trentaine de versions de ces questions nous tombent dessus d'un coup, et Magnolia reste tétanisée.

Elle est complètement prise au dépourvu, et je lui tiens toujours la main, et ils prennent des tonnes de photos qui lui compliqueront trop la vie, et je suis sur le point de balancer un direct du droit dans la gueule d'un photographe qui s'appuie littéralement sur moi pour capturer une image de Parks à cet instant précis, pour laquelle, si je devais trouver une légende, je choisirais : « Une biche aux abois. »

Sans crier gare, Taura lâche le bras de Jonah, prend le visage de Magnolia entre ses paumes et l'embrasse à pleine bouche. Jonah me lance un regard halluciné tandis que les crépitements des flashs s'intensifient. Les questions volent toujours, mais elles ont changé.

— Magnolia ! Qui est-ce ?

— Est-ce votre petite amie ?!

— Est-ce que Tom sait que vous êtes lesbienne ?

Parks ne bouge toujours pas, ne repousse pas Taura, ne recule pas – elle la laisse simplement faire et la regarde en cillant quand celle-ci s'écarte enfin.

— Magnolia est avec moi, maintenant, déclare Taura d'un air de défi, et les caméras l'adorent, avant de me désigner d'un mouvement de la tête : Elle en a eu assez de ses conneries…

Je me retiens d'éclater de rire.

— Nous ne cachons plus notre amour, annonce-t-elle triomphalement avant de saisir la main de Magnolia et de l'entraîner dans la Cadillac Escalade de Jonah.

Jo et moi échangeons un regard amusé et perplexe, puis les suivons dans le véhicule.

Dans la voiture blindée aux vitres teintées, les deux filles se dévisagent. Un silence de mort règne dans l'habitacle, jusqu'à ce que Magnolia cligne plusieurs fois des yeux et explose de rire.

— Tu es tellement bizarre, dit-elle à Taura en secouant la tête.

Jonah et moi nous regardons. Je ravale un sourire.

— Cela veut dire « merci » en magnolien, explique Jo à Taura.

— J'ai agi sous le coup de la panique, précise celle-ci en haussant les épaules.

Parks soupire et appuie son front contre la fenêtre.

Taura ne la quitte pas des yeux.

— Ils sont plutôt agressifs avec toi, non ?

— Envahissants, répond Magnolia à la vitre avant de tourner la tête vers Taura en se détendant un peu. Mais voilà qui devrait les occuper pendant quelques jours.

Elle lui adresse un petit sourire, puis détourne les yeux.

Taura me regarde et articule, excitée : « Oh, mon Dieu ! »

Je retiens un éclat de rire et passe mon bras autour de Parks.

02:02

Perry

Désolé, mec.

Ouais, moi aussi.

Je t'aime, BJ. Je n'avais pas l'intention de me comporter comme un con.

Ces filles...

Elles auront notre peau.

Ouais.

19:45

BJ & Tom

J'ai créé une discussion commune, pour vous écrire à tous les deux en même temps.

Tom

Parfait.

BJ

Salut, Tom.

Tom

Salut, BJ.

Que d'amabilités ! Voilà qui me plaît.

Écoutez. Comme vous le savez, demain a lieu le bal du Grand Prix, et vous m'avez tous les deux demandé de vous accompagner, donc je n'irai avec ni l'un ni l'autre.

BJ

C'est con.

On peut tous les deux venir avec toi.

Tom

Ah bon ?

BJ

À moins que tu n'y voies un inconvénient, England ?

Aucun problème. Je peux y aller seul avec elle.

Tu veux qu'on y aille… ensemble ?

BJ

Oui.

Tous les trois ?

BJ

Un trouple, si tu es d'accord.

Tom

Je ne suis pas d'accord.

Ha, ha, ha !

BJ

Tu es partante, Parks ?

Pourquoi pas.

BJ

England ?

Tom

À demain ❤

BJ

Bonne nuit, mon chou @Tom

OK, bye bye alors…

48

Magnolia

— Il y a eu une fusillade dans une boîte de nuit… Tu es au courant ? m'annonce Bridget.

Je lève les yeux vers elle, surprise.

— Non ?!

— Si. Au *Clean Slate*.

— Mon Dieu ! Il y a eu des blessés ?

— Deux. Pas de morts.

— Londres a beaucoup changé, soupiré-je.

Je suis en train de me préparer pour le bal. Je me suis fait coiffer et maquiller – respectivement par George Northwood et Ruby Hammer –, je porte une robe Rodarte à volants en tulle blanc moucheté de rouge et d'éclats métalliques, et je meurs presque à la vue de mon propre reflet. Je ressemble à la reine des fées. Bridget m'aide à m'habiller, étant donné que, à ce stade, je ne suis plus ou moins qu'un magnifique marshmallow – je l'ai suppliée de venir, mais elle refuse catégoriquement.

— Je déteste ce genre de trucs.

— Mais moi, tu m'aimes !

Elle secoue la tête.

— Pas à ce point-là.

— Je vais, déclare Bushka depuis le seuil de ma chambre.

Bridget et moi échangeons un regard, puis je réponds sans la moindre délicatesse :

— Euh… non.

Bushka fronce les sourcils.

— Tu jamais m'emmènes aucun endroit…

— C'est vrai. Et c'est volontaire. Tu es terriblement fruste et assez raciste…

— Les gens blancs croient que meilleurs que tout le monde, mais pas si bons.

Je fais la moue, et ma sœur se racle la gorge.

— Bushka, tu es blanche.

— Je russe.

Bridget et moi échangeons un regard entendu.

— Enfin bref.

— Tu m'emmènes.

— Non. (Je secoue la tête, arrange ma robe.) La dernière fois que tu nous as accompagnés, tu as harcelé la princesse Anne, exigeant qu'elle se batte avec toi.

— Je la peux gagner.

Bridget pointe le menton vers notre grand-mère.

— C'est une dissidente soviétique.

Je les toise toutes les deux en plissant les yeux.

— Tout ce que je fais pour toi…, se lamente Bushka en soupirant piteusement.

— Tu ne fais absolument rien pour moi. (Je la regarde comme si elle était folle.) En fait, tu es plutôt un poids mort relationnel…

— Je te donne argent quand je meurs.

— Oui, mais tu es toujours en vie.

— Charmant, commente Bridget.

Je lève les yeux au ciel. Bushka agite la main devant moi.

— Oh ! gronde ma sœur. Emmène-la donc.

J'émets un petit bruit de gorge.

— Très bien.

Bushka pousse une exclamation et se met à passer ma garde-robe en revue. Elle sort une robe très courte et moulante Hervé Léger.

— Je mets ?
— Certainement pas.
Elle m'ignore et emporte la robe.
— Je vais à une soirée avec deux mecs et Bushka…, gémis-je en lançant un regard suppliant à Bridget.
— Eh bien, dit-elle, alors là, évidemment, je ne peux pas rater ça.

Tom arrive le premier – rien de surprenant.
BJ est séduisant, embrasse comme un dieu et est probablement en train de poster une story Instagram avec un chiot ou quelque chose du genre, mais Tom est un adulte doté d'une montre, d'une certaine dignité et de la notion du temps.
Il porte également un pantalon noir Brunello Cucinelli, une veste de costume Shelton en velours, cintrée, à col châle et une chemise à plastron plissé blanche, toutes deux de chez Tom Ford.
On ne peut pas dire qu'il soit très novateur en termes de mode, mais Tom a des yeux ridiculement beaux qui ajoutent un effet « waouh » à tout ce qu'il fait.
Il me tient la porte ? Waouh !
Il boit à ma bouteille d'eau ? Waouh !
Il noue ses lacets ? Waouh !
Il respire ? Waouh !
— Bonsoir, dit-il tout en admirant ma robe. Tu es magnifique.
Il se dirige vers moi, effleure mes lèvres des siennes, et je sens mes joues s'empourprer.
— Je suis l'homme le plus chanceux du monde ou quoi ? me demande-t-il en souriant.
— Eh bien, réponds-je en grimaçant. BJ est en route… donc j'opte pour « ou quoi ».
Tom lâche un petit rire.
— Ça va être amusant, déclare-t-il. Ça va être bien. Cette soirée va être incroyable…

— Ouais, répète-le encore une ou deux fois, comme ça, ce sera peut-être vrai.

Il éclate de rire au moment où la porte d'entrée s'ouvre et que mon autre date fait son apparition.

— Salut, mon pote ! lance BJ en marchant jusqu'à Tom pour lui donner malicieusement une claque sur la fesse. Cette veste ! Quelle élégance !

Tom laisse échapper un rire déconcerté.

— Je te retourne le compliment, mec.

BJ lui décoche un regard appuyé.

— Excuse-moi, ça te dérangerait d'ôter tes mains de la fille de mes rêves pendant une seconde ?

Tom obtempère et s'éloigne de quelques pas.

— Bonsoir, Parks.

BJ me sourit, puis m'embrasse sur la joue comme s'il était en territoire conquis.

— Salut, dis-je timidement.

— Tu ressembles à la princesse du pays des sucres d'orge.

— C'est un compliment ?

— Évidemment. Tu penses que je suis assez stupide pour t'insulter alors que j'essaie de te convaincre de me choisir ?

Je réfléchis un instant.

— Oui.

Il hausse un sourcil. Puis il nous regarde, Tom et moi.

— Donc, c'est quoi, l'idée, les gars ? On t'embrasse tous les deux, aucun de nous ne t'embrasse… ?

— Je crois que Tom et toi devriez vous embrasser, déclare Bridget du haut des marches.

— Je ne me le ferai pas dire deux fois, glousse BJ.

Il sautille joyeusement vers Tom qui le repousse avec un petit rire.

Bridget porte une robe à tomber, sans manches, cyan pâle imprimée de branches de citronnier.

— Excuse-moi. Je rêve, ou tu portes du Oscar de la Renta ?

Elle baisse les yeux vers sa tenue et hausse les épaules, feignant l'indifférence.

— Attends une minute, l'interpelle BJ. Tu vas vraiment sortir de cette maison pour assister à un événement mondain ?

— Oui, répond-elle, le nez en l'air.

— Pourquoi ? insiste BJ en fronçant les sourcils. Tu as perdu un pari ?

Bridget se rembrunit.

— Tu es ravissante, Bridget, lui dit Tom.

Celle-ci lui adresse un sourire ravi et sincère, puis lance :

— Mais pas aussi ravissante que…

Et, comme sur un signal, Bushka apparaît en haut de l'escalier, mais pas dans ma robe Hervé Léger, par bonheur.

— Je vais.

— Mais nooon !

Le regard effaré de BJ passe de Bushka à moi. Il n'arrive pas à y croire. Moi non plus. Je soupire. BJ m'examine, les yeux plissés.

— Tu es bourrée ?

— Bientôt.

— Tu viens ? s'écrie alors gaiement BJ. (Il gravit les marches quatre à quatre pour l'aider à les descendre.) Ma préférée des femmes Parks !

— Techniquement, ce n'est pas une Parks, mais d'accord, grondé-je entre mes dents.

— Tu es ma femme Parks préférée, me glisse Tom.

— Ça, c'est parce que tu ne me connais pas encore très bien, ironise ma sœur en lui prenant le bras et en l'entraînant vers la porte.

BJ escorte Bushka dehors et au bas des marches du perron.

Et je reste plantée là à regarder ma grand-mère avec un de mes petits amis et ma sœur avec l'autre.

Je leur crie faiblement :

— Bon, eh bien, je me charge de fermer la maison !

49

BJ

Parks n'est pas du tout convaincue par cette histoire de sortir avec nous deux en même temps. Je l'ai lu sur son visage pendant tout le trajet aller. Elle avait l'air nerveuse. Probablement à l'idée de ce que raconteraient les journaux à son sujet. Il faut dire qu'ils ne sont pas toujours tendres.

À leurs yeux, elle est soit une idole, soit une idiote, et il n'y a aucun moyen de prédire quelle version ils choisiront.

S'ils sont d'humeur indulgente, elle pourrait faire son apparition en en chevauchant un et en embrassant l'autre, et ils la qualifieraient de progressiste. Mais, quand ils l'ont décidé, ils sont capables de l'accuser de tout et n'importe quoi, de la traîner sans merci dans la boue, d'écrire de telles horreurs sur elle qu'elle termine en larmes dans mes bras, comme si elle s'était fait harceler dans la cour de récréation.

J'ai fait mon entrée aux côtés de Bushka, en partie pour ménager Parks, mais aussi parce que la vieille dame me fait mourir de rire – elle a toujours une flasque sur elle, a un jour essayé de casser la gueule à David Beckham, a remporté deux duels de shots contre Jonah et fait une blague nazie à l'ambassadeur d'Allemagne au dernier gala où ils l'ont amenée. Cette femme est complètement imprévisible, une véritable grenade dégoupillée.

De plus, je vois bien que le cœur de Magnolia fond en me voyant avec sa grand-mère – ce n'est pas pour ça que je chaperonne Bushka, mais c'est la cerise sur le gâteau.

Une fois sur place, Parks disparaît à la vitesse de la lumière. Elle prétend avoir repéré Kate Middleton…

— J'ai vraiment mis mes œufs dans le mauvais panier en devenant copine avec Meghan Markle, n'est-ce pas ? (Elle secoue la tête.) Maintenant, il ne me reste plus qu'à aller lécher les bottes de la duchesse de Cambridge…

— Je suis ami avec Will, lui lance Tom.

Elle s'arrête, se retourne, lève les yeux au ciel.

— Oh, sans blague !

— Je suis l'amour de ta vie, lui rappelé-je.

Nos regards se trouvent – elle fait de son mieux pour s'empêcher de me sourire, cette fois.

— Je ne peux pas croire qu'ils aient renoncé à leurs fonctions officielles et quitté la famille royale. Quelle terrible journée ça a été pour tout le monde ! Pour moi, en particulier, marmonne Magnolia en s'éloignant. Et Lilibet, probablement.

Je jette un coup d'œil à Tom, qui regarde la fille que j'aime d'une façon qui suggère qu'il pourrait bien l'aimer aussi.

— Eh bien, merde, soupiré-je.

Il se tourne vers moi et rit.

— Ouais.

Je pointe le menton en direction de Parks.

— Elle galère…

Il dirige de nouveau son regard vers elle. Ce doit être un sale coup pour lui… vouloir voir de quoi je parle, mais en être incapable – parce que c'est quelque chose qui ne se perçoit pas avec les yeux.

Moi, je le sais à la façon dont les papillons battent des ailes dans le halo au-dessus de sa tête, dont la lumière se reflète dans ses pensées, dont le saule pleureur frissonne…

— Ah oui ? dit-il, sans la quitter des yeux.

— Elle nous évite.

— Ouais, en même temps... Il faut reconnaître que c'est une situation plutôt étrange.

Je croise son regard et étouffe un petit rire.

— Vraiment ? Ouais, je suppose que ça peut paraître bizarre. Moi, ça me semble assez normal.

Sa bouche s'étire en un léger sourire, comme s'il était désolé pour moi, ce qui ne me plaît pas du tout, putain. Je l'ai eue toute ma vie, elle est à moi, j'ai tout foiré, et maintenant, c'est elle qui décide comment elle veut m'appartenir. Je n'ai pas besoin de la pitié de Tom. Je n'ai même pas besoin de sa compréhension. J'ai juste besoin d'elle.

Je la regarde, la fille de mes rêves, l'amour de ma vie, alpha, oméga, début et fin, jusqu'à ce que la mort nous sépare, et même à ce moment-là je m'accrocherai encore – et tout ce que je dis, c'est : « Ouais. »

— Elle t'en a fait voir de toutes les couleurs, fait remarquer Tom.

Je réfléchis à son observation.

— Aucune idée. Je ne sais jamais si nous dansons au milieu des flammes ou gravissons une montagne en traînant chacun notre tour l'autre, inconscient, derrière nous.

Tom rit comme si j'étais taré.

— Dans les deux cas, ça m'a l'air un peu foireux, mon pote...

— Ouais, concédé-je. Mais la vue est belle...

Tom me scrute trop attentivement à mon goût. Il a un regard intense. Et le fait qu'il ait les yeux si bleus n'arrange rien. Ça pourrait faire rêver, mais je ne sais pas... agressivement bleus, peut-être ?

— Vous n'êtes vraiment pas banals, tous les deux.

Effectivement. Je me contente de hocher la tête et de hausser les épaules.

À présent, c'est elle qu'il regarde en plissant les yeux.

— Tu crois qu'elle fait cet effet à tout le monde ?

— Quoi ?

— Donner l'impression à l'autre qu'il est… je ne sais pas… le soleil de son univers.

Je le plains. Magnolia, c'est nouveau pour lui. Il en est encore à découvrir le supplice de voir d'autres hommes lui tourner autour sans même qu'elle se rende compte qu'elle attire l'attention de tous, partout où elle va.

Un véritable rayon de soleil, même quand elle se comporte comme une petite conne.

— Votre relation est presque intimidante, dit-il en se tournant de nouveau vers moi.

— Seulement « presque » ?

— Oui. Je ne connaîtrai jamais toute l'histoire, et je refuse de me laisser impressionner par quelque chose que je ne comprends pas complètement. (Sa logique me paraît honnête.) Mais cette alchimie…

Il me lance un regard, et je me demande ce qu'il fait encore là.

Oubliez les métaphores avec des câbles de démarrage et des étincelles, nous sommes tout ça et rien de tout ça à la fois. Parks et moi, c'est écrit dans les putains d'étoiles.

— … c'est énorme, conclut Tom.

— Mais pas assez intimidant pour que tu te retires de la compétition.

— Exact. (Il marque une pause.) C'est comme Shakespeare et cette conspiration de la poudre à canon. Cette alchimie est ce qui définit votre relation – aucun doute. C'est inégalable. (Silence.) Mais c'est peut-être aussi ce qui vous détruira.

Putain, je déteste ce qu'il vient de dire, parce que ce n'est pas une menace proférée par un connard arrogant : il réfléchit simplement à haute voix. Il est là à balancer sa sagesse de merde, et je le déteste, putain, car, parfois, j'ai peur qu'il n'ait raison.

— Eh ! (Tom m'assène un coup de coude.) On se foutait de toi, au début…

— Je me suis posé la question, le soir où tu me l'as amenée après l'affreuse scène avec Harley…

— Non, à ce moment-là, elle me plaisait déjà vraiment… Sauf que ce n'était pas de moi qu'elle avait besoin, mais de toi.

— Putain ! Tu es tellement exaspérant. (Elle lui plaît, pourtant il me l'amène parce que je suis celui dont elle a besoin !?) Comment tu fais pour être aussi cool, mec ?

Tom réprime un petit rire.

— Je ne suis pas cool. J'ai vu la façon dont tu l'as mise à terre dans cette boîte de nuit, et j'ai eu envie de l'aider à vous remettre sur un pied d'égalité. Mais, maintenant, je pense que je suis un peu amoureux d'elle…

Je hoche la tête.

— Elle a cet effet sur les gens.

— Je sais, dit-il, solennel. Je suis désolé.

— Pourquoi ?

— Parce que je t'aime bien. (Il me donne une claque dans le dos.) Mais, si j'ai une chance, je compte bien la saisir.

— Pareil pour moi, mon pote.

Tom me regarde, un peu nerveux.

— Elle n'est pas au courant.

Je bois une gorgée de mon Negroni.

— Au courant de quoi ?

— Que je l'aime.

— Ah !

Ma bouche restera fermée à double tour, et j'ai rangé la clé bien précieusement dans ma poche.

Il me donne une autre claque dans le dos.

— T'es un mec bien. (Il fait glisser mon verre jusqu'à moi et lève le sien.) Que le meilleur gagne !

— Non, mec… Que le pilote aille se faire foutre ! Je mise sur le supposé mauvais cheval : il tourne clairement pas rond, mais il a un cœur d'or.

Tom rit. Moi aussi.

Mais ça fait mal. Parce que nous savons tous les deux que c'est vrai.

17:41

Tom

Tu es sûr de ne pas vouloir venir à l'anniversaire de Julian ?

Sûr.

Ça va être sympa…

Non, je suis trop vieux pour aller en boîte et toutes ces conneries.

Non mais sérieux, je crois que Ju et toi avez le même âge.

Ah, c'est « Ju », maintenant ?

On est des potes de longue date.

Ah ! D'accord.

Et si je peux me permettre, toi et moi, nous nous sommes rencontrés en boîte il y a genre 5 mois, donc bon…

En vrai, on s'est rencontrés à la Queen's Cup. Tu avais 7 ans et moi 16. Un vrai parasite.

Alors, tu viens ?

Non, merci.

Amuse-toi bien. ❤

❤❤❤❤

50

Magnolia

Ce soir, Julian Haites fête ses trente ans. Je me rends à sa soirée avec les garçons. BJ croit que je l'accompagne en tant que sa petite amie, ignorant que Julian m'a aussi envoyé une invitation.

Je repère Daisy Haites avant son frère. Elle est perchée sur les genoux de Christian. Je les salue d'un geste de la main. En guise de réponse, Christian esquisse une sorte de grimace – ce que je ne comprends pas –, et Daisy me fait signe sans conviction.

Je m'efforce de ne pas me formaliser de cet accueil si peu enthousiaste et cherche l'approbation ailleurs, en glissant ma main dans celle de BJ, par exemple. Il la porte à sa bouche et l'embrasse sans réfléchir.

— Ballentine ! s'exclame Julian en marchant vers nous, un verre dans chaque main.

Il en vide un d'un trait et m'offre l'autre avant de prendre BJ dans ses bras et de le bousculer affectueusement.

— Bon anniversaire, vieux !

Jonah l'attrape par les épaules, et Julian lui donne une tape amicale sur la joue.

Julian est probablement l'autre meilleur ami de Jonah, ce qui pourrait rendre la scène ultratendue lorsque ses yeux rencontrent les miens par-dessus l'épaule de Jonah.

Me dominant de toute sa hauteur, dans sa veste universitaire en laine mélangée au logo en appliqué Amiri, il m'adresse un petit sourire amusé.

— Magnolia.

— Julian, dis-je sur le même ton.

La connivence qui se devine entre nous fait tiquer Jonah et BJ. Celui-ci baisse les yeux vers moi, le front barré d'un pli inquiet.

Jonah et BJ ont toujours été très clairs avec moi au sujet de Julian : « Fuis-le comme la peste. » Sauf si quelqu'un essaie de me tuer, auquel cas je dois courir le trouver.

Je l'ai fait une fois. Courir le trouver. Personne n'essayait d'attenter à ma vie, mais j'étais en train de mourir. C'était quelques semaines après ma rupture avec BJ. Vous savez, après que l'adrénaline reflue et que l'engourdissement ne se fait pas encore sentir, que vous n'êtes pas sous traitement et que votre cœur assoiffé se consume et étouffe simultanément… Un soir, je ne sais pas ce qui m'est passé par la tête – je n'avais pas mis un pied hors de la maison depuis quinze jours –, j'ai décidé de sortir. J'ai demandé à Paili de m'accompagner.

— Je ne crois pas que ce soit une bonne idée, m'a-t-elle dit à peu près un million de fois durant le trajet. Tu as seulement besoin de faire ton deuil…

— J'ai fini de faire mon deuil.

Paili m'a jeté un regard appuyé, n'y croyant pas une seconde. Évidemment. Même un profane aurait pu vous dire que jamais je ne cesserais de pleurer ce garçon.

À son anniversaire, donc, Julian et moi nous retrouvons debout l'un en face de l'autre, unis par une complicité qui ne peut que mettre BJ mal à l'aise. D'ailleurs, il éclate d'un rire qui pourrait passer pour désinvolte, sauf pour Jonah et moi…

— J'ignorais que vous vous connaissiez, tous les deux, lance BJ dont le regard saute de Julian à moi.

Julian laisse échapper un « ha, ha ! » et hausse nonchalamment ses robustes épaules.

— Tout le monde la connaît, celle-ci.

— Bien sûr… Comment ?

Les sourcils arqués, Julian pousse l'intérieur de sa joue avec sa langue et m'adresse un regard provocateur. C'est à moi de répondre.

Paili et moi sommes allées en boîte. Le *McQueen*, je crois. Par un malheureux hasard (pour moi), nous y sommes tombées sur un garçon de notre ancien lycée – Ed Bancroft – sur qui Paili a toujours eu un crush sans qu'il se passe jamais quoi que ce soit. Or, ce soir-là, justement, il s'est montré très intéressé par Paili.

Et je ne sais pas ce qui lui a pris, ni pourquoi c'est arrivé, car ça ne lui ressemblait vraiment pas. On aurait dit qu'elle avait quelque chose à prouver. Elle n'avait jamais été du genre à emballer des gars en boîte, pas plus que moi, mais, là, rien ne l'aurait arrêtée.

À côté de moi. Sur le canapé.

Elle avait été une si bonne amie ces dernières semaines… Elle ne m'avait pas laissée seule une seconde. Elle s'était allongée près de moi sur mon lit, avait pleuré avec moi, parfois pour moi. Elle avait été si présente, si compatissante… Je pouvais difficilement lui reprocher, un soir que je l'avais traînée dans un endroit où elle estimait que ni elle ni moi n'aurions dû aller, d'avoir finalement décidé de s'amuser.

Donc je me suis retrouvée assise là, impeccablement habillée et vaguement suicidaire, tandis qu'Ed Bancroft se frottait carrément sur ses cuisses, juste à côté de moi. J'ai soupiré, descendu quelques verres afin de neutraliser mes pensées agitées et mon malaise assourdissant, puis un mec s'est penché pour entrer dans mon champ de vision.

Cheveux bruns en désordre, grands yeux bleus, barbe naissante. À tomber.

Il m'a adressé un sourire malicieux.

— Toi, je te connais.

— Effectivement, ai-je dit avec un petit signe de tête.

— Et moi, tu me connais ?

Je lui ai lancé un regard amusé.

— Tout le monde te connaît…

— Mais ce qui m'intéresse de savoir, c'est si toi, tu me connais, a insisté Julian Haites, son sourire s'élargissant. Tu te souviens de moi à l'internat ?

Et en double page dans *Vanity Fair*, dans ses interviews pour *VICE*, ses shootings pour *GQ* – il était (est) vraiment le « marchand d'armes » le plus célèbre et le plus beau du monde.

— Eh bien, j'avais onze ans… Mais tu étais plutôt rapide sur le terrain.

— Mais pas aussi rapide que…

— Stop ! l'ai-je interrompu. Ne prononce pas son nom.

J'ai du mal à croire que BJ n'ait jamais eu vent de cette rencontre. Si BJ n'est pas au courant, cela signifie que Jonah non plus, et si Jonah n'est pas au courant, c'est parce que Julian a décidé – par prudence ? – de ne jamais le lui raconter. Je me demande pourquoi. BJ me regarde fixement, attendant mes explications. Honnêtement, je suis prête à parier qu'il se porterait mieux en restant dans l'ignorance – des détails, surtout.

Ce soir-là, Julian m'a examinée d'un air intrigué.

— Ah merde, OK. Il est là ?

J'ai secoué la tête.

Il était tellement canon… C'est presque insupportable. Il l'est toujours, d'ailleurs.

Mâchoire taillée à la serpe. Yeux de la couleur des crevasses dans les glaciers. Un mètre quatre-vingt-dix. Des tatouages sur tout le corps. Et aussi à la tête de la famille la plus célèbre de Londres. J'ignore ce qu'ils font, exactement, mais je peux vous assurer que ce n'est pas légal.

— Il y a une raison en particulier pour qu'il ne soit pas là ?

J'ai acquiescé.

— Alors tu as besoin d'un verre, a-t-il déclaré en me prenant la main pour me forcer à me lever du canapé, avant de m'entraîner vers le bar.

La foule s'est ouverte devant lui comme la mer Rouge, personne ne souhaitant risquer de se trouver sur son chemin, mais il n'a même pas paru s'en apercevoir. Je sais que les gens me regardaient – pas avec autant d'insistance qu'aujourd'hui : la fascination des médias pour BJ et moi n'a commencé que quand nous avons cessé d'être quelque chose qui avait un sens pour eux.

À ce stade, la rumeur courait qu'il y avait de l'eau dans le gaz entre BJ et moi, mais rien de définitif. Si je m'étais trouvée en compagnie de n'importe qui d'autre que Julian, des photos auraient immanquablement fini dans la presse. Mais je me rappelle avoir instantanément su que personne n'ébruiterait cette rencontre. On ne plaisante pas avec la famille Haites.

Avoir ma main dans la sienne a provoqué en moi une vague de soulagement ainsi qu'une certaine impression de liberté.

— Tu aimes le whisky ? m'a-t-il demandé.

— Non, ai-je répondu avec une moue en me penchant sur le bar.

— Deux Johnny Walker Baccarat, a-t-il lancé au barman. Mets-les sur mon compte. (Il a fait glisser un shot vers moi.) Celui-ci te plaira peut-être, à 500 livres le verre…

Nous avons trinqué et vidé nos verres d'un trait.

Il m'a ensuite regardée d'un air interrogateur.

— Tu aimes ?

— Non, ai-je avoué avec un sourire contrit.

— Merde ! s'est-il exclamé en riant, la tête renversée en arrière. Allez… un petit mensonge ?

— J'ai adoré…, ai-je obtempéré en grimaçant.

Il m'a lancé un regard faussement abattu.

Nous avons emporté une bouteille de vodka à une table dans un coin, avons beaucoup ri, bu encore plus, et je n'ai presque pas pensé à BJ ni à ce qu'il nous avait fait, hypnotisée par la bouche de Julian Haites. Si rose. La lèvre inférieure charnue, comme s'il était en colère même quand il est content.

Il a repoussé une mèche derrière mon oreille.

— Est-ce que je peux te ramener chez moi ? m'a-t-il demandé en penchant la tête de façon que nos yeux soient à la même hauteur.

Son regard était calme, et ça m'a plu.

J'ai aussitôt accepté, ne voulant pas me laisser le temps de réfléchir et de refuser.

De nouveau, il m'a pris la main, m'entraînant vers la porte du fond, derrière laquelle une voiture l'attendait. Noire, vitres teintées – blindée, comme les véhicules des Hemmes. Il m'a ouvert la portière, et je suis montée, lui à ma suite.

Nous sommes restés assis parfaitement immobiles l'un à côté de l'autre pendant quelques secondes, regardant droit devant nous, puis il s'est tourné vers moi et j'ai grimpé sur ses genoux, l'embrassant fébrilement, les lèvres en feu, tirant sa chemise par-dessus sa tête.

Il a gloussé, sa main posée sur ma joue, et, si je puis me permettre, il embrasse fabuleusement bien. Suffisamment pour que ça ne me tue pas immédiatement d'être en train d'embrasser un autre homme que BJ – cette sensation viendrait après, celle de le trahir, comme si je brisais notre lien. Oui, la culpabilité m'écraserait le cœur plus tard, mais Julian était si doué, si doux et si beau que cela a repoussé l'inévitable.

Jamais je n'aurais cru pouvoir dire ça de qui que ce soit d'autre que BJ, mais, je vous le garantis, Julian Haites est le boss dans tous les domaines. Il s'est allongé sur la banquette arrière, m'entraînant avec lui. Il est très habile de ses mains, je vous dirai au moins ça. Lorsque la voiture s'est arrêtée, je ne m'en suis même pas rendu compte.

Nous nous sommes glissés chez lui. Une maison énorme. Excessive. Marbre noir ou blanc partout, des dorures en veux-tu en voilà. Il m'a entraînée à l'étage en silence, toujours torse nu, jusqu'à une chambre. Je l'ai suivi à l'intérieur, et il a fermé la porte derrière moi. Ensuite, il s'est dirigé vers un bureau sur lequel il a vidé le contenu de ses poches, avant de me lancer un regard interrogateur. Je me suis adossée contre la porte, pinçant les lèvres, tenant ma minaudière devant moi en guise de ceinture de chasteté.

Il a ri pour lui-même, s'est assis sur son lit, puis s'est gratté la nuque.

— Donc, a-t-il souri.

— Donc.

J'ai toussoté. Je n'avais ressenti aucun malaise jusque-là. Je ne sais pas pourquoi je me suis soudain sentie gênée. Peut-être les lumières ?

Il a incliné le visage, m'observant d'un regard doux.

— Ça va ?

— Moi ?

— Ouais, a-t-il répondu en se laissant aller légèrement en arrière, en appui sur les bras.

— Je vais bien. (J'ai hoché la tête vigoureusement.) Parfaitement bien.

— OK. (Il a plissé les yeux.) Super.

— C'est génial. (J'ai hoché de nouveau la tête.) Je suis géniale, tu es génial. Nous allons coucher ensemble, et ça va être génial.

— OK.

Il a acquiescé et s'est passé une paume sur la bouche.

— Super. J'ai vraiment hâte de le faire, ai-je déclaré d'une voix très enthousiaste, en clignant beaucoup des yeux et en ne pensant absolument pas à BJ. Je n'avais pas l'intention de faire une rime…

J'ai dégluti nerveusement.

Il a souri imperceptiblement avant de se rembrunir en me regardant attentivement.

— OK ! ai-je dit en joignant les mains dans un claquement sonore, inspirant profondément en marchant vers lui. Allons-y ! Peux-tu juste m'aider avec ma fermeture Éclair ?

Je me suis assise sur le lit à côté de lui en lui présentant mon dos.

Il a tendu les doigts avec hésitation, puis a suspendu son geste.

— J'ai une sœur, tu sais ? a-t-il dit en cherchant mon regard.

— Drôle de moment pour l'évoquer…

— Mais non, arrête. (Il a levé les yeux au ciel.) Je connais les filles, c'est tout.

— Je n'en doute pas.

— Tu comprends ce que je veux dire.

— Non.

Il s'est gratté le cou, un petit sourire désabusé au coin des lèvres.

— Tu es très belle, Parks. Vraiment, vraiment très belle.

Je lui ai jeté un regard sombre, sentant le « mais » venir.

— Tu es sûre que tu veux faire ça ?

— Ouais.

Il s'est penché vers moi, a pris mon visage dans ses mains et m'a embrassée doucement, et là j'ai fondu en larmes.

Il a ri et s'est reculé en secouant la tête.

— Magnolia.

Il m'a assise sur ses genoux, m'a serrée contre lui et m'a tenue pendant que je pleurais. Je suppose que ce n'est pas la réaction qu'on attend d'un chef de gang en de telles circonstances. D'ailleurs, peut-être est-ce pour cela qu'il n'en a jamais parlé à Jonah. Notre soirée ne lui donnait pas exactement l'opportunité de se vanter d'une énième prouesse sexuelle : je n'ai fait que pleurer dans ses bras pendant deux heures. À gros sanglots morveux. Son garde du corps m'a préparé des pancakes, et ensuite j'ai de nouveau pleuré. Julian a joué avec mes cheveux, j'ai passé la nuit dans son lit, je lui ai raconté tout ce qui s'était produit. Alors il m'a proposé de tuer BJ, et j'ai eu peur qu'il ne soit sérieux. Nous avons parlé jusqu'à ce que je m'endorme dans ses bras. Il m'a ramenée en voiture le lendemain matin, m'a donné son numéro en disant que si j'avais un jour besoin de quoi que ce soit… Et voilà, fin de l'histoire.

— Tu me croirais si je te disais que nous sommes membres du même club de lecture ? demandé-je à BJ. Julian adore… les romans historiques dont les protagonistes sont des femmes. Il a aussi un faible pour les biographies.

Julian, hilare, ne m'est d'aucun secours.

BJ plisse les yeux.

— Mmm.

— Je lui ai proposé de l'aider à régler un problème, intervient Julian en croisant mon regard. Elle n'a jamais accepté mon offre. (Il donne un coup de coude à BJ.) Et ne l'a toujours pas résolu.

— Attention à ce que tu dis, dis-je en lui adressant un regard sévère.

Julian est plié en deux. Pendant tout notre échange, BJ semble terriblement mal à l'aise.

— Sérieusement, Parks… si un jour tu veux passer un bon moment avec un vrai voyou, pas un de ces bad boys à la con qui posent en couv' de *Vogue*… appelle-moi.

Je lève les yeux au ciel et m'efforce de dissimuler l'enthousiasme que me procure toute cette attention.

— Laisse-moi peut-être juste le temps de m'extraire du triangle amoureux dans lequel je me trouve, mais tu es le prochain sur la liste d'attente…

— OK, ça me paraît honnête.

Julian hoche la tête et donne une tape malicieuse sur le bras de BJ.

BJ le regarde s'éloigner, incrédule.

— C'est une blague ?

J'essaie de ne pas lui éclater de rire au nez et l'entraîne à l'écart, ses mains dans les miennes.

— Nous nous sommes embrassés une fois.

— Une fois ?

— Nous avons failli coucher ensemble, concédé-je.

— Quand ?

— Hum… Juste après notre rupture.

— Quoi ?!

— Une quinzaine de jours après…

— Parks ! Ce mec est dangereux…

— Mmm. Nous sommes à sa fête d'anniversaire, tu es au courant ? Là, maintenant…

— Jonah est avec nous, et tu es mon invitée.

— Eh bien, en fait… il m'a invitée personnellement.

BJ soupire.

— Tiens donc !

Il se frotte le visage des deux paumes.

— Tu as failli coucher avec lui ?

— Voyons… Il me semble que tu as toi-même des rapports sexuels aboutis et fréquents avec des tas de femmes qui ne sont pas moi, lui rappelé-je.

Il fait de son mieux pour ne pas rire à ma remarque.

— Pourquoi seulement « failli » ?

— Euh… Parce que, quand nous nous sommes embrassés sur son lit, j'ai fondu en larmes. À cause de toi… (Il réprime un sourire.) J'ai pleuré dans ses bras, son garde du corps m'a préparé des pancakes, et ensuite Julian m'a raccompagnée chez moi.

BJ hoche la tête, satisfait de ma réponse, puis m'attire contre lui et m'étreint.

— Et qui va te préparer des pancakes demain matin ?

— Aucune idée. (Je lui adresse un sourire éblouissant.) Devrais-je aller voir si son garde du corps est disponible ?

La soirée commence alors à proprement parler, et tout se passe à merveille, même si Christian boit un peu trop. BJ et moi nous sentons bien.

Il ne me quitte pas d'une semelle, plane sur moi telle une ombre au soleil de midi. J'ignore si c'est à cause de ce qu'il vient d'apprendre au sujet de Julian, ou juste parce qu'il le peut, et peu m'importe.

C'est délicieux d'être ensemble.

Les baisers dans mon cou quand je regarde ailleurs, les mains sur ma taille en permanence… Tout est à peu près comme je l'imaginais avant que nous fassions tout foirer – lui et moi, ensemble, main dans la main, lui parlant à Jo, moi à Henry, et puis de temps à autre, sans un mot, il passe son bras sur mon épaule et m'embrasse l'oreille sans interrompre sa conversation. Cela paraît mineur en matière de démonstration d'affection, presque rien, mais c'est comme si j'avais un diamant dans la poche, comme si rien, ni cœurs brisés ni infidélités, n'avait eu lieu. Peut-être que, désormais, c'est ainsi que nous serons – coincés ensemble, revenant l'un vers l'autre si d'aventure un incident nous a séparés. Je le souhaite. J'espère que nous retrouverons toujours notre chemin.

Soudain, un cri retentit. Puissant, hargneux.

Jonah se tord le cou pour regarder derrière lui, puis saute sur ses pieds : Christian.

Il désigne son frère d'un mouvement du menton, et nous lui emboîtons aussitôt le pas.

— Comment ça, putain, qu'est-ce que j'en ai à foutre ? Nous sommes ensemble, dit Christian à Daisy, les yeux écarquillés.

Elle est avec ce garçon, Romeo Bambrilla – assez séduisant.

— Vraiment ? Arrête tes conneries ! s'exclame-t-elle, furieuse. Je ne me suis jamais fait d'illusions sur ce que je suis pour toi : la fille que tu baises pendant que tu fantasmes sur la nana de ton meilleur ami.

Et là, tout le monde se fige. La tension est palpable. Pas seulement entre nous, mais dans toute la salle. J'ouvre grand les yeux. BJ se raidit.

— J… je…, bafouille Christian.

J'ai un pincement au cœur en le voyant ainsi. Il paraît blessé, triste, peut-être un peu trahi ? J'ignore si Daisy parle de moi. Probablement…

Qu'est-ce qui lui prend, putain de bordel de merde, de balancer ça devant tout le monde ?

— Oh ! (Daisy Haites cligne des yeux, l'innocence incarnée.) Tu pensais que je n'étais pas au courant ? Eh bien, je suis désolée de t'apprendre que je ne suis pas si conne que tu le croyais. Par contre, je dois cruellement manquer de dignité parce que j'ai toujours su ce que j'étais pour toi, mais je suis restée quand même ! J'imagine que j'espérais qu'un jour tu me voudrais plus que tu ne la veux, elle. Je pouvais toujours attendre. Tu ne m'as jamais vraiment appréciée, de toute façon…

Christian la regarde comme je ne l'ai jamais vu regarder personne. Il a l'air terrifié.

— Et je suis peut-être complètement barge… (D'un geste, elle désigne Romeo Bambrilla.) Mais tu sais quoi ? Au moins, je suis sûre d'une chose : quand je vais rentrer avec Romeo, ce soir, il ne pensera pas à cette putain de Magnolia Parks !

Toutes nos mâchoires se décrochent, tandis que Daisy le plante là. Elle disparaît dans la foule, main dans la main avec le garçon qui n'est pas Christian.

Celui-ci, tétanisé, garde les yeux baissés. Il évite mon regard, et ose encore moins croiser celui de BJ et de son frère.

Il secoue la tête et se fraie un chemin parmi les invités en les poussant pour les écarter.

Aussitôt, Jonah se lance à ses trousses, BJ sur les talons. Je me précipite derrière eux, envahie par le vague et étrange sentiment que j'ai peut-être aimé trop de garçons et que j'en ai laissé trop tomber amoureux de moi.

Il y a toutes sortes d'amours dans ce monde, je le sais, maintenant, même si je ne le mesure pas encore complètement – disons que ce n'est pas une pleine lune : au mieux, je suis en période de lune croissante pour ce qui est de comprendre, à mon niveau, ce qu'est l'amour. On prétend que l'amour peut tout, mais est-ce vrai ? Le peut-il réellement ? Car « tout » veut dire tellement de choses.

J'ai perdu BJ des centaines de fois dans les bras de centaines de femmes, et lui m'a presque perdue à deux reprises, désormais, pour deux hommes que j'ai aimés plus que je n'en avais eu l'intention. Est-ce que j'aime Tom ? J'imagine que oui, puisqu'il occupe mes pensées à cet instant. Qu'est-ce que cela veut dire ? Qu'est-ce que ça pourrait vouloir dire ? Parce que ce sentiment est différent de celui que j'éprouve pour BJ, le seul qui m'importe vraiment, je crois. Or, malgré tout, BJ et moi ne cessons de nous perdre. Nous avons beau nous aimer comme nous nous aimons, c'est-à-dire pleinement – un peu comme ces animaux qui se dévoreront eux-mêmes s'ils sont laissés seuls –, nous nous perdons, encore et encore. Je l'aimerai jusqu'à mon dernier souffle, je l'aimerai jusqu'à me consumer entièrement. Donc peut-être que l'amour ne peut pas tout, mais juste un peu. Parce que tout est si vaste et l'amour si varié, telle la lumière décomposée par un prisme. Si vous déplacez celui-ci dans une pièce, l'angle selon lequel elle le traverse change, et le rayon réfracté aussi.

Je sais que certains sont magnifiques, que d'autres vous libèrent, ou vous disloquent, vous empoisonnent, vous aveuglent, vous font grandir ou vous brisent de mille façons perceptibles uniquement par vous, jusqu'à ce que vous deviez vous relever et que le poids de cet amour achève de vous broyer les os. Et, tandis que je le regarde crier « merde ! » encore et encore dans une ruelle et écraser son poing sur un mur, je me demande si, malgré moi, j'ai fait naître cette sorte d'amour chez Christian.

— Dis-moi que Daisy Haites a perdu les pédales, putain ! lance Jonah à son frère.

Christian pivote sur ses talons pour lui faire face, l'air ravagé.

Jo secoue la tête et pose un doigt menaçant sur sa poitrine. L'angoisse me saisit. Je déteste les voir se liguer contre lui.

— De quoi elle parlait, bordel ? gronde BJ.

Christian ne répond rien, mais ses yeux rencontrent enfin les miens – une seconde, car Jonah le pousse violemment.

— Ce n'est pas Parks que tu dois regarder, mais moi.

Et là, quelque chose de terrifiant se produit : Christian se dégage brutalement. Je ne l'ai jamais vu se comporter avec une telle agressivité vis-à-vis de son frère.

— Ce n'est vraiment pas le moment de me faire chier !

— Les mecs…, intervient Henry en venant se placer près de Christian.

Je suis heureuse qu'il soit là. Il équilibre un peu le rapport de force.

Mais Jonah ne lâche pas. Il a plaqué Christian contre le mur et le tient par le col de sa chemise.

— Jonah ! (Je tire sur son bras.) Lâche-le… Qu'est-ce que tu fais ?

— Toi, qu'est-ce que tu fais ? aboie Jo à mon intention.

Le regard de BJ oscille de Christian à moi, puis il renverse la tête en arrière et pousse un cri.

— Putain, c'est une blague ? (Il me scrute avec des yeux fous.) Deux, ça ne te suffit pas ?

Je tends une main vers lui, mon regard révélant mon cœur brisé.

— BJ…

— Tu savais ? me demande-t-il, désespéré.

Mon visage se décompose.

— Bien sûr que non.

Je me demande pourquoi je lui mens…

Est-ce que je lui mens ?

Je n'en étais pas absolument certaine.

Je ne voulais pas savoir. Je ne voulais pas devoir changer d'attitude vis-à-vis de Christian, je ne voulais pas ne pas pouvoir poser ma tête sur son épaule au cinéma si j'en ressentais l'envie, ni perdre le seul ami qui restait dans mon camp et me dirait toujours la vérité au sujet de BJ, quoi qu'il arrive.

Est-ce que je savais qu'il m'aimait ? Non.

Est-ce que j'étais sûre qu'il ne m'aimait pas ? Non plus.

BJ passe un bras autour de mon cou et m'entraîne loin d'eux, pressant sa bouche sur ma joue.

Pas parce que tout va bien, mais parce qu'il se sent mal. Il essaie de se calmer, me respire comme de l'huile essentielle.

— Je te ramène, m'annonce-t-il, et je hoche la tête.

Je me tourne vers Jonah.

— Ne lui fais pas de mal !

Jonah se contente de grogner.

Mon regard rencontre celui de Christian. J'aimerais tant pouvoir faire en sorte que les autres le laissent tranquille. Je voudrais qu'il sache que je suis désolée, que j'espère qu'il va bien et qu'il peut m'appeler plus tard s'il en a besoin, mais il semble que ce ne soit désormais plus la bonne chose à dire.

Alors je me contente de lui crier que je suis désolée avec mes yeux, mais il ne connaît pas leur langage comme BJ, et il doit penser que je ne dis rien du tout.

BJ ne reste pas dormir. Il ne m'adresse pas la parole dans la voiture – mais ne lâche pas ma main non plus. Il m'accompagne jusqu'au perron, m'embrasse les cheveux, puis tourne les talons.

— BJ…

Il presse ses paumes sur ses orbites.

— Pas maintenant. Je ne peux pas. J'ai besoin de réfléchir.

09:56

BJ

Quel temps fait-il chez toi, BJ ?

Je ne sais pas.

T'es fâché ?

Je ne sais pas.

Je suis désolée.

Pour quoi ?

Je ne sais pas.

Tout ?

Je t'appelle demain, d'accord ?

D'accord.

Je suis désolée.

🐝

❤

51

BJ

J'AI LA TÊTE QUI TOURNE, L'ESPRIT EN FEU, UNE DOULEUR dans la poitrine, comme un trou béant… Tout m'échappe. Il l'aime toujours ? Qu'est-ce que j'ignore d'autre ? Est-ce qu'elle me ment ?

Elle ne me ment jamais. Pas sur les gros dossiers.

Au pire, elle est capable de me dire qu'elle me déteste ou qu'elle en a fini avec moi, mais pas plus. Mais maintenant que j'y réfléchis… Putain, pourquoi pense-t-il à elle pendant qu'il est avec Daisy si Parks et lui n'ont jamais baisé ? Sérieux ?

Donc elle ment.

Après l'avoir déposée chez elle, je suis rentré direct chez moi, me suis fait un rail. J'ai attendu dix minutes, puis je m'en suis fait un autre.

Ça m'aide à me concentrer, et j'en ai bien besoin.

Je reprends le fil de notre histoire, repère les fissures, me demande si elle les a comblées avec Christian.

Ainsi s'écoulent les jours suivants. Je ne l'appelle pas, ne lui envoie pas de messages. Je me contente de répondre aux siens, mais seulement parce que, si je les ignore, elle entrera en mode panique totale, ce que je ne suis pas prêt à affronter – je serai incapable de décider ce que tout ça signifie, ou ce que je ressens, si je me retrouve en plus à devoir la rassurer aussi.

J'annule tous mes shootings de la semaine. Je traîne au café près de chez moi, me commande à dîner, enchaîne les rails.

Avant, ça me faisait culpabiliser, j'avais l'impression de trahir Parks, mais maintenant je me rends compte que c'est probablement elle qui m'a trahi, alors je me lâche.

Quatre jours passent. Je lis un peu. J'essaie de mater la télé, mais pas facile vu que j'ai promis à Magnolia de regarder avec elle à peu près tout ce qui me reste à voir. Je recommence donc *Narcos*.

J'en suis à la moitié de la deuxième saison quand Christian apparaît sur le seuil de ma chambre. Je le dévisage, sourcils froncés. Il a disparu l'autre soir, et aucun de nous ne l'avait revu depuis.

— T'étais passé où, putain ?

Il hausse les épaules, entre, va se planter à l'autre bout de ma chambre, les mains enfoncées dans ses poches.

— J'avais juste besoin d'un peu de temps.

Je me tais, n'ayant aucune idée de ce que je suis censé répliquer.

Il pousse un soupir fatigué et impatient.

— Je l'aime, BJ…

Je sens ma mâchoire se contracter, mon cœur dégringoler. Il l'aime ? J'émets un petit rire incrédule qui semble rester en suspens entre nous.

— Quoi ? lâche-t-il, nerveux.

— Tu n'es pas le premier à me dire ça, dernièrement.

— C'est la merde totale, dit-il.

J'acquiesce. Il secoue la tête, heureux, je suppose, que nous soyons d'accord sur ce point.

— Elle a vraiment un problème, ajoute-t-il.

— Eh ! grogné-je par réflexe, même si, au fond, je crois qu'il a raison.

Mais je suis le seul à pouvoir la critiquer. Ça me rend encore plus vénère qu'il s'estime en droit de le faire.

— Mec, elle est… Elle a besoin que tout le monde l'aime, poursuit Christian. Toi, moi, Tom, Julian… Putain, ça craint ! Et elle…

— Arrête. Qu'est-ce que tu racontes ? Ça n'a rien à voir avec elle. (Mensonge. Ça a toujours à voir avec elle.) Le problème, c'est toi, mon meilleur pote, amoureux d'elle.

— Ce n'est pas comme si je l'avais fait exprès...

Je lâche un éclat de rire sceptique.

— Tu es sorti avec elle. Dans mon dos.

— BJ... (Il se cogne la tête contre le mur derrière lui.) C'était un accident. On passait beaucoup de temps ensemble... On était amis depuis toujours... depuis plus longtemps qu'elle et toi...

Je lui lance un regard d'avertissement. Qu'il aille se faire foutre !

— J'étais avec elle exactement de la même façon que des milliers d'autres fois avant. Et puis, un jour, on s'est embrassés.

Il hausse les épaules. Comme si ce n'était rien. Comme si ce n'était pas la pire putain de trahison de l'histoire.

— Oh..., soufflé-je, sarcastique. Vous vous êtes embrassés.

— Il pleuvait, on s'était réfugiés dans une cabine téléphonique...

— Je ne t'ai pas demandé de détails...

— Alors qu'est-ce que tu me demandes ? me lance-t-il en levant la voix.

— Pourquoi elle ? répliqué-je sur le même ton.

— Parce que c'est Magnolia Parks, merde !

Je détourne les yeux. Combien de fois encore va-t-elle s'en tirer grâce à ce joker ?

— Elle était triste. Et je voulais qu'elle se sente mieux. (Il hausse à nouveau les épaules, comme pour signifier qu'il n'avait pas pu s'en empêcher. Ce qui est tout à fait possible. Moi-même, j'en suis incapable.) Mais elle était triste à cause de toi. Parce que, pour elle, tout se rapporte toujours à toi...

— Ce n'est plus vrai maintenant.

— Bien sûr que si, mec. Comment peux-tu être aussi aveugle, putain ? Tout ce qu'elle fait, c'est à cause de toi, pour toi ou parce qu'elle essaie de te faire mal comme tu lui as fait mal la première fois…

J'enfouis le visage dans mes mains, me sentant soudain bizarre, mis à nu. Je jette un coup d'œil à mon ami de toujours, entre mes doigts.

— Pourquoi tu m'en as pas parlé ?

— Parce qu'elle est à toi. (Son expression s'assombrit un peu.) Même quand elle ne l'est pas. Et je ne veux pas d'elle. Juste, je… je ne sais pas comment tourner la page.

Je serre les dents, sens mon regard s'adoucir un peu. Merde.

— Ouais. (Je souffle par le nez.) Je connais.

Christian se frotte la mâchoire et m'observe prudemment pendant quelques secondes.

— BJ, il faut que je lui parle.

J'écrase distraitement mon poing sur mon lit.

— Qu'est-ce que tu comptes lui dire ?

Il m'adresse un long regard sans répondre. C'est inutile, de toute façon. Je sais. Il va le lui dire. J'ai envie de vomir, tout à coup. Je me demande s'il va vraiment aller la trouver, lui avouer qu'il l'aime. Et je me demande pendant une seconde s'il la mérite plus que moi. C'est possible.

En tout cas, Tom la mérite plus que nous deux.

Il hausse les épaules, impuissant.

— J'en ai besoin.

Je lui lance un regard circonspect.

— Je te fais confiance.

Il hoche la tête, puis s'en va.

52

Magnolia

— Et, depuis, silence radio.

Ma sœur grimace tout en se laissant aller contre le dossier de sa chaise. Nous prenons un brunch au *Neptune*.

— Il ne t'a jamais laissée aussi longtemps sans nouvelles.

Elle m'annonce ça comme si je ne le savais pas déjà, comme si cela n'occupait pas toutes mes pensées.

J'ai raconté à Tom ce qui s'était passé. Il n'a pas mal réagi. Il m'a dit qu'il s'y attendait. Plus exactement, il m'a dit que Gus s'en doutait et lui en avait parlé.

J'ai donc un peu vu Tom, un anesthésiant sur la blessure causée par l'absence de Ballentine.

Il a même dormi chez moi plusieurs fois.

Je doute que ça calmerait BJ de l'apprendre, mais moi, ça m'a apaisée.

Je crois que je commence à comprendre pourquoi BJ couche avec autant de filles.

Cela me fait du bien. L'effet bénéfique est de courte durée, modeste en comparaison avec l'ampleur des dégâts, mais il y a ces quelques secondes d'euphorie durant lesquelles on ne peut plus vraiment se concentrer sur quoi que ce soit d'autre que les délicieuses sensations que l'on éprouve, et c'est tellement bon que, pendant un bref instant, j'oublie combien BJ me paraît loin, à quel point tout est de la merde, ces derniers jours, ou qui je choisirai – car je sais, bien sûr, que je devrai bientôt choisir l'un d'entre eux –, ou mon inquiétude à la perspective de la peine que je causerai à Tom en ne le choisissant pas, parce que j'ignore comment ne pas choisir BJ, ou la façon dont la relation de Christian semble être partie en vrille par ma faute sans que j'aie même levé le petit doigt. Voilà toutes les idées que brasse mon cerveau quand je ne suis pas forcée de penser à autre chose, et voilà pourquoi Tom et moi avons passé beaucoup de temps au lit.

Il est parti pour son travail pendant deux jours, m'abandonnant à mes ruminations et à ce garçon qui me snobe.

— C'est assez dingue, quand on y réfléchit, fait pensivement remarquer Bridget. Ta capacité à provoquer autant de drama avec les mecs.

Je lui jette un regard morose.

— Quoi ? (Elle hausse les épaules.) Plein de garçons te tournent autour, c'est un fait.

— *Deux* garçons, corrigé-je en tapotant ma jupe portefeuille plissée asymétrique vert foncé de chez Marni.

— Christian ne serait sans doute pas d'accord.

Je bois une longue gorgée de champagne tout en la gratifiant d'un regard noir. Elle fait ce truc, là – ce truc insupportable que je déteste. Elle me scrute, analyse, déchiffre, calée contre le dossier de sa chaise, les yeux légèrement plissés – en général, elle réserve ce regard à BJ et moi, quand elle essaie de résoudre l'insoluble.

Mais, en vérité, elle peut lire en moi comme dans un livre ouvert. Elle m'ouvre en deux et va directement à l'essentiel.

— J'ignore si c'est à cause de BJ ou de papa, commence-t-elle. Les deux probablement. (Elle réfléchit.) Il est possible que tu sois accro à l'attention masculine.

— Non mais va chier, sérieux ! (Je cligne des yeux, horrifiée.) Absolument pas.

— Ce n'est pas ta faute. (Elle hausse les épaules.) Regarde ton visage. C'est le premier responsable…

Je fronce les sourcils, le touche distraitement.

— C'est quoi, le problème, avec mon visage ?

— Rien, il est parfait, rit-elle en ôtant une peluche de son pull Saint Ivory NYC à col rond. C'est bien ça, le souci.

— Je n'ai pas vraiment envie de me faire psychanalyser, Bridget.

— Dommage ! (Elle se penche par-dessus la table.) Papa ne nous a jamais accordé beaucoup d'attention. En tout cas, pas autant que deux petites filles en auraient eu besoin de la part de leur père. Mais BJ… (Elle m'adresse un regard entendu.) Il a largement compensé ce manque. Il… te regarde et te vénère comme le soleil. Donc tu as reçu l'attention dont tu manquais. Tu n'avais plus besoin d'un père, tu avais BJ. Pendant des années, tout allait bien. Pendant des années, des garçons t'ont probablement tourné autour, mais tu ne t'en es même pas rendu compte, parce que tu ne voyais que BJ. Mais, ensuite, il t'a trompée…

— Je suis au courant, merci.

— … ce qui a annulé toute l'attention qu'il t'avait accordée jusque-là.

Mon front se plisse légèrement.

— Ça l'a gâchée, l'a rendue suspecte et lui a ôté toute sa valeur. Donc, depuis, peut-être que tu amasses l'attention des hommes…

— Va te faire foutre…

— … et la gardes en réserve pour tes jours de crise existentielle.

— Tu dis n'importe quoi.

— Vraiment ?

Elle arque les sourcils.

Non. Sa théorie n'est peut-être pas si ridicule que ça, ce qui m'inquiète. Je croise les bras sur ma poitrine.

— Cette histoire avec Christian affecte BJ beaucoup plus que je ne l'aurais imaginé…

— Ouais bah… Normal, quoi. C'est son meilleur ami.
— Ce n'est pas comme si je m'étais tapé Jonah ! m'exclamé-je, principalement pour me soulager.
— Ouais. Juste son plus vieil ami, qui est comme un frère pour lui. C'est vrai, c'est bien mieux.
Je soupire, découragée.
— Christian et moi n'avons jamais couché ensemble.
Elle arbore une moue dubitative.
— Vraiment ?
— Vraiment.
— Ce n'est pas grave, si c'est le cas, hein ?
— Eh bien, ça ne l'est pas.
Elle me lance un regard pénétrant.
— Mais pourquoi, putain ?
Je hausse les épaules comme pour dire qu'il n'y a pas de raison particulière, que c'est un mystère pour moi aussi. Mais ça ne l'est pas. Je sais pourquoi. Et c'est bien plus compliqué que ça en a l'air.
— BJ pense que si, insiste-t-elle.
Je ressens une pointe de jalousie à l'idée que ma sœur soit au courant des pensées les plus secrètes du garçon que j'aime.
— Je sais. Il ne me croit pas.
— C'est parce qu'il ne comprend pas qu'on puisse *ne pas* coucher avec les gens.
— Merveilleux.
— Tu penses qu'un jour vous arriverez à trouver un moyen d'être de nouveau ensemble, tous les deux ? me demande-t-elle en penchant la tête.
Sa question me fait l'effet d'une gifle.
Honnêtement, l'idée qu'il y ait une possibilité que nous ne parvenions pas à surmonter nos problèmes ne m'est jamais venue à l'esprit.
Mais tout ça me paraît trop personnel pour le dire tout haut, même à ma sœur. Je ne veux pas qu'elle sache que j'ai toujours

été persuadée que nous finirions par nous retrouver, ni que, jusqu'à cet instant précis, je ne m'étais pas rendu compte que cela pouvait parfaitement ne jamais se produire.

53

Magnolia

Je suis seule dans ma chambre quand j'ai soudain l'impression d'être observée. Cela ne dure qu'une seconde, le temps que je lève les yeux et le voie, hésitant sur le seuil. Sweat 4 X 4 Biggie noir Ksubi, la capuche relevée sur son crâne, les mains enfoncées dans les poches de son pantalon de survêtement Rick Owens DRKSHDW à cordon. Presque une semaine a passé depuis la soirée de Julian. Je ne l'ai plus vu ni n'ai reçu de ses nouvelles. Je me précipite vers lui, le fais entrer dans ma chambre et tire sa capuche en arrière.

— Est-ce qu'ils t'ont fait du mal ?

Les yeux de Christian survolent ma minirobe Gucci en maille rose bonbon à capuche et pompons avant de secouer la tête. Je pousse un soupir de soulagement, et il me bouscule pour se reculer.

— Toi, oui, mais…

— Quoi ?

Je cligne des yeux.

— Franchement, Parks, va te faire foutre ! (Son ton est agressif.) Vraiment, va te faire foutre. Je suis sérieux.

— Christian…

— T'es une connasse, Parks.

Je tombe des nues. Je n'arrive pas à croire qu'il me parle de cette façon.

— Je suis amoureux de toi, avoue-t-il en fronçant les sourcils.

Il glisse un bras autour de ma taille.

— Quoi ?!

Et il m'embrasse.

Tout va tellement vite que je n'ai pas le temps de réagir – il prend mon visage dans ses mains et m'embrasse, et je ne l'arrête pas parce que ce baiser est curieusement familier, et que c'est cette familiarité qui me frappe en premier, et non le fait que je devrais l'en empêcher.

Quand enfin je m'aperçois que je dois y mettre un terme, c'est déjà fini.

— Et je te déteste, ajoute-t-il, visiblement en colère.

Je déglutis et m'efforce de ne pas trahir ma consternation.

— Pourquoi ?

— Parce que tu me laisses t'aimer ! crie-t-il, exaspéré. C'est toujours moi que tu viens trouver, plutôt que Jonah ou Henry, et ce n'est pas un hasard…

— Bah oui, mais c'est parce qu'on…

— Non ! Tu sais très bien pourquoi.

Ma lèvre inférieure se met à trembler malgré moi. Je n'aime pas trop que quelqu'un soit fâché contre moi, mais, venant de Christian, c'est particulièrement douloureux.

Je hausse imperceptiblement les épaules.

— Les deux autres sont trop loyaux vis-à-vis de BJ. Ils me mentiront pour le couvrir. Mais je sais que toi, tu…

— … ferais n'importe quoi pour toi, termine-t-il. Oui, c'est vrai. Et va te faire foutre pour me maintenir dans cet état… (Sa colère prend de nouveau le dessus.) Tu as vraiment besoin que le monde entier soit amoureux de toi, putain ?

J'ai les larmes aux yeux.

— Christian…

Il se précipite vers moi et me saisit par les poignets.

C'est horrible. Rien ne va plus.

Je sais que ce n'est pas normal.

Ce n'est pas normal qu'il ait l'impression de pouvoir se comporter ainsi avec moi, qu'il croie qu'il peut me toucher sans même y penser, et que je ne l'en empêche pas.

Ses yeux cherchent les miens.

— Tout ça, c'est fini pour moi, compris ?

— Christian…

— J'ai besoin que tu me laisses vivre, Parks. (Il secoue la tête, l'air sévère.) Laisse-moi t'oublier.

J'acquiesce, bouleversée. Nerveuse à l'idée de le perdre.

— Tu ne seras plus mon ami ?

— Je serai toujours ton ami. Mais je ne l'étais plus depuis longtemps.

Je baisse les yeux, gênée. J'ignore à quel point je suis responsable du fait qu'il m'aime encore. Ce n'est pas comme si nous passions beaucoup de temps en tête à tête – Henry est presque toujours présent quand nous nous voyons. Presque. Nous nous envoyons parfois des messages ou discutons au téléphone. Nos yeux se croisent lorsque nous nous remémorons des moments que nous devrions déjà avoir laissés derrière nous, mais il ne peut pas y avoir vu un encouragement à quoi que ce soit. Je ne sais pas… Peut-être qu'il m'est arrivé de traiter Christian comme un filet de sécurité au cas où BJ me laisserait tomber. Ce qu'il fait. Souvent.

— À partir de maintenant, si tu veux me demander un truc que tu ne demanderais pas à Jonah, abstiens-toi.

Je hoche solennellement la tête.

— Je suis vraiment désolée… Je ne sais pas ce qui cloche, chez moi, je…

— J'ai laissé faire. (Il hausse les épaules.) Nous aurions pu avoir cette conversation il y a trois ans, mais je n'étais pas prêt. T'aimer était une bonne excuse pour n'aimer personne d'autre.

— Et elle, tu l'aimes ? lui demandé-je sans éprouver la moindre jalousie.

Il acquiesce, s'assied sur mon lit.

— Ouais.

Je lui adresse un petit sourire.

— Elle a bien de la chance.

— Eh… (Il pointe le doigt vers moi, plissant les yeux presque malicieusement.) Pas de ça entre nous… Toi et moi, à partir de maintenant, c'est strictement professionnel, et rien d'autre.

— J'aurais dit la même chose à Jonah ! protesté-je.

— Non… Impossible. Son cœur est plus dur que la pierre.

Je le regarde quelques secondes en silence.

— Je t'aime, lui dis-je. Tu le sais, ça ?

Il hoche plusieurs fois la tête, le regard perdu droit devant lui.

— Ouais. Mais pas comme je t'aime moi, malheureusement.

— À un moment, si, lui rappelé-je, sans trop savoir pourquoi.

Il hoche de nouveau la tête, pensif.

— Pas comme tu l'aimes, lui.

Il pose une main sur mon genou et le presse doucement.

Il y a quelque chose d'irrévocable dans son geste. Comme si, enfin, nous mettions un point final au chapitre de ce que nous avons été.

Combien d'amours ? me demandé-je de nouveau.

Certains amours, tel le nôtre, sont comme un boulet de démolition dans une maison de verre. Or, ces deux choses-là n'ont rien à faire ensemble, et je n'avais pas le droit d'aimer Christian comme je l'ai fait un jour, même si, parfois, certains amours vous maintiennent la tête hors de l'eau lorsque vous vous noyez. Certains amours peuvent embuer une cabine téléphonique pendant un après-midi pluvieux à Londres et vous donner le sentiment d'être moins seule une fois que vos lèvres se rencontrent.

Il abandonne derrière lui ce que nous partagions, et il a bien raison. J'aurais dû le laisser partir depuis longtemps. Mais il me manquera, durant mes après-midi pluvieux.

Il se lève et marche vers la porte, s'arrête sur le seuil et me jette un regard par-dessus son épaule.

— Ne fais pas tout foirer, Parks. Je ne te le pardonnerai pas.

11:16

Tom

Tu as de ses nouvelles ?

Non.

Ça va ?

Tu aimerais que j'aie eu de ses nouvelles ?

Ha, ha !

Non, pas vraiment.

Mais j'aimerais que tu te sentes bien.

Trop mignon.

Tu me manques.

Tu me manques aussi.

Dîner ce soir ?

Oui, s'il te plaît.

Sois prête à 20 h. Je passe te chercher.

N'amène pas BJ...

🙄

Désolé.

54

BJ

Elle est perchée sur un mur, les jambes repliées sous elle, vêtue d'une jupe écossaise rouge et d'un haut assorti – elle ressemble à la fille de mes rêves : quoi qu'elle porte, j'ai envie de la déshabiller. Je sais que ça a l'air sexuel, dit comme ça, et peut-être que ça l'est un peu, mais c'est juste que j'ai envie de la voir tout entière. Que rien ne nous sépare, même pas des vêtements. Et, putain, il y a tellement d'obstacles entre nous, ces derniers temps !

Je vais m'asseoir à côté d'elle sans un mot. C'est marrant parce que, honnêtement, je n'avais même pas prévu de la voir en venant ici. Peut-être qu'une part de moi espérait tomber sur elle ? Je ne sais pas. Ce n'est pas seulement son endroit, c'est aussi le mien. Adolescents, nous venions ici lorsque nous avions besoin de réfléchir.

Le jardin de l'église en ruine de St Dunstan-in-the-East.

Je ne peux pas entrer ici sans songer à elle, mais, de toute façon, à quoi d'autre penserais-je ?

Elle me regarde et attend. C'est à moi de faire le premier pas, je suppose.

C'est toujours à moi de commencer. Je secoue la tête.

— Est-ce que tu te rends compte de ce que ça fait d'être amoureux d'une personne et de devoir regarder le monde entier l'être aussi ?

Elle m'observe longuement, une ombre passe dans ses yeux.

— Oui, j'ai une petite idée.

Je soupire.

— Putain, Parks… Alors pourquoi on n'est pas ensemble ?

Elle ne dit rien, se contente de regarder droit devant elle tout en dépliant ses jambes qu'elle laisse pendre dans le vide. Ce n'est pas juste. J'adore ses jambes. Je me demande si elle le fait exprès, pour me distraire. Ça ne me surprendrait pas.

Si vous me disiez qu'elle est une manipulatrice compulsive ou… je ne sais pas… une sorcière…, je serais presque soulagé, en fait. Soulagé qu'il y ait une explication à mon obsession pour elle, autre que l'amour que j'éprouve à son égard et dont je suis incapable de me défaire.

La façon dont nous sommes assis, épaule contre épaule, mon bras reposant sur le béton derrière elle, elle appuyée contre moi sans même s'en rendre compte…

Voilà, nous sommes comme ça.

Nous sommes toujours comme ça.

Je lève les yeux vers elle, la respire. Ce parfum… Si un jour elle me quitte pour de bon, je prendrai des bains de *Gypsy Water* tous les soirs pour m'endormir.

— Christian m'a dit qu'il allait te parler… (Elle hoche la tête.) Il l'a fait ? (Je la regarde, attendant qu'elle réponde, mais elle garde le silence.) Qu'est-ce qu'il a dit ? (Elle hausse les épaules.) Qu'est-ce que tu entends par…

Je l'imite et hausse les épaules.

Elle hausse de nouveau les épaules.

— Je n'ai pas envie d'en parler.

— Tu n'as pas envie d'en parler ? (Je cligne plusieurs fois des paupières, puis une vague de colère brûlante monte en moi.) Putain, Magnolia… Il a dit quoi ?

Et là je vois un éclat briller dans ses yeux. Je le reconnais. C'est le même que chaque fois que Mars lui passait un savon parce qu'elle m'avait ramené chez elle, car personne d'autre que Parks elle-même n'est autorisé à me faire des reproches.

J'adorais ces confrontations avec Marsaili, parce que alors Magnolia me prenait par la main et m'entraînait dans sa chambre dont elle claquait la porte avant de me plaquer contre le battant, simulant une folle étreinte juste pour horripiler sa nounou. Cela voulait aussi toujours dire qu'elle me touchait partout, plus que nécessaire, et qu'elle me laissait la serrer contre moi sous le prétexte de la ruse, mais en vérité la ruse était le prétexte.

Chaque fois que Mars la faisait chier à cause de moi, ses yeux étincelaient d'un énorme « Va te faire foutre » et « Tu sais où tu peux te le mettre, ton avis ». À cet instant précis, c'est moi qu'elle défie, balançant ses jambes, démolissant à coups de pied mes inhibitions.

Elle me transperce du regard.

— Je te le dirai si tu me dis pourquoi tu l'as fait…

Et merde.

Je soupire.

— Je te l'ai déjà expliqué.

— Et moi je t'ai déjà dit que je ne te croyais pas, rétorque-t-elle, vive comme l'éclair. Je ne te crois pas !

Je hausse les épaules, feignant l'indifférence, parce que je refuse d'affronter ça maintenant.

— Je n'y peux rien.

Elle secoue la tête, comme pour évacuer la douleur que ma nonchalance éveille en elle – je la vois envahir son visage, inonder les lacs de ses yeux où je pourrais nager éternellement si elle m'y autorisait – pourquoi elle ne m'y autorise pas, putain ?

— OK, acquiesce-t-elle sur un ton de défi. Alors dis-moi qui.

— Hors de question.

— Pourquoi ?

Je lui adresse un regard suppliant.

— Parce que ça ne fera qu'empirer les choses.

— Ça ne peut pas être pire que de ne pas savoir.

— Si, dis-je. Une fois qu'il y a un visage, c'est pratiquement impossible de voir au-delà. Je t'imagine avec Tom en permanence. Avant, pour m'endormir, je pensais à nous, et maintenant, tout ce que je vois, c'est toi avec lui.

Je secoue la tête, essayant de chasser cette image de mon esprit. À mon ton, son expression s'adoucit. Je sens que quelque chose cède brièvement en elle. Un flash de compassion, puis l'obstination et l'acharnement sont de retour.

— Je ne t'ai pas trompé.

Techniquement, c'est vrai – techniquement. Mais remettre ce sujet brûlant sur le tapis aujourd'hui est totalement abusé de sa part.

— Tu te fous de moi, Parks ? (Mes yeux lancent des flammes.) Putain, pourquoi est-ce qu'on parle de ça ? Encore ! On n'est pas là pour parler de comment j'ai merdé, mais de *ton* foirage colossal. Avec mon meilleur ami. Qui est amoureux de toi, maintenant.

Elle fronce les sourcils. Je me demande bien pourquoi.

J'essaie d'analyser ma colère. Est-ce parce que je me retrouve à sa place ? Parce qu'il l'aime ?

— Tu étais forcément au courant… (Je lève les yeux vers elle, prudent. Je sonde son visage, tâchant de la dissuader de me raconter des conneries, parce que j'ai besoin de savoir.) Oui ou non ?

Elle me toise sans rien dire pendant quelques secondes, puis la tristesse envahit son regard. Elle hoche la tête, l'air coupable.

— Putain, Parks !

Je saute du muret, me mets à faire les cent pas.

Elle descend à son tour. Parce que si je bouge, elle bouge.

— Je veux dire, je sentais qu'il y avait quelque chose… (Je détecte une note de panique dans sa voix.) Je ne lui ai pas demandé…

— Forcément, tu n'en avais pas besoin.

Elle tend une main vers moi.

— On est juste amis, c'est tout.

Et peut-être, pour la première fois de notre histoire, je l'esquive et lui lance un regard douloureux.

— Ouais, mais, pour lui, tu n'es pas juste une amie, pas vrai ?

— BJ... ce n'est pas ma faute ! Je n'ai rien fait pour l'encourager !

— Quand ça ne va pas et que je suis pas joignable, tu appelles qui ?

— Tom.

— Non. Avant Tom. Ces deux dernières années. T'appelais qui ?

Magnolia détourne les yeux.

Je pointe le doigt vers elle.

— Henry est ton meilleur ami depuis que tu as quatre ans... C'est tordu, Parks, d'appeler Christian. Tu ne le traites pas comme Henry et Jo...

Magnolia m'interrompt.

— Parce que c'est différent, justement ! Lui et moi avons partagé quelque chose d'autre.

— Ouais, ben, la faute à qui ? craché-je.

Ses yeux sont tellement écarquillés que, quand elle les cligne, ses paupières se touchent à peine.

— Toi !

— Moi ? m'exclamé-je, si fort que des passants tournent la tête vers nous – peut-être que j'aperçois un téléphone ou deux nous prenant en photo, je ne sais pas. C'est moi qui t'ai foutue au pieu avec mon meilleur pote ?

Elle crie, à présent.

— On n'a jamais couché ensemble !

— Jamais ? réponds-je avec encore plus de virulence.

— Jamais !

Je lui décoche un regard furieux.

— Dans ce cas, c'est quoi ces putains d'histoires d'orgasme, hein ?

Elle me regarde, ébahie.

— BJ… Tu te tapes tout ce qui bouge… Il me semble que tu devrais connaître la réponse.

Je plonge les mains dans mes cheveux, faisant de mon mieux pour me retenir d'éclater de rire, parce que je ne veux pas qu'elle prenne l'avantage. C'est tellement rare pour moi de l'avoir que je n'ai pas l'intention de le perdre tout de suite.

— Et en quoi était-ce ma faute ?

Elle me regarde fixement, tête inclinée, mâchoire serrée, yeux noirs.

— Tu te fous de moi ? m'écrié-je. Je suis responsable ? C'est toi qui as rompu…

— Tu as couché avec quelqu'un d'autre !

— Une fois ! Une seule fois, Parks ! Et je te l'ai dit tout de suite. C'était une erreur, j'ai foiré. Mais ce n'est arrivé qu'une seule fois.

— Et maintenant ? Combien de fois ?

Je pousse un grognement et la fusille du regard. Nous tournons en rond.

— Je ne déconne pas, poursuit-elle, le nez en l'air. Combien de fois ?

Je secoue la tête.

— Ne fais pas ça.

— Dis-le-moi !

Elle m'attrape par le bras pour me forcer à la regarder.

Encore une fois, je me libère brutalement.

— Non, Parks…

Et ça y est, j'en ai ras le cul. Je n'en peux plus de cette conversation. Je ne peux pas lui expliquer encore que je l'ai fait parce que j'en ai eu envie. Ça me fout en l'air, ça la fout en l'air, et elle veut des réponses que je ne lui fournirai jamais.

Je m'éloigne d'un pas.

— Tu sais que, à un moment, tu vas devoir faire face à ton propre merdier, Parks. Ouais, j'ai été le premier à déconner, mais, depuis, tu t'es bien rattrapée.

Elle recule la tête, comme si je l'avais giflée.

— Tu es sortie avec mon meilleur ami, tu as failli coucher avec Julian Haites, apparemment… (Elle lève les yeux au ciel.) Tu as rompu parce que ta nounou t'a montée contre moi, et tu sais très bien maintenant que c'était des conneries. Ensuite, tu t'es mise à sortir au hasard avec tous les abrutis que t'as pu trouver pour te sentir mieux et me faire sentir, moi, comme une merde ! Tout ça, c'était toi, pas moi. (Je secoue le menton.) Je ne t'ai forcée à rien. Tu as fait tes choix, et c'est toi qui es sortie avec Tom…

— Tu étais au bord de l'extase avec une parfaite inconnue qui te faisait une lap dance en plein milieu du *Raffles* !

Je scrute son visage, essayant de deviner si elle est près de pleurer.

— As-tu une idée de l'humiliation que tu m'as infligée ?

Je hoche la tête, bien obligé de l'admettre.

— Ouais, je fous tout en l'air, Parks. Je le sais. Je pourrais dresser la liste de toutes les fois où je nous ai envoyés dans le mur, mais ce n'était pas entièrement ma faute. Je ne t'ai pas poussée dans les bras de Christian. Ni dans ceux de Tom. Je ne t'ai pas forcée à te balader au bras de tes putains de pantins que tu agites devant moi pour me rendre jaloux…

— Mais si ! Bien sûr que si ! Toi et ton tableau de chasse de coups d'un soir tellement astronomique que, comparé à toi, Mick Jagger est un enfant de chœur…

— Ouais, Parks, OK. Pigé. Je baise dans tous les sens. Pourquoi ? Parce que je suis amoureux d'une idiote qui ne veut pas être avec moi…

— Ce n'est pas vrai, tu le sais…, proteste-t-elle furieusement.

— OK, très bien. (Je hoche la tête, mâchoires serrées, les yeux humides.) Peut-être qu'elle *croit* qu'elle veut être avec moi... Peut-être même que c'est vraiment ce qu'elle veut, mais, putain, elle est infoutue de digérer que j'ai merdé une fois, que je lui ai fait mal et que je ne peux rien y changer...

Elle cligne des yeux nerveusement pour s'empêcher de pleurer.

— Plus d'une fois, murmure-t-elle.

— Ouais, bon. (Je hausse les épaules.) Elle m'a brisé le cœur plus d'une fois aussi.

Nos regards se rencontrent, le sien est noir. Moi, je l'observe comme dans le viseur d'un fusil, prêt à flinguer notre amour.

— Et tant que tu n'admettras pas que tu as ta part de responsabilité dans le merdier où nous sommes, toi et moi, ça ne marchera jamais.

L'expression de son visage devient soudain parfaitement neutre, et je me demande si elle m'écoute, si elle *m'entend*.

Puis son regard s'assombrit.

— Alors ça ne marchera jamais.

55

BJ

Je décide d'organiser une fête. Une énorme soirée de débauche à Park Lane. Pas de Parks, ni de Paili, ni de Perry. Jo a essayé de m'en dissuader… je lui ai dit de ne pas venir.

Une semaine a passé depuis Dunstan, et je n'ai eu aucune nouvelle de Parks.

J'ai vu des photos d'elle avec Tom se baladant dans Londres, main dans la main, les yeux levés vers lui comme elle me regardait autrefois.

Je suppose que c'est lui qu'elle a choisi, finalement…

D'où la soirée.

J'ai envoyé un message à toutes les meufs canon qui m'ont écrit en MP ces derniers mois, toutes les filles que je me suis tapées et dont j'ai conservé le contact, toutes celles qui rendaient Parks nerveuse au lycée… Je les ai toutes invitées.

Et j'ai évidemment invité Alexis Blau, une nana qui me tourne autour depuis le collège, mais qui, ces derniers mois, est revenue en force et me fait un rentre-dedans pas possible. Je l'ai maintenue à distance… jusqu'à maintenant. Parks a vu son nom apparaître sur une notification un jour qu'elle avait mon portable. En représailles, elle a mis *N'oublie jamais* à la télé et s'est commandé un McDo juste pour elle. Et elle ne m'a pas adressé la parole jusqu'au lendemain matin.

Alexis Blau est un sujet sensible.

J'ignore pourquoi. Je ne l'ai jamais touchée.

Mais je vais bientôt le faire.

Christian franchit la porte, jette un coup d'œil à la ronde – probablement en quête de Henry. Celui-ci discute avec une fille dans un coin, ou plutôt la soûle à propos d'un livre dont elle n'a sûrement absolument rien à foutre, mais visiblement elle est juste ravie d'avoir son attention et sa main sur sa cuisse.

Quant à lui, il est juste ravi de voir que ça contrarie Taura, qui fait une tête de six pieds de long.

— Tu es venue avec Jo…, lui fais-je remarquer.

— Je sais.

Elle ne quitte pas Henry des yeux – ronds, sombres.

— Tu couches avec Jo.

Elle me jette un coup d'œil.

— Je sais.

— Merde, je déteste les meufs, soupiré-je en secouant la tête.

Elle plisse les yeux.

— Hum, à vrai dire, j'ai plutôt l'impression que c'est parce que tu les aimes un peu trop que tu es dans de sales draps en ce moment…

— Pas du tout…

Christian passe près de nous.

— En parlant de merdier, lâche Taura avec un grand sourire, comment se porte le plus paumé d'entre nous ?

Christian la fusille du regard. Nos yeux se lancent dans un duel sans merci pendant quelques instants, puis je lui tends une bière. Il s'assied à côté de moi sans rien dire, regarde droit devant lui pendant une minute ou deux, avant de finalement me jeter un coup d'œil.

— Ça va ?

Je hausse les épaules.

— Ouais. Pourquoi ça n'irait pas ?

— Jo et toi, vous n'organisez ce genre de soirée que si l'un d'entre vous est complètement défoncé.

— Ton frère est toujours foncedé.

Christian rit. Je sors un sachet. Taura s'éloigne, visiblement contrariée. Je jette un coup d'œil à Christian : il hoche la tête tout en m'observant attentivement.

— Tu en as pris combien, ce soir ?

Je hausse à nouveau les épaules. Je ne cherche pas à me montrer évasif. Je n'en ai aucune idée, vraiment. Mais beaucoup.

— On s'en tape, mec, sérieux... J'aime une fille qui ne veut pas de moi. Tu aimes une fille qui ne veut pas de toi. Plus précisément, tu aimes *deux* filles qui ne veulent pas de toi...

Il m'adresse un regard glacial.

— Ouais, merci pour le rappel...

— Et le comble, c'est qu'on en a une en commun, non ?

— Tout est cool entre nous, du coup ?

— Ouais, mon pote. (Je lui donne une tape dans le dos.) Si quelqu'un doit se retrouver pris dans ses filets...

Je souffle par la bouche, secoue la tête.

Je me fais un rail, puis lui passe le billet de 20 livres enroulé.

Il le prend, inspire, le jette sur la table et se laisse aller contre le dossier de sa chaise.

— Donc, c'est ça, le plan, ce soir...

— Et ça.

Du menton, je désigne Alexis Blau.

Il hausse les sourcils.

— Alexis Blau ?

Je hoche la tête, remplis mon verre. Trop au goût de Christian, sans doute, parce qu'il me l'arrache des mains.

— Mais pas ça.

Je lève les yeux au ciel.

— Une overdose, ça suffit..., me murmure-t-il avant de s'éloigner avec mon verre.

Je me redresse, passe devant Alexis Blau en indiquant l'escalier d'un mouvement de tête.

Elle s'excuse auprès des gens avec qui elle discutait, glisse sa main dans la mienne, et nous n'avons même pas dévalé la moitié des marches que mes doigts sont déjà sous sa robe.

Christian a probablement eu raison de me confisquer mon verre, parce que la pièce se brouille légèrement autour de moi.

Exactement comme je le souhaite, si Parks ne peut pas être là avec moi. Je vois suffisamment flou pour que les courbes du corps que je touche puissent être celles de Magnolia. Je me leurre, bien sûr : je reconnaîtrais son corps les yeux fermés. Celui-ci n'est pas le sien. Elle ne se frotte jamais à moi ainsi. Parks se mérite – en toutes circonstances. Et cette fille-là a pris les choses en main.

De toute façon, ça n'a plus d'importance. Je m'adosse contre la tête de mon lit, éprouve un réconfort étrange à me comporter exactement comme Magnolia s'y attend… Je me sens dans mon bon droit pour la première fois depuis des années. Je contemple le plafond et expire tandis qu'Alexis Blau descend le long de mon corps.

Je suppose que je plane encore plus que je n'en avais conscience, parce que je mets cinq bonnes minutes à me rendre compte qu'il y a une autre fille dans mon plumard – aucune idée d'où elle est sortie.

Et moi qui pensais qu'Alexis Blau avait juste des mains magiques… Celle-ci aussi est une ancienne du collège. Machine Talbot.

De la même année que Parks. Putain, ça la rendrait dingue… Voilà la version de moi qu'elle méprise.

Je ferme les yeux, respire jusqu'à la faire disparaître de mes pensées. Puis je me mets en pilote automatique, tends la main vers ma table de nuit, me fais quelques rails de plus – je me dis que je ne suis pas en train de la perdre, que je l'ai déjà perdue.

L'heure est venue de me perdre moi-même.

56

Magnolia

C'est l'anniversaire de Perry, et je n'ai vraiment pas le courage d'y aller, mais Paili se montre insistante.

D'après elle, notre ami serait mortellement vexé si je n'y assistais pas, et d'ailleurs si quelqu'un devait ne pas y aller, c'est BJ. Mais nous savons toutes les deux que BJ y sera, donc je suppose que je le verrai.

Nous ne nous sommes pas parlé depuis Dunstan-in-the-East.

Notre rencontre s'est conclue de façon plus définitive que je n'en avais l'intention. Lui et moi, ça ne marchera jamais ? Bien sûr que si, même si cela revient à tenter de faire passer un cube dans un trou rond – je m'en fiche, s'il le faut, je rognerai mes angles.

Je ferais n'importe quoi pour lui.

Je suis incapable de me rappeler la dernière fois que nous sommes restés aussi longtemps sans communiquer : deux semaines, autant dire une année, que j'ai vécues en état d'alerte permanent. Comme si, d'un coup de pied, il avait totalement détraqué mon univers, provoquant un déséquilibre général se manifestant sous des formes qui vous prennent complètement au dépourvu.

Mon cœur s'est mis à boiter – en fait, il boite depuis longtemps, maintenant –, mais il a trouvé une béquille en Tom. Non, pas une béquille, plutôt un service hospitalier tout entier.

S'il était chirurgien, je serais entre de bonnes mains. Il ne l'est pas, mais il me sauve quand même.

J'aimerais avoir les mots pour décrire Tom comme il le mérite, un piédestal suffisamment haut, un projecteur assez puissant pour vous montrer combien il est merveilleux.

Je ne sais plus où nous en sommes, lui et moi, au cas où vous vous efforceriez de suivre. J'ai cessé d'essayer de définir notre relation, et il ne me pose pas de questions. Nous ne sommes clairement pas des amis, mais, d'une certaine manière, il est aussi probablement mon meilleur ami, ces jours-ci. Nous couchons ensemble – et il y a sans aucun doute des sentiments entre nous, aussi purs et naturels que des fenêtres grandes ouvertes, des oiseaux sur les branches, des gouttes de pluie sur des pétales de rose... Mais nous savons tous deux qu'il aime une autre femme qui lui est interdite, et que j'aime un autre homme que je devrais fuir.

Nous sommes honnêtes. Je lui dis tout – à quoi bon lui mentir ?

Ensemble – c'est ce que nous sommes, je suppose, si je devais mettre une étiquette sur notre relation, ce dont je ferais mieux de m'abstenir, car c'est trop troublant. Tout ce que je sais, c'est qu'il est un port d'attache où je me sens en sécurité. Si BJ est une tempête et que je suis en train de sombrer, Tom est le havre où le navire de mon cœur peut prendre le temps de faire réparer sa coque.

Tom m'a emmenée faire des courses chez *Harrods*, cet après-midi.

— Tu veux que je t'accompagne, ce soir ?

Je crois avoir mentionné la fête d'anniversaire il y a quelques jours.

— Oh !

Je passe la tête hors de la cabine où j'essaie la minirobe Max Mara Weekend en laine torsadée, laquelle, je l'admets, est bien plus informelle que ne l'exige mon style habituel, mais

Tom et moi ne quittons guère le lit, ces temps-ci, et le tulle y est assez incommode.

— Je pensais que tu n'en aurais pas très envie.

Il s'adosse contre le mur.

— Ça m'a tout l'air d'une mission « refuge »...

Je sors de la cabine et marche vers lui.

— Est-ce qu'on est toujours dans notre refuge ?

Il fronce légèrement les sourcils tout en réfléchissant.

— Tu peux utiliser mon corps aussi longtemps que tu le voudras. (Il hausse les épaules.) Refuge, bouclier, cage à poules... Peu m'importe comment tu appelles ça.

Mon front se plisse.

— Ça devrait peut-être t'importer, au moins un peu...

— Bien sûr... Mais c'est toi qui comptes le plus, pour moi, et ton visage fait ce truc quand tu souffres... Tu ressembles à une biche prise dans un piège à ours – je suis obligé de t'aider. (Il l'énonce comme une vérité immuable.) Et je t'observe tandis que tu essaies de te libérer de cet imbécile auquel tu as passé la moitié de ta vie enchaînée. Un jour, tu y parviendras, et à ce moment-là, j'espère que je serai le premier dans la file.

Je me hisse sur la pointe des pieds et passe un bras autour de son cou pour l'embrasser.

— Tu l'es.

— Il est au courant que je viens ? demande Gus dans la voiture.

— Non, dis-je. Tu es son cadeau d'anniversaire.

Gus me lance un coup d'œil.

— Je suis trop cher pour toi, bébé.

— Je suis très riche. Tom encore plus. Faisons moitié-moitié, Tommy.

Gus éclate de rire, et Tom m'adresse un sourire amusé.

Tout en tripotant distraitement l'ourlet de ma jupe, j'éprouve une bouffée de gratitude envers Tom, si beau et élégant (pull

Incotex gris clair, en cachemire et laine brossée, jean slim Dolce & Gabbana, et boots Chelsea en cuir gros grain de chez Common Projects).

De mon côté, j'ai opté pour la minijupe pied-de-poule plissée en laine et mohair – adorable – achetée par BJ chez *Gucci* ce fameux jour. Il m'avait aussi offert le manteau que je porte – en laine, avec un col en fausse peau de mouton.

En dessous, j'ai mis un caraco Versace en maille côtelée à ornements et des bottes en cuir Kronobotte 85 Christian Louboutin – j'ai fait exprès, en choisissant ma tenue, d'incarner la fille rêvée de BJ.

Il saura que c'est lui qui m'a acheté la plupart de ces vêtements, et j'espère qu'il pensera à Tom en train de me les ôter plus tard.

Nous arrivons au *Dolce Kensington* environ trois quarts d'heure plus tard que prévu, et je me prépare à recevoir un savon de Perry en entrant, mais Paili et lui se précipitent aussitôt vers nous en tapant dans leurs mains, un grand sourire aux lèvres. Ils se plantent devant nous en formant comme un mur.

— Oh, mon Dieu ! s'exclame Perry en prenant mon visage dans ses mains. Tu es venue ! Je t'adore !

Je me demande si Tom voit à l'intérieur de la salle, avec ses vingt centimètres de plus que moi. En tout cas, ses yeux bloquent sur quelque chose, et il se déplace de façon à rejoindre le mur humain face à moi.

— Et voici ton cadeau. Bon anniversaire !

Je pousse Gus – quel mec incroyable ! – dans les bras de Perry. Gus saisit son menton et l'embrasse à pleine bouche.

Les joues de Perry deviennent écarlates. Je lui fourre un sac Saint Laurent dans les bras.

— Allons au bar ! s'écrie Paili. Trinquons… !

Je lui lance un regard interrogateur.

— Il n'y a pas de service à table ?

Elle agite une main.

— Bien sûr que si, mais c'est bien plus marrant de boire au comptoir. Surtout des shots. Tu ne trouves pas ?

Elle jette un regard suppliant à Tom.

Celui-ci hoche la tête.

— Parfaitement.

Et ils se mettent tous à me rabattre vers le bar, façon chiens de berger, loin de ce que je suppose que BJ est en train de faire et qu'ils veulent me cacher. Une autre lap dance ? Taura Sax ? Aucune idée.

Nous buvons cul sec des shots au nom vulgaire, et j'ai à peine avalé le mien que Perry frappe dans ses mains en disant : « Encore, encore ! »

Tom passe la commande, mais j'en ai assez. Je les pousse pour voir ce qui se passe.

BJ et Alexis Blau. Sur le canapé.

Je n'ai jamais aimé Alexis Blau. Je l'ai entendue un jour dans les toilettes du lycée raconter que si mon père n'était pas aussi célèbre, BJ serait avec elle, mais ce sont des conneries parce que je suis aussi beaucoup plus jolie qu'elle.

Elle a toujours eu un crush sur lui. Elle lui envoie des messages tout le temps.

Il ne me l'a jamais dit – il savait que ça m'aurait rendue jalouse. Mais il n'en a pas eu besoin, parce que j'ai deviné le mot de passe de son téléphone. (C'est 7989 – nos années de naissance à l'envers. J'ai mis deux mois à le trouver.)

J'essaie de ne pas fouiner trop souvent dedans. En règle générale, cela revient à me planter moi-même des couteaux dans le cœur. En tout cas, en ce qui concerne Alexis, il ne l'a jamais encouragée, même à l'époque où il ignorait que je lisais ses messages. Mais il semble que, ce soir, il ait décidé de mettre les bouchées doubles. Tripotage ostensible. Roulage de pelles. Les mains assez haut sur ses cuisses pour que certains doigts manquent à l'appel.

Je me tourne bravement vers les autres – qui m'observent tous en grimaçant d'inquiétude.

— Ça va, les rassuré-je en riant. (Comme aucun d'eux n'a l'air convaincu, je contracte davantage mes zygomatiques.) Les amis, je crois qu'une fois je l'ai littéralement surpris en pleins ébats, la langue de la fille – affreuse, soit dit en passant – fourrée dans son oreille.

Je hausse les épaules.

Paili porte ses paumes toujours froides à ses joues empourprées.

— Vraiment, je m'en tape, répété-je.

Je lève les yeux vers Tom, en quête de soutien, mais il a le visage crispé.

Je soupire, lui prends la main et l'entraîne vers les autres invités.

— Eh ! nous lance Christian en arquant les sourcils dans un salut morose.

Henry sourit, se redresse et vient me serrer dans ses bras. Je lis la préoccupation dans son regard. Me prennent-ils donc tous pour une bombe à retardement ? Il m'étreint plus longuement et plus fort que nécessaire, ce qui me rend nerveuse.

— Ça va ? me demande-t-il en s'écartant pour m'examiner.

Sans attendre ma réponse, il serre la main de Tom et enchaîne :

— On va au bar ?

— Non, grogné-je avec impatience. Je ne veux pas retourner au bar. Qu'est-ce qui se passe ?

— Rien.

Il émet un petit rire insouciant qui sonne complètement faux.

Je jette un coup d'œil à BJ. Je n'arrive pas à savoir s'il m'a vue ou non, et serais incapable de dire ce qui est le mieux. La façon dont ils s'embrassent est bizarrement désespérée, mais n'a rien de sexy.

Leur baiser me fait penser au moment où les joueurs de football américain quittent le terrain en courant pour se vider une bouteille d'eau glacée sur la tête.

Il est en nage. Rouge. Je sens une vague de nausée monter en moi. J'espère qu'ils ne tarderont pas trop à s'éclipser aux toilettes – ce spectacle est franchement gênant pour tout le monde.

— Comment se fait-il qu'il soit déjà aussi ivre ? demandé-je à Henry en fronçant les sourcils.

Il est à peine 21 heures…

— Peut-être parce que tu es avec ce putain de Tom England, meuf ! lance Jonah d'une voix tonitruante tout en me fusillant du regard.

Et là-dessus, BJ se détache d'Alexis et lève le regard vers moi. Son visage ne trahit aucune émotion. Il se contente de cligner des yeux. Combien de verres a-t-il bus ?

Debout derrière moi, Tom me tient par les bras afin de me stabiliser.

— Je viens d'arriver, dis-je à Jonah en désignant BJ d'un geste. Ce n'est pas ma faute.

— Mais bien sûr, mademoiselle la mante religieuse.

Le rire de BJ pue l'alcool.

— Comment viens-tu de m'appeler ? dis-je à mon vieil ami.

Jonah se lève.

— Tu m'as parfaitement entendu.

— Eh, intervient Christian qui se lève, les sourcils froncés.

Jonah pose les mains sur le torse de son petit frère.

— Tu déconnes ou quoi ?

— Et toi ? (Christian vient se placer entre Jo et moi.) Si BJ n'était pas aussi défoncé, il ne laisserait personne lui parler comme tu viens de le faire.

Et là, BJ repousse Alexis, assise sur ses genoux. Sans y prêter attention. Comme il l'aurait fait avec une grosse couverture en se réveillant le matin. Elle a encore une jambe sur lui lorsqu'il se met debout, si bien qu'elle bascule maladroitement sur le canapé en le regardant, incrédule – moi aussi, d'ailleurs : jamais je ne l'ai vu traiter quelqu'un ainsi, comme si elle n'était même pas vraiment une personne, juste un jouet avec lequel il s'amuse.

Il marche vers moi, s'arrête quand son visage est à quelques centimètres du mien et baisse les yeux. On pourrait à peine glisser une règle d'écolier entre nous.

C'est BJ, mais je ne le reconnais pas. Il y a un vide, une anomalie dans son regard que je ne parviens pas immédiatement à identifier.

Mâchoire contractée, front bas, regard sombre. Tom ne me lâche pas, mais BJ l'ignore. Il ne voit que moi.

Il plisse le nez, renifle bruyamment.

Je l'observe durant de longues secondes, mes yeux sondant les siens. Alors je comprends.

Mon visage se fige.

— Tu as pris quelque chose ? demandé-je calmement.

Il me fixe un bref instant sans rien dire, puis ricane.

— Non.

Je ne vois pas bien à cause de la pénombre.

— Est-ce que tu as pris quelque chose ? répété-je plus fort.

— Non, répond-il plus vite.

Mon cœur bat la chamade.

— BJ…

— Non, me coupe-t-il d'une voix sourde, le corps secoué d'un spasme étrange. Ne commence pas, Parks.

Sans s'en rendre compte, il s'essuie le nez du dos de la main.

Je lance un regard circulaire vers les garçons – tous debout, à présent, en alerte, et un détail dans leur attitude me frappe. Si j'étais experte en langage corporel, je remarquerais que les yeux de Christian évitent les miens, que les poings de Jonah sont serrés le long de son corps, que la paume de Henry est pressée sur sa bouche. Je ne vois rien de tout ça, mais le sens, jusque dans mes os : un truc ne tourne pas rond.

Je me tourne de nouveau vers l'amour de ma vie. Il cligne à peine des yeux, et, quand il le fait, ses paupières glissent lentement sur ses iris troubles.

La suite se produit si rapidement que j'en ai à peine conscience. Nez à nez avec lui, la seconde suivante je le pousse en arrière dans la lumière, l'agrippe par les cheveux et lui incline la tête vers le plafond.

— Est-ce que tu as pris quelque chose ? Réponds, merde !

Je fais pivoter sa tête de façon à voir ses pupilles.

— Ne me touche pas, putain !

Il repousse mes mains, écartant mon bras sans ménagement, parce que, bien sûr, il est complètement défoncé. Et moi… en état de choc, submergée par la colère, je me retrouve soudain à le cogner de toutes mes forces sur le torse, le visage… Et lui, dans un état second, se dégage brutalement. Je tombe à la renverse, et Jonah me rattrape, tout en dévisageant son meilleur ami avec des yeux écarquillés. BJ me regarde, terrifié, et moi je le regarde, incrédule… puis Tom bondit en balançant le poing.

À ce stade, tous les regards sont braqués sur nous.

Je crois qu'il y avait de la musique, mais, parole d'honneur, vous auriez pu entendre une mouche voler.

Le coup est violent. BJ ne fait rien pour l'arrêter. On entend le craquement mat des phalanges rencontrant la mâchoire.

Tom se prépare à le frapper de nouveau, mais un videur le saisit par le poignet, un autre se charge de BJ, et ensemble ils les conduisent vers la sortie. Jonah me tient toujours, mais je me libère d'un coup d'épaule – ce putain de traître.

— Parks !

— Ne t'approche pas de moi ! lui crié-je en le frappant avant de me précipiter derrière BJ et Tom.

57

BJ

Je ne sais absolument pas quoi faire. J'étouffe. Je pourrais pleurer, je pourrais vomir, je pourrais me tuer... Je suis bien content qu'il m'ait frappé. J'en avais besoin. Je l'avais bien cherché, il a eu raison.

C'est ce que j'aurais fait si je n'étais pas une telle merde, mais c'est ce que je suis. Un sale connard. Prêt à tout foutre en l'air. Prêt à la perdre enfin au profit de quelqu'un qui la mérite largement.

Nous sommes sur le trottoir à présent – vraiment pas idéal pour Parks et moi, car il pourrait y avoir des appareils photo quelque part, mais je n'en ai plus rien à battre.

J'ai juste envie qu'il me frappe encore. Histoire de me soulager pendant une seconde supplémentaire après l'abomination que je viens de commettre. Et puis elle sort en titubant derrière nous, Jo sur les talons – il essaie de l'empêcher de s'approcher de nous, je crois.

En fait, je crois qu'il essaie plus probablement de l'éloigner de moi.

Parce que je l'ai bousculée. Putain de merde... je l'ai poussée.

Elle, que j'aime plus que tout au monde, que j'ai désirée toute ma vie, que j'ai fait souffrir plus que n'importe qui.

Les gars sortent en courant. Gus vient se camper derrière Tom. Magnolia se débat toujours dans les bras de Jo, qui doit presque lutter avec elle pour l'empêcher de me rejoindre. Puis Henry repousse Jo.

Ils échangent un regard et, aussi défoncé que je sois, je sais qu'il n'a rien à voir avec Magnolia. Mais c'est plus facile de faire comme si c'était le cas.

— Fous-lui la paix ! gronde Henry en la libérant des mains de notre meilleur ami.

Tout part en couille. Est-ce moi qui ai provoqué ce bordel ? Je ne sais pas.

Magnolia se laisse presque tomber dans les bras de mon frère – ce qui me soulage, elle est en sécurité maintenant –, et je le regarde l'étreindre comme j'aimerais tant le faire, comme je me demande si j'en aurai encore un jour la possibilité, et puis je me reprends un coup de poing dans la figure.

Des cris étouffés retentissent dans la foule rassemblée autour de nous.

Je me passe la langue sur les lèvres – goût de sang –, relève les yeux vers England. Il secoue la tête. Je veux qu'il me démolisse, qu'il me couvre d'insultes, même s'il n'y a rien qu'il puisse dire que je ne pense pas déjà à mon sujet.

— Je te déteste ! me siffle Magnolia.

— Tu sais quoi, Parks… c'est réciproque ! craché-je.

Elle se libère des bras de Henry et se précipite vers moi, les yeux froids comme la glace.

— Qu'est-ce qui t'arrive ? Qu'est-ce que tu fous, putain ?

Je pose ma paume sur sa poitrine pour laisser de la distance entre nous.

— Ne t'approche pas de moi, lui dis-je comme si c'était ce que je voulais, alors qu'en fait c'est parce que je me fais peur.

Son menton tremble quand elle me demande d'une toute petite voix :

— Pourquoi as-tu recommencé la coke ?

Je m'essuie les yeux. J'sais pas quand ils sont devenus humides.

Elle secoue la tête, sourcils froncés.

— As-tu vraiment l'intention de m'en rendre responsable ? (Elle prend une inspiration hachée, me regardant comme si j'étais un insecte.) Putain, mais qu'est-ce que tu fous ?

— Je te perds.

Elle tend une main vers moi.

— Pas du tout...

Je repousse sa main.

— Arrête.

Elle cligne des yeux, confuse.

— Eh bien, peut-être que oui, maintenant.

— Bien ! m'écrié-je sur un ton définitif que je déteste.

— Bien ?

Si j'avais des lunettes spéciales permettant de voir des trucs invisibles – dont je n'ai pas besoin avec elle, en fait, puisque je lis déjà dans ses pensées –, c'était ce que j'appellerais un coup fatal.

Je ne sais pas pourquoi, ni ce qui, dans ce mot, a causé un tel choc en elle, mais je vois les fissures apparaître, s'étendre depuis son cœur.

Je m'essuie de nouveau le visage. Mes mains sont mouillées.

— Je... Putain ! Qu'est-ce que tu attends de moi, Parks ?

Elle semble perdue.

— Rien !

— Rien ? Alors qu'est-ce que je fous là, putain ? Qu'est-ce que j'ai fait pendant ces trois dernières années ?

— Ce n'est pas ce que je voulais dire. (Elle secoue la tête.) Je m'en fous, BJ. Je me fous que tu ne fasses rien de ta vie. Que tu boives trop tous les week-ends. Je peux même passer sur le fait que tu sois un véritable queutard...

— Moi ? la coupé-je en riant méchamment. Putain, Parks, tu es vraiment une blague à toi toute seule !

Je marque une pause durant laquelle je ne la quitte pas des yeux, laissant le temps à ma phrase de l'atteindre avant de porter le coup suivant.

— Tu m'aimes. Tout le monde sait que tu m'aimes. (D'un geste, je désigne les gens autour de nous.) Je sais que tu m'aimes. Ton petit ami sait que tu m'aimes. Même toi, tu sais que tu m'aimes. Sauf que tu baises avec lui ! hurlé-je sauvagement. Alors ? C'est qui, la pute, ici ?

Tom secoue la tête et la tire derrière lui.

— Ça suffit, me dit-il.

Brave gars, pense une partie de moi. Reconnaissante qu'il soit pour elle ce que je ne peux pas être.

— Tu m'avais promis…

Elle pleure, maintenant. Fort. Elle n'avait pas pleuré ainsi depuis la nuit où je suis venu la retrouver avec l'odeur d'une autre sur la peau.

— Ouais, eh ben… (Je hausse les épaules comme si ça m'était égal.) Je t'ai promis beaucoup de choses.

Elle me regarde fixement.

— Effectivement.

Ses yeux me supplient de réparer ce que je viens de casser avant qu'elle soit obligée de me dire ce qu'elle aurait dû me dire depuis le début.

Je me tais, ne fais rien. Je la vois qui s'éloigne. Je me regarde la repousser.

Elle hoche la tête, et c'est comme un couperet qui tombe. Je flippe complètement.

— J'ai fini d'attendre que tu redeviennes celui que je croyais que tu étais.

— Tu as fini ? répété-je en prenant une brusque inspiration.

— Oui, murmure-t-elle.

— Arrête tes conneries, tu ne le penses même pas…

— Écoute-moi bien. J'en ai terminé avec toi. Nous deux, c'est fini.

Je pince les lèvres, plaque mes mains dessus et essuie de la morve dont j'ignorais la présence.

— Enfin, reniflé-je.

Alors elle fond de nouveau en larmes, les épaules secouées comme une bouée sur une mer déchaînée. Elle n'a jamais pleuré comme ça devant quelqu'un d'autre que moi, et voilà qu'elle s'effondre, ici, sur Harrington Road, devant le monde entier… Même si je suis complètement stone, je parviens à me demander combien de gens il nous est donné d'aimer comme je l'aime dans une vie. Ça ne peut pas être beaucoup. À combien de grands amours a-t-on droit ? Dites-moi que c'est deux.

Merde !

S'il vous plaît, dites-moi que c'est deux.

Jo m'entraîne, et je crois que ces liens qui nous unissent… je crois que je les entends se déchirer. Ce n'est pas deux.

— Allez, vieux, ça suffit…, me souffle Jonah.

Je me débats, parce que non, ça ne suffit pas.

Ça ne suffira jamais. Ce mot n'a aucun sens quand il s'agit d'elle. Rien ne suffit, et je n'en aurai jamais fini.

58

Magnolia

J'ignore comment je suis rentrée hier soir à la maison. Je ne me rappelle pas. Je me souviens de BJ disant : « Enfin », je me souviens de Tom passant son bras autour de moi pour m'emmener, et je me souviens de son odeur – patchouli, bergamote, lavande, mousse de chêne. Je crois que je le respirais tout en sanglotant contre sa poitrine.

J'ai sombré dès que ma tête a touché l'oreiller. Je crois que c'est d'avoir versé tant de larmes. Je n'avais pas pleuré ainsi depuis des années. Et le sommeil a agi comme un effaceur momentané de mémoire.

Parce que ensuite je me suis réveillée et c'était le matin.

Allongé près de moi, Tom me regarde. Ses traits affichent une expression un peu triste, sérieuse.

— Eh.

Il m'adresse un sourire qui ressemble plus à un froncement de sourcils.

— Salut.

Il pose une paume sur ma joue, repoussant quelques mèches de mon visage.

— Comment te sens-tu ?

Je ne comprends pas sa question. Pendant un instant, je me demande ce qui s'est passé – qu'est-ce que j'ai raté, pourquoi est-ce que je ne me sentirais pas bien ? Je force mon esprit à revenir en arrière – survolant le long sommeil, le trajet en voiture jusque chez moi, les sanglots – pourquoi pleurais-je ainsi ? Cela me prend à peine plus de quelques secondes. Pourquoi pleurais-je ? BJ.

La réponse est toujours la même : BJ.

Qu'est-ce que cela dit de nous ?

Il n'y a plus de nous.

Je saisis la main de Tom, la retourne dans la mienne pour l'examiner. Les deux coups puissants qu'il lui a assenés lui ont valu deux jointures écorchées, et l'articulation est un peu enflée.

Je soupire.

— Je suis désolée…

Il secoue la tête.

— Je vais aller te chercher de la glace…

— Non, ça va…

Je l'ignore et l'embrasse rapidement avant de filer au rez-de-chaussée. Je porte un tee-shirt de Tom, imprégné de son odeur. Je soulève le col jusqu'à mon nez et inspire, et aussitôt je me sens un tout petit peu plus calme.

Quand j'entre dans la cuisine, ma famille lève les yeux vers moi. Ils sont tous là – tous –, debout autour de l'îlot en marbre.

Même ma mère, qui, je vous le rappelle, n'habite plus ici.

— Est-ce que ça va ?

Ma sœur se précipite vers moi.

— Quoi ?

— Les journaux, les réseaux, Internet… La nouvelle est partout…

Je sens mon visage se rembrunir. Marsaili s'approche de moi d'un pas hésitant.

— Il paraît que tu as eu une altercation physique…

Sans un mot, je dépasse ma sœur pour aller chercher de la glace.

— Eh bien ? insiste Bridget. Est-ce vrai ?

Je ne dis toujours rien, prends un torchon et verse plusieurs glaçons dedans.

— Est-ce qu'il t'a fait mal ? s'enquiert mon père.

Pas de façon visible.

— Je vais bien, lui réponds-je.

— Alors pourquoi glace ? demande Bushka, les yeux plissés.

Je réfléchis à la question.

— BJ ne va pas si bien.

Marsaili écarquille les yeux.

— BJ est en haut ?

Je secoue la tête.

— Non, Tom…

— Tu viens de dire que BJ était en haut…

— Non, j'ai dit : « BJ ne va pas si bien. » Parce que Tom l'a frappé. Tom est en haut, avec une main contusionnée, donc, si vous voulez bien m'excuser…

Je jette un coup d'œil à ma mère dans sa robe longue Serita marron en coton mélangé.

— Un choix intéressant pour un matin presque hivernal…

Elle baisse le regard vers le vêtement.

— Tu ne l'aimes pas ?

Je l'examine un instant.

— Si, à vrai dire. Je l'adore.

— Merci… Mais attends ! (Les épaules de ma mère se voûtent légèrement tandis qu'elle me dévisage, l'air préoccupé.) Tu es sûre que ça va ?

— Oui.

— Les journaux racontent que c'est fini entre vous…

Je hoche la tête.

— Effectivement.

Ma mère paraît perplexe.

— Mais tu vas bien.

J'acquiesce sèchement.

— Expliquez-moi pourquoi j'ai fait tout ce trajet aux aurores, alors ?

Bridget consulte sa montre.

— Il est midi.

— Et tu n'habites pas juste de l'autre côté du parc ? m'étonné-je à haute voix.

— Certains parents se réjouiraient de savoir leur fille indemne dans ces circonstances…, murmure Marsaili.

Ma mère lève les yeux au ciel.

— Bien sûr que j'en suis ravie, ma chérie, vraiment. BJ et toi vous en remettrez, comme toujours.

Je lui adresse un sourire pincé.

— Pas cette fois.

Je tourne les talons et remonte l'escalier quatre à quatre pour retrouver Tom. Bridget se précipite derrière moi.

— Qu'est-ce que tu veux dire par : « Pas cette fois » ?

— Je veux dire que c'est terminé.

Je continue de gravir les marches.

— N'importe quoi !

— Je suis sérieuse.

— Non, tu ne l'es pas, lance-t-elle.

Je m'arrête et me tourne vers elle. Elle l'adore – l'a toujours adoré. D'une certaine façon, il a toujours été présent dans sa vie. Elle aussi a grandi à ses côtés. Vacances en compagnie des Ballentine, soirées pyjama avec Allie. Elle a très mal pris son infidélité – presque pire que moi. Il lui a fallu plus de temps qu'à moi pour l'accepter de nouveau. Je crois que cela l'effraierait que ma relation avec BJ s'achève vraiment – il compte tellement pour elle. Et elle me choisirait, je le sais. Mais elle préférerait ne pas avoir à le faire.

— Il a recommencé la cocaïne.

Elle étouffe un petit cri, regarde fixement le tapis pendant quelques secondes.

— Tu es sûre ?

— Et il m'a bousculée.

Elle baisse la tête tout en montant les marches jusqu'à moi, puis, sans que je lui aie rien demandé, me serre fort contre elle.

— Je suis tellement désolée…

— Arrête, lui dis-je sans bouger.

— Tu en as besoin.

— Je ne…

— J'augmente tes taux de dopamine et de sérotonine.

— S'il te plaît, lâche-moi.

— Pourquoi tu fais comme si tout allait bien ? maugrée-t-elle.

Je plonge mon regard dans le sien, laisse s'écouler quelques secondes.

— Je ne vais pas bien.

Je regagne ma chambre, grimpe sur mon lit et rejoins Tom à quatre pattes. Il me tire sur ses genoux et passe ses bras autour de moi. Je me blottis contre lui tout en tenant la poche de glace sur sa main. Il appuie son menton sur mon épaule.

— Parks… (Je tourne le visage vers lui.) Toi et moi, ça pourrait être réel…

Je réfléchis.

— Parce que c'est quoi, pour le moment ?

Il rit doucement et pose sa bouche au coin de la mienne.

— Je n'en sais foutre rien.

— Mais pas réel, en tout cas ?

Il embrasse distraitement ma clavicule, et sa réponse est légèrement étouffée.

— Je ne sais pas. Je suis quoi, pour toi ?

Je me blottis davantage contre lui en faisant la moue.

— Le masque à oxygène qui tombe du plafond des avions.

Il me serre un peu plus fort.

— Ça me suffit.

10:12

Henry

Eh !

Hé !

Je t'aime.

Je t'aime aussi.

Je t'aimerai toujours.

Je sais.

Quel enfer !

Je suis désolé, au fait. Que tout ça soit arrivé.

Ouais, moi aussi.

Tu restes mon meilleur ami pour toujours, Henry chéri.

Plus que Paili ?

Plus que n'importe qui.

Ça va ?

Je ne sais pas.

Je peux faire quelque chose ?

Ne le laisse pas refaire une overdose.

Promis.

59

BJ

Ce qui arrive à Amsterdam reste à Amsterdam. Telle a toujours été notre devise. Je m'en fous pas mal, désormais. Le placard aux squelettes étant ouvert, je n'ai plus rien à perdre.

Amsterdam, c'est l'endroit où, les potes et moi, nous allons toujours, apparemment, quand tout part en couille. Or, même s'il est inutile de le répéter : là, tout part en couille.

Christian et moi nous sommes juré de ne plus jamais tomber amoureux. Henry et Jonah courent sans doute après la même meuf.

Un désastre.

Et tous ces sujets sont tabous. Je ne peux pas parler à Christian de ma douleur d'avoir perdu Parks. Henry me fait la gueule parce qu'il est dans l'équipe de Parks par défaut. Et Jonah est fidèle à lui-même : il me dit que dalle, se contente de m'observer et de veiller à ce que je ne déraille pas complètement.

Parler est obsolète pour nous tous, pour l'instant. Il y a un délai entre ce qui se produit et le moment où nous sommes capables de le traiter.

En général, je suis incapable de mesurer ce que je ressens vis-à-vis d'un événement tant que je ne suis pas passé par la case défonce – à des degrés variés, selon les circonstances.

De combien de verres, combien de rails, combien de filles ai-je besoin pour ne plus sentir ce gouffre dans ma poitrine ?

Alors, c'est parti pour une virée entre mecs aux Pays-Bas...

Généralement, quand je rentre de ces escapades, je suis bouffé par les remords, inquiet qu'une photo ne filtre, que quelqu'un ne parle, que ça revienne aux oreilles de Parks et qu'elle ne me voie tel que je suis réellement, à savoir : lamentable, bien moins respectable que l'homme qu'elle croyait que j'étais. Mais pas cette fois.

Je suis une merde, et elle le sait. Je suis le pathétique loser avec qui elle en a fini. J'espère donc que, quoi que je fasse ce soir, cela suffira pour mériter de figurer partout sur Internet, comme ça, elle le verra demain au réveil et sera elle aussi au fond du trou.

Parce que c'est ainsi que je me sens.

Je me tape la réceptionniste de l'hôtel moins d'une heure après notre arrivée.

J'ai commencé à boire dès que j'ai posé le pied dans l'avion. L'après-midi débute à peine, et je suis déjà complètement bourré. Nous prenons nos quartiers dans un de ces clubs underground ouverts sept jours sur sept, vingt-quatre heures sur vingt-quatre qui font, entre autres, la réputation de cette ville. Nous y restons jusqu'au lever du soleil le lendemain matin – je carbure uniquement à la cocaïne, parce que les potes sont apparemment devenus des papas poules qui ne cessent de me confisquer les verres que je me sers.

J'ai aussi baisé cette nuit. Du moins je crois que c'était la nuit ? Difficile à dire. On perd la notion du temps, là-dedans. Ce qui est l'idée, je suppose. J'essaie de tuer le temps jusqu'à ce qu'elle veuille de moi à nouveau.

Ce qui, soit dit en passant, n'arrivera jamais selon Henry. Il me le répète à plusieurs reprises.

Je vous en raconterais plus si j'en étais capable. Mais ce n'est pas le cas. Je ne me rappelle pas les quatre premiers jours.

Révélateur, non ?

Degré de destruction ?

Onze sur dix.

Christian est dans le même état que moi. Pire, peut-être. Moi, j'ai déjà perdu Magnolia avant… Et toute cette merde avec Daisy est un sacré coup dur pour lui.

Il l'aimait plus qu'il ne le croyait.

Durant le vol du retour, Christian lève le nez de son téléphone et lance :

— On remet ça dans quinze jours ?

— C'est quand, dans quinze jours ? demande Henry, les paupières ratatinées de fatigue.

Christian hausse les épaules.

— Première semaine de décembre…

Je lève les yeux, fais la moue.

Jonah acquiesce.

— Ouais, c'est bon pour moi.

Henry secoue la tête.

— J'ai des trucs à faire pour la fac, mais j'essaierai de me libérer. On irait où ? Prague ?

— Ouais. Ou Funchal ?

— Je peux pas, annoncé-je, les yeux baissés sur mon portable, ne tenant pas à croiser leurs regards.

— Pourquoi ? s'enquiert Christian.

Je hausse à mon tour les épaules.

— J'ai des trucs de prévu.

— Quoi ? demande Henry.

— Des trucs.

— Ouais, mais quoi ? insiste-t-il.

Je lui lance un regard pénétrant, puis me tourne vers le hublot.

— Tu sais, toi ? demande Henry à Jo.

Celui-ci secoue la tête, hausse les épaules.

— Pour le boulot ? me presse Henry, ce sale fouineur.

— Ouais, mens-je. Pour le boulot.

60

Magnolia

Tom nous emmène au *Grand Resort* de Bad Ragaz – à une heure seulement de Zurich. Ça fait un moment que *Tatler* n'a rien publié sur cet hôtel, si bien que je n'ai même pas besoin de feindre d'avoir la grippe pour partir prendre l'air.

Il règne une atmosphère si paisible ici que j'ai l'impression d'être beaucoup plus loin de Londres que je ne le suis.

Que nous le sommes, en fait. Tom, moi, Paili et Perry. C'est Tom qui a insisté pour qu'ils se joignent à nous, sous prétexte qu'il les connaissait mal et qu'il lui semblait judicieux de faire plus ample connaissance.

Durant le vol aller, Perry est allé s'asseoir avec lui dans le cockpit, et Paili et moi avons bu du vin à l'arrière de l'avion.

— Sa présence doit au moins amortir un peu le coup, non ? m'a-t-elle dit.

J'ai hoché la tête.

— Vous couchez ensemble ?

Nouveau hochement de tête.

Elle a souri un peu.

— Regarde-toi ! Des relations sexuelles… Mon Dieu, peut-être que tu es vraiment en train de tourner la page…

Je lui ai jeté un coup d'œil et, même rétrospectivement, je suis incapable de dire si sa remarque m'a soulagée ou attristée. Peut-être les deux.

— Il est comment ?

— En comparaison avec BJ ?

Elle s'est tortillée, mal à l'aise, avant de hausser les épaules, mais vu que je n'ai couché qu'avec deux hommes, je suppose que c'est ce qu'elle voulait demander.

— Eh bien, je n'ai pas été avec BJ depuis des années – pas depuis… enfin bref, tu sais. (Une ombre de mélancolie passe dans ses yeux.) Mais, d'après mes souvenirs, c'est assez différent. J'ai tout appris, avec BJ. Nous parlions toujours beaucoup, riions énormément et… il connaît mon corps mieux que personne…

Après tout, j'ai grandi dans ses bras.

Paili m'a adressé un autre petit sourire navré.

— Et Tom ?

— Tom ? D'une certaine façon, j'ai toujours l'impression de vivre un rêve éveillé. (Mes joues se sont légèrement empourprées.) Je ne sais pas… Chaque fois, il y a un moment où j'ouvre les yeux et pense : « Ça alors ! Non mais regardez-nous ! En train de le faire ! Comment est-ce arrivé ? »

Elle a ri.

— Est-il à la hauteur de la réputation que nous lui avons faite après l'avoir vu sur ce bateau ?

J'ai rougi davantage.

— Oh oui !

L'hôtel est magnifique, au fait. Évidemment. Tout, chez Tom, est magnifique. De ses choix à ses yeux, ses cheveux, sa voix, ses épaules, son sourire, ses mains.

J'ignore pourquoi il m'a amenée ici, mis à part l'idée de m'éloigner de Londres et me permettre de respirer un peu. Mais cela me laisse surtout le temps de me demander à quoi ressemblerait ma vie, si je parvenais vraiment à accomplir ce que j'essaie désespérément de faire.

À quoi ressemblerait ma vie si je tirais un trait définitif sur BJ ? Parce que l'existence que je pourrais partager avec Tom serait délicieuse, il me semble… Et ce n'est pas une histoire d'argent – de l'argent, j'en ai à la pelle. C'est le calme qu'il dégage, la façon dont il se déplace dans une pièce, dont sa paume repose sur mon genou quand je suis assise à côté de lui, ses yeux attentifs, le fait que ma main ne puisse envelopper que deux de ses doigts. Sa prévenance.

Et il ne m'appartient pas complètement, je le sais. Il aime quelqu'un d'autre, mais moi aussi, et peut-être que ce n'est pas grave parce que, si ça se trouve, nous avons droit à plus d'un grand amour dans notre vie. Peut-être BJ est-il le grand amour de ma vie non parce qu'il est intense, mais parce qu'il m'a définie, et peut-être que Tom sera l'amour de ma vie qui me sauvera, et peut-être que c'est mieux ? Peut-être, peut-être…

C'est très amusant, cette échappée en compagnie de Perry, Paili et Tom. Une agréable combinaison, sans drame à l'horizon. Paili et Tom s'entendent à merveille. Perry a tendance à se montrer jaloux quand Paili apprécie quelqu'un un peu trop à son goût, mais, encore une fois, le charme England opère.

J'adore voyager avec Perry, parce qu'il est toujours partant pour tester des trucs bizarres avec moi.

Tom a ri à gorge déployée quand j'ai suggéré un massage sonore aux bols tibétains, mais Perry s'est montré aussitôt enthousiaste, sans que j'aie besoin de le soudoyer.

— Tu as eu des nouvelles des garçons ? me demande-t-il alors que nous patientons dans le sauna. (Je secoue la tête.) Tu n'as même pas parlé à Henry ?

— Si, mais jamais de son frère.

Perry fait la grimace.

— Ils n'y sont pas allés de main morte, à Amsterdam.

— Je n'en doute pas.

Je m'applique à conserver une expression impassible. Il me scrute pendant quelques secondes.

— Qu'est-ce qui s'est passé avant dont tu ne nous as pas parlé ?

Comme je ne réponds pas, il insiste :
— Tu te foutais que la langue de cette fille soit dans son oreille, mais pas qu'il prenne de la coke… Qu'est-ce qui s'est passé ?
Je le dévisage un instant en silence. J'envisage de mentir, d'inventer n'importe quoi afin de tuer ses soupçons dans l'œuf, mais, finalement, j'opte pour la vérité.
— Il a fait une overdose.
Je ne veux plus le couvrir. De toute façon, je suppose que je ne sais plus grand-chose de lui.
Perry cligne des yeux.
— Quand ça ?
Je fais la moue, feignant de réfléchir, comme si la date n'était pas gravée au fer rouge dans ma mémoire, comme si je ne voyais pas au moins une fois par semaine dans mes cauchemars son front trempé de sueur, ses pupilles troubles, son nez à vif et les suçons sur tout son corps.
— Il y a un peu plus de deux ans.
— Putain !
— Ouais.
— Le baiser, dit Perry, pensif. Au cinéma de Leicester Square… Paili et moi nous sommes toujours demandé ce qu'il signifiait.
Mon regard s'adoucit à ce souvenir… cette sensation dans ma poitrine et l'indomptable désir de l'embrasser à tout prix.
— Et puis, qu'est-ce que nous foutions au cinéma, d'abord ? Nous assistons à des avant-premières, pas à des séances de l'après-midi. (Perry fronce le nez. Je ris.) C'est vraiment fini, pour toi ? demande-t-il au bout de quelques secondes.
Probablement pas, mais je suis sincère quand je lui réponds :
— Je l'espère.

61

BJ

J'Y VAIS PARCE QUE J'ESPÈRE L'Y CROISER. C'EST UN DES événements caritatifs organisés par sa mère. Le gala NSPCC. Ce soir, il s'agit de collecter de l'argent pour des enfants. J'ignore quel est leur problème, ce qui fait de moi un connard, mais je ne suis pas venu pour eux, je suis venu pour elle.

Je suis tellement certain de la voir que, quand j'arrive à One Marylebone, j'en suis déjà à trois rails, prêt à encaisser la vision d'elle entrant main dans la main avec ce putain d'England, dans une robe qui me donnera à la fois envie de me tirer une balle et de lui sauter dessus pour l'embrasser.

Je surveille fébrilement la porte.

— Mon chéri, me dit ma mère en me tapotant le coude. Laisse-lui une minute. Elle viendra.

Elle arrange ma coiffure, que je m'empresse d'ébouriffer tout en lui lançant un regard noir.

— Maman…

— Quoi ? Tu es hirsute…

— C'est fait exprès.

— Je m'en doute, mon chéri. Mais tu as l'air de sortir du lit.

— Oui, c'est l'idée.

— Une idée stupide, marmonne-t-elle avant de lever les yeux vers moi. Est-ce que Magnolia sera accompagnée du fameux Tom England ?

— Sans doute. Ils sont ensemble.

— Il ne l'a probablement jamais trompée, fait tristement remarquer ma mère.

— Non, probablement pas.

Je lui adresse un regard exaspéré avant de vider mon verre d'un trait.

— Ooh, des nems ! chantonne-t-elle avant de se sauver à la poursuite d'un serveur.

Je pousse un soupir de soulagement, puis me tourne de nouveau vers la porte. Au même moment, le père de Magnolia fait son entrée, Marsaili à son bras.

Tous les regards sont braqués sur eux. Pendant quelques secondes, le silence se fait, puis, comme si tout le monde s'en apercevait en même temps, la salle reprend vie.

Je l'attends, la gorge nouée. Je me fiche qu'elle soit avec England, je serai juste heureux de la voir. Ses yeux brillants de colère, sa bouche boudeuse… Peut-être provoquerai-je une dispute pour qu'elle m'adresse la parole ?

Sa voix me manque.

Sa façon de se mordiller la lèvre inférieure quand je fais quelque chose qui lui déplaît. Je me demande qui je pourrais embrasser devant elle pour la faire sortir de ses gonds.

Et puis Parks fait son entrée.

Bridget, pas Magnolia. Nos regards se croisent, et je sens mon expression se décomposer. Elle me lance un sourire triste, puis marche vers moi d'un pas hésitant. Elle ressemble un peu à Cendrillon.

— Deux soirées mondaines en un an ? m'étonné-je en l'embrassant sur la joue. Tu as choisi cette tenue toi-même ?

— Pfft… Elle me prend pour sa poupée grandeur nature.

Je hoche la tête.

— Elle m'évite ?

Bridget pince les lèvres.

— Elle est en Suisse.

— Donc elle m'évite.

— Peux-tu vraiment le lui reprocher ?

Je sors mon téléphone de ma poche et consulte la date. Premier décembre.

— Elle rentre quand ?

— Hum, dit-elle en cueillant une coupe de champagne sur le plateau d'un serveur passant par là. Demain, je crois.

Un soupir de soulagement m'échappe.

Bridget m'observe quelques instants.

— T'es venu avec qui ?

— Avec maman, réponds-je en me fendant d'un sourire débile.

— Est-ce que ta mère sait que tu es défoncé ?

Je plisse les yeux, un peu agacé.

— Non.

— T'essaies de la faire fuir ou quoi ?

— Hein ?

— Ça. (Elle agite les doigts en l'air.) Ça ressemble fort à de l'auto-sabotage.

Je serre les dents, décidément pas d'humeur à me faire diagnostiquer par Bridget.

— Absolument pas.

Elle ignore ma réponse.

— C'est juste que... tu as fait la seule connerie que tu savais qu'elle ne te pardonnerait jamais.

Je secoue la tête, contrarié.

— Pourquoi y a-t-il quelque chose qu'elle ne peut pas me pardonner ? Si elle m'aime. Est-ce que ça ne devrait pas suffire ? L'amour triomphe toujours et tout le bordel, là ?

Elle s'assied à une table – pas la nôtre –, le menton dans la main.

Je prends place à côté d'elle. Je suis heureux qu'elle soit là. Parks me semble moins loin.

— Elle t'a vu avec... combien de filles ? Trop, de toute manière. Ce n'est pas sain. Fais-toi tester...

— Je le fais, rétorqué-je avec un sourire suffisant. Régulièrement.

— Il n'y a vraiment pas de quoi se vanter, mais admettons…

Je lève les yeux au ciel.

— Elle sait que tu l'as trompée. Et comment tu te comportes depuis votre rupture – vous vous faites du mal, c'est votre truc, j'ai compris. C'est votre façon de vous sentir proches l'un de l'autre… Ça n'en reste pas moins tordu et stupide, mais ce n'est pas rare chez deux idiots codépendants… (Je fronce les sourcils, même si éclater de rire aurait aussi été une réaction adéquate.) La seule chose qu'elle trouve définitivement impardonnable est que tu meures.

Je roule des yeux.

— Je ne m…

— Ne m'interromps pas, m'interrompt-elle. Tu n'étais pas là. Tu ne l'as pas vue après.

— Elle m'a frappé. (Je lance à sa sœur un regard incrédule.) Sous le nez de mes parents et du médecin… dans un lit d'hôpital.

— Ouais, bah tant mieux, dit gaiement Bridget. Elle a eu raison. Tu as fait une overdose. Tu as failli mourir. C'est toi qui t'es infligé ça…

— Ce n'était pas prévu…, soupiré-je.

Je le jure, c'était un accident. Je ne lui ferais jamais ça.

Bridget me regarde pensivement.

— C'était pire que quand tu l'as trompée…

Je n'y crois pas une seconde. Après notre rupture, j'ai lu les articles publiés sur elle dans le *Daily Mail* et le *Sun*. Des conneries du genre : « Des sources proches nous ont rapporté que la pauvre Parks partait en cure, ses parents inquiets de sa perte de poids… », et d'autres racontant qu'elle était diabétique, ou qu'elle avait attrapé un parasite, mais, en fait, elle était simplement triste.

Donc Bridget me ment.

Ça n'a pas pu être pire que ça.

— Elle ne se douchait plus. Elle est restée roulée en boule dans son lit pendant presque une semaine. Sans manger, ni boire…

— Elle a un appétit d'oiseau, de toute façon, objecté-je en haussant les épaules, comme si ce qu'elle me révélait ne me tuait pas.

— Elle a perdu connaissance. Nous avons dû l'emmener à l'hôpital en état de déshydratation.

Mon cœur se serre. Parks ne me l'a jamais dit.

Merde.

Bridget secoue la tête.

— Tu ne peux pas faire en sorte que quelqu'un t'aime comme elle t'aime et te conduire de façon aussi irréfléchie ensuite. C'est irresponsable et injuste…

Je me rembrunis.

— Et elle ne peut pas faire en sorte que je l'aime comme je l'aime pour ensuite me tenir à distance parce que j'ai foiré une fois il y a trois ans…

Bridget laisse échapper un rire moqueur.

— Tu as foiré plus d'une fois – que ce soit clair. Elle aussi, ajoute-t-elle lorsque j'ouvre la bouche pour protester. Je ne suis pas en train de dire qu'elle est irréprochable. Ce n'est pas le cas. Elle peut se montrer bien plus idiote que toi, certains jours.

Je lui souris, reconnaissant qu'elle ait trouvé un petit quelque chose en ma faveur.

— Mais la raison même de son comportement, c'est l'instinct de survie, poursuit Bridget. Elle pense que si tu meurs, elle mourra de chagrin.

Satisfaite de ses conclusions, elle termine sa petite démonstration par un haussement d'épaules.

— Bridget…

Je lui adresse un sourire hésitant, parce que ce qu'elle dit est stupide.

— Et, de toute évidence, c'est complètement débile, énonce-t-elle bien fort sans me laisser parler. (Elle a un peu la grosse tête, du haut de ses vingt et un ans, si vous voulez mon avis.) Et faux. Mais est-ce que tu imagines… si tu meurs, genre *vraiment*, ce que ça lui ferait ? Parce qu'elle, oui. Elle y pense tout le temps, depuis que c'est arrivé. (Bridget boit une gorgée de champagne.) La scène tourne en boucle dans sa tête.

— Non.

— Si. Elle me l'a dit. (Elle tambourine des doigts sur la table.) Et puis te voilà… en train de refaire le truc qui t'a envoyé à l'hosto. Tu cherches à lui faire du mal ?

— Non, réponds-je en lui jetant un regard furieux.

— Tu testes la solidité de votre amour ?

— Non.

Mais il est bien plus fort que tu ne l'imagines, petite Parks.

Elle me lance un long regard suspicieux.

— Alors qu'est-ce que tu fous, putain ?

62

Magnolia

Je rentre à Londres juste à temps pour le 3 décembre. Non pas que ç'ait beaucoup d'importance. Ça n'en a plus – enfin si, mais je suis avec Tom, maintenant, je crois. Vraiment.

Ou du moins je le serai, bientôt.

C'est ce que j'ai décidé tout à l'heure tandis que je m'éloignais de lui en voiture.

— Où vas-tu, d'ailleurs ? m'a-t-il demandé.

— Dans le Devon. Pour le travail.

Il a paru perplexe.

— Pourquoi le Devon ?

J'ai improvisé.

— Des recherches pour un article dans le style « des pépites tout près de chez vous ».

— Oh ! (Il a hoché la tête, puis a effleuré ma bouche de ses lèvres.) Je t'accompagnerais volontiers si je ne devais pas repartir…

— Ne dis pas de bêtise. C'est juste le Devon.

Je l'ai serré fort contre moi.

C'est avec lui que je devrais être. J'en suis sûre. C'est ce que je pense durant tout le trajet, et, de toute façon, ça n'a plus d'importance, parce que quand j'ai annoncé à BJ que nous deux, c'était fini, il a dit « enfin », comme s'il avait attendu que je prononce ces mots. Depuis combien de temps espérait-il que je le libère ?

J'aurais probablement dû le faire il y a des années, mais je craindrai toujours de ne plus être capable d'aimer quelqu'un comme je l'aime.

Je croyais que nous étions destinés l'un à l'autre. Que, quoi qu'il advienne, même si nous allions trop loin et nous faisions trop de mal, nous retrouverions toujours notre chemin vers l'autre.

Aujourd'hui, j'ai vingt-trois ans, et voilà où nous en sommes. Tout ce que nous avons fait depuis que nous nous sommes séparés, c'est perdre l'autre de mille façons, encore et encore. L'idée que lui et moi puissions être de nouveau ensemble ressemble à une rêverie puérile. Un conte à lire avant de s'endormir auquel je me suis accrochée pour soulager la douleur croissante causée par la possibilité de devoir le laisser dans le passé.

Renoncer à lui ne pouvait pas se faire en douceur, j'aurais pu vous le dire dès le début. Renoncer à lui impliquerait forcément de la souffrance. Cela requerrait un acte aussi violent qu'arracher mon propre cœur de ma poitrine et l'abandonner sur un banc quelque part, croisant les doigts pour que le pire ne se produise pas avant que je n'aie eu le temps d'arriver dans un hôpital pour me faire rafistoler. Mais je doute qu'on vive bien longtemps dans ces conditions.

Je me gare devant notre maison de Dartmouth.

Il s'agit d'un grand et vieux manoir, au milieu de vingt-neuf hectares de terrain. Une piscine couverte, un bassin extérieur, un lac, un chemin jusqu'à la plage, quelques chevaux et moutons.

Autrefois, j'adorais cet endroit. Aujourd'hui, plus vraiment.

Je pars en quête du gardien, M. Gibbs. Il travaille pour ma famille depuis des années – toute ma vie, en fait. C'est un homme bon. Discret.

Veuf, je crois.

Je me demande souvent s'il se sent seul, ici.

Lui et ses deux saint-bernard qui vivent avec lui sur la propriété.

Je boutonne mon cardigan Gucci en poil de chameau côtelé bordé de daim avec ornements, serre mes bras autour de mon corps parce que personne d'autre n'est là pour le faire, et j'avance vers le jardin à l'arrière du bâtiment. Ensuite, je suis le sentier disparu qui mène au lac, là où les arbres se déploient vers le ciel.

J'ai toujours aimé ce saule pleureur. Il avait déjà un aspect poétique avant qu'il y ait des poèmes à écrire. Il retombe dans l'eau, ses feuilles se balançant au ras du sol, penché comme s'il était brisé, mais rien de tout cela ne lui enlève sa beauté.

Et maintenant... J'aime toujours ce saule – même avant d'apercevoir BJ Ballentine debout en dessous.

J'observe sa silhouette pendant quelques secondes.

Sweat à capuche noir en cachemire Fear of God en collaboration avec Zegna, pantalon écossais Paccbet, Vans noires décolorées.

Il a les cheveux ébouriffés, les yeux cernés. Sa bouche s'entrouvre quand il me voit.

Je cligne des yeux pour lui dire qu'il m'a manqué, et les plis aux commissures de ses lèvres m'apprennent que je lui ai manqué aussi. Le sentiment qui me traverse est celui qu'on ressent quand on nous borde soigneusement dans notre lit le soir, mêlé à la certitude que je connaîtrai toujours chaque détail de lui. Jamais je ne désapprendrai la forme de sa bouche.

— Tu es là, dis-je doucement.

— Bien sûr. Je te l'ai promis.

— Il y a des promesses que tu n'as pas tenues.

— Celle-ci, oui.

Je le rejoins et m'arrête près de lui, trop loin néanmoins.

Il y a une distance visible entre nous – depuis quand n'y

en a-t-il pas eu ? Les minutes s'écoulent sans que nous disions quoi que ce soit à voix haute.

Devant l'autel de l'arbre, je prononce un millier de prières silencieuses, dépose des centaines d'offrandes, supplie qui voudra bien m'entendre d'aligner nos étoiles et de permettre que BJ soit l'homme que je croyais qu'il était. *Si ça n'est pas possible,* prié-je, *faites que je sois libérée de lui et que cela ne me tue pas.* Mais il vaut la peine qu'on meure pour lui, et j'imagine que c'est à cause de ça que je me fais toujours avoir.

Il m'observe avec les yeux de quelqu'un qui me connaît depuis trop longtemps, lisant sur mon visage des choses qu'il n'est pas autorisé à savoir.

— Ça va ?

Je hoche la tête, même si c'est un pieux mensonge.

— Et toi ?

Il hausse les épaules.

— Cette journée me fout toujours un peu en l'air.

Je hoche de nouveau la tête.

— Ouais.

Il contemple l'arbre, un léger sourire aux lèvres.

— Je repense à cette nuit tout le temps.

— Ah oui ? dis-je, sentant mes joues s'empourprer.

— Ouais. Pas toi ?

J'essaie d'éviter.

— Qui nous avait surpris, déjà ?

— Thatcher, s'esclaffe BJ. Hendry.

Il se passe une main dans les cheveux.

— C'est vrai. (Je lève les yeux vers lui, amusée.) Tu étais très énervé.

— Eh bien, dit-il en ravalant son sourire, tu étais pratiquement nue.

— Toi aussi.

— Ouais, mais moi, je me fous qu'on voie mon cul…

Nos regards s'accrochent. J'avale ma salive, puis secoue la tête, m'efforçant de conserver mon calme.

— Tu n'as jamais été fichu de te servir correctement du verrou de cette porte.

— Il ne marchait pas, Parks. (Il rit de nouveau tandis qu'un million d'émotions dansent sur son visage.) Mais jamais je ne regretterai qu'il n'ait pas rempli sa fonction…

S'il y avait le feu dans mon esprit et que je n'avais le droit de sauver que trois souvenirs, celui de cette nuit-là serait l'un d'eux – la couette en duvet que nous avons couverte de boue au pied de l'arbre, les yeux impatients et les mains baladeuses de BJ à dix-sept ans.

— Tu te rappelles cette famille de canards qui est sortie du buisson près du lac ? demandé-je.

Il se met à rire.

— Ça t'avait complètement stressée. Comme si les piafs avaient la moindre idée de ce que nous fabriquions.

— Bien sûr que oui ! Je parie que ces pauvres canetons ont dû faire des années de thérapie pour se remettre de ce qu'ils t'ont vu me faire.

BJ me jette un regard malicieux.

— Je n'ai pas le souvenir que ça t'ait posé de problème sur le moment…

— En tout cas, ça ne m'en pose aucun maintenant, rétorqué-je en pointant le menton en avant.

Il pince les lèvres et détourne les yeux avant d'enfouir le visage dans ses mains en secouant la tête.

— Parks, putain, comment vais-je pouvoir un jour t'oublier avec tous ces trucs entre nous ?

Je fais la moue.

— Tu veux parler de nos liens traumatiques ?

Il lâche un petit rire, dans lequel je perçois une légère irritation vis-à-vis de ma sœur.

— Moi, je suis plutôt reconnaissante, en fait, lui dis-je.

— Souffrir à cause de toi est la meilleure chose qui pouvait m'arriver dans la vie, murmure-t-il en me regardant avec tendresse.

Nos yeux en disent bien plus que nos bouches n'en seront jamais capables.

L'air entre nous devient lourd, comme sur une île tropicale avant une tempête. Épais, chargé. Tangible.

Et peut-être que cet arbre est un vortex traversant l'espace et le temps, ou que le manteau de méfiance glisse enfin de mes épaules. Ou simplement que mon amour pour lui est indestructible.

Ses yeux balaient mon visage, s'arrêtent sur ma bouche, et puis la suite arrive avant que je ne puisse m'en rendre compte. Des vagues qui s'écrasent sur une falaise : voilà comment nous nous embrassons.

J'ignore si je suis l'eau et lui la roche, mais ses mains sont partout sur moi, remontant sous ma robe midi en coton Bottega Veneta. Je recule, lui enlève sa chemise. Mes doigts explorent son torse, terrain si familier… Puis je me retrouve plaquée contre le tronc de l'arbre… sa bouche se promène sur mon cou… sa respiration haletante s'accroche à ma peau… Mes jambes nouées autour de sa taille… mes yeux dans les siens. Ses iris sont toujours plus verts quand on y plonge – presque de la couleur des feuilles de l'arbre sous lequel nous nous apprêtons à nous unir encore une fois.

Il me regarde fixement, une expression très sérieuse sur les traits.

— Je t'aime, murmure-t-il d'une voix rauque.

Je déglutis, bouleversée.

— Je t'aime aussi, chuchoté-je en retour.

Puis il s'enfonce en moi. Un cri minuscule reste coincé dans ma gorge, et je presse mon front contre le sien. Je tiens son visage dans mes mains, embrassant cette stupide bouche que j'aime tant, plonge mes doigts dans ses cheveux.

Et le monde devient noir. Il n'y a plus que lui et moi dans toute la galaxie. Les étoiles ont explosé, le soleil s'est consumé. Et c'est précipité, et je l'aime. Je l'aime, et c'est comme si quelqu'un avait allumé un feu en dessous de nous, ou dans nos os, et il faut que nous le fassions sortir, mais peut-être n'en avons-nous pas envie… et je l'aime.

Je brûlerai le manteau, je m'en fiche.

Ses lèvres sur ma peau sont comme des flocons de neige tombant dans l'eau. Il est impardonnable de ma part, vraiment, d'avoir entraîné d'autres cœurs dans cette histoire. Mais je l'ai fait, et j'en suis désolée, et j'ai la tête qui tourne et il me tient contre lui, et peut-être suis-je fatiguée ou peut-être est-ce simplement le fait d'être de nouveau là, dans ses bras… Mes yeux se remplissent de larmes, et tout l'univers tremble en même temps que nos corps, toutes les fleurs de ce monde s'épanouissent ensemble, et, dans le bruissement des feuilles de cet arbre que nous aimons tant, j'entends murmurer que je suis enfin rentrée à la maison.

63

BJ

Nous passons la nuit ici. Sans rien.

Pas de vêtements de rechange, pas d'affaires de toilette. Rien. Nous avons l'autre, c'est tout, et c'est probablement ainsi que les choses doivent être.

C'était le plan, avant que tout parte en vrille. Cette vie tranquille que nous nous étions imaginée : la brise, les fenêtres de notre petite maison ouvertes sur l'océan dans une ville à l'autre bout du pays, et Londres ne nous manque absolument pas parce que c'est Londres, pas nous, le problème.

Tel est mon objectif désormais : nous extirper de nos existences londoniennes foireuses et nous emmener dans un endroit où nous serons de meilleures versions de nous-mêmes. D'ailleurs, nous serons les meilleures versions de nous-mêmes, parce qu'il en va ainsi quand nous sommes ensemble.

Nous ne quittons pas la chambre – celle avec le verrou pourri. Nous n'en bougeons pas. Nous parlons pendant des heures, nous embrassons pendant des heures, rions de bonheur. Elle pleure un peu, moi aussi. Je la caresse avec tendresse… laisse reposer mon menton dans le creux de son nombril et contemple la seule fille que j'aie jamais aimée… j'essaie de ne pas me remettre à pleurer en pensant que je la tiens comme j'ai rêvé de la tenir depuis la dernière fois que je l'ai eue dans mes bras.

C'est le plus beau jour de ma vie.

Nous commandons une pizza, la mangeons au lit. Puis nous prenons une douche ensemble, faisons des trucs sous le jet et retournons au lit.

Elle s'endort sur ma poitrine, et je respire, soulagé comme jamais depuis que je l'ai perdue.

Le lendemain matin, pour la première fois depuis toujours, probablement, je me réveille avant elle. Je suppose que je l'ai vraiment épuisée, hier soir, parce que, lorsqu'elle ouvre un œil, l'après-midi est déjà bien entamé. Pendant ce temps, je n'ai pas bougé un muscle.

Elle me contemple durant quelques secondes, cligne des yeux, jette un regard dans la pièce, puis tourne de nouveau son visage vers moi.

— Ce n'était pas un rêve.

Elle sourit.

— Ce n'était pas un rêve, confirmé-je en l'embrassant.

Elle se tortille pour se blottir contre moi, pose son front sur le mien.

— Parks ?

— Mmm ?

— Cette fois, c'est la bonne… hein ? (Putain, je déteste la nervosité dans ma voix.) Genre, c'est parti. On déconne plus. OK ?

Elle acquiesce.

— J'arrête les filles et toutes mes conneries… et toi… plus de Tom.

— Plus de Tom, répète-t-elle.

Il me semble percevoir une pointe de tristesse dans son intonation, mais je ne vais pas me torturer à l'analyser. Je sais qu'ils sont devenus proches.

— Et tu vas tirer un trait sur ce que j'ai fait ?

Je scrute son visage. Elle fait « oui » de la tête.

— Pour de bon ?

« Oui », encore.

— Plus de disputes à ce sujet. Même si tu n'obtiens jamais les réponses que tu veux… (Je sonde son regard.) Parce que ces réponses n'existent pas.

Elle réfléchit.

— D'accord, approuve-t-elle.

— D'accord, renchéris-je.

64

Magnolia

Nous quittons Dartmouth le lendemain et roulons l'un à côté de l'autre sans cesser de discuter au téléphone. Nous nous arrêtons sur la M3 juste avant d'atteindre Lightwater.

Nous nous embrassons encore, faisons l'amour à l'arrière de sa voiture – nous avons du temps à rattraper –, et puis, à l'approche de Londres, une vague d'appréhension me frappe.

Ce mélange de sentiments, si étrange, pourrait bien me faire perdre le contrôle de mon véhicule…

Je suis si heureuse, si amoureuse, si soulagée d'être enfin avec BJ, correctement, ouvertement, officiellement…

Pourtant, une ombre plane dans un coin de mon esprit : je dois parler à Tom. Je dois lui annoncer que c'est fini. Or, il compte énormément pour moi désormais. Je l'adore.

Notre relation est différente de celle que je partage avec BJ – inutile de prétendre le contraire. Même Tom n'y songerait pas.

Si, pour moi, BJ est l'eau, Tom est le vin. Je n'ai pas besoin de lui pour survivre, mais je l'aime quand même. Il a un goût exquis, et me fait me sentir mieux, plus courageuse.

Sa compagnie est terriblement agréable, et – je le dis avec le plus grand sérieux et sans la moindre métaphore – j'ignore comment, sans lui, j'aurais gardé la tête hors de l'eau cette année.

C'est bizarre, comme on s'attache aux gens, vous ne trouvez pas ?

Nos meilleures intentions restent sur le bord de la route, et la graine s'enfonce en nous plus profondément que nous l'avions prévu, elle germe et s'enracine, se développe. Je ne crois pas que nous soyons censés aimer les gens avec mesure. Je ne crois pas non plus que nous soyons censés les aimer un peu avant de poursuivre notre chemin. Tom s'est enraciné. Ce n'est pas sa faute. Je l'ai laissé faire.

Et j'ai l'affreuse et angoissante impression que ma sœur a vu juste à mon sujet. Or, si c'est le cas… quel genre de personne suis-je ?

Je demande à Tom de me retrouver dans le parc près de chez moi.

Il m'attend assis sur un banc.

Pantalon de survêtement Horsey en coton bleu marine de chez Loro Piana, polo en laine marron Fear of God & Ermenegildo Zegna, et baskets en daim assorties.

Beau comme jamais. De toute évidence, ce sont ses yeux qui ont inspiré sa chanson à Billie Eilish.

Je marche vers lui en déglutissant avec difficulté. Je le soupçonne de deviner la raison de ce rendez-vous à l'instant où il m'aperçoit. C'est probablement écrit en gros sur mon visage – c'est toujours comme ça, quand ça concerne BJ.

Tom England lève les yeux vers moi. Il a ce sourire crispé – bouche fermée, regard triste.

Il expire longuement, baisse les yeux.

— Vous êtes de nouveau ensemble.

Je m'assieds près de lui, mes paumes reposant lourdement sur mes genoux. Je hoche la tête, et j'esquisse un sourire hésitant. Il secoue le menton et m'adresse un léger haussement d'épaules. Une pointe de regret brille dans ses pupilles.

— Nous l'avions un peu vu venir…

— Sans doute, oui. En revanche, je n'avais pas prévu que tu deviendrais mon meilleur ami, dis-je à mes ongles parce que je n'arrive pas à le regarder en face.

Il tourne la tête vers moi, me prend la main et la tient dans la sienne.

— Non, moi non plus.

Il passe un bras autour de moi et pousse un soupir en laissant son regard se perdre dans le parc.

— Donc, est-ce que c'est fait ou êtes-vous encore en train de vous décider ?

Je lui jette un coup d'œil, les joues roses.

— Ah ! dit-il avec un petit rire penaud. Vous avez couché ensemble.

Je grimace.

Puis il me demande sur un ton suggérant de l'intérêt :

— C'était bien ?

— Tu veux vraiment le savoir ?

— Non, reconnaît-il avec un demi-sourire.

Je me blottis contre lui.

— Merci. Pour ce que tu as fait pour moi.

— C'est-à-dire ? s'enquiert-il en tirant sur ma minirobe plissée Aje en coton bleu.

— Beaucoup de choses. Mais, surtout, tu m'as aimée.

Il pince les lèvres, un peu gêné.

— C'est lui qui t'a dit ça ? (Je secoue la tête.) Alors comment le sais-tu ?

— Je te connais plutôt bien, maintenant.

— Oh ! Oui, apparemment.

Je le regarde attentivement.

— Est-ce que ça va ?

— Ça ira, répond-il en détournant les yeux.

— Tu vas avoir besoin d'un nouveau refuge.

Il rit sèchement.

— Je crois que je vais m'en passer pendant un bon moment.

— Moi aussi.

Il acquiesce en faisant la moue, puis laisse retomber son bras et se tourne vers moi. Son expression est sérieuse.

— Il faut que je te dise quelque chose… Ça va probablement te paraître intéressé, mais ce n'est pas mon intention.

Je proteste.

— Tu es la personne la moins égoïste que je connaisse…

— Il va encore te faire du mal, déclare-t-il d'une voix neutre.

Mon cœur manque un battement.

— Non…

— Si.

— Tom…

— Magnolia. (Il secoue la tête.) Je ne te dis pas ça pour que tu changes d'avis. C'est illusoire, de toute façon. Lui et toi, vous êtes… (il s'interrompt, cherche le mot exact) liés.

Il énonce ça comme quelque chose de définitif, sans espoir. Mais il a raison.

— Je ne peux pas rompre cette connexion… Ce n'est pas ce que j'essaie de faire. Je t'avertis simplement, comme quelqu'un t'en a déjà mise en garde, qu'il te fera encore du mal. Et je ne crois pas que je serai dans les parages quand ça arrivera.

65

BJ

J'ENTRE CHEZ MES PARENTS À BELGRAVIA SANS PRÉVENIR. L'heure du dîner est passée, mais il y a toujours de quoi manger, ici. Bien que Henry et moi ne vivions plus sous son toit, maman prépare tous les soirs de quoi rassasier un régiment, une des manifestations de son léger syndrome du nid vide. Parfois, nous revenons quelques jours. Chacun a son appart, mais c'est agréable de se retrouver à la maison de temps à autre.

Je pénètre dans la cuisine. Penchée au-dessus de l'évier, ma mère tourne la tête vers moi. Son visage s'illumine.

— Mon chéri, tu es là ! (Elle ôte ses gants en caoutchouc.) Hamish ! appelle-t-elle. BJ est là !

Une vague réponse est maugréée quelque part. Ma mère me serre dans ses bras.

— Tu as faim ?

— Très.

Je me perche sur le plan de travail en marbre couvert de produits d'entretien – éternel mystère : nous avons toujours eu une femme de ménage, mais ma mère tient à faire un pré-nettoyage avant son arrivée. C'est parfaitement superflu, papa s'arrache les cheveux, mais il aime maman, et jamais elle ne renverra Nel. Elle lui paie donc un salaire de plein-temps pour prendre le thé avec elle trois fois par semaine.

Elle me prépare une assiette bien trop copieuse : deux types de viandes (poulet et steak), quatre féculents différents, des brocolis, le tout baignant dans sa fameuse sauce. C'est beaucoup trop, mais je dévore le tout en moins de cinq minutes.

Elle reste assise, le menton dans la main, me couvant d'un regard satisfait.

— Alors, qu'est-ce qui nous vaut le plaisir de ta présence, ce soir ?

Je ris.

— Un fils ne peut donc pas rendre visite à sa mère sans raison particulière ?

— Bien sûr que si, mais, hélas, les miens non. (Elle lève les yeux vers le plafond.) Henry est en haut. Qu'est-ce qui se passe entre Jonah et lui ?

— Comment sais-tu qu'il se passe quelque chose entre Jonah et lui ?

Elle plisse les yeux.

— Parce qu'il ne se dispute jamais avec Christian, et que s'il y avait un problème entre vous deux, je serais au courant.

Elle est bien trop observatrice.

— Ils aiment la même fille.

— Ah ! soupire-t-elle. Elle est bien ?

— Ouais, super…

Elle me sert un verre de vin, et s'en verse un plus grand encore.

— Et toi, mon chéri ? (Elle incline la tête.) Qu'es-tu venu me dire ?

Je bois une gorgée, garde le silence pour la taquiner.

Elle fronce les sourcils.

— Bonne ou mauvaise nouvelle ?

J'avale une autre gorgée, souris malicieusement.

— BJ ! gronde-t-elle.

Je me lève et emporte mon assiette à la cuisine, la rince dans l'évier. Elle se précipite derrière moi, me prend l'assiette des mains, la rince de nouveau avant de la mettre dans le lave-vaisselle.

Puis elle fait volte-face, les poings sur les hanches.

— Baxter James Ballentine…

J'ouvre grand les bras et étends mon torse sur l'îlot central en marbre, un grand sourire aux lèvres.

— Quoi ?

Elle fronce les sourcils.

— Parks et moi avons couché ensemble.

Un petit cri lui échappe, et elle plaque ses paumes sur sa bouche. Est-ce que je le raconte à ma mère chaque fois que je couche avec une fille ? Bien sûr que non. Mais c'était la réaction que cette nouvelle méritait, et j'en avais besoin.

Elle se rue vers moi et me secoue par les épaules.

— Oh, mon Dieu ! Hamish ! Oh, mon Dieu...

Papa se précipite dans la cuisine.

— Qu'est-ce qui se passe ?

— BJ et Magnolia sont de nouveau ensemble ! hurle-t-elle presque.

J'adresse à papa un regard amusé. Son visage se fend d'un sourire.

— Vraiment ?

Je hoche la tête.

Il plisse les yeux, suspicieux.

— Magnolia est au courant ?

— Ils ont couché ensemble ! crie maman.

Papa et moi la regardons bizarrement.

Soudain, le visage de maman adopte une expression sévère.

— ... pour la première fois de ta vie, je suppose. Car, jusqu'à présent, tu étais vierge.

— Non, la détrompé-je.

— Et elle est la seule fille avec qui tu aies couché...

— Non plus, dit mon père.

Elle le fusille du regard, puis se tourne vers moi.

— ... et avec qui tu coucheras.

Je lui souris. L'espoir fait vivre, Lily.

— Tu t'es protégé, hein ?

— Maman...

Henry entre dans la pièce.

— Maman, ils couchent ensemble depuis qu'ils ont…

Je lui lance un torchon, et il éclate de rire.

— … respectivement vingt-trois et vingt-quatre ans, assène-t-elle fermement à l'intention de Henry.

— Lily… (Mon père secoue la tête.) Tu les as surpris dans le chalet.

— Absolument pas.

Si, absolument. J'ai failli mourir de honte – le moment le plus embarrassant de ma vie. Parks avait dix-sept ans, moi dix-neuf. Maman était… mortifiée… apparemment au point de refouler complètement ce souvenir.

— Eh ! me lance Henry. Comment s'est passé ce truc de boulot, BJ ?

Je souris.

— Bien.

Mon frère ricane.

— Je n'en doute pas…

Mon père marche vers moi, me dévisage un instant, puis me serre dans ses bras.

— Je suis content pour toi.

Un bouchon de champagne saute… Dans un coin de la cuisine, ma mère sourit jusqu'aux oreilles.

Mon regard passe de mon père à mon frère.

— OK, ça commence à devenir gênant.

— Pas du tout, chantonne-t-elle.

— Excuse-moi, intervient mon père. Ce ne serait pas mon Dom Pérignon 2002 ?

Maman hausse les épaules.

— C'est l'occasion de le boire…

— Vraiment ? demande pensivement mon père.

Henry s'esclaffe.

Résigné, mon père sort des coupes, et Henry s'approche de moi avant de me coller gentiment une gifle.

— C'est officiel ? (Je hoche la tête.) Ah, la vache ! dit mon frère en m'étreignant. Putain, la route a été longue.

— Henry ! (Notre mère secoue la tête.) Ce n'est pas avec un tel langage que tu vas séduire l'élue de ton cœur…

Henry me jette un regard exaspéré et me balance un direct dans le ventre.

Ça fait mal, mais je ris.

— Elle m'a quasiment forcé, plaidé-je.

Henry pointe le doigt vers moi.

— Parks et lui l'ont fait dans le jet de la boîte de papa en route pour Monte-Carlo quand il avait seize ans.

La mâchoire de maman se décroche. Je grimace.

— Et c'était absolument prémédité, poursuit mon traître de frère. Ils ont planifié leur coup pendant des jours.

— Henry ! m'écrié-je.

Je lance un coup d'œil nerveux à mon père. Comme si je pouvais me retrouver dans la merde pour un délit commis il y a presque neuf ans.

Papa se met à rire.

— Deux fois, conclut Henry en buvant une gorgée de champagne avant de quitter la pièce d'un pas nonchalant.

66

Magnolia

Le lendemain matin, je descends d'un pas léger au rez-de-chaussée et j'entre dans la cuisine. Penchée sur le comptoir, ma sœur mange un bol de céréales, et Marsaili, adossée à l'évier, boit un thé, vêtue d'une jupe Ecru blanc et noir en soie mélangée qui lui arrive au-dessus du genou, ce qui me semble horriblement inconvenant. Qui a envie de voir cette partie de l'anatomie d'une femme de quarante-cinq ans?

— B'jour, me lance Bridget avec un sourire.

Elle est habillée en Gucci des pieds à la tête – survêtement bleu ciel en jersey.

Reste calme. Ne t'extasie pas. N'effarouche pas la sauvageonne enfin transformée grâce au miracle de la haute couture. Au prix d'un effort surhumain qui doit me donner l'air de souffrir d'une attaque cérébrale, je contiens mon enthousiasme, que je réduis à un chaleureux:

— Tu es très jolie.

Son unique réaction à mon compliment consiste à baisser les yeux sur sa tenue.

— Où avais-tu disparu?

Je hausse négligemment les épaules.

— Ton téléphone était éteint, fait remarquer ma sœur, les yeux plissés.

— Oh oui, soupiré-je. J'ai dû passer la nuit quelque part à l'improviste.

— Oh ! Donc tu étais avec BJ.
Je fronce les sourcils.
— Vous êtes allés où ? demande-t-elle encore en s'enfournant des Coco Pops dans la bouche.
— Dartmouth.
— Dartmouth ?
— À la maison ? s'enquiert Marsaili. Pourquoi ?
J'ouvre les lèvres pour répondre, puis m'aperçois que je ne sais pas très bien quoi dire.
Je choisis d'éluder et agite une main en l'air.
— Longue histoire.
Elles hochent toutes les deux la tête avec des degrés distincts d'indifférence. Leur désintérêt flagrant à mon égard me contrarie grandement. Elles reprennent leur conversation au sujet de je ne sais quelle affaire impliquant Graham Norton la nuit dernière. Graham est un bon ami, je l'aime beaucoup, mais je porte des bottes Fendi en cuir et en maille stretch à motif jacquard – plus adorables, tu meurs – et j'ai les yeux incroyablement brillants maintenant que je dors merveilleusement bien, blottie contre mon petit ami, nouvelle hallucinante dont elles ne savent encore rien et dont je me demande comment je vais la leur annoncer, étant donné que je n'arrive même pas à obtenir un regard.
Je me racle la gorge pour attirer leur attention. Elles se tournent vers moi sans enthousiasme.
— L'une d'entre vous souhaite-t-elle me demander quelque chose ? lancé-je avec un sourire éblouissant.
— Non, dit Marsaili, perplexe. Pas vraiment…
— Rien ?
Je fronce les sourcils. Elle secoue la tête.
— Rien ?
Bridget me décoche un regard méfiant.
— Pas de question sur… les raisons de mon absence ? insisté-je en tendant le cou et en le grattant d'une manière manquant totalement de naturel, révélant…

— Un suçon !? (Ma sœur se précipite vers moi, renversant ses céréales avant de me saisir le cou pour l'examiner.) C'est un suçon ? crie-t-elle encore en me dévisageant.

Je hoche imperceptiblement le menton.

— De BJ ?!

J'acquiesce de nouveau.

Alors elle se met à hurler et se tourne, les yeux exorbités, vers Marsaili.

— Un suçon de BJ !

Marsaili hoquette légèrement, pas vraiment enchantée, mais pas fâchée non plus.

— Et Tom ? demande-t-elle en sirotant son thé calmement.

Je soupire.

— J'ai rompu avec lui hier.

Le front de Bridget se plisse légèrement.

— Comment va-t-il ?

— Pas trop mal. Vraiment, il fait preuve d'une grande élégance…

Mars hoche la tête.

— C'est un homme bien.

Bridget lui lance un regard sévère, puis me prend la main.

— BJ aussi.

— Je n'ai pas dit le contraire.

— Es-tu heureuse pour moi ? demandé-je à Marsaili en souriant.

— Que tu aies un suçon de ton ex-petit ami dans le cou ? (Elle m'adresse un sourire narquois et lève les yeux au ciel.) Ravie.

Bridget la fusille du regard, m'entraîne dans la salle à manger et nous fait asseoir à la table.

— Alors ? Comment c'est arrivé ? (Elle se penche en avant.) Quand est-ce arrivé ? Où ? Combien de fois…

— Hum ! Comment… (Je réfléchis. Je déteste lui mentir.) Un coup de chance ? (Bon, ce n'est pas la stricte vérité, mais que pourrais-je dire d'autre ?) Même heure, même endroit ? complété-je.

Elle hoche la tête. Cela lui suffit.

— Quand ? (Je tire distraitement sur mon lobe d'oreille.) Avant-hier. Où... ? (Je rougis.) Sous le saule ? Près du lac.

— Et si M. Gibbs vous avait vus ! s'exclame-t-elle, horrifiée.

Je ne peux m'empêcher de rire. De toute façon, M. Gibbs en a vu d'autres. J'inspire profondément avant de passer à la question suivante.

— Et combien de fois...

Je grimace.

Elle me donne une tape sur le bras.

— Dépravée !

Je roule des yeux.

Elle reste un instant silencieuse, pensive.

— Et les questions auxquelles il ne veut pas répondre ?

— Ça va faire trois ans, maintenant...

— Ouais, mais... (Elle soupire.) Ça a été vraiment dur pour toi. Savoir te permettrait de tourner la page.

Elle n'a pas tort. Mais il ne lâchera rien. Je crois qu'une partie de moi ne cessera jamais de se demander pourquoi, mais laisserai-je cette curiosité maladive nous séparer ?

Je ne sais plus quelle réponse je cherche. Peut-être a-t-il raison ?

De toute façon, maintenant, qu'est-ce que savoir avec qui il a couché changerait ?

Ce qui est fait est fait.

Et peut-être suis-je trop stupide ou follement amoureuse pour penser correctement, mais, tout à coup, il me semble idiot de renoncer à ce que BJ et moi partageons parce qu'il a couché une fois avec une inconnue lors d'une soirée où il avait trop bu.

Je hausse les épaules.

— Comment pourrait-il mieux m'aider à tourner la page qu'en m'aimant comme il le fait ?

— Magnolia, dit-elle en s'adossant contre sa chaise, surprise. Voilà des paroles pleines de sagesse... Mais, à un moment, il va falloir que tu te décides à lui pardonner. Le pardon n'est pas toujours un sentiment.

— Je sais, rétorqué-je, même si je l'ignorais.

Merde.

Oh, bon.

— Et c'est officiel ? (J'acquiesce.) Quand le monde en sera-t-il informé ?

— Bientôt. Nous allons passer la nuit au *Mandarin Oriental*, ce soir...

— Trop mignon.

— Et nous avons donné rendez-vous aux autres au *Rosebery* avant. Ils ne sont pas encore au courant. Juste Henry.

— Je peux venir ?

Je cligne des yeux, surprise.

— Tu veux sortir dîner avec mes amis et moi ? (Elle confirme d'un signe de tête.) Vraiment ?

Nouveau hochement.

— Bien sûr ! m'exclamé-je, ravie, avant de froncer les sourcils. Tu as une maladie en phase terminale ou quoi ?

— Euh... Pas pour le moment, non.

Je me lève et marche vers la porte.

— OK, je vais me préparer...

— Tu crois qu'il va te demander en mariage, ce soir ? me lance ma sœur, tout excitée.

J'éclate de rire.

— J'en doute franchement.

— Mais, quand il le fera, poursuit Bridget, réfléchissant à voix haute, la réception aura lieu au *Mandarin Oriental*, non ?

Je la regarde comme si je n'y avais pas moi-même songé un million de fois auparavant.

— Peut-être ?

— Qui sera ton témoin ? Moi ou Paili ?
— Nous commençons juste à ressortir ensemble !
— Ouais. Mais c'est le bon.

67

BJ

Elle entre au *Rosebery* vêtue d'un manteau et d'une des robes que je lui ai achetés chez *Gucci*. Ce soir, c'est le Pack Complet plus Bridget. Pour l'instant, il n'y a que moi et les potes – Paili n'est pas encore arrivée –, et je n'ai rien dit. Je me lève en regardant Parks sautiller jusqu'à notre table. Elle nous trahit avant que nous n'ayons une chance de leur annoncer la nouvelle en se jetant à mon cou pour m'embrasser à pleine bouche. Un putain de baiser digne d'un Disney. Ses pieds ne touchent plus le sol, ses mains sont dans mes cheveux… une sacrée entrée. Quelques flashs, des murmures autour de nous, mais c'est ce qu'elle voulait. Sinon, elle ne m'aurait pas embrassé comme ça ici.

Elle s'écarte et me sourit tandis que je la repose à terre, puis se tourne vers les garçons en esquissant un geste vers moi.

— Puis-je vous présenter mon petit ami ?

Bridget applaudit. Jo pousse un cri triomphant. Henry serre Parks dans ses bras, et ils échangent quelques mots que je n'entends pas, mais qui la font rosir, et, de l'index, il lui donne une pichenette sur le nez.

Christian se redresse. Nous nous dévisageons quelques secondes, durant lesquelles je me sens comme une merde… puis il vient me féliciter.

Parks embrasse Perry (hébété) sur la joue en se faufilant devant lui pour venir s'asseoir sur mes genoux, et tout rentre dans l'ordre.

J'avais oublié à quoi ça ressemblait d'être avec elle. Ce qui me frappe le plus, c'est cette impression d'être soulagé d'un grand fardeau. Pendant toutes ces années passées sans la toucher, sans la tenir – sans elle –, mon corps a retenu sa respiration. Jusqu'à maintenant. À présent, tout va bien.

Fini de s'effleurer du bout des doigts. Je la touche parce que je peux, parce qu'elle m'appartient, parce que, enfin, putain, nous avons surmonté tous les obstacles que nous avions jetés nous-mêmes sur notre route.

Elle reboutonne ma chemise.

— Qui essaies-tu donc de séduire avec ce décolleté ? me demande-t-elle avec un froncement de sourcils malicieux.

— Toi, lui murmuré-je à l'oreille.

Elle déglutit, son corps menu se tend, ses mains sur mes bras se resserrent et… merde ! Si l'on n'avait été que tous les deux, on serait montés illico… Putain, quelle idée d'avoir invité les autres, ce soir…

« Parce que ça mérite une célébration », a-t-elle dit. Voilà pourquoi.

Elle a ajouté que nous en avons tellement fait voir à nos amis ces trois dernières années que nous leur devions au moins quelques tournées.

C'est à ce moment que Paili fait son entrée.

Elle me regarde brièvement, comme souvent, et jette un coup d'œil à Parks au passage.

Parks, assise sur mes genoux, mes mains sur sa taille.

Paili écarquille les yeux, bouche bée, puis pointe le doigt vers nous.

— Vous êtes…

Je hoche la tête en lui souriant calmement. Tout va bien. Magnolia bondit sur ses pieds et se précipite vers sa meilleure amie en poussant des petits cris excités, puis jette ses bras autour de son cou.

Paili pose les mains sur les joues de Magnolia et lui sourit.

— Je suis si heureuse pour toi, dit-elle, et je sais qu'elle le pense.

Parks couvre affectueusement ses mains des siennes, incline légèrement le visage pour lui embrasser la paume.

— Tu sens bon…, dit-elle distraitement à Paili tout en se tournant pour regagner sa place.

— Oh, merci ! (Paili pose son sac sur son siège.) Ça faisait longtemps que je ne portais plus ce parfum. C'est…

Magnolia s'immobilise.

— Fleur d'oranger, dit-elle d'une voix sourde.

Ensuite, tout semble se dérouler au ralenti.

Magnolia saisit le poignet de Paili et le porte à son nez.

— Musc. (Elle inspire de nouveau, lève les yeux vers Paili.) Tubéreuse.

— Magnolia…, commence Paili.

Magnolia lâche son poignet et fait un pas en arrière.

— Magnolia, écoute…

— C'était toi ? demande Magnolia d'une voix aiguë.

Je suis déjà debout.

Merde ! Paili croise mon regard. Elle est paniquée.

— Parks.

Je l'attrape par le bras pour l'attirer vers moi.

Elle se laisse faire, lève les yeux vers moi – on dirait des colibris qui n'ont aucun endroit où se poser. Puis elle me dévisage, bouche ouverte, pétrifiée sous le coup d'une vieille douleur dont le poids ne l'a même pas encore frappée.

— C'était elle ? souffle-t-elle.

— Parks.

— Oui ou non ?

— Magnolia…, murmuré-je.

Elle dégage brutalement son bras.

— Tu t'es tapé ma meilleure amie ? hurle-t-elle.

Le silence s'abat sur la salle. Les conversations s'interrompent, les couverts retombent sur les assiettes. Tout le monde nous regarde.

— Oui, dit Paili derrière nous.

J'essaie toujours de me persuader que j'étais bourré. Je l'étais un peu, mais pas suffisamment pour pouvoir atténuer la gravité de ma faute.

La fête battait son plein depuis déjà un moment, et j'avais un peu la tête qui tourne. Je me sentais bizarre, alors je suis descendu, et elle m'a suivi. Je suppose qu'elle s'est rendu compte que quelque chose clochait.

Nous étions aussi amis depuis des années, évidemment – où qu'aille Parks, Paili l'accompagne. Nous avons toujours été proches.

Elle m'a rejoint dans ma chambre.

— Tu te sens bien ? m'a-t-elle demandé.

Sans répondre, je suis entré dans ma salle de bains. De l'eau. J'avais besoin d'eau. J'ai ouvert le robinet, me suis aspergé la figure. Puis je me suis redressé en agrippant le bord du lavabo.

Je me suis tourné vers elle, et elle a froncé les sourcils en remarquant mon expression.

— Non, ça ne va pas... Qu'est-ce qui se passe ?

Je l'ai respirée.

— Nouveau parfum ?

Elle a hoché la tête, heureuse que je l'aie remarqué.

— Oui, je l'ai acheté la semaine dernière. Frédéric Malle, *Carn*...

Et là, j'ai capturé son visage dans mes mains et je l'ai embrassée.

Je ne sais pas ce qui m'a pris. Je n'avais jamais pensé à l'embrasser avant. Je l'ai fait, c'est tout. Et ça ne m'a pas étonné plus que ça qu'elle me rende mon baiser. Il m'avait toujours semblé qu'elle avait un petit faible pour moi – c'est le cas de la plupart des filles –, mais elle était si loyale envers Parks, jamais elle n'aurait...

Donc, ce... baiser dans ma salle de bains. Bizarre.

Je me suis reculé, l'ai regardée.

Nous avons eu un moment de panique, genre : « Putain, qu'est-ce qu'on fout, là ? »

Je respirais vite, haletais presque. Elle, je crois qu'elle ne respirait même plus. Son regard est devenu affamé. Je l'avais déjà vue regarder Jonah ainsi, mais pas moi. Et puis elle s'est jetée sur moi.

Vous voulez savoir la vérité ? Je n'ai pas pensé à Parks. Le seul truc qui m'est venu à l'esprit à ce moment-là, c'est que j'en avais envie. Je la voulais. J'ai choisi de le faire. Aussi simple que ça. Je tenais Paili dans mes bras, nous nous touchions et nous embrassions, et j'en avais envie.

J'étais assis sur le bord de la baignoire, Paili sur mes genoux – elle embrassait mieux que je l'aurais cru et était douée avec ses mains.

Je me rappelle avoir basculé en arrière, dans la baignoire, l'entraînant dans ma chute, si bien qu'elle s'est retrouvée sur moi. Nous avons ri.

Elle m'a regardé, mi-amusée, mi-sérieuse. J'estime important de le préciser, parce que, oui, nous aurions pu en rester là. Plusieurs fois, d'ailleurs. Tous les rapports sexuels sont jalonnés de checkpoints biologiques – pauses pour reprendre sa respiration, pour se déshabiller, baisers interrompus, changements de position… Nous aurions pu tout arrêter à plusieurs reprises.

Mais non.

Je l'ai attirée contre moi, et nous l'avons fait dans ma baignoire. Et ç'a été – le dire me donne envie de vomir – bon. Très bon, même.

Je sais. Ce n'est pas ce que vous voulez entendre, à ce stade. Vous aimeriez que je vous dise que c'était complètement nul, la pire expérience de ma vie. Que je n'ai rien ressenti, que je n'ai pas eu d'orgasme, que j'ai pensé à Parks tout le temps. Eh bien, non.

Les seules fois où j'ai songé à Magnolia, c'était quand mon cerveau me glissait : « Tu devrais penser à Magnolia. »

Mais après…

Oh, putain !

Le sortilège s'est comme dissipé.

Elle a bondi pour s'écarter de moi, serrant ses vêtements contre son corps.

— Qu'est-ce qu'on a fait ? s'est-elle exclamée, pâle comme un linge.

— Merde. (J'ai enfoui ma tête dans mes mains.) Merde !

— Qu'est-ce qu'on fait ? a-t-elle demandé, catastrophée.

J'ai secoué la tête.

— Il faut qu'on lui dise…

— Quoi ? Non !

— On doit lui dire ! Je dois lui dire… Je ne peux pas lui cacher ça.

— Tu dois lui dire !? s'est écriée Paili.

— Je ne peux pas lui mentir !

Alors Paili s'est mise à haleter. Elle n'arrivait plus à respirer. Je me suis précipité vers elle.

— Regarde-moi… respire… respire…

Et j'étais là à l'aider à se calmer, elle en sous-vêtements, moi torse nu, quand la porte s'est ouverte.

— Qu'est-ce qui se passe, ic… ? a lancé Jonah avant de se figer. Merde !

Il m'a regardé, une paume sur la bouche. J'ai baissé les yeux. Gêné. Coupable. Ensuite, il s'est tourné vers Paili, en pleine crise d'angoisse, et s'est rué vers le lavabo où il a rempli d'eau le verre posé sur le bord avant de lui en jeter le contenu à la figure.

Tétanisée, elle a levé les yeux vers lui.

— Vous couchez ensemble, vous deux ? a grondé Jonah, les dents serrées.

— Ce… c'est arrivé comme ça, a-t-elle dit, larmoyante.

Je me suis laissé tomber sur le couvercle des toilettes. Mes mains tremblaient.

— Putain, BJ ?! a crié Jonah.

— Je dois lui dire. (J'ai levé les yeux vers eux.) Nous devons lui dire, Paili. C'est la chose correcte à faire.

— Non ! Elle ne nous le pardonnera jamais.

— Je ne peux pas lui mentir…

— Mais tu peux la tromper ! a craché Jonah.

Je l'ai ignoré.

— Paili. C'était une erreur, peut-être qu'elle… peut-être qu'elle ne…

Paili a fondu en larmes.

— Attends, attends…, a dit Jonah en me lançant ma chemise. Mets ça. On va trouver une solution.

Il a pris la robe que Paili tenait toujours et l'a aidée à l'enfiler, l'a habillée comme une poupée de chiffon. Pendant tout ce temps, elle l'a regardé avec des yeux à la fois effrayés et reconnaissants.

— Vous vous êtes protégés ?

Je n'y avais même pas pensé – je ne couchais qu'avec Parks, et elle prenait la pilule depuis ses seize ans. J'ai secoué la tête.

Paili a fait « non », sanglotant de plus belle.

Merde !

Jonah a tapé dans ses mains pour attirer son attention, puis l'a prise par les épaules.

— J'ai des pilules du lendemain dans ma salle de bains. Tout ira bien… Ça va… Viens, tu vas la prendre maintenant. (Il l'a poussée doucement vers la porte.) Et toi… prends une douche…

J'ai secoué la tête.

— Je vais lui dire…

Paili s'est remise à pleurer.

Jonah s'est pris la tête dans les mains.

— Paili, putain, ferme-la… J'essaie de réfléchir.

Elle a obéi comme il se doit quand un chef de gang vous commande de vous taire.

— Elle va te larguer, BJ, m'a-t-il mis en garde.

— Je ne peux pas faire comme s'il ne s'était rien passé, je ne peux pas lui mentir…

Le corps de Paili était secoué de spasmes… Elle pleurait tellement…

— Très bien, mais ne lui dis pas avec qui…

— Elle a le droit de savoir ! ai-je crié.

— Elle avait surtout le droit de n'avoir rien à savoir, a aboyé Jonah en retour. Tu n'aurais pas dû le faire, mais tu l'as fait, et c'est le bordel. Paili va péter les plombs, putain ! C'est son histoire autant que la tienne. Tu veux dire à Parks que tu l'as trompée, très bien. (Il s'est tourné vers Paili.) Toi, tu veux mentir à ta meilleure amie, très bien. (Il a pointé un doigt vers moi.) Tu étais à une fête, tu t'es bourré la gueule. (Il a attrapé une bouteille de bière ouverte dans ma chambre et l'a renversée sur mes vêtements.) Tu as merdé. Et toi, a-t-il ajouté à l'intention de Paili, si quelqu'un te pose des questions, tu as couché avec moi, ce soir, compris ?

Elle a hoché docilement la tête, les yeux rouges.

— OK, a conclu Jonah.

Vous connaissez la suite.

Je suis rentré trouver Parks, lui ai avoué ce que j'avais fait. En omettant le détail le plus important. Je l'ai perdue quand même. Exactement comme je suis en train de la perdre maintenant, dans une robe Gucci au *Rosebery*.

— Parks…

— Ma meilleure amie ? murmure-t-elle.

Nous sommes tous tétanisés… Le temps s'est arrêté, et nous sommes coincés dans mon pire cauchemar…

Christian hallucine. Perry garde les yeux baissés… ce qui me confirme qu'il est au courant depuis le début. Henry va me tuer, je le vois… Jo se contente de fixer Parks. Il a l'air un peu inquiet, en fait.

— Tu savais ? lui demande-t-elle calmement.

Il hoche la tête.

Elle se tourne vers Perry.

— Et toi ?

Sa voix est un peu rauque.

Il acquiesce aussi.

J'ignore pourquoi ces aveux achèvent de la réduire en miettes.

— Magnolia.

Je tends une main vers elle, mais elle s'éloigne à reculons, effrayée. Comme si j'étais un inconnu. Comme si je représentais un danger pour elle.

— Ne me touche pas.

Elle repousse brutalement ma main, et je trébuche en arrière, percutant un serveur qui passait avec un plateau chargé d'assiettes.

— Parks, s'il te plaît…, supplié-je, mais elle s'enfuit déjà.

68

Magnolia

Je profite de la confusion provoquée par la bousculade entre BJ et le serveur pour m'enfuir du *Rosebery* aussi vite que s'il était ravagé par les flammes. Je traverse la salle en courant, tous les gens s'écartant sur mon passage, comme si le sentiment de dévastation qui me dévore était une maladie contagieuse.

Je leur suis reconnaissante de faciliter ma fuite, car je n'y vois plus grand-chose. Un trou noir s'est ouvert à l'intérieur de moi, et je suis en train de me laisser aspirer.

Ma meilleure amie ? Mon petit ami avec ma meilleure amie ?

C'est pire. Il a raison. Savoir, c'est pire. Voir un visage. L'avaient-ils planifié ? Est-ce qu'ils se tournaient autour depuis longtemps ? Est-ce qu'elle l'a vu nu ? Ont-ils utilisé un préservatif ? Oh, putain, j'espère que oui.

Mes genoux manquent de se dérober à l'idée de lui à l'intérieur d'elle sans même un mince morceau de plastique entre eux. Je crois que je vais vomir. Quelles parties de son corps a-t-il touchées ?

A-t-il pensé à moi ? Pourquoi elle ? Et pourquoi lui ? Où l'a-t-il embrassée ? Où les cheveux de Paili ont-ils caressé le corps de BJ ? Est-ce qu'il lui a tenu la main comme il tient la mienne lors de nos étreintes ? Est-ce qu'il l'a regardée ? Yeux ouverts, observant son plaisir ? A-t-il joui ? À quoi a-t-il pensé à ce moment-là ? Comment ai-je pu être assez stupide pour ne pas m'en rendre compte ? Y avait-il des indices ? Comment une telle chose arrive-t-elle ?

La tête me tourne tellement que je crains de tomber. Et là, BJ m'attrape.

Je ne sais pas d'où il sort. J'avais l'impression de flotter entre deux eaux dans une mer obscure, et voilà que soudain des mains se referment sur moi. Sur ma taille et mon bras.

— Parks, écoute-moi…, me supplie-t-il, en secouant la tête comme un malade.

Je fais « non » de la tête, mais je ne me débats pas. C'est trop dur. Contre-intuitif. J'aime qu'il me touche. Je veux qu'il me touche. Et qu'il me tienne et qu'il m'embrasse et qu'il soit près de moi, ce dont j'ai été privée pendant trois ans. Voilà, je l'ai eu pendant trois jours, et maintenant je le perds de nouveau. Cette trahison me fait l'effet d'un acide dont on m'aurait aspergé la peau… Ça m'a pris tellement longtemps d'éteindre le feu de forêt qui brûlait pour lui dans mon ventre… À présent, les flammes se répandent de nouveau, et ce n'est pas possible.

Mais je le vaincrai encore, par n'importe quel moyen, parce que je n'aurai plus jamais BJ. C'est fini.

— Parks, je t'en prie…

— C'est ma meilleure amie !

— Magnolia, écoute… C'est du passé… Tu as dit que tu m'avais pardonné, c'est la même chose.

— Non.

— Si ! Ça ne s'est jamais reproduit, rien n'a changé…

— Non, ce n'est pas la même chose, parce que tu t'es tapé ma meilleure amie, articulé-je. Toutes ces années, tu m'as fait croire qu'il s'agissait d'une fille quelconque, une parfaite inconnue, un accident, un truc qui était simplement arrivé – mais tu l'as fait avec ma meilleure amie !

— Parks…

— On passe tout notre temps ensemble ! On est avec elle tout le temps ! Est-ce que tu la regardes, quand on est en vacances… est-ce que tu repenses à comment c'était… ?

— Parks, non, gémit-il, horrifié. C'est…

Je dévisage l'étranger qu'il est désormais pour moi.

— Comment t'as pu me faire une chose pareille ?

Il me prend le coude, m'attire contre lui, me serre fort, et je songe que je dois me rappeler ce moment.

Me rappeler ce que je ressens. Ici, maintenant. Blottie contre son torse, ses bras pressés sur mon dos. La façon dont mes jambes s'emboîtent exactement entre les siennes, dont il baisse un peu le menton pour que je puisse me caler dessous… Mémoriser tout ça, parce que ça n'arrivera plus.

Je le respire une dernière fois.

Puis je m'arrache à lui, vite, comme on enlève un pansement.

Je tremble de tout mon corps, mes mains, mes jambes – je me liquéfie sur place…

— Tu ne me toucheras plus jamais, murmuré-je, mais je sais qu'il m'a entendue.

Je sors la chaîne que je porte sous ma robe, où sa chevalière a vécu contre ma peau pour le meilleur et pour le pire pendant presque dix ans, la détache de mon cou d'un mouvement sec et la jette au sol.

Il me dévisage, incrédule. Il secoue la tête, fait un pas vers moi, et là, il est de nouveau poussé en arrière. Mais pas par moi, par son frère.

— Ça suffit, gronde Henry.

BJ essaie de le contourner, mais Henry le bouscule de nouveau.

— Ne l'approche pas, putain !

Henry pointe un doigt menaçant vers lui, mâchoire serrée.

BJ se précipite vers moi, mais Jonah le saisit par-derrière, le plaque contre son torse, les bras passés autour de lui telle une ceinture de sécurité. Alors BJ rend les armes.

Il reste là à me regarder dans les bras de son frère. Il expire lentement et baisse les yeux, triste et coupable. Il secoue un peu la tête, s'efforçant de se calmer, sa poitrine se soulevant avec effort.

Henry baisse les yeux vers moi. Il est livide.

— Magnolia, de quoi as-tu besoin ? Qu'est-ce que tu veux que je fasse ? N'importe quoi…

— Je dois partir d'ici, m'étranglé-je.

Il acquiesce et m'aide à descendre les marches du perron.

— Un taxi, dit-il au portier. Maintenant. Trouvez-lui un taxi.

Il en arrive un qui s'arrête devant moi, et l'homme m'ouvre la portière.

Henry m'aide à y monter.

— Je suis tellement désolé, Parks, me dit-il, les yeux brillants de larmes.

Je hoche la tête. Enfin je crois ? Peut-être pas.

Je ne sens plus vraiment mon corps.

Henry referme la portière, et je jette un dernier regard à son frère, debout sur les marches, d'où il me voit le quitter.

BJ pleure à présent, à gros sanglots étranglés, dans les bras de Jonah.

Nos yeux se rencontrent, il souffle par la bouche, baisse la tête.

Est-ce qu'on peut mourir d'un cœur brisé ?

Et si ça m'arrivait et qu'on m'ouvrait en deux, est-ce que je saignerais mon amour pour lui ? Quand on sortirait mon cœur de ma cage thoracique pour le peser, ferait-il le même poids que sa lèvre supérieure ? Son nom est-il gravé sur ma troisième côte à gauche ? Moelle de mes os, chair de ma chair. Il me tue. L'aimer me tue aussi, et j'ai peur, car, vraiment, à combien de grands amours avez-vous droit au cours d'une vie ? Combien de chances devez-vous lui donner avant de renoncer ?

Je lâche prise.

— Où allons-nous ? me demande le chauffeur.

Je contemple derrière la vitre la ville remplie de baisers magnifiques et de mauvaises décisions parfaites, toutes prises avec un homme que je crois avoir connu.

— Heathrow.

Remerciements

Bien que tu aies largement dépassé le délai qui t'était imparti pour lire mon livre, c'est toi que je remercierai en premier. Non seulement tu as cru en moi, m'as soutenue, mais encore tu m'as ouvert la voie, et payé le voyage. Tu m'as fourni tant de temps et d'espace, bien avant que nous ne puissions nous le permettre. Personne n'a cru en moi autant que toi, et toutes les choses que je préfère dans le fait d'être humain, je peux les trouver en toi. Je t'aime, Benjamin William Hastings.

Emmy. Toi et moi, c'était écrit dans les étoiles. Cela nous a pris dix ans de travailler ensemble, mais nous l'avons fait, et de toute façon j'ai adoré chacune de ces dix années. Et je suis toujours, toujours reconnaissante de te connaître, ma lune bleue. C'est la couverture de mes rêves. J'ai cru en ton art à la seconde où je l'ai découvert, et je continuerai d'y croire parce que, en fait, il relève un peu du divin. Merci, aussi, d'avoir un tel sens des affaires [1].

David Hedlund, sans qui, je crois, ce livre ne serait jamais arrivé. Tu m'as épaulée plus que je ne peux le dire. Tu as rendu les choses plus claires pour moi, m'as aidée à retrouver mon chemin quand j'étais perdue, ne m'as pas lâchée même quand j'ai éliminé ton personnage préféré (repose en paix, AVS) et as lu trop de versions de ce roman pour qu'on puisse les compter. Merci.

Une rafale rapide de remerciements absolument nécessaires : Jésus, pour toutes les bonnes choses. Luke et Jayboy, pour me donner enfin l'occasion d'être dans un comité de lecture, même

1. Non, mais vraiment il se trouve que ça a beaucoup aidé, alors merci.

s'il n'est pas réel et n'existe que dans notre discussion de groupe. Vous avez reçu le livre, lui avez donné vie, vous êtes deux de mes personnes préférées, des génies absolus. Maman et Lis, pour toutes les fois où, avec abnégation, vous m'avez aidée avec mes enfants afin que je puisse visiter le monde que j'ai créé. Bronte et Rach, pour être les seuls à croire à cette existence de jet-set post-millénaire. Grand-mère, pour tout. Grand-père, pour tout le reste. Viv et Bill, pour m'avoir laissée passer des semaines de paix et de silence dans ma maison préférée. Maddi, pour ton enthousiasme et ta passion inégalés. AJ, pour être le lecteur le plus rapide de l'Ouest. Jarryd et Mystique, une grande part de cette histoire a été conçue sur le bureau où vous m'avez permis de travailler lorsque j'avais besoin de fuir mon magnifique bébé[1], à l'époque où nous étions voisins. Amber, nous n'aurions jamais pu faire cette ridicule saison sans toi. Tori, pour avoir répondu à mes déluges de questions. Mon éditeur, pour avoir su distinguer quelque chose dans cette avalanche de virgules et persévéré durant mon épisode « Impasse traumatique ». J'étais extrêmement découragée à l'époque où nous nous sommes rencontrés. Merci pour ta gentillesse et ta patience à mon égard. Je ne manquerai plus mes contrôles à la clinique de Désintoxication des Virgules. Laura, ma compositrice, ainsi que mes deux dernières correctrices, Nikki et Felicity. Sarah[2], Karalee[3] et Aodhan[4].
Jackson Van Merlin, tu m'as fait croire en moi-même à un point dont je ne pense pas que tu aies conscience. J'ignore où tu te trouves, en ce moment, avec ta tendance étrange à disparaître de la surface du globe – j'espère que tu es en vie. Et que tu vas bien. Oui, vraiment, j'espère que tu vas bien.

1. Mais parfois complètement ingérable et totalement fou.
2. Parce que je vais me faire tuer si je ne la mentionne pas.
3. Parce que je ne peux pas citer mes deux autres meilleurs amis et ne pas te nommer toi.
4. Parce que, autrement, je n'ai pas fini d'en entendre parler.

Alana Fragar, tu m'as offert le livre [1] qui m'a donné envie de devenir écrivaine.
Joel Houston, quand j'avais dix-huit ans, tu m'as dit que j'écrivais bien, et, parce que tu écrivais bien toi-même, je t'ai cru.
À mon professeur d'anglais de première que j'ai tant exaspéré en interprétant le sujet de cette dissertation sur la Seconde Guerre mondiale comme un exercice d'écriture créative, désolée [2].
À ma chère Helen, de la meilleure librairie du monde [3], tu m'as nourri l'esprit pendant des années et des années, et même si nous sommes loin désormais, je pense souvent à toi, et toujours avec tendresse.
Enfin et surtout, probablement, Juniper Ruth Magnolia Hastings. Tu as été le bébé de six mois le plus difficile qu'on puisse imaginer, tu m'as sollicitée plus que je ne pensais pouvoir l'être, et, durant cette période, j'ai commencé à écrire une version de ce que deviendrait ce livre. Alors merci. Et, s'il te plaît, ne refais jamais ça.
Bellamy [4]... tu n'as pas fait grand-chose, je te remercierai dans le prochain livre.

---

1. *Extrêmement fort et incroyablement près* de Jonathan Safran Foer, donc merci à toi aussi, Jonathan.
2. Vous vous êtes montré assez grossier, cela dit.
3. Laquelle, au fait, est la *Blues Point Bookshop*, qui n'a ni compte Instagram ni compte Twitter, parce que ce n'est pas du tout le genre de Helen, mais est absolument divine, vous devriez y aller. (Note de l'éditrice : Il semblerait que Helen ait changé d'avis depuis la publication originale du roman. La librairie a désormais une page Instagram : @bluespointbooks et un site Internet : www.bluespointbookshop.com)
4. Désolée. Mais je t'aime quand même, hein ?

Achevé d'imprimer en janvier 2024
Par CPI Brodard & Taupin à La Flèche
N° d'impression : 3055318
Dépôt légal : février 2024
Imprimé en France
38122735-1